태양의 천사
1

나남
nanam

태양의 천사 1

허영숙·이광수 실록소설

2016년 8월 15일 발행
2016년 8월 15일 1쇄

지은이_ 金光輝
발행자_ 趙相浩
발행처_ (주) 나남
주소_ 경기도 파주시 회동길 193
전화_ (031) 955-4601 (代)
FAX_ (031) 955-4555
등록_ 제 1-71호 (1979. 5. 12)
홈페이지_ http://www.nanam.net
전자우편_ post@nanam.net

ISBN_ 978-89-300-0634-7
ISBN_ 978-89-300-0572-2 (세트)

책값은 뒤표지에 있습니다.

김광휘 장편소설

태양의 천사

허영숙·이광수 실록소설

1

밀랍 날개를 단 천사를 위하여

약 100년 전인 1917년, 조선반도에서는 유일하게 조선말로 펴내던 신문 〈매일신보〉에 《무정》이라는 소설이 연재되기 시작했다. 그 글을 쓰는 사람은 당시 와세다 대학에 다니던 이광수라는 25세 된 청년이었다. 그 청년은 학비를 벌기 위해 과로를 무릅쓰고 조선 최초의 현대 장편소설을 쓰고 있었다. 도쿄 유학생 모임에서 기침을 하며 연설을 하는 그에게 당돌한 여학생이 걱정을 해주었다.

"과로하시지 마세요. 선생님은 지난해에 세상을 떠나 일본열도를 안타깝게 했던 나쓰메 소세키 같은 분이잖아요. 조선의 나쓰메 소세키가 되실 분이 건강을 해치시면 안 되죠."

이광수는 그 당돌한 여학생에게 물었다.

"어느 학교에 다니십니까?"

"도쿄 여자의학전문학교예요."

아득한 도쿄의 하늘 아래에서 25세 청년과 이제 막 스물이 된 처녀가 운명적으로 만난다.

그런데 조선 최초의 근대소설 《무정》을 써 내려가던 이광수는 허영숙이라는 그 처녀, 조선 최초의 여성의학 전공 유학생이 걱정했던 대로 폐결핵에 걸려 각혈을 하게 된다. 종로통에서 커다란 포목상을 하며 큰 재산을 가지고 있던 허씨 가문의 막내딸 허영숙은 어디서 그런 용기가 생겼는지 이광수의 입 주변에 묻은 피를 닦아내고 그를 자진해서 치료하기 시작한다.

평안도의 산골 정주 땅에 이미 부인을 두고 있던 이광수는 어쩔 줄을 몰라 하며 허영숙의 간호를 받는다. 그리고 그녀에게 곤혹스럽게 매달리게 된다.

"염치는 없소만 날 살려 주시오. 내게는 그대가 필요하오."

지금으로부터 꼭 한 세기 전, 조선반도 전체가 일본제국주의에 의해 강점되어 통치되고 있던 그 암흑기에 조선 근대문학의 문을 연 이광수라는 소설가와 조선 여인으로서 최초로 현해탄을 건너 의학의 문을 두들겼던 허영숙은 일제 강점기 36년간의 긴 세월을 함께 헤쳐 나오면서 일가를 이루었다. 춘원 이광수는 조선 근대문학의 아버지로 필명을 얻는가 하면 허영숙은 조선 최초의 여성개업의로 서울 복판에 산부인과 병원을 열고 여성의학 개척자로서 횃불을 밝히고 의학의 여명기를 헤쳐 왔다. 여자는 아무리 아파도 남자의사가 손으로 환부를 만질 수도 없고 정확한 진찰도 할 수 없던 그때, 허영숙은 남정네들이 무책임하게 옮겨 온 화류병(성병)에 걸린 부인들을 수술하며 진료했다. 그리고 자신도 매독균에 전염되어 한쪽 팔을 평생 동안 자유롭게 쓸 수 없었던 역경을 이겨 냈다.

6

허영숙이 도쿄 유학을 하던 그 시절은 우리의 근대여성사도 여명기에 해당하는 시대이다. 조선 최초의 여성화가 나혜석이 함께 진명여학교를 다녔고 도쿄 유학을 같이 하였다. 조선 문단 최초의 여성소설가 김명순 역시 진명여학교를 다녔고 도쿄의 하늘 아래 함께 있었다. 조선 최초의 여기자 이각경, 현해탄에 몸을 던진 소프라노 윤심덕, 대담한 남성편력을 자랑하고 여권신장에 앞장서며 스스로 여성잡지를 펴내던 김일엽, 무대 위에서 맨발로 빛을 발하던 무용가 최승희 등이 모두 그 시대를 함께 살았다. 시집 《렌의 애가》를 펴 들고 춘원 이광수와 춘계 허영숙 사이를 오가던 시인 모윤숙 역시 그 시대의 사람이었다.

　이런 선각자들이 여명기에 어떻게 등장하였다가 역사의 격랑기를 어떻게 헤치고 끝에 가서는 어떻게 운명을 마감했는가 하는 궤적도 함께 추적해 보았다.

　일제강점기 후반부에 춘원 이광수가 훼절해 창씨개명하고, 도쿄까지 달려가 유학생들에게 학병에 나갈 것을 권유한 것은 사실이다. 광복 후에 그는 반민특위에 의해 체포되었고 용수를 쓰고 재판정에 드나들었다. 그런 이광수를 끌고 간 사람들은 북에서 내려온 사람들이었다.

　1950년 6·25가 일어나고 함경도 말씨를 쓰는 사람들이 들이닥쳐 춘원 이광수를 끌고 갔다. 허영숙의 가슴에 가장 깊이 새겨진 한(恨)은 한여름에 얇은 셔츠만을 걸치고 떠난 그에게 외투 한 벌을 전해주지 못한 일이라고 한다.

　지금 춘원 이광수의 묘는 평양 교외 단군릉으로 향하는 길 옆 '납북인사 묘역'에 있다. 부인 허영숙의 묘는 의정부를 조금 지나 양주시 '가톨

릭 묘역'에 자리 잡고 있다. 언제쯤 평양과 경기도 양주에 떨어져 있는 두 분의 묘역이 하나로 합쳐질지는 미래의 역사만이 알 일이다.

일제강점기 때에는 사람들이 춘원 이광수, 육당 최남선, 벽초 홍명희를 '조선 삼재'라고 불렀다. 그 삼재 중에서 벽초는 북으로 가 부수상까지 역임하였고 그 땅에서 잠들었다. 춘원은 친일의 굴레를 쓰고 6·25 때 북으로 끌려가, 강계까지 갔다가 춥고 아픈 몸을 견디다 못해 부수상인 홍명희에게 쪽지를 보냈다고 한다.

'벽초, 나 춘원이오. 너무 아프고 추워 견딜 수가 없소.'

벽초는 김일성의 허락을 받아 자신의 집에 춘원을 받아들였다가 상황이 너무 위급해지자 만포에 있는 인민군 야전병원에 보냈는데 춘원은 그곳에서 주먹만 한 눈꽃을 바라보며 숨을 거두었다고 한다. 어디까지나 들려오는 이야기일 뿐이다.

육당은 6·25 때 인민군에게 큰딸을 잃고 사위가 납치됐다. 본인도 지병을 얻어 고생을 하다가 환도 후 1957년에 향년 68세로 운명했다.

모두 역사의 수레바퀴에 치여 웃고 울며 한숨짓고 기뻐했다. 그러면서도 일제 36년 긴 세월 동안 내린 비를 맞고 또 맞으며 조선말로 글을 쓰고 학문을 하고 민중을 향해 외치고 또 외쳤다.

올해는 나쓰메 소세키가 세상을 떠난 지 꼭 100년이 되는 해이다. 일본 문학계에서는 그를 추모하는 열기가 대단하다고 한다. 그가 세상을 떠난 이듬해 춘원 이광수는 《무정》을 쓰기 시작했다. 유난히 더운 서울의 여름 속에서 100년 전의 춘원을 생각해 본다. 그리고 춘계 허영숙을 사모하며 그 발걸음을 쫓아가 보았다. 이광수를 찾아내고 그에게 붓을 들려 주며 계속 글을 쓰게 했고 그가 아파 누워 있을 때는 곁에서 받아쓰기를 마다하지 않았던 허영숙. 춘원이 병 때문에 다니던 신문사를 나가지 못할 때는 아예 신문사 학예부장이 되어 출근길에 춘원의 원고를 나르고 자신도 글을 썼던 그녀야말로 한국의 근대문학을 태어나게 하였던 진짜 산파인 셈이다. 그녀의 평생이 조선 최초의 산파이자 산부인과 의사였던 것처럼!

이 글이 나오기까지 여러 자료를 챙겨 주시며 격려해 주셨던 이광수·허영숙의 막내따님 이정화 박사에게 먼저 감사드린다. 그리고 먼 뉴욕과 서울을 오가며 귀중한 증언을 해주신 육당 최남선의 손자 최학주 박사에게도 고마움을 전한다. 일본 니가타에서 초고를 꼼꼼히 읽어 주시며 몇 군데를 지적해 주신 춘원 연구가 하타노 세스코 교수에게 사의를 표한다. 춘계 허영숙 여사를 만년에 가까이 모시면서 여사와 함께 춘원 전집을 펴냈던 전 삼중당 편집장이자 도서출판 우신사의 대표이신 노양환 선생께도 감사의 말씀을 올린다.

2016년 더운 여름, 《무정》 탄생 100주년을 기다리며

태양의 천사 1

차례

태양의 천사 2

당대 지식인과 애국지사 그리고 신여성

〈가나다순〉

강명화 康明花   1900~1923. 평양 출신의 기생.
대구 갑부의 외아들 장병천과 사랑하다 자살.

김 구 金 九   1876~1949. 신민회 활동, 한인애국단 지휘,
대한민국 임시정부 주석 역임.

김교신 金敎臣   1901~1945. 무교회주의 기독교 사상을 전파한 종교인.
〈성서조선〉 발행.

김기진 金基鎭   1903~1985. 호는 팔봉(八峰). 카프의 실질적 지도자.

김동원 金東元   1884~1951. 김동인의 이복형. 수양동우회 사건에 연루.

김동인 金東仁   1900~1951. 순문예 동인지 〈창조〉 창간.
〈배따라기〉, 〈감자〉 등 집필.

김동환 金東煥   1901~1958. 아호는 파인(巴人). 장편 서사시 《국경의 밤》 집필.

김마리아 金瑪利亞   1891~1944. 2·8독립선언과 3·1운동 등 독립운동에 적극 가담.

김메리   1904~2005. 이화여전 음악과 교수. 〈학교종〉을 작사·작곡.

김명순 金明淳   1896~1951. 소설가, 시인, 영화배우. 자유연애론을 주장한 신여성.

김상옥 金相玉   1890~1923. 의혈단 단원. 종로경찰서 폭파, 사이토 총독 암살 시도.

김성수 金性洙   1891~1955. 아호는 인촌(仁村). 〈동아일보〉 창간.

김수임 金壽任   1911~1950?. 모윤숙의 단짝친구. 간첩 혐의로 사형.

김우영 金雨英   1886~1958. 일제강점기의 관료. 한때 나혜석의 남편.

김우진 金祐鎭   1897~1926. 1920년대 한국 신극 운동의 주도자.
윤심덕과 현해탄에 투신.

김원주 金元周   1896~1971. 작가, 승려. 일엽(一葉)은 그의 필명으로 춘원이 붙여줌.

김활란 金活蘭   1899~1970. 한국 여성 최초의 박사. 이화여대 초대 총장.

나도향 羅稻香   1902~1926. 단편소설 〈뽕〉, 〈벙어리 삼룡이〉 등을 남기고
폐병으로 요절.

나운규 羅雲奎   1902~1937. 한국 영화계의 선구자.
영화 〈아리랑〉, 〈벙어리 삼룡이〉 등 제작.

나혜석 羅蕙錫	1896~1948. 한국 최초의 여성 서양화가. 자유연애론을 주장한 신여성.	
류영모 柳永模	1890~1981. 개신교 사상가. 호는 다석(多夕).	
모윤숙 毛允淑	1910~1990. 시집 《렌의 애가》, 《국군은 죽어서 말한다》 등을 남김.	
박에스더	1876~1910. 한국 최초의 여지 미국 유학생이자 여의사.	
	본명은 김점동(金點童).	
방응모 方應謨	1884~1950?. 광산업으로 돈을 번 뒤 〈조선일보〉 인수.	
백붕제 白鵬濟	1910~?. 관료, 법조인. 백인제의 동생.	
백인제 白麟濟	1898~?. 외과의사. 백병원 설립자.	
서재필 徐載弼	1864~1951. 〈독립신문〉 창간. 한국인 최초의 양의.	
신채호 申采浩	1880~1936. 독립운동가, 사회주의적 아나키스트, 사학자.	
	호는 단재(丹齋).	
심 훈 沈 熏	1901~1936. 작가, 언론인. 《그날이 오면》, 《상록수》 등을 남김.	
안중근 安重根	1879~1910. 하얼빈 역에서 이토 히로부미 사살.	
	만주 여순 감옥에서 순국.	
안창호 安昌浩	1878~1938. 흥사단 운동 전개. 호는 도산(島山).	
여운형 呂運亨	1886~1947. 건국준비위원회 위원장, 조선인민공화국 부주석 역임.	
염상섭 廉想涉	1897~1963. 소설가. 단편 〈표본실의 청개구리〉,	
	장편 《삼대》 등을 집필.	
윤봉길 尹奉吉	1908~1932. 한인애국단 단원.	
	일왕의 생일연이 열린 홍커우 공원에서 의거.	
윤심덕 尹心悳	1897~1926. 한국 최초의 소프라노.	
	애인 김우진과 현해탄에 몸을 던짐.	
윤치오 尹致旿	1869~1950. 구한말의 교육자이자 일제강점기의 관료.	
	윤치호의 사촌동생.	
윤치호 尹致昊	1864~1945. 정치가 · 교육자 · 사상가.	
	제2대 〈독립신문〉 사장 역임.	
이각경 李珏璟	1897~?. 한국 최초의 여기자.	
이광수 李光洙	1892~1950. 호는 춘원(春園).	
	《무정》, 《유정》, 《원효대사》 등 다수의 작품을 남김.	
이봉창 李奉昌	1900~1932. 한인애국단 단원. 사쿠라다몬에서 일왕 암살 시도.	

이승만 李承晩	1875~1965. 독립운동가, 대한민국 제1~3대 대통령.
이음전 李音全	1910~2009. '애리수'라는 예명으로 활동한 가수.
	〈황성 옛터〉로 사랑받음.
이회영 李會榮	1867~1932. 아나키스트 계열의 독립운동가. 신흥무관학교 설립.
전영택 田榮澤	1894~1968. 소설가, 목회자. 김동인·주요한과 〈창조〉 창간.
정인보 鄭寅普	1893~1950. 대한민국 정부 초대 감찰위원장 역임. 한국전쟁 때 납북.
조만식 曺晩植	1883~1950. 물산장려운동, 민립대학 기성회 운동, 신간회 등 주도.
조소앙 趙素昻	1887~1958. 임시정부 외무부장, 한국독립당 당수 등으로 활동.
주요한 朱曜翰	1900~1979. 한국 근대시의 효시인 〈불놀이〉를 남김.
최 린 崔 麟	1878~1958. 3·1운동 때 민족대표 33인 가운데 한 사람.
최남선 崔南善	1890~1957. 아호는 육당(六堂). 〈해에게서 소년에게〉를 발표.
최서해 崔曙海	1901~1932. 카프파의 소설가.
	〈탈출기〉, 〈홍염〉, 〈고국〉 등을 남김.
최승희 崔承喜	1911~1967. 한국 신무용의 창시자. 광복 후 남편 안막과 월북.
최은희 崔恩喜	1904~1984. 〈조선일보〉 기자로 활약.
한용운 韓龍雲	1879~1944. 시인, 승려, 독립운동가.
	시집 《님의 침묵》이 널리 알려짐.
허영숙 許英肅	1897~1975. 한국 최초의 여성개업의. 춘원의 아내.
현진건 玄鎭健	1900~1943 리얼리즘 계열의 소설가.
	〈술 권하는 사회〉, 〈운수 좋은 날〉 등 집필.
홍난파 洪蘭坡	1898~1941 작곡가.
	가곡 〈봉선화〉, 〈고향의 봄〉과 동요 〈오빠 생각〉 등을 남김.
홍명희 洪命熹	1888~1968. 소설 《임꺽정》의 작가.
	북한에서 내각 부총리 역임. 호는 벽초(碧初).
홍사용 洪思容	1900~1947. 민족주의적 의식을 가진 낭만파 시인.
	시 〈나는 왕이로소이다〉를 씀.
황 현 黃 玹	1855~1910. 한일병탄을 통탄하며 〈절명〉 시를 남기고
	자택에서 음독자살.
황애시덕 黃愛施德	1892~1971. 김마리아와 대한애국부인회를 조직한 독립운동가.

세 명의 여학사

참 좋은 계절이었다.

개나리는 이미 꽃잎을 접고 있었고, 눈처럼 흰 벚꽃이 흩날리기 시작했다. 사람들은 모두 홍화문(興化門: 현 경희궁의 정문)이라고 쓰인 궁궐의 정문으로 서둘러 들어섰다.

홍화문 현판 밑에 커다란 현수막이 걸려 있었다.

'조선 최초의 여학사, 윤정원·박에스더·하란사 환국환영대회'

서양악대 옷을 입고 신기한 서양 악기를 다루는 양악사들이 알 수 없는 서양 음악을 연주했다. 여학생 하나가 큰 소리로 외쳤다.

"난 지금까지 이렇게 많은 사람들은 처음 봐!"

"한성 땅에서 이렇게 많은 여자가 모인 것도 처음일 게다."

"그래그래, 우리 조선 여자가 쓰개치마를 벗어던지고 이렇게 한자리에 많이 모인 것은 오늘이 처음일 게야."

"남녀 합쳐 3천 명은 넘겠지?"

"글쎄 말이야. 여자만 해도 천 명은 넘겠다."

사람들이 떠들고 서로 이름을 부르고 학생들끼리 손짓하고 있을 때, 홍화문 밖에 쌍두마차들이 멈춰서며 고관들이 들어섰다. 모두 서양 사람들이나 입을 법한 금줄이 간 예복을 입고 둥근 모자를 썼다. 금줄이 쳐진 그 둥근 모자 앞에는 요란한 깃털이 달려 있었다. 모두 그 진기한 서양 복식을 보면서 또 한 번 수군대기 시작했다.

"얼마 전까지만 해도 흰 두루마기에 통영갓을 받쳐 쓰고 수염을 쓰다듬으며 갈지자로 걷던 사람들이 모두 다 웬일이야?"

"웬일은 무슨 웬일? 모두 왜놈들 흉내 내느라고 그러지."

그때 홍화문을 박차고 자전거 두 대가 들어섰다. 4월의 햇살을 맞아 반짝거리는 은빛 바퀴살이 눈부셨다.

"저게 뭐니?"

"뭐긴 뭐야. 자전거라는 거다. 서양 사람들이 타는 이륜 자전거야. 정말로 신기해. 저 두 개짜리 바퀴가 쓰러지지 않고 달리다니."

두 대의 자전거는 궁중 안의 넓은 뜰을 휙 한 바퀴 돌았다. 자전거가 스쳐 지나갈 때마다 여학생들은 비명을 질렀다.

"어마야, 무서워."

자전거를 탔던 두 사람은 행사장이 설치된 중앙무대 앞에서 멈춰서고 땀을 닦으며 단상 위로 올라갔다. 사회를 보던 남자가 소리쳤다.

"우리 조선에서 최초로 자전거를 수입하여 손수 타고 오신 윤치호(尹致昊), 윤치오(尹致旿) 두 대감님께 박수를 보내주십시오."

사람들은 저마다 아는 체를 했다.

"저 마른 사람이 개화당 윤치호 대감이고, 저 살집 좋은 사람이 학무국장 윤치오지."

18

"윤치호, 윤치오 이름도 비슷해. 둘 다 개화당이고."

"아, 사촌 간이잖아. 초록은 동색이니까 이름도 비슷하게 지었겠지."

얼마 뒤에 오늘의 주인공들이 등장했다. 두 사람은 머리에 서양 여자들이 쓰는 모자를 쓰고 블라우스에 치렁치렁한 서양 치마를 받쳐 입었다. 또 한 사람은 한복을 입은 채로, 넓은 궁궐 마당에 가득 찬 인파를 가로질러 단상으로 걸어갔다. 여학생들이 모두 손을 흔들며 환영했다. 남학생들도 소리를 질렀다.

배재학당에서 온 짓궂은 남학생들이 큰 소리로 외쳤다.

"윤정원 학사님, 멋지십니다!"

윤정원이 고개를 까딱하며 남학생들을 향해 웃었다.

"닥터 박에스더 존경합니다!"

누군가가 외치자 박에스더는 환한 미소를 지으며 손을 흔들었다.

"용감한 하란사 학사님 환영합니다!"

하란사가 그 남학생의 손을 잡아주었다. 모두 와 하는 함성을 지르며 크게 술렁였다. 치마저고리를 입고 온 아낙네들은 하란사가 남학생의 손을 잡아주는 모습을 보며 손바닥으로 눈을 가렸다.

"아이고 망측해라. 만좌중에 남정네의 손을 잡아주다니."

"아, 그러니까 여학사지. 사람은 배워 놓고 봐야 한다니까?"

"여학사가 뭔데?"

"대학을 나온 여자!"

"대학이 뭔데?"

"그건 나도 몰라."

그때 사회를 보던 남자가 신문지로 나팔처럼 만든 확성기를 들고 큰 소리로 말했다.

"자, 그럼 환영대회를 시작하겠습니다. 경성 양악대의 연주가 있겠습니다."

그러자 번쩍이는 서양 군복에 훈장까지 단 서양 사람이 앞으로 썩 나서면서 지휘봉을 잡았다. 양악대는 낮고 그윽한 소리를 내기 시작했다. 배재학당 남학생들과 이화학당 여학생들이 합창으로 5음계의 구슬픈 음조를 엮어나갔다.

"상제여, 우리나라를 도우소서/ 반만년의 역사 배달민족/ 영원히 번영하여 해와 달이 무궁토록/ 성지동방의 원류가 곤곤히/ 상제여, 우리나라를 도우소서."

궁 안의 분위기는 갑자기 숙연해졌다. 고종 황제의 부름을 받고 일본을 거쳐 우리나라에 들어와 왕궁시위연대의 군악대를 맡았던 독일인 음악가 프란츠 에케르트(1852~1916. 일본 국가 '기미가요'의 작곡가)는 수년 전에 고종 황제를 위하여 대한제국 애국가를 작곡했다. 민영환(閔泳煥) 대감이 작사하고 자신이 작곡한 황실예찬가를 연주하는데도 오늘은 왜 이렇게 위축돼 있을까. 지휘봉을 조용히 휘두르던 에케르트도 알고 있을 것이다.

조선황실의 군대는 이미 해산되었다. 그리고 왕실악대도 해산되어 이제는 '경성양악대'라고 부르게 되었다. 왕실의 공식행사도 줄어들어 양악대가 신나게 연주할 기회도 드물었다.

분위기를 알아차린 듯 카이젤 수염을 기른 에케르트는 지휘봉을 힘차게 휘두르기 시작했다. 그러자 이번에는 배재학당의 남학생들이 학도가를 힘차게 부르기 시작했다.

"학도야 학도야 저기 청산 바라보게/ 고목은 썩어지고 영목은 소생하네/ 동반구 대한의 우리 청년 학도들아/ 놀기를 좋아 말고 학교로 나아가보세."

사회자가 다시 힘을 얻고 명사를 소개했다.

"이 시간에는 보성전문학교 교장이시며 법률가이신 유성준(兪星濬) 대감께서 축사를 해주시겠습니다."

검은 양복에 머리가 약간 벗겨진 유성준은 성큼성큼 단 위에 올랐다. 그리고 조끼에 차고 있던 회중시계를 꺼내보며 말을 시작했다.

"오늘은 여성의 날입니다. 우리 조선의 세 보배를 소개하는 날입니다. 저는 제일 먼저 윤정원(尹貞媛) 여사를 소개드립니다. 사실 윤정원 여사에 대한 소개는 지금 현재 윤 여사가 소속된 한성고등여학교 교장이신 어윤적(魚允迪) 선생께서 말씀하시는 것이 맞겠으나 아마도 자신이 속한 한성고등여학교의 자랑이 될까 싶어 이 사람에게 소개하도록 배려한 것 같습니다. 윤정원 여사는 서울 출신이며 동대문 밖 조양루라는 55칸 기와집에서 태어났지요. 열여섯 살 때 일본 아키스키(秋月左都夫) 공사에게 발탁되어 일본의 유명한 여성교육가 하라 도미코(原富子) 선생의 문하에 들어갔습니다. 동경음악학교를 졸업하고 우리나라 최초의 성악가로 이름을 드날렸고 최초의 대학 졸업생, 즉 여학사가 되었습니다.

윤정원 여사는 지난 1905년 아키스키 공사가 유럽 벨기에로 발령받자 함께 따라가 벨기에, 영국, 프랑스, 독일, 미국 등지에서 성악을 더 공부하였습니다. 그뿐만 아니라 어학 공부도 충분히 하였습니다. 윤정원 여사는 현재 일본어는 물론이고 영어, 독일어, 프랑스어 등 5개 국어에 능통한 분입니다. 아마도 조선 천지에 윤정원 여사만큼 외국어와 음악에 높은 지식을 가진 사람은 없을 것입니다."

유성준 대감이 여기까지 소개했을 때 궁중 넓은 터의 모든 여학생들은 일제히 일어나 손뼉 쳤다. 윤정원이 앞으로 나왔다. 그녀는 비단으로 만든 흰 저고리와 우아한 옥색치마를 입었다. 다만 머리에는 서양식 검은 모자를 썼다. 단 중앙에 서서 윤정원은 허리를 굽혔다. 그리고 군중을 똑바로 바라보며 또박또박 말을 이어갔다.

"과찬의 말씀입니다. 저는 다만 운이 좋아 먼저 개화한 일본에 건너갈 수 있었고 저의 보호자가 유럽으로 발령받아 가셨기 때문에 저도 대서양 건너 유럽을 구경할 수 있었습니다. 그리고 유럽과 미주대륙을 오가며 어학도 익히고 음악을 공부할 수 있었습니다. 이 자리에 계신 여성 여러분, 여러분도 공부만 하시면 기회를 얻을 수 있습니다. 사람은 배워야 합니다. 특히 지난 수천 년 동안 뒷방에만 갇혀 있던 우리 여성들은 이제부터라도 공부해야 합니다. 5대양 6대주를 넘나들며 마음껏 공부해야 합니다."

이화학당 학생들이 제일 큰 소리로 함성을 지르고 박수를 보냈다. 도성 내의 모든 여학교에서 온 수백 명의 여학생들도 일제히 자리에서 일어나 환호했다. 사회자가 분위기를 진정시키느라 땀을 뺐다.

"진정하십시오. 자리에 앉아주시고, 너무 흥분하지 마십시오. 다음 차례가 있습니다. 다음에는 우리 조선에서 무서운 마마병을 쫓아내고 아름다운 여러분의 얼굴에서 마마자국을 영원히 떠나게 해주신 지석영(池錫永) 선생을 소개합니다. 지석영 선생은 일본으로부터 종두법을 들여왔고 우리 조선에 종두장을 만들어 우두국(牛痘局)을 설치했습니다. 지금은 경성의학교 교장으로 계십니다. 여러분, 지석영 선생을 환영해주십시오."

역시 모든 사람이 일어나 지석영 교장을 열렬히 환영했다. 그중에서도 내빈석에 앉은 선교사 언더우드가 큰 키를 앞으로 기울여 엄지손가락을 치켜세우며 조선 최초의 의사 지석영 교장을 격려했다. 한복에 흰 두루마기를 입은 지석영 교장은 씩씩하게 앞으로 나아가 입을 열었다.

"저는 오늘 우리나라 최초의 여의사 박에스더(1876~1910) 선생을 소개하고자 합니다. 박에스더 선생은 본명이 김점동(金點童)입니다."

지석영 교장이 김점동이라는 본명을 밝히자 남학생들은 고개를 숙이고 키득키득 웃었다. 여학생들은 그렇게 웃는 남학생들을 향해 눈을 흘겼다. 지석영 교장이 계속했다.

"김점동 학생은 이화학당 초기에 입학했습니다. 여성은 배워서는 안된다는 금기를 깨고 당당히 이화학당에 들어갔습니다. 그리고 예수를 믿고 세례를 받았습니다. 세례받고 난 후 받은 이름이 에스더입니다. 어쩌면 이름을 바꿔서 새 인생을 개척했는지도 모르겠습니다. 에스더는 우리나라 최초의 여의사가 되기 위하여 준비를 착착 진행했습니다. 우선 선교사의 주례로 정동교회에서 혼인식을 올리고 신랑의 성을 따라 '박에스더'라는 이름을 얻게 되었습니다. 신랑 박 씨와 박에스더는 지난 1896년 태평양을 건너 미국으로 갔습니다. 그리고 미국에서도 유명한 볼티모어 여자의과대학(지금의 존스 홉킨스 의대)을 졸업하고 1903년 우리나라 최초의 여자 양의사가 되어 귀국하였습니다. 돌아와서는 한성보구여관(保救女館: 지금의 이화여대 의과대학)에서 의료 선교를 하다가 평양으로 올라가 평양 기홀병원에서 10개월 만에 3천 명 이상의 여성

환자들을 돌보았습니다. 그리고 지금까지 황해도, 평안도 지역을 순회하며 병들고 가난한 이들을 돌봐왔습니다. 박에스더 선생님께 박수를 보내주십시오."

박에스더는 흰 블라우스에 검은색 투피스를 입고 검은 모자를 쓴 채 단 위로 올라섰다. 그리고 목에 걸고 있던 무엇인가를 높이 들었다. 검은 줄에 끝이 하얀 그 물건은 햇빛을 받아 반짝했다.

"이것이 청진기라는 것입니다. 우리나라 사람들은 지난 수천 년 동안 의원들이 손으로 짚어보는 진맥을 받아 왔습니다. 그러나 우리 양의들은 이 청진기로 환자의 가슴과 복부를 알아볼 수 있습니다. 심장이 어떻게 뛰는지 맥박은 제대로 뛰는지 내장에 특별한 이상은 없는지 이 청진기 하나면 곧바로 알 수가 있습니다."

사람들은 모두 놀랐다.

"정말이야? 저걸로 사람의 오장육부 상태를 알아볼 수 있단 말이야? 거 참!"

"정말로 신기한 세상이 왔네? 여자가 마음대로 진맥하고 치료하는 세상이 오다니 ….."

다음으로는 정동교회 목사이며, 기독교 청년회 YMCA를 지도하는 개화인사 최병헌 목사가 단 위에 올라왔다. 그는 목사답게 아주 차분한 목소리로 하란사를 소개했다.

"제가 소개하고자 하는 하란사(河蘭史: 1875~1919) 여사는 특이한 경력을 가진 분입니다. 이 자리에 와 있는 이화학당 학생들은 모두 다 아는 일입니다만 이화학당에는 결혼한 사람이 입학한 예가 없습니다. 그런데 하란사 여사는 양반 가정에서 이미 결혼해 자녀까지 두었지요.

그러나 배워야겠다는 일념 하나로 이화학당을 찾아갔습니다. 이화학당의 프라이 당장(기숙사 사감)은 하인을 거느리고 등불을 든 채 밤에 찾아온 이 하란사 여사를 설득하였습니다. '우리 학교에서는 결혼한 여성은 받아들이지 않습니다.' 그러자 하란사 여사는 들고 온 등불을 모두 끄고 말했습니다. '보세요. 이 깜깜한 밤에 등불을 끄면 천지가 암흑입니다. 지금 우리 조선은 이 암흑과 같습니다. 특히 조선의 여성들은 수천 년 동안 공부하지 못했기 때문에 깜깜한 밤중을 거닐고 있습니다. 저는 배워서 밝은 등불을 얻고자 합니다.' 하란사 여사의 이 당당한 논리에 프라이 당장은 설득되었고, 하란사 부부는 지난 1896년 일본을 거쳐 미국으로 유학을 떠났습니다. 그리고 학풍이 엄격하기로 유명한 오하이오 웨슬레안 대학에서 1900년에 B.A학위를 받았습니다. B.A학위는 문학과 철학과 같은 문과대학의 학사학위입니다. 하란사 여사야말로 우리나라 최초의 여성 미국문학사 취득자이며 정식으로 공부한 정통 학위소지자입니다. 지금은 모교 이화학당에서 기숙사를 책임지는 당장의 임무를 수행하고 있습니다. 남자들이 얼씬댈 수 없도록 아주 엄격한 당장으로 기숙사를 지키고, 연애편지 한 장도 받을 수 없도록 이화의 학생들을 감독하는 무서운 교수님입니다."

이화학당 학생들이 모두 크게 소리쳤다.

"정말 너무 무서워요! 하지만 당장님 존경합니다!"

배재학당 학생들과 보성학교 학생들도 큰 소리로 외쳤다.

"당장님! 연애편지는 허락해주세요!"

모자도 쓰지 않고 활달한 양장을 하고 등장한 하란사는 여유 있게 웃으며 남학생들을 바라보았다.

"연애는 천천히 해도 됩니다. 하지만 공부에는 다 때가 있습니다. 우리 이화의 여학생들을 데려가려면 여러분도 당당히 공부해서 학사가 되고, 석사가 되고, 또 박사가 되세요. 지금 우리나라에는 많은 박사가 필요합니다."

하란사의 위력에 장내는 숙연해지고 말았다.

사회자가 또 큰 소리로 말했다.

"그럼 이번에는 조선 최초의 여학사님들께 윤 황후(순종의 부인)께서 하사하시는 기념 메달을 수여하겠습니다."

윤치호와 그의 부인, 그리고 학무국장 출신 윤치오 내외가 앞으로 나와 윤 황후의 기념 메달을 목에 걸어주었다. 이어서 여학생 대표들이 세 학사에게 꽃다발을 증정했다. 윤정원에게는 한성고등여학교 여학생이 꽃다발을 올렸고, 하란사에게는 이화학당 학생이 꽃다발을 전했다. 그런데 목에 청진기를 걸고 중앙에 서 있던 박에스더를 향하여 진명여학교 학생이 다가가고 있었다. 행사를 시작할 때부터 아주 얌전하게 열을 맞춰 서 있던 진명여학교 학생들은 자신들이 활달한 이화학당이나 한성고등여학교 학생들에 밀려 조용하게만 있었다고 생각했다. 그들은 꽃다발을 들고 나가는 자신들의 학교 대표를 응원했다.

"진명의 대표 허영숙(許英肅)! 아름답고 멋진 허영숙! 네가 제일 멋있다!"

엉뚱한 성원과 함성에 하마터면 허영숙은 넘어질 뻔했다. 그때 군중석에서 멀리 서 있던 어떤 노부인 하나가 아주 큰 소리로 외쳤다.

"쟤가 제 딸입니다. 아주 출중하게 예쁘지요. 이 사람이 마흔여섯 살에 낳은 만득자입니다. 하지만 저렇게 똑똑하고 아름답습니다."

곁에 서 있던 청년이 노인의 돌출행위를 황황히 자제시켰다. 꽃다발을 들고 나가던 허영숙 학생은 홍당무가 되어 정신없이 꽃다발을 박에스더에게 전했다. 사람들은 모두 웃고 그 노파를 향해 야유를 던졌다.

"만득이가 뭘 자랑이라고…, 하긴 뭐 예쁘고 총명하게는 생겼네요 뭐!"

사태가 묘하게 돌아가자 박에스더는 꽃다발을 받고 허영숙 학생을 자신 곁에 세운 채 큰 소리로 물었다.

"학생은 이다음에 무얼 공부하고 싶어요?"

허영숙은 고개를 푹 숙이고 들릴 듯 말 듯한 목소리로 대답했다.

"아직은… 잘 모르겠어요."

박에스더는 허영숙의 손을 잡고 따뜻하게 말했다.

"꼭 의학을 전공하기 바라요. 지금 이 사람은 너무 너무 바쁘답니다. 하루에 수백 명씩 진료해야 하니까요. 여성환자를 위한 여의사가 되세요. 꼭이요, 꼭!"

허영숙은 정신없이 제자리로 돌아왔다.

융희(대한제국의 마지막 황제 순종 때의 연호) 3년, 그러니까 1909년 4월 28일 서울 서대문 근처 경희궁에서 일어난 사건이었다.

진명여학교

땡땡땡 — 수업종이 울렸다. 학생들은 반듯한 자세로 앉아 선생님을 기다렸다. 수신(도덕)과 영어를 가르치는 신여성 황메례(일명 여메례) 선생이 문을 열고 들어왔다. 검정치마에 흰 저고리를 입고 은테안경을 썼다. 학생들은 긴장했다. 황메례 선생이 학감을 겸했기 때문이다. 기숙사에서 생활하는 학생들은 밤에도 황메례 선생의 엄격한 지도를 받아야 했다. 그런데 황메례 선생은 은테안경을 한 번 추스르고 나서 아주 부드러운 어조로 입을 열었다.

"이 시간은 수신 시간인데 오늘은 좀 자유로운 내용을 공부하겠다. 얼마 전에 경희궁에서 큰 행사를 했는데…, 우리나라 최초로 여성 출신으로서 해외에 나가 당당히 성악가가 되고, 여학사가 되고, 의사가 된 분들을 환영했던 행사였지. 사실 그날 나도 여러분을 이끌고 그 행사장에 참석했지만 정말 가슴이 벅찼어. '여자도 대학을 나오고 학사가 될 수 있구나' 하는 것을 생각하면서 많이 부러웠어. 나도 그동안 보구여관에서 환자를 돌보고 교회 활동을 하는 일만 아니었으면 공부를 더

했을걸 하는 생각을 했지."

그러자 뒷줄에 앉았던 학생 하나가 큰 소리로 말했다.

"하지만 학감 선생님은 조선이 알아주는 신여성이 아닙니까! 이화학당을 나오고 조선에서는 영어를 제일 잘하는 선생님이 아니세요?"

또 다른 학생이 애교 섞인 말로 청했다.

"선생님, 오늘은 선생님 과거사를 말씀해주세요. 어떻게 해서 영어를 제일 잘하는 신여성이 되셨어요? 저희들은 그 점이 궁금합니다."

황메례 선생은 창밖을 쳐다보다가 마음을 굳혔다.

"내 고향은 저 남쪽에 있는 따뜻한 항구도시 마산이에요. 내 성은 여 (余) 씨예요. 외동딸로 태어났는데 어느 날 우리 아버님이 점을 쳐 보니까 아 글쎄 불길한 점괘가 나왔더래요."

"어떤 거였는데요?"

"지금 생각해보면 미신에 불과한 얘기겠지만 아무튼 그때 점쟁이는 내가 집에서 자라면 아주 일찍 죽을 거라고 얘기했다는 거예요. 그래서 어머니는 아버지와 상의한 끝에 나를 경성으로 데리고 올라왔죠. 그때 경성 거리에는 이화학당을 세운 스크랜턴 대부인(M. F. Scranton)이 광고문을 여기저기에다 붙여 놨었어. '갈 곳 없는 아이, 먹일 수 없는 아이, 공부하고 싶은 아이, 여자아이들은 다 내게로 보내시오' 뭐 이렇게 쓰여 있는 광고문이었지. 사람들은 그 말을 안 믿었어. 서양귀신이 아이들을 잡아다가 팔아먹는다느니, 심지어는 잡아먹는다는 소문까지 돌았으니까. 그런데 말이야, 나는 어머니 팔을 잡고 애원했지. '어머니, 저를 저 서양부인에게 보내주세요.'

어머니는 반쯤은 잘 된 일이라고 생각하고 나를 스크랜턴 대부인에게 데려다주고 뒤도 돌아보지 않고 가셨지. 그 후 나는 스크랜턴 대부인의 양녀가 되어 그분과 함께 밥 먹고 잠자면서 영어를 배웠지. 언어 공부라는 것은 함께 살면서 배우는 것이 제일 빠른 길이거든. 아무튼 그래서 나는 이화학당을 나왔고 그분이 세운 보구여관에서 환자를 돌보는 간호부(지금의 간호사) 생활을 시작하여 아픈 여인들을 돌보기 시작했지. 그리고 멀리 수원의 삼일여학교에까지 가서 영어를 가르치기도 했어. 교회에 나가면서 전도사 생활도 열심히 했고."

누군가 또 물었다.

"그런데 선생님은 존함이 왜 그렇게 어려워요? 황메례, 그 존함은 어떻게 해서 얻으신 거예요?"

"예수를 믿으면 세례라는 것을 받게 되는데 그때 세례명을 따로 받게 돼 있어요. 내 수양어머니 스크랜턴 대부인께서 내 세례명을 '메리' (Mary)라고 붙였는데 그걸 한자로 음역하면 '메례'가 되는 거예요. 그래서 처음에는 내 성씨가 여 씨니까 '여메례'라고 했다가 내가 결혼해서 신랑의 성이 황 씨였기 때문에 '황메례'가 된 거예요."

"바깥어른은 어떤 분이셨어요?"

"그이는 예수를 잘 믿는 사람이었답니다. 또 공부도 잘해서 결혼하자마자 미국 유학을 떠났는데 미국에 도착하자마자 풍토병에 걸려 세상을 떠났어요. 결혼한 지 3개월밖에 되지 않은 때였죠. 그러고 보면 나는 복이 없는 여자인가 봐."

앞에 앉아 있는 키 작은 아이들이 훌쩍거렸다. 하지만 선생님은 아무렇지도 않은 듯 말을 이었다.

"다 지난 일이에요, 다 지난 일이야. 이제는 황메례로 여러분과 함께 기쁘게 공부하면서, 여러분에게 예수 믿기를 권할 거야…. 참 그런데 내가 우리나라 최초의 여학사 얘기를 하다가 쓸데없이 내 얘기를 늘어놨네. 그러니까 그날 여기에 있는 급장 허영숙이 박에스더 의사에게 꽃다발을 전했었지? 허영숙!"

허영숙이 얼른 일어났다.

"그날 박에스더 의사는 영숙 학생에게 무엇을 당부하던가요?"

"네. 의사가 되라고 하셨습니다."

"그래서 허영숙 급장은 의사가 되기로 했나요?"

"아직은 깊이 생각해보지 못했습니다. 사실 어떻게 해야 여자로서 의사가 되는지도 모르겠고요."

"당연하죠. 아직 어린 학생에게 여의사가 되라고 엄청난 말을 던졌으니 어찌 감당할 수가 있겠어요. 그래서 내가 오늘 여러분에게 여자도 의사가 될 수 있다는 이야기를 전해주기 위해 수업을 맡은 것입니다."

그러면서 황메례 선생은 교탁 위에 자료를 꺼내놓았다. 선생은 공책과 몇 권의 책 중에서 잡지 한 권을 꺼내들었다.

"자, 얼마 전에 발간된 〈대한흥학보〉(大韓興學報)라는 잡지입니다. 지난 3월 동경에서 발간된 학술잡지인데, 여기에 아주 중요한 내용이 실려 있습니다. 이 글을 쓴 분은 이상설(李相卨)이라는 분인데, 혹시 여러분 가운데 이분에 대해 아는 사람 있으면 말해보세요."

학생들은 웅성웅성하며 그냥 앉은 자리에서 말했다.

"애국자예요! 을사늑약 때에 군중들에게 부당함을 호소하고 머리를 돌에 찧어 순국하려고 했던 분이에요."

"우리나라에서 윤치호 대감과 함께 최초로 양복을 입고 해외시찰을 한 분이에요."

황메례 선생은 기쁜 표정으로 허영숙을 지목했다.

"이상설 선생에 대해 아는 대로 얘기해 보세요."

"광무(光武) 황제 때에 마지막으로 실시된 과거에 합격한 분이고, 해외 시찰을 다녀오셨고, 황제의 밀명을 받아 얼마 전에는 헤이그 만국평화회담에 대표로 나가셨고, 지금은 만주와 연해주 쪽에서 활동하시는 분으로 알고 있습니다. 일본어, 영어, 중국어, 프랑스어에 능하시고 러시아 말까지도 하실 수 있다고 들었습니다. 그런 분이 그 잡지에 어떤 내용을 발표하셨는지 듣고 싶습니다."

"허영숙 학생은 정말로 박에스더 의사가 부탁한 대로 여의사가 될 자격이 있는 것 같군요. 자, 그럼 이 잡지에 실린 이상설 선생의 주장을 풀어서 설명해주겠습니다. 이상설 선생이 이 잡지에 쓴 글의 제목은 '여학생에게 의학연구를 권고함'이란 것입니다."

황메례 선생은 판서하기 시작했다.

'왜 우리 여자가 특별히 의학을 연구해야 되는가? 첫째, 우리 조선의 의학은 수천 년 동안 중국을 통해 들어왔다. 그 의학을 관리하는 사람들은 수천 년 동안 남자들이었다. 의학서적을 쓴 사람들도 남자들이었고, 의술을 베푸는 의사들도 남자들이었고, 그런 남자 의사들로부터 실질적 진료를 받는 사람들도 거의가 남자였다. 둘째, 여자들이 병이 나면 대개 여자 무당들이 와서 푸닥거리를 하거나 몇 가지 탕약을 지어주는 것이 전부였다. 그래서 감기몸살 같은 통상적인 병은 치료할 수 있었으나, 여성의 질병인 자궁병, 대하증, 월경불순 같은 병은 고칠 엄두를 낼 수조차 없었다. 그래서 여성들은 수천 년 동안 의술의 혜택을 받을 수 없었다. 셋째, 조선에는 수천 년 동안 내외법이라는 게 있었다. 여성이 아무리 중병에 걸려도 남자 의사가 직접 여성의 몸을 만지며 병을 알아내고 치료할 방법이 없었다. 특히, 양반집 여인들은 병이 나면 남자 의사에게 왼쪽 손을 내놓고 간접적으로 진맥을 받는 수밖에 없었다. 그래서 중병은 그 원인도 모른 채 방치될 수밖에 없었다.'

여기까지 칠판에 글을 쓰고 난 황메례 선생은 학생들에게 물었다.

"이상설 선생의 주장이 맞습니까? 틀립니까?"

"전적으로 맞습니다!"

"그렇다면 이 수천 년간 지켜 내려온 내외법을 해결하면서 여성에게 병을 치료해줄 방법이 무엇입니까? 급장 허영숙 대답해 보세요."

"여의사가 여자환자를 진료하는 것입니다. 그러면 내외법도 문제가 되지 않고 여성병도 문제가 되지 않습니다."

학생들은 시키지도 않았는데 모두 약속이나 한 것처럼 박수 쳤다.

"우문(愚問)에 현답(賢答)입니다!"

황메례 선생도 손뼉을 쳤다. 그리고 결론 삼아 말했다.

"이상설 선생께서는 이제 조선에도 여의사가 필요하다는 논설을 펼치고 그 해결책까지도 제시하셨습니다. 현재 조선에는 여성을 위한 의학교가 없습니다. 이화학당에서 여러 가지를 가르치지만 아직 의술에 대한 전문분야는 없습니다. 그래서 이화학당의 김점동 학생도 남편 박유산과 결혼하고 이름을 박에스더로 고친 뒤에 멀리 태평양을 건너 미국까지 가서 의사가 되었던 것입니다. 그런데 지금 여러분이 먼먼 태평양을 건너 아메리카 대륙에 가서 공부한다는 것은 사실상 어려운 일입니다. 그러나 이상설 선생의 조사에 의하면 현재 일본 동경에는 4년제 동경 여자의학교가 있다고 합니다. 그 의학교에서 무엇을 배우는지까지 조사하셨습니다. 1·2학년 때에는 물리학, 화학, 해부학, 조직학, 생리학, 의화학 등의 기초과목을 배우고, 3·4학년 때에는 병의학, 병리해부학, 외과학, 약물학, 내과학, 산과·부인과학, 안과학, 모형연습, 위생학, 법의학, 정신병학 등을 가르칩니다."

학생들은 모두 큰 소리로 외쳤다.

"선생님! 너무 어려워요. 무슨 학문인지 가늠조차 못하겠어요."

하지만 딱 한 사람만은 고개를 묻고 칠판에 적힌 내용을 정신없이 적고 있었다.

그해 9월에는 안타까운 일이 생겼다. 1885년 초대 주한 러시아공사 베베르(Waeber, K., 韋貝)의 처형으로 우리나라에 찾아와 고종과 명성황후의 특별한 사랑을 받았던 독일 여인 손탁(Sontag, A., 孫澤)이 조선을 떠나게 된 것이다.

프랑스 알자스로렌 지방에서 태어나 프랑스어와 독일어에 능통하고 영어와 러시아어까지 자유롭게 구사하던 손탁 여사는 30대 초반의 아름다운 모습으로 동양의 숨은 왕국, 조선에 찾아왔다. 그녀는 황제를 돕고, 특히 영민했던 명성황후를 모셨으며, 조선 땅에 들어오는 모든 외빈들을 친절히 모셨다.

그녀는 고종과 명성황후 곁에서 통역을 도맡고, 양식 요리를 선보이고, 외빈들에게 정통 커피를 대접할 줄 알았던 독보적 존재였다. 고종황제는 그 여인의 음전한 행실이 마음에 들어 땅을 하사했다. 그녀는 외국 공관이 밀집한 정동 복판에 호텔을 짓고, 자신의 이름을 따 '손탁

호텔'이라 이름 붙였다.

그녀는 한말의 어지러운 모습을 그 누구보다도 가까이서 지켜보았다. 서로 혈육처럼 지내던 명성황후가 변을 당하는 모습을 보았고, 이상설, 이위종(李瑋鍾), 이준(李儁) 열사를 헤이그 만국평화회의에 보낸 고종 황제가 일인들의 강요로 퇴위하는 모습까지도 보아야 했다.

그 뒤를 이은 순종과 윤 황후의 곁을 지키던 손탁 여사는, 이토 히로부미 초대 통감이 서울에 자리 잡을 때에도 손탁호텔을 내주어야 했다. 그렇게 한말의 격랑을 고스란히 지켜보았던 그녀가 이제 50대 중반의 초로의 노인이 되어 러시아로 떠나려 하고 있었다.

사람들은 소문을 듣고 남대문역(지금의 서울역)에 구름같이 모여들었고, 왕실과 일본통감부에서도 고관들이 나와 전송했다. 그녀는 제물포에서 배를 타고 떠났다. 참으로 쓸쓸한 가을 풍경이었다.

여학생들은 소문만 듣고 학교에서 수군거렸다.

"앞으로 손탁호텔은 누가 쓸까?"

"뭐 일본 놈들이 쓰겠지."

"아니야, 일본 놈들은 지금 터를 닦는 번듯한 조선호텔을 차지할 거래. 낡고 초라한 손탁호텔은 이완용(李完用)이 쓴다는 말이 있어."

"미스 손탁에게 정을 많이 주셨던 태황제(고종)께서는 미스 손탁에게 배꽃 문양이 새겨진 은그릇을 하사하셨대."

"참, 미스 손탁은 조선 청년을 양자로 삼아 데려갔다는데?"

"그 청년은 좋겠다. 세계여행도 하고."

미스 손탁이 남대문역을 떠난 지 한 달쯤 되는 10월 28일 저녁에는 서울 정동 거리와 종로 네거리, 그리고 본정통(명동)과 진고개(충무로) 일대에 신문 호외가 뿌려지기 시작했다.

"호외요, 호외! 이등박문(伊藤博文) 전 통감이 변을 당했습니다!"

"하루빈(하얼빈)에서 안중근(安重根)에게!"

길 가던 모든 사람들이 호외를 주워 보았다.

"안중근이 누구야?"

"황해도 해주 사람이래! 동학군이었다가 천주교 신자가 된 청년이라나 봐."

"아니야, 의병장이야! 대한의 장군이야!"

"쉿―."

학교는 수업을 멈추었다. 밤에는 통행금지가 실시되었다. 일본군 헌병들이 거리에 쫙 깔렸다. 수상한 사람들은 불심검문을 당했다. 사람들은 모두 외출을 삼갔다. 진명여학교에서도 수업을 하지 않고 황메례 선생이 학생들에게 말했다.

"내일은 모두 검은 상복을 입고 오너라. 위에는 까만 저고리, 밑에는 까만 통치마다. 가슴 섶에는 학교에서 나누어주는 흰 상장(喪章)을 달거라."

가을 단풍이 막 들기 시작하는 장충단에서 1909년 11월 4일 오후 2시부터 이토의 추모식이 거행되었다. 장충단으로 가는 모든 거리에는 조기(弔旗)가 걸렸다. 전·현직 내각들과 황족 원로, 궁내부를 비롯하여 각부의 고등관과 육군 장교, 엄비와 윤 황후가 보낸 사절이 상복을 입고 참석했다. 시내에 있는 84개 학교의 학생 5천여 명이 모두 상복을 입고 모였다. 일본 헌병들이 착검한 채 외곽을 에워쌌다. 전체 조문 인원의 수는 만 명이 넘었다. 내각총리대신 이완용이 눈물을 흘리며 조사를 읽고, 귀족원의 원장 윤덕영(尹德榮)이 함께 호곡하며 조사를 이었다.

오후 5시가 넘어 장례식이 끝나자 학생들은 시내를 가로질러 학교로 돌아갔다. 모두 남산 밑을 지나가며 경성 시내를 당당하게 굽어보는 통감관저, 후에 '왜성대'로 불리는 통감의 어마어마한 저택을 바라보았다. 은회색 빛깔로 위풍당당하게 지은 그 2층집 통감의 관저를 주눅 든 눈초리로 모두들 바라보았다. 스물이 넘어 보이는 고등보통학교 학생들이 조심스러운 말투로 속삭였다.

"태황제께서도 조문하셨을까?"

"에이, 설마…, 만국평화회의에 이상설, 이위종, 이준 열사를 보냈다고 자신을 퇴위시키고 이 나라의 외교권을 박탈한 이등한테 조문을 가셨겠어?"

"그럼, 절대로 그럴 수는 없지. 명성황후를 시해한 왜놈의 두목한테 어떻게 조문하실 수 있어! 우리의 태황제가."

그때 길거리에 서 있던 어린 아이들이 동요처럼 큰 소리로 노래를 불렀다.

"일 – 일본 놈의, 이 – 이토가, 삼 – 삼천리금수강산을, 사 – 사방으로 돌아보고, 오 – 오적을 매수하여 대한을 먹으니, 육 – 육혈포로, 칠 – 칠 발을 쏘아, 팔 – 팔도강산을 다시 찾으니, 구 – 구사일생 남은 왜놈, 십 – 십만 리 밖으로 달아나더라!"

학생들이 따라 부르려고 할 때 인솔 교사들이 아이들을 쫓았다. 그리고 학생들을 향해 입단속을 시켰다.

어쨌든 그때의 실상은 젊은 학도들의 바람과는 한참 다른 것이었다.

고종 황제, 백성들과 학생들이 '태황제'라고 부르던 그 대한제국의 황제는 친일파들의 집요한 설득을 견디지 못하고 학생들보다 이틀 앞서 11월 2일에 이미 남산의 통감관저로 쌍두마차를 타고 가 굴욕적인 조문을 하고 돌아갔다. 이런 일들의 중심에는 친일파 총리대신 이완용이 있었고, 친일파 송병준(宋秉畯)이 있었으며, 친일단체 일진회의 우두머리 이용구(李容九)가 있었다.

이토 히로부미의 장례식을 치르고 한 달쯤 뒤, 경성 종현성당(鍾峴聖堂: 지금의 명동성당)에서는 벨기에 황제 레오폴드 2세의 추모 미사가 있었다. 총리대신 이완용도 검은 쌍두마차를 타고 미사에 참석했다. 미사를 끝낸 그가 마차를 타려고 할 즈음, 젊은이 하나가 번개처럼 달려들어 칼을 휘둘렀다. 예리한 칼에 3번이나 찔렸다. 쌍두마차는 쓰러진 이완용을 싣고 정신없이 달려갔다. 현장에서 칼을 던진 19세의 청년 이재명(李在明)은 '대한독립 만세!'를 3번 외쳤다. 청년은 미국에서 돌아온 개신교 신자였다. 19세의 애국청년 이재명은 사형선고를 받았다. 그런데 놀랍게도 3번이나 칼에 찔린 이완용은 끈질긴 목숨을 보존하여 병원에 누웠다가 온양온천으로 도망갔다. 1909년은 그렇게 어수선하게 끝났다.

조선 최초의 여의사

해가 바뀌어 1910년이 되었다.

다시 봄이 오고 벚꽃이 활짝 피는 4월이었다. 수업이 끝나갈 즈음에 황메례 선생이 신문을 들고 교실로 들어왔다. 학생들이 모두 인사드리고 교실 문을 나서려고 할 때 선생은 허영숙을 불렀다.

선생은 손에 든 신문지를 내려다보며 힘없이 말했다.

"지난해 이맘때쯤 우리 영숙이는 진명여학교를 대표해서 우리나라 최초의 여의사, 박에스더 선생에게 환영의 꽃다발을 드렸는데 오늘은 슬픈 소식을 전해야겠구나. 참 안타까운 일이다. 지난 4월 13일에 그 박에스더 선생이 세상을 뜨셨다는구나. 그동안 너무 과로하셨지. 자신의 건강을 돌보지 못하고 이 나라 여성들을 돌보시다가 쓰러지셨어. 영숙아, 내일 나하고 그분의 장례식에 가보자. 장례 예배가 정동교회에서 있다는구나. 너는 지난해 그분으로부터 특별한 부탁과 격려를 받았지 않니?"

허영숙이 난감한 표정으로 바라보자 황 선생은 침착하게 말했다.

"아침에 등교할 때, 위아래 까만 한복만 입고 오거라."

다음 날 수업이 끝나자 황메례 선생은 허영숙의 머리 위에 하얀 천으로 장식된 핀을 꽂아주었다. 그리고 덕수궁 길을 함께 더듬어 정동교회로 향했다. 정동교회로 가는 길에는 수많은 사람들이 허영숙과 황메례 선생처럼 머리에 하얀 천을 꽂고 슬픈 얼굴을 한 채 모여들었다. 교회당 안에는 이화학당과 배재학당에서 온 젊은 학생들로 가득했다. 그리고 검은 양복을 입고 상복을 입은 개화 신사들과 신여성들이 모여 있었다. 장례 예배가 엄숙히 시작될 때 사회자는 말했다.

"고인과 평소에 깊은 교분을 나누며 이 나라 최초의 여학사로서 영예를 함께 했던 소프라노 윤정원 학사께서 특별 찬송을 하시겠습니다."

검은 상복을 입은 윤정원이 조용히 강대상 앞으로 나와 두 손을 모았다. 그리고 눈을 감고 오르간 반주에 맞춰 찬송을 부르기 시작했다.

"하늘 가는 밝은 길이 내 앞에 있으니/ 슬픈 일을 많이 보고 늘 고생하여도/ 하늘 영광 밝음이 어둔 그늘 헤치니/ 예수 공로 의지하여 항상 빛을 보도다 …."

사람들은 모두 흐느꼈다. 이화학당의 젊은이들은 어깨를 들썩이며 울었다. 황메례 선생도 손수건을 꺼냈다. 허영숙도 흐르는 눈물을 닦았다.

사회자가 흐느끼는 사람들을 위로했다.

"고인과 함께 이화학당을 나왔으며 태평양을 건너 아메리카에 건너가 여학사가 되신 하란사 학감께서 조사를 하시겠습니다."

상복을 단정히 입고 검은 모자를 쓴 하란사 학감이 뚜벅뚜벅 걸어 나와 손에 든 조사를 펼쳐 읽기 시작했다.

"김점동 박에스더는 1877년 바로 이곳 정동에서 아버지 김홍택과 어머니 연안 이 씨 사이의 넷째 딸로 태어났습니다."

바로 이 대목에서 허영숙은 깜짝 놀랐다.

'아니, 박에스더가 이 정동에서 태어났단 말이야? 그럼 우리 집에서 멀지도 않네…? 그리고 김씨 가문의 넷째 딸로 태어났다고? 나도 똑같은 넷째 딸인데….'

하란사는 계속했다.

"여자에게는 이름 지어주는 것조차 인색하여 등짝에 점이 있다고 하여 그냥 점동이라고 불렸던 우리의 에스더. 그녀는 그 깜깜한 시기에 이화의 문을 두드렸고 이화학당 창설자 스크랜턴 부인으로부터 영어를 배웠습니다. 그리고 바로 이 정동교회에서 아펜젤러 선교사님으로부터 세례를 받았습니다. 또, 이 정동교회에서 신랑 박유산과 결혼하였고 박에스더라는 새 이름을 얻었습니다. 그리고 지난 1896년 태평양을 건너 미국으로 가 뉴욕 퍼블릭 스쿨에서 1년간 영어공부와 6개월간의 간호과정을 마쳤습니다. 그리고 그렇게도 소망하였던 볼티모어 여자의과대학에 입학하여 지난 1900년에 당당히 졸업, '닥터'라는 칭호를 얻었습니다. 그러나 남편 박유산은 아내를 뒷바라지하기 위해 미국인 농장에 나가 하루 종일 일했고 과로한 나머지 폐결핵을 얻었습니다. 그는 아내가 의과대학을 졸업하기 불과 3주일 전에 하늘나라로 갔습니다. 박에스더는 자신을 위해 목숨을 던진 남편 박유산의 사랑을 간직하고 고국에 돌아와 동대문 보구여관(이화여대 병원의 전신)에서 힘껏 진료하였습니다. 그리고 평양 기홀병원으로 옮겨 밤낮없이 밀려오는 여성 환자들을 돌보았습니다. 지난 1903년부터는 황해도와 평안 남·북도까지 말을 타고 다니며 순회 진료를 하였습니다. 면면촌촌을 돌아다니며 이제는 우리 여성들도 눈을 뜨고 공부해야 한다는 점부터 강조하였으며 아픈 여성들을 돌보았습니다. 그렇게 과로한 나머지 오호라 우리의 박에스더는 바로 자신의 남편 박유산이 앓았던 폐결핵으로 세상을 떴습니다. 33세, 꽃다운 나이로 우리 곁을 떠났습니다. 조선 최초의 여의사, 박에스더가 떠났으니 아, 아, 그 뒤를 이을 이가 누구인가요. 여기 계신 여러분들인가요? 네? 여성 여러분!"

이화의 여학생들이 모두 목 놓아 울었다. 허영숙도 크게 울었다. 황메례 선생이 허영숙의 눈물을 닦아주었다.

"영숙아, 이제 네가 무엇을 해야 되는지 알겠지? 의학을 공부하려면 수학, 화학, 물리학 같은 것도 알아야 하는데 그런 학문의 기초를 우리 진명여학교에서는 배우기 어렵단다. 지금 우리 장안에서는 공립으로 세운 한성고등여학교가 그나마 그런 공부를 할 수 있는 곳이니 내년쯤 옮겨 보거라."

이토 히로부미에 이어 2대 통감이 되었던 소네 아라스케는 5월 30일에 해임되었다. 그 뒤를 이어 일본 육군대신 데라우치 마사타케가 새로운 통감으로 남산통감부의 주인이 되었다. 일본 육군대장 출신인데, 인상도 험악하여 조선 사람들은 그를 '독사'라는 별명으로 불렀다. 어쩐지 일이 크게 잘못될 듯 인심이 흉흉했다. 독사 데라우치 마사타케는 결국 일을 벌였다. 그해 8월 22일 한일합병조약이 강제로 맺어졌고, 29일에 공표되었다.

거리에는 흰옷 입은 사람들이 통곡하고 학교에는 휴교령이 내렸다.

진명여학교 학생들도 모두 집으로 돌아가 어른들이 수군거리는 소리만 들어야 했다.

"나라가 망했대. 조선왕조 오백 년이 끝이 났대."

"그럼 왜놈의 나라가 되었단 말이야?"

"그렇지. 왜놈 나라가 된 것이지. 조선의 황제는 그냥 임금으로 되었고, 대한제국이란 말도 쓸 수 없게 되었대."

"그럼 뭐라고 불러?"

"다시 조선이라고 불러야 한대. 우리 한성은 경성으로 불러야 하고, 이제 학교에서 우리말을 배울 수도 없게 되었대."

"지난 3월에는 만주 여순 감옥에서 안중근 의사가 순국하셨대."

그해 10월이 되어서야 진명여학교는 문을 열었다. 개학식이 끝나고 나자 교실에 새로 온 학생 3명이 들어섰다. 황메례 선생이 소개했다.

"오늘부터 여러분과 함께 공부할 새 친구들입니다. 두 사람은 내가 옛날에 영어를 가르쳤던 가까운 경기도 수원의 삼일여학교에서 왔어요. 언니와 동생 사이예요. 우리 학교에는 학생 수가 적으니까 언니와 동생이 함께 공부하는 것도 좋겠어요. 그리고 또 한 사람은 저 먼 평양에서 왔어요. 모두 사이좋게 지내요."

"이름은요?"

"언니는 나혜석, 동생은 나지석이에요."

두 사람은 손을 꼭 잡고 공손히 머리를 숙여 인사했다. 언니 나혜석(羅蕙錫: 1896~1948)이 한 발짝 나서며 말했다.

"수원은 한성보다 크지 않지만 결코 시골은 아니야. 옛날부터 경기도 관찰사가 계시던 경기도의 중심지지. 우리 집도 초가집은 아니야. 나하고 동생은 졸업할 때까지 기숙사 생활을 할 거야. 우리하고 친해지고 싶은 사람은 언제든지 기숙사로 놀러와."

새로 전학 온 학생치고는 아주 당돌한 인사였다. 눈매가 초롱초롱하고 입술은 아주 야무졌다. 전학생 나혜석의 인사가 끝나자 뒤에 서 있던 여학생이 앞으로 나왔다.

"난 피양서 왔시오. 내 말이 좀 촌스럽디요?"

모두 발을 구르며 웃었다. 황메례 선생이 분위기를 진정시켰다.

"조용, 조용! 평안도 말은 처음 들으면 억세게 들리지만 자꾸 들으면 정감이 있어요. 조금 더 들어봅시다."

"내래 피양서 왔지만 우리 고향 피양도 여기 경성만 못지않디요. 한강 대신 대동강과 보통강이 있구요. 남산 대신 을밀대와 부벽루가 있시오. 우리 한민족의 시조이신 단군왕검이 도읍을 정하신 곳이기도 하고 고구려의 서울이기도 하였습네다."

학생들은 처음 듣는 말에 의아하다는 표정을 지으며 황메례 선생을 바라보았다. 황메례 선생은 고개를 끄덕이며 말했다.

"옳습니다. 참 이름을 깜빡했는데, 이 학생은 김명순(金明淳)입니다. 눈매가 참 곱지요? 예로부터 남남북녀라는 말이 있어요."

"그게 무슨 말인데요?"

"너무 섭섭하게 듣지 마세요. 예로부터 내려오는 말인데 남자는 남녘 사람들이 잘났고, 여자는 북녘 사람들이 아름답다는 뜻이에요."

모두 큰 소리로 불만을 표했다.

"피이 — 그런 게 어디 있어요?"

그때 김명순이 앞으로 나서며 말했다.

"선생님께서 저를 난처하게 하시네요. 전 뭐 보시다시피 썩 미인은 아닙네다. 하지만 우리 피양 녀자들은 모두 예쁩네다. 나만 빼놓고."

김명순의 재치 때문에 모두 긴장하며 다음 말을 기다렸다.

"전 집안도 별로 보잘것없습네다. 우리 아바지는 술 잘 마시는 한량이구요. 우리 오마니는 얌전한 가정주부입네다. 그런데 어드렇게 해서 제가 이 한성까지 올라오게 되었는가. 개명하신 우리 숙부께서 저를 과감히 유학 보내셔서 이 진명여학교까지 오게 된 것입네다. 옛말에 '피양감사도 지가 싫으면 그만이다'라는 말이 있디 않습네까? 그 말은 피양이 그만큼 좋다는 뜻이기도 하디요."

그때 뒤에 있던 여학생이 큰 소리로 물었다.

"얘! 피양 피양 하는데, 그 피양이 뭐니?"

이번에도 황매례 선생이 바로잡아주었다.

"호호 — 평양을 그곳 말로 피양이라고 하지요. 여러분, 김명순 학생이 얼마쯤 시간이 가면 여러분처럼 매끄러운 경성 말을 하게 될지 함께 두고봅시다."

"선생님, 전 피양 말을 고치고 싶지 않습네다. 전 제 고향 피양이 경성에 절대로 뒤지지 않는다고 생각하니까요."

그때 교실 밖에서 까치발을 하고 교실 안의 풍경을 지켜보던 하급생하나가 큰 소리로 말했다.

"피양 언니! 반갑습네다. 나도 피안도가 고향이야요. 피양 바로 위에 있는 숙천이 제 고향이야요."

모두는 복도에 있는 그 여학생을 쳐다보았다. 황매례 선생님이 웃으며 그 학생을 들어오라고 했다. 눈이 크고 얌전하게 생긴 그 여학생은 김명순 곁에 붙어 섰다. 그리고 반가운 듯 김명순의 손을 잡았다. 김명순이 그 여학생의 손을 마주잡으며 아주 반가워했다.

황메례 선생이 아는 체를 했다.

"아이고, 우리 이정희(李正熙)의 고향이 평안도였던가? 그런데 평소에는 평안도 말을 쓰지 않았잖아?"

이정희라고 불린 하급생은 또박또박한 말투로 활달하게 대답했다.

"선생님, 저의 고향은 평안도 숙천이지만 아버님께서 군인으로 계셨기 때문에 서울에서 생활했습니다. 방학 때만 할아버지 할머니를 뵙기 위해 숙천으로 갔지요. 저는 피안도 말도 잘하고 경성 말도 잘합니다."

김명순이 이정희의 어깨를 안아주며 정답게 말했다.

"정희라고 했디? 앞으로 친하게 지내자. 난 경성이 낯서니께니. 니가 경성 구경도 시켜다오."

"그 점은 염려 마세요. 저도 기숙사에 있으니까 언니하고 외출할 때마다 경성 안내를 시켜 드릴게요."

그날 황메례 선생은 수업 대신 칠판에 한시(漢詩) 한 수를 써 놓고 그 뜻풀이만 해주고 교실을 나갔다. 시는 베껴 쓰지 말라고 했다. 나라를 잃은 그 무렵, 전라도 구례에 살던 선비 황현(黃玹) 선생이 다음과 같은 시를 남기고 가셨다며, 지방에서 발행되는 신문에 난 것이니까 가슴속에만 새겨두라고 했다. 하지만 허영숙은 그 시를 공책에 써두었다.

절명(絶命)〈목숨을 끊으면서〉
조수애명해악빈(鳥獸哀鳴海岳嚬) 근화세계이침륜(槿花世界已沈淪)

46

새와 짐승도 애달파 울고, 바다와 산도 찌푸리네. 무궁화 세계는 이미 망하고 말았네.

추등엄권회천고(秋燈掩卷懷千古) 난작인간식자인(難作人間識字人)

가을 밤 등잔 밑, 책 덮고 지난 역사 생각하니, 이승에서 지식인 노릇하기도 정히 어렵구나.

어느 날, 허영숙은 학교 옆에 붙어 있는 기숙사를 찾아가 보았다. 나혜석과 동생 지석, 그리고 명순이와 정희가 다른 친구들과 함께 저녁을 먹고 있었다. 나혜석이 큰 소리로 말했다.

"오, 영숙이 왔구나! 너도 기숙사 밥 좀 먹어보련? 하긴 뭐 부잣집 따님이 이런 밥을 먹을 수 있겠나 … ."

그러고 보니 허영숙이 선뜻 먹을 수 없는 밥일 것 같았다. 조가 섞인 보리밥에 반찬이라고는 깍두기와 멸치볶음, 콩자반과 콩나물국이 전부였다. 허영숙은 황황히 자리를 나오며 나혜석과 김명순에게 말했다.

"주말에는 우리 집으로 와. 한참 먹을 나이에 이렇게 먹고 견딜 수 있겠니? 우리 집에 와서 영양을 보충해. 우리 집은 여기서 가까운 당피동(당주동)이니까."

주말에 나혜석과 동생 지석, 김명순과 이정희가 허영숙의 집에 놀러 왔다. 넓은 뜰을 가로질러 대청에 오르며 나혜석이 말했다.

"집이 제법 넓구나? 수원에 있는 우리 집하고 비슷하긴 한데 저 별채에 쌓여 있는 쌀가마니가 우리 집보다 많은 것 같은데? 너희들은 농사가 몇 섬지기나 되니?"

"글쎄 … , 난 그런 거 몰라 … ."

허영숙은 그런 물질적인 얘기를 나누는 것 자체가 부끄러웠는데, 나혜석은 아무렇지도 않은지 이것저것을 계속 물었다.

"영숙아, 너희 집 마름은 어디에 있니? 어떤 사람이니?"

허영숙은 난감했다. 사실 그동안 자신의 밥을 챙겨주는 찬모나 옷을 다려주는 침모 정도는 전주댁이니, 해주댁이니 하며 편하게 부르고 기억했지만, 집안의 농사를 모두 관리하고 그 일을 전담하는 마름이 누구인지는 생각해 본 일이 없었기 때문이었다.

그때 먼 친척인 조종필이 머슴 하나를 데리고 마당을 가로질러 별채로 향했다. 나혜석이 얼른 말했다.

"아, 저 키 큰 사람이 너희 집 마름이구나? 잘생겼다 얘."

"아니야, 아니야, 저이는 내 친척 오빠야. 수원농업학교를 나오고 우리 집 일을 봐 주시는 팔촌 오빠야."

"아니, 수원농업학교를 나왔으면 고향에서 농사짓든지, 척식회사(일본이 세운 수탈기구) 같은 데에 취직하지 왜 너희 집에 와서 머슴노릇을 하니? 그게 바로 마름이지 뭐."

허영숙이 나혜석의 말을 가로막으며 화제를 바꿨다.

"아무튼 나는 저분을 오빠라고 부르고 우리 어머니도 저 종필이 오빠를 크게 의지하고 계셔. 우리 큰이모 쪽으로 친척 되는 분이라고 하는데 사실 나는 촌수를 모르겠어."

이번에는 김명순이 웃으며 말했다.

"촌수도 모르는 오빠면 너하고도 일이 잘 될 수도 있갔는데? 저 총각이 예쁜 널 보고 너희 집에 와서 무료봉사하고 있는 거 아니갔어?"

그때 지석이 나서서 김명순을 말렸다.

"그만해. 왜 잘 모르는 남자를 가지고 영숙 언니를 난처하게 만들어."

그때 대청에 딸린 안방 문이 활짝 열리며 허영숙의 어머니, 송인향이 큰 소리로 말했다.

"아이고, 우리 영숙이 친구들이 왔구나? 어서 오너라. 너희들이 수원에서 왔다는 나씨 자매들이구나? 그리고 평양에서 왔다는 처녀고? 아무튼 누가 언니니?"

부인은 한 손에 장죽을 들었다. 장죽 끝에서는 담배연기가 모락모락 나고, 방 안에 켜둔 노란 향초가 향기로운 냄새를 전했다. 나혜석과 지석, 그리고 김명순과 이정희는 날렵하게 대청을 가로질러 안방 윗목에 단정히 무릎을 꿇고 예절 바르게 절을 올렸다. 송 부인은 고개를 끄덕이며 절을 받았다. 그제야 나혜석이 의젓하게 자신들을 소개했다.

"마님, 제가 언니인 나혜석입니다. 저희 아버지는 나기정(羅基貞)이라 하옵고 저희 어머니는 수성 최 씨입니다. 그리고 이 아이가 제 동생 지석입니다."

"그래, 본관은 어디인가?"

"네, 본관은 나주이옵고, 저희 아버님은 지난해까지 고향 군수를 지낸 바가 있습니다."

"그래, 우리 영숙이의 좋은 친구가 되겠구나. 아버님이 군수를 지내셨다면 예의범절이야 오죽 잘 배웠겠니. 먼 수원에서 서울까지 유학 보낸 것을 보면 그 집안 내력을 웬만큼 알겠구나. 아버님이 아주 개명하신 분이구나."

"사실 저희들이 진명여학교에 유학 오게 된 것은 저희 아버님의 뜻도 있으셨지만, 저희 오라버니 권유가 컸습니다. 저희 오라버니는 현재 도쿄에 유학 중입니다."

"오호라, 도쿄 유학생이구나? 언제 그 오라버니도 한번 우리 집에 데리고 오너라. 그리고 평양 처녀는 집안이 어찌 되는고?"

김명순은 눈을 크게 뜨고 거침없이 말했다.

"저희 아바지는 한때 관찰사를 꿈꾸던 분이었습네다만 얼마 전에 세상을 뜨셨고, 오마니도 여러 해 전에 세상을 뜨셨습네다."

"아이고 저런, 그럼 누가 뒤를 봐주시나?"

"다행히 숙부님께서 건재하시기 때문에 뒤를 봐주시고 계십네다."

이번에는 송 부인이 얌전한 이정희를 향해 물었다.

"양친 부모는 다 계시고?"

"네. 다 계십니다만 아버님께서는 지금 국내에 안 계십니다. 중국에 계신지 노령(러시아땅)에 계신지 알 길이 없습니다."

"그렇다면 아버님께서 독립군이라는 얘긴데? 함자는?"

"이(李) 자, 갑(甲) 자를 쓰십니다."

송 부인은 자세를 바로하며 낮은 목소리로 말했다.

"이갑(李甲: 1877~1917) 선생이라면 무식한 나도 들은 이름이네. 일본으로 유학 가서 사관학교인가를 나오고 우리 군대에 높은 분이 되셨다가 나라가 망할 때에 자취를 감추셨다고 들었네. 앞으로 기숙사 밥이 배에 안 차면 꼭 우리 집으로 찾아오게. 참 생긴 것도 음전하게 생겼네. 아버지 안 계신 살림이 오죽하겠나. 쯧쯧."

모두는 숙연해졌다.

그때 밖에서 찬모 전주댁이 큰 소리로 아뢰었다.

"마님! 건넌방에 상 다 차려 놨는데요."

50

모두 대청을 가로질러 푸짐한 상이 차려진 건넌방에 자리를 잡았다. 바닥에는 강화도 화문석이 깔렸고, 그 위에 빨간 꽃방석이 놓여 있었다. 모두 자리를 잡고 나자 송 부인이 밖에 대고 큰 소리로 말했다.

"종필아! 종필아! 너도 손 씻고 들어오너라."

허영숙이 약간 당황하며 말했다.

"어머니, 제 친구들이 있는데 괜찮겠어요?"

"괜찮다. 아 너희들은 진명여학교에 다니는 개명한 여성들이고, 종필이도 수원농업학교를 나온 헌헌장부인데 뭐가 어떠냐. 난 젊은이들끼리 모이는 것이 보기 좋더구나."

나혜석이 주저 없이 말했다.

"어머님, 좋습니다. 젊은 청년이 끼면 저희들도 좋죠 뭐."

동생 지석이 언니를 살짝 꼬집자 나혜석은 몸을 비틀면서도 기어이 한 마디를 더했다.

"어머님, 저희들이 앞으로 자주 놀러 오고 저 종필이 오빠하고 친구로 지내도 괜찮겠죠?"

"넌 참 조선 처녀치고는 아주 시원시원하구나? 그래, 나는 남자나 여자나 생각을 가슴에 묻어두고 우물쭈물하는 것이 제일 싫다. 앞으로 오는 세상에서는 우리 여자들도 마음 놓고 얘기할 수 있어야지."

그때 조종필이 손수건으로 손을 닦으며 들어섰다.

"마님, 저까지 껴서 괜찮겠습니까? 모두 꽃 같은 아가씨들뿐인데."

"꽃밭에 나비 한 마리라…, 청일점이로군! 자네 간밤에 무슨 꿈을 꾸었나? 자네가 들어오니 늙은 호박꽃인 내가 오히려 무색하군."

"어머니도 참."

허영숙은 공연히 분위기가 쑥스러웠다. 모두 즐겁게 밥을 먹고 식후에는 식혜를 들면서 자연스럽게 젊은이들의 이야기로 이어졌다.

조종필이 머리를 긁으며 말했다.

"마님, 사실 저도 도쿄 유학을 가고 싶습니다. 고향에서는 공부를 더 해서 척식회사에 들어가든지 통감부가 세운 조선은행에 들어가라고 합니다만 전 법학을 전공해서 고등문관시험에 응시했으면 합니다."

조종필의 말이 끝나기도 전에 송 부인은 황황히 그의 말을 막았다.

"아, 이 사람아. 자네가 우리 집을 떠나면 이 큰 살림을 어쩌란 말인가? 지금 내 나이가 벌써 환갑을 넘겼어. 자네도 알다시피 이 넓은 집에 혈육이라고는 이 늙은 어미하고 우리 영숙이뿐이야. 영숙이의 제일 큰 언니는 우리 영숙이보다 열다섯 살 위로 시집가서 아이를 셋이나 낳았네. 그 둘째도 이미 출가하여 아이가 둘일세. 그리고 셋째는 바로 이웃 동네에 살지만 그래도 출가외인이 아닌가. 나는 앞으로 우리 영숙이만은 신식공부를 오래 오래 시켜서 개명한 여성으로 만들 작정일세. 그때까지만 종필이 자네가 우리 집을 좀 지켜주게."

조종필은 얼굴을 붉히며 그냥 고개를 숙이고만 있었다.

그때 나혜석이 또 말을 이었다.

"어머님, 어머님께서는 영숙이를 무슨 일을 하는 사람으로 만들고 싶으세요?"

"글쎄다, 나도 깊이 생각해 본 일은 없어. 하지만 지난해에 여기서 가까운 서궐 경희궁에서 큰 행사가 있었지 않느냐. 그 무엇이더라…, 바다 건너로 가서 신식 공부를 많이 해서 무엇이 돼가지고 왔다는 신식 여자 세 명을 크게 환영해 준 일 말이야."

조종필이 말했다.

"초대 여자 외국유학생, 그러니까 여학사 환영대회 말입니까?"

"그래, 그래. 그때 그 여자들이 서양 공부를 해서 크게 된 사람들이라던데 그날 우리 영숙이가 꽃다발을 학교 대표로 전해주지 않았나?"

"네, 우리나라 최초의 여의사가 되었던 미국 유학생 박에스더 의사에게 꽃다발을 드렸지요. 그날 마님께서 '저게 내 딸이오' 하고 큰 소리로 자랑하신 것은 좀 심했습니다요."

허영숙도 한마디 했다.

"그래요, 어머니, 그날 전 정말 창피해서 쥐구멍에 들어가고 싶었어요. 그 사람 많은 데서 저 아이가 마흔을 넘겨 내가 낳은 만득자요…, 그렇게까지 광고할 건 뭐예요."

나혜석이 얼른 사태를 수습했다.

"그야 뭐 어머님께서 네가 너무 자랑스러웠으니까 그러셨겠지 뭐. 아무튼 어머님, 어머님께서는 영숙이가 무얼 더 공부했으면 좋겠어요?"

"아 그날 그 신식 여의사가 '애야, 너도 여의사가 되거라' 뭐 이렇게 얘기했다고 하네? 그런데 그 여의사가 얼마 전에 세상을 떴다며? 자기 몸을 돌보지 않고 불쌍한 사람들만 챙기다가 폐결핵으로 죽었다며? 의사가 제 몸 하나 돌보지 못하면 어떻게 해. 난 그 점이 제일 걱정이야."

경성여고보

1911년 봄, 허영숙은 진명여학교 중등과를 졸업했다. 그리고 경성여자고등보통학교(지금의 경기여고)에 들어갔다. 허영숙이 전학 가게 되자 진명여학교에 남게 된 나혜석과 지석 자매, 그리고 김명순과 이정희가 교문을 틀어잡고 길을 막았다.

"허영숙! 못 가! 아니, 못 보내줘! 넌 왜 우리를 버려두고 떠나려고 하니?"

나혜석이 외쳤다. 김명순도 눈물을 흘리며 말렸다.

"영숙아, 왜 가려고 하네? 우리 진명이 얼마나 좋은데. 선생님들 마음씨 곱고 우리 친구들도 모두 착하고 학교는 이렇게 아름다운데 … ."

이정희가 허영숙의 손을 잡고 큰 눈 가득 눈물을 글썽이며 말했다.

"언니가 가면 우리 학교가 적막해질 것 같아요. 언니, 자주 놀러 와요. 지금이라도 마음을 돌릴 수는 없나요? 우리 진명은 상급생과 하급생이 친동기간처럼 따뜻하고 우애 있게 지내는 배움의 동산이잖아요."

허영숙도 눈물을 흘리며 말했다.

"누가 그걸 모르나…, 우리 동급생이라고 해야 모두 열다섯 명뿐인데 나도 형제 같은 너희들과 같이 있고 싶지. 하지만….."

허영숙이 설명하려고 할 때 어느새 황메례 선생이 다가와 말했다.

"보내 주어야 한다. 나혜석, 김명순, 이정희 너희들은 누구보다도 총명하니까 우리가 지금 어떤 처지인지 알지 않니? 나라는 망했지, 애국지사들은 모두 나라를 떠나지, 세상은 변하지…, 그래서 우리 여성들도 이제는 비상한 각오로 우리의 앞길을 스스로 개척해야 되는 거야."

지석이가 말했다.

"선생님, 허영숙 언니가 우리 진명에 있으면 장래를 개척하는 데 지장이 있나요?"

"뭐 그런 건 아니지만 사실 우리 학교에서는 유학을 준비하는 데 어려움이 있어. 특히 의사가 되는 의학교에 진학하려면 산수 말고도 물리, 화학 같은 것을 배워야 하는데…, 사실 우리 학교에는 그런 분야를 가르치는 선생님이 안 계시잖아. 그리고 일본어도 잘해야 하는데 우리 학교에서는 한계가 있지. 경성에서 유학 공부를 제대로 시켜줄 수 있는 학교는 경성여자고등보통학교밖에는 없어."

나혜석이 눈물을 뚝뚝 떨구며 격렬하게 말했다.

"선생님! 저도 도쿄 유학 갈 거예요. 하지만 전 이 진명여학교를 나와서 가겠어요. 분명히 가겠다고요!"

"암, 암, 그래야지. 나도 혜석이는 믿고 있어. 혜석이는 그림을 잘 그리잖아. 우리 도화시간에 언제나 혜석이가 그린 그림을 놓고 우리 모두가 좋아하잖아. 지금 우리 경성 안에는 미술을 제대로 가르쳐 주는 학교가 없어. 더구나 여자들만을 위한 여자미술학교가 없지. 하지만 도쿄에는 있어. 그래서 혜석이도 반드시 도쿄로 가야 할 거야."

그때 김명순도 나섰다.

"선생님, 일본어에 대해 말씀하셨습니까? 사실 전 피양에서 일본말을 떼고 왔습네다. 전 오자키 고요(尾崎紅葉)가 쓴 《곤지키야샤》(金色夜叉)를 벌써 뗐습네다. 기숙사에 있는 제 가방 속에는 나쓰메 소세키(夏目漱石)의 소설도 있습네다."

모두가 놀랐다. 황메례 선생은 할 말을 잃고 멍하니 있다가 크게 얻어맞은 사람처럼 말했다.

"네가 나쓰메 소세키를 읽는다고?"

"아직 그 소설의 깊은 뜻은 모르겠습네다. 《나는 고양이로소이다》라는 건데요. 그냥 알 듯 말 듯합네다. 선생님, 저도 도쿄 유학을 하고 싶습네다. 사실 일본 제일의 소설가, 나쓰메 소세키는 재작년 우리나라를 거쳐 만주여행도 했지요. 우리 피양에도 왔댔어요. 물론 제가 그분을 본 것은 아니구요. 그분이 일본에 돌아가서 쓴 조선의 인상기를 〈요미우리신문〉을 통해서 읽었시요."

모두는 허영숙을 놓아주었다. 나혜석이 야무지게 말했다.

"좋다, 허영숙. 우리 여고보(여자고등보통학교) 졸업하고, 도쿄에서 만나자."

그때 지석이 말했다.

"대신 우리 주말이면 너희 집에 놀러 가도 되지?"

이정희도 말했다.

"언니, 나도 언니네 집에 놀러 가도 되지?"

"그럼, 그럼, 언제든지 놀러 와. 너희들이 안 오면 내가 데리러 올 거야. 황 선생님, 제가 경성여고보에 간 후에도 여기 놀러 와도 되죠?"

"그럼, 그럼, 진명은 영숙이의 모교인데 찾아와야지. 언제든지 환영이야. 그런데 한 가지 섭섭한 게 있어. 영숙아, 너희 집이 여기서 멀지 않은 다방골이라고 들었는데 나도 초청해주면 안 되니?"

"대환영입니다. 선생님께서 와주신다면 영광이죠."

허영숙은 막내 같은 이정희를 꼭 끌어안아주었다.

허영숙이 경성여고보에 들어가 제일 어려움을 겪은 것은 일본어를 따라가는 것이었다. 그곳 학생들은 모두 교실에서 일본어를 쓰고 수업도 일본어로 진행했다. 실제로 학생 중에 상당수가 일본 여학생이었다. 그래서 허영숙은 종로 기독청년회관 YMCA에서 운영하는 일본어 학습반에 들어가 저녁 늦게까지 일본어를 공부했다.

경성여고보에서 허영숙을 제일 힘나게 해주는 선생님은 윤정원 음악 선생이었다. 그 선생은 2년 전 경희궁 행사에서, 지금은 세상을 떠난 박에스더 의사와 이화학당의 하란사 학감과 함께 우리나라 최초의 여학사가 되었다고 환영 메달을 받은 사람이었다. 허영숙이 전학 갔을 때에도 윤정원 선생은 피아노를 치며 영숙을 가르쳤다. 그사이 아들을 낳았다는 선생의 얼굴은 부석부석했다.

윤정원 선생은 모란꽃이 피는 뜰을 바라보며 〈메기의 추억〉이라는 노래를 가르쳐주었다. 학생들이 '메기'라는 단어를 들으면서 키득키득 웃자 선생은 돌아서서 칠판에 이렇게 썼다.

I wandered today to the hill, Maggie

To watch the scene below

The creek and the creaking old mill, Maggie

As we used to long long ago

The green grove is gone from the hill, Maggie

Where first the daisies sprung

The creaking old mill is still, Maggie

Since you and I were young!

Oh they say that

I'm feeble with age, Maggie

My steps are much slower than then

My face is a well written page, Maggie

And time all along was the pen …

학생들은 고개를 숙이고 모두 그 영어 시를 적느라고 정신이 없었다. 윤정원 선생은 이렇게 말했다.

"여러분, 이 시를 외우려고 하지는 마세요. 그냥 적어만 두고요. 노래는 우리말로 부르자고요. 얼마 전에 윤치호 대감께서 아주 쉽게 우리말로 번역해주셨으니까요 … . 이 노래는 참으로 아름다운 사연이 간직된 안타까운 시랍니다. 캐나다에서 가장 큰 토론토 대학을 졸업하고 아름다운 그곳에서 학교 선생님을 하던 존슨이라는 분이 있었어요. 참 열성적으로 학생들을 가르치셨는데요. 그 총각 선생님을 사랑했던 메기라는 아가씨가 있었더랍니다."

학생들은 숨을 죽이고 선생님의 말씀을 듣다가 함께 감탄했다.

경성여고보 시절. 오른쪽에서 두 번째가 허영숙.
맨 오른쪽은 어머니 송 부인으로 추정

"어머, 그래서요?"

"그 순수한 존슨 선생님도 아름다운 메기 아가씨를 결국은 사랑했고요. 두 사람은 미국 오하이오 주라는 곳에 가서 꿈결 같은 신혼생활에 들어갔답니다. 그런데 그 아름다운 신부, 메기는 신혼생활이 일 년도 되지 않았는데 그만 기침을 하기 시작했답니다."

"어머! 폐병이었어요, 선생님?"

윤정원 선생은 하얀 목련꽃을 바라보며 말을 이었다.

"비극적인 스토리죠. 그 메기는 저세상으로 갔고요. 존슨은 캐나다로 돌아가서 그 아름다운 신부 메기를 잊지 못하여 지금 여러분이 적고 있는 이 시를 남겼답니다. 거기에 미국의 작곡가 제임스 버터필드라는 분이 곡을 붙였어요. 자, 윤치호 선생님께서 쉬운 우리말로 번안해주신 노래를 불러봅시다."

윤정원 선생은 피아노를 치기 시작했다. 그리고 몸 전체에서 마치 커다란 악기가 울리는 것처럼 청아하고 황홀한 목소리로 노래를 불렀다.

"옛날에 금잔디 동산에 메기 같이 앉아서 놀던 곳/ 물레방아 소리 들린다 메기/ 아 희미한 옛 생각/ 동산수풀은 없어지고 장미화만 피어 만발하였다/ 물레방아 소리 그쳤다 메기/ 내 사랑하는 메기야// 옛날의 금잔디 동산에 메기 같이 앉아서 놀던 곳/ 물레방아 소리 들린다 메기/ 이승에서 지식인 노릇하기도 정히 어렵구나/ 내 희미한 옛 생각/ 지금 우리는 늙어지고 메기/ 머리는 백발이 다 되었네/ 옛날의 노래를 부르자 메기/ 내 사랑하는 메기야."

처음에 키득거리던 아이들도 어느새 허리를 꼿꼿이 펴고 선생님의 노래를 따라 부르기 시작했고 교실 밖에 핀 목련화를 바라보며 모두 꿈을 꾸는 것처럼 아련한 목소리를 냈다.

윤정원 선생은 그렇게 〈메기의 추억〉이라는 노래 하나만을 학생들에게 심어 놓은 채 며칠 후부터는 학교에 나오지 않았다. 학생들은 소리를 낮춰 수군거리기만 했다.

"선생님 바깥 분이 독립군이래. 그래서 선생님도 압록강을 건너 만주로 가셨대."

"글쎄, 내가 듣기로는 선생님의 낭군님은 일본군의 총에 맞아 이미 숨졌고, 선생님은 아기를 안고 북경으로 가셨다는데?"

이런 소문과 함께 허영숙을 서글프게 한 소식이 또 있었다. 엄비가 하사금을 내려 자하골(지금의 창성동)에 민족여학교로 세웠던 진명여학교가 일본인들의 손에 넘어가고 민족정신이 강했던 황메례 선생은 쫓겨났던 것이다.

한 해가 가고 첫눈이 날릴 때 학생들은 방학 맞을 준비를 했다. 새 학교에 와서 새로 친구가 된 이각경이 달려왔다.

"영숙아, 오늘 우리 설경이네 집에 가지 않으련? 설경이가 방학 턱을 내겠대! 방학하면 겨우내 서로 못 보잖아. 그러니까 자기 집에서 저녁을 내겠대."

허영숙은 잠시 생각하다가 당사자인 최설경에게 갔다.

"설경아, 네가 오늘 저녁 우리를 초청하고 싶다고?"

"꼭 오라는 것은 아니고…, 방학이 되어 헤어지면 오랫동안 못 보니까 내가 우리 집에서 너희들이랑 저녁이라도 함께하고 싶어."

"너희 집이 어떤 집인지는 모르겠다만 말만 한 우리들이 불쑥 찾아가도 괜찮겠어?"

"그 점은 염려하지 마. 우리 집은 하루에도 수십 명씩 손님들이 찾아오고 찬모들이 밥을 차리는 데도 아무 문제가 없는 집이야."

"아니 그럼 너희 집에서 여관을 경영하니?"

"아니야, 여관은 아닌데 그렇게 많은 사람들이 항상 찾아온다고. 아무튼 오늘 우리 집에 가자!"

신여성의 결심

최설경의 집은 전찻길이 나 있는 웃보시곶이(上犁洞: 을지로 2가)에 있었다. 정말 여관집처럼 널따란 대문도 있고, 방이 여러 칸 있는 늘늘이 기와집이었다. 마당 한가운데 정원에는 잉어가 노니는 연못까지 있었다. 부엌에서 조금 떨어진 아늑한 방이 설경이의 방이었다. 일행이 들어서자 최설경의 어머니가 마루에 나와서 말했다.

"어머, 친구들이 왔구나. 모두 예쁘게 생겼네? 방학이 되면 못 보니까 설경이가 친구들을 데려온 모양이지? 잘 왔다, 저녁 먹고 가거라."

마루에 올라서서 허영숙과 이각경이 허리를 굽혀 인사하자 어머니는 부엌으로 향하며 말했다.

"참 좋을 때다. 많이 먹고 마음껏 놀다 가거라. 우리 조선 여자들이 너희들처럼 모두 신식 교육을 받고 개명하면 얼마나 좋겠니. 너희들이라도 많이 배워서 못 배운 여성들을 위해 헌신하거라."

최설경의 방 안에는 놀랍게도 피아노가 있었다. 교복을 얼른 벗고 재킷을 입은 그녀가 피아노 뚜껑을 열고 익숙하게 연주했다. 학교에서는 한 번도 피아노 치는 내색을 하지 않았던 최설경이, 눈을 지그시 감고 피아노 치는 모습은 정말로 놀라웠다. 최설경은 눈을 살짝 치뜨면서 피아노를 계속 치며 말했다.

"이 노래는 미국 사람 포스터가 작곡한 노래인데 내가 윤정원 선생님께 따로 배운 노래야."

최설경은 아주 익숙하게 피아노를 치면서 목청을 가다듬고 노래를 부르기 시작했다.

"머나먼 저곳 스와니 강물 그리워라/ 날 사랑하는 부모 형제 이 몸을 기다려/ 정처도 없이 헤매이는 이 내 신세/ 언제나 나의 옛 고향을 찾아나 가볼까/ 이 세상에 정처 없는 나그네의 길/ 아 그리워라/ 나 살던 곳 멀고먼 옛 고향…."

정말로 신기한 일이었다. 평소에 잘 웃고 농담도 잘 하고 장난도 잘 치던 말괄량이 같던 최설경이 본격적으로 노래를 부르자 전혀 딴 사람처럼 보였다. 목소리도 윤정원 선생처럼 잘 가다듬어졌고 노래를 부르는 입모습도 꼭 윤 선생 같았다. 설경이의 노래가 끝나자 허영숙과 이각경은 넋이 나간 채 정신없이 박수를 쳤다.

"재창이야 재창! 어머머. 너 정말 가수처럼 노래 부르는구나? 꼭 윤정원 선생님 같아! 혹시 선생님께 노래를 따로 배웠니?"

이각경이 따지듯 꼼꼼하게 묻자 최설경은 슬그머니 실토했다.

"그래, 난 윤정원 선생님께 따로 공부했어. 매일 두 시간씩 종로통 뒤에 있는 선생님 댁에 가서 개인교습을 받았지. 그때가 참 좋았는데. 선생님이 안 계셔서 너무 가슴이 아파. 난 꼭 도쿄 유학을 갈 거야."

"뭐? 도쿄 유학?"

두 사람이 놀라서 묻자 최설경은 아무렇지도 않게 대답했다.

"그럼, 도쿄로 가야지. 이 경성에서는 우리 여자가 음악을 본격적으로 배울 데가 없잖아."

허영숙이 진지하게 물었다.

"음악이라면…, 무얼 할 건데? … 피아노를 계속 공부할 거야? 아니면 노래공부할 거야?"

"난 노래 부르는 게 좋아. 성악가가 될 거야. 일본에서 유명한 성악가들은 대개 성악으로 일류인 우에노 음대에서 나온대. 우리 오빠가 일본 유학을 다녀왔는데 나보고 우에노로 가라고 했어."

"와! 우에노 음대!"

"우리 밥 먹기 전에 가 볼 데가 있어. 우리 오빠가 하는 사무실이 있는데 너희들이 보면 도움이 될 거야."

셋이 집을 나설 때 앞치마를 단정히 입고 저녁을 준비하던 최설경의 어머니가 웃으며 말했다.

"빨리들 다녀오거라. 배들 고플 테니."

최설경은 골목을 나와 친구들을 큰길가에 있는 2층집으로 데리고 갔다. 목조건물이지만 웅장하게 생긴 그 건물 앞에는 '신문관'(新文館)이라는 현판이 걸려 있었다. 아래층으로 들어서자 요란한 기계소리가 들렸다. 두 사람이 귀를 막자 최설경은 웃으며 말했다.

"무서운 소리가 아니야, 걱정하지 마. 이건 인쇄기라고, 책을 찍어내는 기계야. 우리 오빠가 도쿄에서 제일 큰 수에이샤(秀英社)라는 데서 사 온 인쇄기계야. 우리 조선에서 제일 큰 인쇄기일걸?"

인쇄기에서는 찰칵찰칵 수많은 책들이 인쇄되어 빙빙 돌아갔다. 이각경이 감탄하며 말했다.

"아, 이렇게 해서 책이 되는구나? 책이 이렇게 만들어지는구나."

아래층 인쇄기 옆에는 빡빡하게 납으로 된 활자가 세워져 있었다. 식자공들이 부지런히 글자를 고르고 있었다. 이각경이 또 말했다.

"어머, 손놀림이 번개 같네? 한 손에 원고를 들고 한 손으로 그냥 활자를 뽑아내고 있네? 참 신기하다!"

공장을 빙 둘러 2층으로 올라갈 때 벽면에는 수많은 책들이 쌓여 있었다. 2층으로 올라가자 깔끔한 사무복을 입은 젊은이들이 앉아 글을 보고 있었다. 최설경이 설명했다.

"저분들은 책 편집을 하는 분들이야. 아주 유식한 분들이지."

이번에는 허영숙이 물었다.

"편집이 뭔데?"

"응, 원고를 보는 거야. 책을 만들기 전에 작가들이 써 온 글을 살펴보는 거지. 글이 잘 됐나 잘못 됐나, 과연 책으로 펴낼 만한 글인가, 그럴 만한 가치가 있는 글인가 꼼꼼히 살펴보는 거야."

이각경이 말했다.

"어머, 세상에, 자신이 써 놓은 글이 저렇게 철컥철컥 인쇄가 되어 세상에 책으로 나온다면 얼마나 멋진 일이겠어? 아, 나도 글을 쓸 수 있다면 ….."

"그럼 너도 작가가 돼. 아니면 기자가 되든지."

허영숙이 물었다.

"작가는 뭐고 기자는 뭐야?"

"음, 작가는 말이야, 이야기책, 그러니까 《심청전》이나 《춘향전》 같은 소설을 쓰는 사람이야. 저기 꽂혀 있는 《천로역정》이라는 책 있지? 저건 존 버니언이라는 서양 사람이 쓴 이야기책인데, 선교사 게일 선생이 번역한 거야. 예수 믿는 어떤 사람이 먼 길을 떠나 '낙담의 늪', '죽음의 계곡', '허영의 거리'를 지나 천신만고 끝에 천국으로 간다는 그런 이야기야. 우리 오빠가 서양 책으로는 제일 먼저 읽었다는 책인데, 저런 책을 쓰는 사람을 작가라고 해."

"그럼 기자는?"

"기자는 조금 달라. 신문사 같은 데서 사람을 만나고 현장을 찾아가 눈으로 사건을 보고 글을 쓰는 사람이야. 전차에서 예쁜 아가씨의 손목을 슬그머니 잡는 나쁜 사람을 순사가 붙잡았는데, 그 사람이 지금 종로경찰서에서 혼이 나고 있더라. 뭐 이런 내용을 직접 보고 신문에다가 쓰는 사람을 말해. '이번에 경성여고보를 나온 허영숙 학생이 도쿄 여자 대학에 일등으로 들어갔다더라 …', 뭐 이런 이야기를 멋지게 쓰는 사람이 기자야. 기자는 현장으로도 가고 신문사에 돌아와 자리에 앉아 긴 글을 쓰기도 하지."

이각경이 큰 소리로 말했다.

"아, 멋지다! 난 기자가 될 거야!"

허영숙이 말했다.

"우리 여자도 기자가 될 수 있을까?"

이각경이 눈을 반짝이며 말했다.

"지금이야 없지만 언젠가는 생기겠지! 난 여기자가 될 거야."

그때 사무실에서 청년 한 명이 나왔다. 얼굴이 좀 검었지만 체구가 당당하고 목소리는 아주 우렁우렁한 사람이었다.

"우리 설경이 친구들이 왔구나? 경성여고보 아가씨들이라 ···. 참으로 할 일이 많은 귀하신 분들이구먼!"

"오빠, 제 친구들이에요. 방학 선물로 우리 신문관을 보여주려고 데려왔어요."

"아, 우리 신문화의 여성 선구자들이 신문관을 찾아오셨는데 무슨 선물을 드릴까? 그렇지! 이 오라버니가 조선 최초로 창간한 잡지, 〈소년〉 창간호를 기념으로 줘야겠다."

청년이 손짓을 하자 열서너 살 먹은 사동 소년이 얼른 책 두 권을 들고 나왔다. 최설경이 오빠라고 자랑하는 최남선(崔南善)이, 두 소녀에게 조선 최초의 잡지 〈소년〉 창간호를 소중하게 건네주었다. 두 소녀는 목소리가 우렁차고 얼굴이 검은 그 선각자 최남선에게 공손히 절하고 책을 받아 든 채 신문관을 나왔다.

이각경과 허영숙은 최설경의 집에서 저녁을 잘 얻어먹고 거리로 나섰다. 신문관을 지나 웃보시곶이 입구에 있는 척식회사 앞으로 나오자 건물 앞에 있는 가로등이 요란했다. 이각경은 가로등 불빛에 최남선이 준 잡지 〈소년〉을 펼쳐 들었다. 그리고 오가는 사람들을 개의치 않고 큰 소리로 최남선의 시를 읊기 시작했다.

"처 ··· 르썩, 처 ··· 르썩, 척, 쏴 ··· 아. 따린다, 부순다, 무너 바린다. 태산 같은 높은 뫼. 집채 같은 바윗돌이나. 요것이 무어야, 요게 무어야. 나의 큰 힘 아나냐, 모르나냐, 호통까지 하면서 따린다, 부순다, 무너 바린다. 처 ··· 르썩, 처 ··· 르썩, 척, 튜르릉, 꽉."

땡땡땡 — 전차 소리가 나고 사람들이 내렸다. 젊은 청년들은 가로

등 밑에서 이각경이 소리 내어 시를 읊는 모습을 보면서 걸음을 멈추기도 했다. 허영숙이 쑥스러워져 이각경을 말렸다.

"각경아, 시는 집에 가서 보기로 하자."

하지만 이각경은 무엇에 취한 듯 더 큰 소리로 시를 읊었다.

"처 … 르썩, 처 … 르썩, 척, 쏴 … 아. 내게는, 아모 것도, 두려움 없어, 육상에서, 아모런, 힘과 권을 부리던 자라도, 내 앞에 와서는 꼼짝 못하고, 아모리 큰 물건도 내게는 행세하지 못하네. 내게는 내게는 나의 앞에는 처 … 르썩, 처 … 르썩, 척, 튜르릉, 꽉."

구경하던 청년 하나가 짝짝짝 박수를 보냈다.

"멋집니다. 아주 멋집니다. 그런데 그게 무엇입니까? 누가 쓴 것입니까?"

"네, 이것은 육당 최남선이라는 천재 시인이 쓴 우리 조선 최초의 신체시입니다. 한시나 시조와는 달리 자신의 느낌과 주장을 대담하게 읊은 것입니다. 저 바닷가의 거대한 파도가 밀려오듯이 지금 우리 조선반도를 향하여 세계의 문명이 달려오고 있다는 뜻입니다. 이해하시겠습니까?"

청년은 이해하기 어렵다는 듯이 뒷머리를 긁었고 나머지 사람들은 고개를 갸우뚱했다. 허영숙이 이각경의 팔을 끼고 뛰기 시작했다. 네거리를 건너고 나자 허영숙은 숨을 고르며 말했다.

"학교에서는 참 얌전하더니 엉뚱한 데가 있구나, 너? 대로에서 시를 읊다니! 나는 그 뜻도 잘 모르겠는데 … ."

그러나 이각경은 아직도 무엇에 홀려 있는 듯 큰 소리로 말했다.

"나도 문사가 될 거야. 글을 써 볼 거야. 시도 쓰고, 소설도 쓰고, 문학가가 돼 볼 거야."

두 소녀는 종로통 입구에서 헤어졌다.

해가 바뀌고 1912년 봄이 되었다.

총독부에서는 모든 관리에게 일본식 무관 복장을 하도록 했다. 공립학교 교사들은 검은 군복에 모자를 쓰고 허리에는 칼을 찼다. 다행히 진명여학교는 공립이 아니었기 때문에 교사들은 평상복을 입고 왔다. 교장과 학감만 국민복을 착용했다.

진명여학교 뒷동산에 개나리가 활짝 피고 목련이 뚝뚝 떨어질 때 이정희는 혼자서 무엇인가를 골똘히 보고 있었다. 편지지 위로 깨알 같은 글씨가 꿈틀꿈틀 달리고 있는 장문의 사연이었다. 정희는 글자 하나하나를 삼키듯 편지에 취해 있었다.

김명순이 살금살금 다가가고 있었다. 발소리를 죽이고 도둑고양이처럼 다가가 편지를 낚아챘다.

"연애편지네? 누구한테 온 기가?"

"탄실 언니, 왜 이래! 내 편지야! 내 개인 편지라고!"

기숙사에서 '탄실이'로 통하는 김명순이 능글거리는 목소리로 말했다.

"나도 좀 보자우야. 얼마나 열렬한 사랑 고백인지."

"그런 게 아니야. 도쿄 육군사관학교에 유학 간 우리 오빠 편지야. 이리 내놔!"

이정희가 김명순의 손에서 편지를 돌려받을 때 툭 하고 사진 한 장이 떨어졌다. 김명순이 재빨리 사진을 낚아채 들여다보다가 숨이 넘어가는 소리로 말했다.

"아휴, 이게 일본 육군사관학교 교복이네? 정말 멋있구나야. 그런데 이 청년이 너희 오라버니야? 참말로 잘생겼다야. 헌헌대장부로구나? 이마도 반듯하고 눈빛도 형형하고 빗어 넘긴 머리는 어쩌면 이리 근사하냐. 정말 너희 오라버니가 맞네?"

이정희는 황황히 편지와 사진을 수습하며 말했다.

"사실 우리 친오빠는 아니야요. 하지만 어려서부터 한집에서 자란 오빠야요. 친오빠하고 진배없지요. 우리 집에서 보성중학교를 다니고 중학교를 마친 후 일본으로 건너가 사관학교에 들어갔으니까."

"내가 듣기로는 일본 육군사관학교에 들어가는 일이 제국대학 입학하는 것만큼이나 어렵다고 들었는데 …, 너희 오라버니는 어드렇게 해서 그 어려운 대일본제국 육군사관학교에 들어가게 된 기야?"

이정희는 썩 내키지 않는 표정으로 이야기를 시작했다.

"사실 우리 아버지가 일본 육군사관학교 출신이야요. 지금은 노령(러시아) 땅에 들어가 독립운동을 하고 계시는데, 일찍이 조정에서 파견해 줘 일본 육군사관학교를 나왔지요."

"그래? 너희 집은 무관 출신이구나?"

"일본 육사를 나와서 조정에 들어와 우리 군대를 개혁시키고 큰 뜻을 펴려고 하는데 그만 우리 군대가 해산되고 나라도 빼앗겼잖아요. 아무튼 그 무렵에 아버지의 친구가 자기 아들을 우리 집에 맡겼어요. 그 사람도 우리 고향 숙천에서 멀지 않은 평안남도 안주 분이신데 외아들을 공부시킬 수가 없다고 하면서 우리 아버지에게 보냈어요. 우리 아버지는 군대가 해산당하고 큰 뜻을 펼 수 없게 되자, 자기 대신 그 청년을 교육시키기 시작했어요. 먼저 보성중학교를 마치게 하고 이어서 무관학교를 나오게 했죠. 그 청년은 우리 아버지가 시키는 대로 순종했어요. 사실 우리 집에는 아들이 없고 제가 외딸이기 때문에 아버지는 그 사람에게 모든 희망을 걸었어요. 그래서 백방으로 노력해서 그 청년을 일본 육군사관학교까지 보낸 거예요."

김명순은 아까 그 사진을 한 번만 더 보자고 말했다. 그러자 이정희는 조심스럽게 사진을 보여주고는 얼른 품에다 집어넣었다.

"그러고 보니 네가 그 사람을 사모하는 모양이구나? 말로는 오빠라고 하지만, 미남에다가 육군사관생도니까…, 네가 사모하고 있구나?"

이정희가 파릇한 잔디를 바라보면서 말했다.

"모르겠어요. 제가 그 사람을 오빠 이상으로 생각하고 있는지는 모르겠어요. 어려서부터 한집에서 자라고 오누이처럼 의지했으니까 지금도 그분이 나의 오라버니거니 하고 의지하고, 제가 외롭다고 하니까 그분이 사진을 보내준 거예요."

그때 김명순은 눈을 가늘게 뜨고 무엇인가를 골똘히 생각하다가 불쑥 물었다.

"평안도 의주 출신으로 보성중학교를 나오고 무관학교를 거쳐 일본 육사로 갔다…. 도대체 그 사람 이름이 뭐가?"

"이응준 생도야요. 내년이면 육군 소위가 되겠지만…."

그러자 김탄실, 즉 평양처녀 김명순이 자지러지는 목소리로 말했다.

"아니, 세상에! 이럴 수가! 이응준 생도라고? 이응준?"

김명순은 그 시간 이후 얼굴이 돌처럼 굳어져 아무 말도 못하다가 이런 말을 하고 자리에서 일어났다.

"정희야, 우리 오늘 저녁 이 자리에서 다시 만나자. 내가 너에게 꼭 할 말을 하고 담판을 지어야겠어. 저녁식사 하고 공부하는 시간에 여기서 조용히 만나자."

탄실 언니 김명순은 전혀 다른 사람처럼 머리를 단정하게 빗어 넘기고 머리끝을 질끈 동여맸다. 옷도 단정한 봄 스웨터를 입고 흰 블라우스 깃을 세운 채 기숙사의 불빛을 바라보며 조용히 입을 열었다.

"평양 사람답게 솔직하게 말하겠어. 우리 아버지는 평양에서도 이름난 바람둥이였지. '김희경'이라고 하면 평양에서 활동하는 사람들은 다 아는 이름이야. 한때 평양관찰사가 되겠다고 평양에 오는 궁중 고관들에게 돈을 뿌리다시피 한 인물이니까 아주 호가 나 있지. 우리 어머니는 평양기생 출신이야. '금파'라고 평양기생 중에서도 1급 기생이었어. 아버지 눈에 들어 일찍이 첩살이를 시작했고 여덟 남매를 낳았지. 그러다가 내가 어려서 세상을 떠났고 아버지도 재작년에 돌아가셔서 난 이제껏 우리 작은아버지 집에서 자랐어.

내가 어려서부터 지겹도록 들은 소리가 무슨 소린 줄 알아? '저년은 피양 기생 딸이야. 게다가 첩년의 딸이야···.' 내가 평양에 있지 못하고 경성까지 올라오게 된 까닭이 바로 여기에 있었지. 그래서 난, 작은아버지를 졸라 여기 진명으로 오게 된 거야. 우리 작은아버지 김희선 씨는 우리 아버지와는 달리 평양에서 신용을 쌓고 또 돈도 모은 분이라, 나를 어떻게 해서든지 공부시키고 좋은 집에 시집보내려고 계획하고 계시지. 그런데 이상하게도 내가 경성으로 떠날 때 작은아버지가 당부한 말이 있어. '네 짝은 이미 정해져 있다. 안주 출신 청년사관 이응준이다. 내가 이응준의 집에다 땅마지기를 충분히 전했으니까 그 부모들도

72

그리 생각하고 있을 것이다. 네가 진명여학교를 마치고 도쿄로 건너가면 이응준 사관이 널 돌봐줄 테니, 젊은이들이 개명된 땅에서 만나면 곧 사랑도 하게 될 것이다. 넌 총명하니까 이응준 사관의 사랑도 쟁취할 수 있을 거야…….'

정희야. 내가 기생의 딸, 첩의 딸이라는 것이 내 죄는 아니잖니? 글쎄, 평양 사람들이 말하듯이 내 핏속에 기생 딸년의 피가 흐르고 첩년의 피가 흐른다면 어쩔 수는 없겠지만, 난 더 배우고 더 노력해서 요조숙녀가 될 거야. 이응준 사관의 명예를 지킬 수 있는 개명한 여성이 될거야. 정희야, 날 좀 도와다오. 우선 그 사진을 나한테 넘겨 다오."

이야기를 다 듣고 난 이정희는 미동도 하지 않았다. 그렇게 30분 이상이나 아무 소리 없이 앉아 있다가 일어나며 이렇게 말했다.

"언니, 운명이라는 게 있을 겁니다. 우리 운명을 기다려봅시다. 여하튼 난 언니에게 이 사진을 줄 수 없어요. 오빠가 졸업을 앞두고 찍은 귀중한 사진이니까요."

이정희는 일어섰다. 그리고 기숙사로 달려갔다.

다음 날 새벽, 기숙사에서는 소동이 일었다. 이정희가 없어진 것이다. 황메례 선생 대신 새로 온 기숙사 학감 앞으로 짧은 편지 한 장을 남겨 놓고 그녀는 홀연히 사라졌다.

'학감 선생님, 전 당분간 학업을 중단하겠습니다. 노령에 계신 저희 아버지가 위독하시다고 합니다. 제가 가서 돌봐 드려야 합니다. 학업은 계속할 겁니다. 제 이름을 학적부에서 지우지 마십시오. 아버지께서 쾌차하시면 꼭 다시 돌아오겠습니다.'

나혜석의 오빠

1912년 4월, 한글로 발간되는 총독부 신문 〈매일신보〉가 요란한 소식을 전했다.

영국에서 만들어진 세계에서 제일 크고 호화로운 여객선 타이타닉호가 승객 수천 명을 태우고 대서양을 건너다가 빙산에 부딪쳐 침몰했다는 내용이었다. 1,500명 이상이 차가운 북극해에 빠져 숨졌다는 엄청난 소식이었다. 하지만 조선반도에 사는 사람들은 그 배가 얼마나 크고 어떻게 호화로웠으며 왜 그렇게 많은 사람들이 한꺼번에 탔던가 하는 일에 대해서 별로 아는 바가 없었다.

오히려 사람들은 두 달 뒤 6월에 부산에서 떠난 대륙열차가 만주의 창춘(長春: 1932년 일제가 건설한 만주국의 수도. 新京으로 불리다 1948년 이후 다시 長春으로 불림)까지 달리게 되었다는 소식에 더 귀를 바싹 세웠을 뿐이었다.

그해 7월에는 일본과 한반도, 그리고 만주까지 위세를 떨치던 일본의 메이지 천황(일왕)이 세상을 떠났다. 그는 1867년 열여섯의 나이로 즉 위하여 이듬해 9월 연호를 메이지(明治)로 고치고 이른바 메이지시대를 연 인물이었다. 1869년은 막부시대의 수도였던 에도(江戶)를 도쿄(東京)로 고치고 천황시대를 열었다. 그가 제일 크게 이룩한 업적은 무사들이 허리에 칼을 차고 무법천지로 만들었던 무사의 시대를 끝내고 이른바 메이지유신(明治維新)을 이룩하여 일본을 근대화시킨 것이었다.

그는 근대화된 힘을 바탕으로 중국과 청일전쟁을 벌여 그 엄청난 중국을 굴복시키고, 얼마 후에는 지구상에서 가장 넓은 땅을 가진 러시아까지도 러일전쟁을 통해 굴복시켰다. 참으로 놀라운 일이었다.

그러나 그 막강한 일본의 힘, 메이지시대의 힘은 한반도를 처참하게 만들었다. 1905년에 을사늑약을 체결하고 이토 히로부미를 통감으로 보내어 한반도를 건드리기 시작하더니 5년 후 1910년에는 아예 한반도를 자신들의 식민지로 삼고 말았다. 한반도 식민지화의 원흉인 메이지 천황 무쓰히토(睦仁)가 세상을 뜬 것이다. 그리고 그 아들 다이쇼[大正. 본명은 요시히토(嘉仁)]가 천황의 자리를 이었다.

그해 9월에는 그동안 데라우치 총독을 암살하려던 조선인 피의자들이 오랜 옥고와 인간의 상상을 초월하는 고문을 받고 재판에 회부되었다. 그 과정에서 어렵게 목숨을 건진 105인이 유죄 판결을 받았다는 소식이 온 나라에 퍼지자 조선인 모두가 침통해 했다. 사실상 그 사람들은 죄가 없다는 것을 조선 사람들은 다 알고 있었기 때문이다.

어쨌든 1912년 그해에는 여러 가지 사건이 있었다. 그해 5월에는 한때 동학의 지도자였으며 그 동학의 힘을 빌려 친일파의 우두머리가 되었던 이용구가 일본 고베에서 병사했다. 농민 출신으로 착하게 농사를 짓다가 동학에 입문하였고 큰 인물이 될 것이라는 기대도 받았지만 나라와 민족을 송두리째 일본인에게 팔아넘긴 그 죄과 때문에 동학에서 출교(黜敎) 당했다. 일본으로 들어가 재기를 노렸지만 결국 고베에서 일본인 첩의 간호를 받다가 마흔다섯 살의 나이로 병사했다. 사람들은 친일파 이용구의 객사(客死) 소식을 들으며 사필귀정(事必歸正)이라고 혀를 찼다.

그해 겨울, 허영숙의 집에 나혜석 자매가 찾아왔다. 그 자매의 뒤에는 체구가 당당하고 이목구비가 뚜렷한 청년 하나가 따라 들어왔다. 도쿄에 유학 중인 나혜석의 오빠 나경석이었다. 둥근 모자에 검은 교복을 입었는데 그는 교복 위에 망토 하나를 더 걸치고 있었다.

청년 나경석은 모자와 망토를 벗어 윗목에 가지런히 놓고 영숙의 어머니 송 부인에게 큰절을 올렸다. 나경석이 큰절을 올리고 무릎을 꿇고 문안인사를 드릴 때쯤 바깥일을 마친 조종필도 들어와 앉았다. 송 부인이 물었다.

"그래, 청년은 도쿄 유학생이라고?"

"네, 쿠라마에(藏前) 공업전문에 다니고 있습니다."

송 부인은 조종필을 돌아보며 물었다.

"좋은 학교인가?"

"공업전문학교로서는 가장 좋은 학교입니다."

이번에는 조종필이 나경석에게 물었다.

"무엇을 전공하십니까?"

"응용화학이라고 조선에는 없는 학문입니다. 화학을 학문으로만 연구하지 않고 실생활에 응용하는, 뭐 실용적 학문인 셈이죠."

부인은 다시 말하기 시작했다.

"사실 오늘은 내가 작심하고 나혜석 양의 오라버니를 보자고 했습니다. 우리 영숙이도 일본 유학을 마음에 두고 잘 다니던 진명학교를 떠나 지금은 경성여고보에 다니고 있어요. 아마 진명을 떠나지 않고 그대로 있었으면 내년 봄이면 나혜석 양하고 함께 진명을 졸업할 터인데⋯. 일본 유학 간다고 경성여고보로 옮겨 우리 영숙이는 내후년쯤이나 졸업하게 될 거요. 그래, 나혜석 양은 내년 봄 학교를 졸업하면 일본 유학을 떠난다고?"

"네. 전 하루라도 빨리 도쿄 유학생이 되고 싶어요. 도쿄처럼 넓은 세상에서 공부도 하고 안목도 넓히고 개명한 세상을 보고 싶습니다."

부인이 혼잣말처럼 말했다.

"아, 개명으로 말한다면 요즘 우리 경성도 하루가 다르게 세상이 달라지고 있어. 옛날 같으면 너희들같이 말만 한 처자들이 교복 입고 학교에 다닐 수 있겠니? 모두 지금쯤 시집가서 애 낳아 키우랴, 시어머니 섬기랴, 집안일 하랴, 농사일 보랴, 정말 말이 아닐 거다. 그러나 너희들은 책보를 끼고 학교에 가고 학교에 가서 하루 종일 공부하고 이렇게 친구들 집에 놀러도 오고, 오라버니와 함께 경성 거리를 거닐고⋯. 정말 우리 때 같으면 상상도 할 수 없는 세상을 살고 있는 거지⋯."

나경석이 부드러운 목소리로 끼어들었다.

"마님, 세상이 눈부시게 발전하고 있습니다. 우리 경성만 해도 아직은 시골입니다. 일부 개명한 여성들만 학교를 다니고 아직도 많은 여성들이 조혼(早婚)해서 열 살을 갓 넘긴 나이에 아이 어머니가 되고 시집살이에 시달립니다. 다행히 학교를 다닌다 해도 결국은 결혼해서 일부종사(一夫從事)하며 현모양처가 되는 것이 여성의 종착점입니다.”

“아, 여성이 현모양처가 되고 일부종사하는 것이 가장 큰 보람이지. 뭘 더 바라겠어. 여자가 공부를 너무 많이 하면 신상만 고달파지는 게 아니겠어? 이상한 소문에 시달리고 고달픈 운명을 만나지 않겠느냐 이 말이야.”

“여성들도 이제는 스스로 운명을 개척해야 한다고 생각합니다. 남자들과 똑같이 생각하고 똑같이 배우고 똑같이 경력을 쌓아서 자기 분야의 일을 개척해야 합니다. 현재 일본에는 여자 박사도 생겼습니다. 미국이나 구라파에 가서 공부를 많이 해서 책도 내고 대학생들에게 강연하고 연구하는 여자 박사들이 생겼습니다. 또 여의사도 생겨 여성들을 치료하고 심지어는 남자들까지도 치료합니다. 또 예술을 전공해서 음악가도 되고 미술가도 되고 영화나 연극의 배우가 되기도 합니다.”

조종필이 물었다.

“도쿄에서는 여성들이 극단에 들어가 배우도 하고 독창회도 자주 여는 모양이던데…. 실제로 여성들의 예술활동이 활발합니까?”

“물론이죠. 가부키 같은 전통예술이야 남자들이 여장(女裝)하고 하던 예술이었습니다만 요즘 신극에는 여성 배우들이 많이 나오고, 음악학교나 무용학교 출신들이 많으니까 그 여성들이 활발한 예술활동을 펼칩니다. 우리 조선에서는 춤이나 노래를 하면 광대라고 하고 그림을 그리면 환쟁이라고 합니다만, 일본에서는 그런 일을 하는 사람들을 예술가라고 부릅니다. 어느 분야든 전문적으로 하는 사람들을 우대하죠.”

송 부인이 장죽을 구리 재떨이에 탕탕 치면서 다시 물었다.

“그래, 나 양의 오라버니는 내년 봄에 나 양이 진명을 나오면 동경으로 데려가서 무얼 시키려는 거요?"

"저는 그동안 두 여동생을 오랫동안 관찰했습니다. 동생 지석이는 성격이 차분하고 현실에 안주하는 형입니다. 그래서 진명을 졸업하면 무엇을 하겠느냐고 물었더니 본인 스스로가 현모양처가 되겠다고 했습니다. 그래서 저는 지석이의 의견을 존중해서 졸업하는 대로 짝을 지어 결혼시키려고 합니다. 하지만 언니 혜석이는 좀 다릅니다. 어려서부터 그림 그리기를 좋아했고 진명여학교에 와서도 유난히 그림 그리는 것에 집착하였습니다. 그래서 혜석이를 화가로 키워 보고 싶습니다."

"뭐? 그림 그리는 거? 환쟁이 말인가? 아 그거야 남자 환쟁이들이 하던 게 아닌가? 우리 조선에서도 양반집 규수가 되면 심심풀이로 난을 친다든지 붓글씨 쓰는 법을 배우는 일은 있었지. 그 유명한 신사임당 같은 부인은 난을 얼마나 잘 쳤는가? 그러나 그건 어디까지나 양반집 규수로서 재주를 보인 거지. 여자가 환쟁이가 되는 일은 없었느니 …."

나혜석이 끼어들었다.

"마님, 우리 경성에는 그림 공부하는 데가 없지만요. 도쿄에는 여자들만 모여서 그림을 배우는 여자미술학교가 있대요."

나경석이 간단하게 대답했다.

"우리 조선 출신 여학생이나 대만 여학생도 얼마든지 들어갈 수 있는 사립여자미술학교가 있습니다."

그날 저녁 모두는 함께 저녁을 먹으며 제각각의 생각을 하게 되었다. 허영숙의 어머니는 개명의 속도가 너무 빠른 것에 대해 불안한 표정이었고, 조종필은 '리틀 런던'이라고 하여 조선의 모든 젊은이들이 가보고 싶어 하는 도쿄에 대하여 동경하는 표정을 짓고 있었다. 나혜석은 이미 도쿄에 가 있는 듯 황홀한 표정으로 식탁 위에 오른 여러 가지 반찬을 마음껏 먹으며 신명 나 있었다. 허영숙은 아주 신중한 표정으로 조심스럽게 말을 아꼈다.

그해 겨울 일본인들이 경영하는 철도회사에서는 부산에서 출발하여 경성을 지나 신의주까지 달리는 경부선과 경의선 열차에 환한 전기를 달았다. 물론 서울에서 인천으로 달리는 한반도 최초의 철도에도 휘황찬란한 전기를 설치했다. 열차 내부가 대낮처럼 환해지자 야간열차가 늘어났고 열차가 멈춰 서는 대구, 대전, 조치원, 평택 같은 역에는 밤에도 우동을 팔고 술까지 파는 장사들이 생겨나기 시작했다.

서울거리에는 일본인들이 운영하는 택시가 등장했다. 그동안 인력거만 타고 다니던 서울의 신사들은 멋진 양복을 떨쳐입고 택시를 불러 타기 시작했다.

일본인들과 친일파들에 의해 밤의 산업도 번창했다. 강북에서는 광화문에 있는 명월관(明月館)이 제일 유명했다. 그리고 진고개(충무로)에는 친일파 송병준이 일본인 첩 가쓰오(勝女)를 앞세워 문을 연 개진정(開進亭)이 유명했는데 일본인들과 사업을 벌이는 사람들은 이곳으로 모였다. 또 남산 밑에는 시모노세키 출신이며 이토 히로부미의 친구였던 닛다(新田又兵衛)가 화려하게 문을 연 중국요릿집 천진루(天眞樓)가 있었다. 이곳에는 어깨에 별을 단 일본 군인들이 주로 모여들었다.

그리고 서울 시내 곳곳에는 이름난 기생들이 모이는 한성권번(漢城券番), 대정권번(大正券番) 같은 기생조합이 있었다. 날이 어두워지고 거리에 가로등이 들어오면 화장을 요란하게 하고 멋들어진 양장이나 기모노를 입은 여인들이 거리에 나와 택시를 불러 그런 곳으로 향했다. 신사복을 입고 넥타이를 맨 사나이들이나 밤의 불꽃을 향해 부나비처럼 달려가는 여인들이 다꾸시 (택시)를 부르는 소리는 한결같았다.

"다꾸시 스토프! 다꾸시 스토프!"

여의사가 되거라

최설경이 숨찬 목소리로 허영숙을 불렀다.

"영숙아! 영숙아! 신문에 나혜석 이름이 대문짝만하게 났다! 이것 좀 봐라!"

유난히 높고 힘찬 최설경의 목소리 때문에 이각경도 달려왔다. 최설경은 모두의 앞에 〈매일신보〉를 펼쳐 놓았다. 〈매일신보〉에서 학생들의 동향을 싣는 재자재원(才子才媛) 란에는 이런 기사가 실려 있었다.

'진명여자고등보통학교 본과 졸업생 나혜석 …. 온순한 성질은 가정이 칭찬하는 바요, 명민한 두뇌는 학교의 애중하는 바라. 제반 학과를 평균히 잘 닦는 중 특히 수학은 교사로 하여금 그 민첩한 재주를 놀라게한 일이 많고, 장구한 세월을 하루와 같이 근면한 결과 졸업시험에 최우등의 성적을 얻었는데 방년 열여덟의 현숙한 화용에는 장래의 무한한 광명이 저절로 나타나더라.'

최설경은 다시 큰 소리로 말했다.

"야, 우리도 내년에 졸업하면 이렇게 〈매일신보〉나 〈경성일보〉에 나는 거 아니야? 어, 여기에는 지석이 병숙이 얘기도 났네?"

이각경이 말했다.

"우리 경성여고보는 학생들이 많아서 모두 내주지 않을걸?"

허영숙이 말했다.

"맞아, 우린 힘들 거야. 진명은 학생 수가 적으니까 나오겠지만. 아무튼 혜석이는 이제 유명인사가 됐네? 신문에 이름이 턱 오르고…."

최설경이 허영숙에게 물었다.

"영숙아, 나혜석은 진짜로 도쿄 유학을 떠날까?"

"갈 거야. 걘 오빠가 있잖아. 도쿄 유학생인 경석이라는 오빠가 있어. 아마 그 오빠가 데리고 갈 거야."

"아휴, 세월아 빨리 가거라! 나도 내년 봄에는 관부연락선을 타고 도쿄로 갈란다. 이 좁은 경성이 지겹다!"

이각경이 가볍게 눈을 흘기며 말했다.

"설경아, 넌 도쿄 유학 갔다 온 오빠도 있고 집도 부자니까 이 경성이 좁아 보이지? 하지만 난 도쿄엔 못 갈 것 같다. 아는 사람도 없고, 돈 부쳐 줄 사람도 없고…."

허영숙이 이각경의 손을 잡으며 말했다.

"그럼 넌 어떻게 할래?"

"난 선생님이 될 거야. 사범과로 가서 선생님이 되어 학생들을 가르칠 거야. 훈도(교사)처럼 좋은 게 어디 있을라고."

최설경도 이각경의 어깨를 다독이며 달래주었다.

"그래, 꼭 유학을 가야 맛이니. 훌륭한 선생님이 되는 것도 좋은 일이지. 나는 워낙 노래 부르는 것이 좋고 무대에 서 보는 것이 꿈이니까 성악가가 돼야겠지만 … ."

최설경은 허영숙을 돌아보며 말했다.

"넌 꼭 여의사가 된다고 했지? 그래, 넌 어쩔 건데?"

"나도 도쿄로 가야 할 거야. 여자의학전문학교가 있다니까 … ."

이렇게 세 사람이 경성여자고등보통학교 뒷동산에서 〈매일신보〉 한 장을 놓고 떠들었던 1913년 봄에 진명여고보 졸업생 나혜석은 홀연히 도쿄 유학을 떠났다. 모두가 예측한 대로 듬직한 오빠 나경석의 주선 덕분이었다. 그해 5월, 허영숙 앞으로 예쁜 엽서 하나가 날아왔다. 도쿄 히비야 공원의 벚꽃 그림이 새겨진 멋진 엽서였다.

'영숙아, 보고 싶구나. 멀리 눈 덮인 후지 산이 보이고 아련히 꿈틀거리는 스미다 강이 보인다. 양장하고 높은 하이힐을 신은 아가씨가 향긋한 프랑스 향기를 풍기면서 지나가는구나. 역시 도쿄는 다르다. 공기 냄새까지 다르다. 너도 하루빨리 이곳으로 달려 오거라. 나하고 도쿄 역에서 멀지 않은 황궁의 다리를 거닐어 보자. 참, 너를 만나면 직접 하고 싶은 말이 꼭 한 가지가 있는데 … , 아휴, 말 못해. 만나서 얘기하자. ― 히비야 공원의 벚꽃 그늘 아래에서.'

허영숙은 그 엽서를 이각경과 최설경에게 보여주었다. 최설경은 엽서를 다 읽고 나서 아주 의미 있게 웃었다.

"애, 나혜석이 말로 하지 못하겠다는 그 내용이 뭐겠니?"

흰 이를 드러내며 눈을 아주 가늘게 뜨고 최설경이 말하자, 이각경이 간단히 정리했다.

"거 뭐 뻔할 뻔자지. 멋진 유학생을 만났다는 뜻 아니겠어?"

최설경이 웃으며 맞장구를 쳤다.

"브라보! 맞는 말씀!"

허영숙은 조심스럽게 말했다.

"벌써부터 남학생을 만나면 안 되는데 … ."

그해 겨울은 모두가 분주하게 보냈다. 특히 허영숙의 어머니는 하나밖에 없는 딸이 막상 유학을 준비하자 허둥대기 시작했다. 송 부인은 서둘러 조종필을 불러들였다.

"종필아, 영숙이가 꼭 동경 유학을 떠나야겠다고 하는데 우리 경성 장안에는 여자에게 의사 공부를 시켜줄 데가 정말 없는 거냐? 어디 좀 알아보거라."

"마님, 총독부 의원양성소에서도 올해부터는 여학생을 뽑는다는 소문이 있습니다."

"그게 사실이야? 총독부 의원양성소로 달려가 보거라. 당장 알아보거라."

조종필은 횡하니 달려 나갔다. 얼마 후에 땀을 흘리며 돌아왔다.

"마님, 잘하면 총독부 의원양성소에서 받아줄 수도 있을 것 같습니다. 여자 3명을 청강생으로 뽑고 있다고 합니다."

"청강생이 뭔데?"

"정원 외로 뽑아서 남자들하고 똑같이 공부를 시키고 의원 자격도 주는 그런 제도입니다. 그러니까 여자 3명을 덤으로 뽑겠다는 거죠."

"아이고 아이고, 우리 영숙이가 거기에 들어갈 수 있으면 얼마나 좋을꼬. 어떻게 해야 청강생이 될 수 있는지 알아보거라."

그날 저녁 허영숙이 돌아오자 송 부인이 은근한 목소리로 말했다.

"애야, 잘하면 네가 나하고 이 집에 있으면서 의사가 될 수 있을지도 모르겠다. 지금 총독부 의원양성소에서 학생들을 뽑고 있는데 아 글쎄 여학생 3명을 덤으로, 그러니까 … 종필아, 아까 뭐라고 했지?"

"청강생 말입니까?"

"그래그래, 그 청강생 말이다. 그 청강생이 3명이나 된다니까 우리 영숙이가 거기에 끼면 의원이 될 수 있지 않겠니?"

하지만 허영숙은 가방을 구석에 던지면서 송 부인을 향해 싫은 얼굴을 했다.

"어머니, 싫어요. 전 여학생들만 있는 학교에 가고 싶어요. 남자 수련생들이 수십 명 있는데 여자가 세 사람 청강생으로 끼어 있다 …. 저는 못 견딜 것 같아요. 그 남자들 속에서 어떻게 의학 공부를 할 수 있겠어요."

"그 남자들이 그냥 남자들이냐? 이담에 너와 함께 의사 노릇할 그런 학생들이 아니냐. 함께 환자도 보고 진맥도 하고 함께 실습도 하고 얼마나 재미있겠니?"

"어머니, 진짜로 안 되는 이유를 알려드릴까요? 제가 공부하려고 하는 것은 그냥 의학이 아니에요. 여자들의 병, 아이 받는 것, 더 자세히 말씀드리면 산파들이 하는 일을 배우고자 하는 거예요."

"허, 그까짓 산파 공부를 왜 일삼아 하려고 해? 지금도 애 받으려면 물 데워 놓고 기다렸다가 가위 하나 깨끗한 것 들고 가서 탯줄만 자르면 되는데. 뭘 더 공부할 게 있노?"

"지금까지는 그렇게 했죠. 하지만 여성에게는 병이 많잖아요. 허리병도 있고 냉병도 있고 하혈병도 있고 … ."

허영숙은 종필이 오빠를 바라보다가 말을 멈추었다. 조종필도 눈치를 채고 말을 보탰다.

"마님, 이제는 산파 공부도 의학적으로 할 때가 온 것 같습니다. 그냥 애만 받는 게 아니고 여성들의 모든 질병을 미리 미리 알아서 대처하고 아기를 낳은 후에도 산모와 함께 아기가 잘 자랄 수 있도록 관리하는 그런 학문이 필요할 것 같습니다. 제가 듣기로도 산부인과라는 학문이 있다고 들었습니다."

허영숙이 아주 단호하게 말했다.

"어머니, 저는 동경에 가서 일본 여자들과 함께 공부하고 싶고요. 그 여자들보다 더 공부를 잘해서 꼭 훌륭한 의사가 되고 싶어요. 남자들 사이에 끼어서 청강생으로 공부하고 싶지는 않습니다. 요즘 학교에 나가도 더 배울 공부도 없습니다. 오늘 저녁부터 전 푹 쉬면서 공부만 하겠어요. 절 혼자 있게 해주세요."

그날 밤 허영숙은 전주댁 아주머니에게 은밀한 청을 했다.

"아주머니 제가 당분간 밥을 먹지 않을 테니까요. 아무도 모르게 밤을 삶아주세요. 제가 정 배고플 때는 청을 드릴 테니까 뜨물에 누룽지만 살짝 풀어서 주시구요. 제가 어머니 몰래 삶은 밤만 먹도록 챙겨 주세요."

착한 전주댁은 고개를 끄덕이고 허영숙의 손을 꼭 잡아주었다. 그런데 총독부 의원양성소의 일도 송 부인에게 불리하게 돌아갔다. 그해 의원양성소에서는 여자 3명을 청강생으로 뽑기로 했는데 미리 손을 쓴 사람들이 있었다. 평양에서 여성들을 전문으로 치료하는 병원 광혜여원

(廣惠女院)을 운영하던 선교사 로제타 홀이 일찌감치 평양 출신 여성 두 명을 추천했다. 학비를 모두 대고 신원을 보증한다는 조건을 붙여서 의원양성소에 보냈다. 의원양성소에서도 의사가 부족한 북쪽 지역에 인재를 보내는 것이 옳다고 보고 로제타 홀 선교사가 추천한 스물두 살의 김해지, 그리고 스물네 살의 김영흥을 합격생으로 뽑았다. 그리고 서울에서는 친일파 남작 이재극이 추천하는 열여덟 살의 안수경이라는 학생을 후보로 확정했다.

"영숙아, 학교 가야지. 그렇게 누워 있으면 졸업을 어떻게 하니?"

"괜찮아요. 좀 쉬겠어요. 학교는 졸업식 때에만 가면 될 거예요."

"아니 그래도 뭘 먹고 누워 있어야지. 벌써 사흘이 넘었는데 물만 마시고 있으니 ⋯. 아이고 니가 이 어미 죽는 꼴을 보고 싶어서 그러니?"

"어머니, 전 괜찮아요. 물만 먹어도 살 수 있어요."

그때 조종필이 허겁지겁 들어왔다.

"마님, 일이 다 글렀습니다. 총독부 의원양성소 마당 벽에 합격자 명단이 붙었는데 여자 청강생도 이미 발표됐어요."

그날 밤 송인향 부인은 열일곱 된 막내딸을 끌어안고 한없이 울었다.

"너도 이제는 다 컸고 그래서 내 말뜻을 충분히 알아들을 것이다. 너는 과묵하고 영민해서 그동안 내 속을 썩이지 않으려고 통 내색을 하지 않았지. 하지만 어찌 내가 그걸 모르겠니. 그래, 네가 아홉 살 때 아버지가 세상을 뜨셨지. 너희 네 자매를 그렇게도 아끼셨는데 너를 마흔여섯에 만득이로 낳고 애지중지하시다 가셨다. 너희 언니들은 모두 출가하고 너와 나는 이 넓은 집에 단둘이 남게 되었다."

"어머니, 그동안 저를 이렇게 언니들과는 다르게 신식 공부를 시켜주시고 애지중지해주셔서 뼛속 깊이 고마워요. 하지만 저는 어머니를 두고 떠날 수밖에 없어요. 동경에 가야 여자의학전문학교가 있고 거기를 나와야 반듯한 의사가 될 수 있어요."

"암, 암, 내가 알지. 내가 왜 그걸 모르겠어. 하지만 칠십을 바라보는 내가 이 넓은 집에 너 없이 살 일을 생각하니 견딜 수가 없어 이러는 거지. 그래, 나혜석이 오빠를 부르자. 그 사람을 따라가거라. 그 사람 같으면 너를 제대로 안내할 거다. 네 짐은 종필이 오빠가 동경까지 들어다 줄 거다. 내가 종필이보고 네가 거처할 방이 어떤지 살펴보고 오라고 했다. 네 앞으로 양주 땅 오백 섬지기는 따로 떼어 놨으니 학비 걱정은 말고 마음껏 공부해라. 먹고 싶은 것 참지 말고 꼭 챙겨 먹고. 이 나라 제일의 여의사가 되거라."

동경 유학

긴 겨울방학을 보내고 도쿄로 떠나는 학생들이 기차에 오르고 있었다. 배웅하는 사람들과 떠나는 사람들이 플랫폼과 기차 난간에 엉켜 있었다. 삼등칸에는 사람들이 발 디딜 틈 없이 들어찼지만 이등칸은 한산했다. 빨간 모자를 쓴 아카보(赤帽子: 역에서 손님의 짐을 나르는 사람)들이 허영숙과 김명순의 짐을 정성스럽게 챙겨 놓고 허리를 굽혀 인사하자 나경석이 민첩하게 짐꾼들에게 팁을 주었다. 송인향 부인이 따로 챙겨 온 보퉁이를 조종필에게 건네주자 소중하게 가슴에 안았다.

"영숙이가 좋아하는 김초밥이랑 인절미, 그리고 전을 골고루 챙겼으니까 가다가 배고프면 나누어 먹어. 집 떠나면 고생이니까 잘들 챙겨먹어."

송 부인은 허영숙의 어깨를 쓸어주며 아기에게 하듯 또 당부했다.

"절대로 때를 거르면 안 된다. 끼니 꼭 챙겨 먹고 잠은 푹 자야 한다. 잠을 자야 공부를 잘 하지."

"어머니. 너무 걱정하지 마세요. 제가 자주 편지할게요. 전 어머니가 걱정이에요."

부인은 어느새 손수건으로 눈을 가리고 눈물을 훔쳤다. 그러면서 땅이 꺼지는 목소리로 말했다.

"아이고. 당장 오늘 저녁부터 너 없이 어떻게 잠을 청하니. 너를 만리타국에 보내 놓고 내가 어떻게 다리를 뻗고 잘 수가 있단 말이냐."

그때 플랫폼에서 우렁찬 창가 소리가 울려왔다. 사각모를 쓴 동경 유학생들이 끼리끼리 모여 합창하고 있었다.

"학도야 학도야 청년학도야/ 벽상에 괘종을 들어보시오/ 한 소리 두 소리 가고 못 오니/ 인생의 백년 가기 주마 같도다/ 동원춘산(東原春山)에 방초녹음(芳草綠陰)도/ 서풍추천(西風秋天)에 황엽(黃葉) 같구나/ 제군은 청춘소년 자랑 마시오/ 어언에 명경백발(明鏡白髮) 가석(可惜)하리라."

송 부인은 젊은 유학생들을 바라보며 한마디 했다.

"참 좋은 때로다. 우리 영숙이도 이제 동경 유학생이 됐으니 내년에는 저 창가를 합창할 수 있겠구나. 참으로 젊음이 좋다."

나경석이 송 부인을 향해 위로의 말을 전했다.

"마님, 영숙이 걱정은 마세요. 동경은 젊은이들의 천국입니다. 기숙사 밥도 좋고 거리에 나가면 맛있는 음식들이 많으니까 끼니 거르는 일은 없을 겁니다. 특히 영숙이는 의학도가 아닙니까. 자기 몸은 자기가 알아서 챙길 테니까 너무 걱정 마십시오."

그때 검은 저고리와 검정 통치마를 입고 낮고 검은 구두를 신은 중년 여인이 헐레벌떡 들어왔다. 여인이 두리번거리자 허영숙이 깜짝 놀라며 자리에서 일어섰다.

"어머 선생님, 웬일이세요?"

여인은 안심한 듯 큰숨을 쉬며 허영숙의 손을 잡았다.

"하마터면 우리 동경 유학생을 보지 못할 뻔했네. 장도를 축하해."

"어머니, 저를 진명여학교에서 가르쳐 주시고 특별히 의학공부를 해야 한다고 격려해주신 황메례 학감님이세요."

"부인, 큰 결단을 하셨습니다. 제가 듣기로는 우리 허영숙이 네 자매중 막내인 것으로 알고 있습니다. 부인께서는 곁에 두고 싶으실 텐데 바다 건너 외국으로 유학 가게 하셨으니 얼마나 큰 결심이십니까."

"글쎄 말입니다. 제 생각 같아서는 이 아이를 결혼시킨 후에도 곁에 두고 평생 함께 살고 싶은데 쟤가 큰 뜻을 품었으니 어쩌겠습니까."

"지금 조선에는 큰 인물이 필요합니다. 동포의 절반을 차지하는 우리 여성들을 진료해줄 의사가 절대적으로 필요합니다. 우리 여성들은 여성만이 아는 여인들의 병을 앓아도 남자 의사들에게 몸을 보여줄 수 없잖습니까. 여인 곁에서 여인들을 섬겨 줄 여의사가 절대적으로 필요한 때입니다. 참말로 부인의 결심이야말로 대의를 위해 작은 것을 희생하시는 큰 결단이었습니다. 자 우리 함께 기도하십시다."

황메례 선생은 주변의 승객들을 개의치 않고 허영숙의 손을 꼭 잡고 작지 않은 소리로 기도했다.

"주여! 큰 사명을 가지고 현해탄을 건너는 당신의 딸 허영숙을 축복하여 주소서. 우리 허영숙은 경성에서 공부를 마치고 우리 조선 여인으로서는 최초로 동경여의전으로 의학공부를 위해 장도에 오릅니다. 이 딸에게 건강과 총명을 허락해주셔서 주어진 의학 과정을 무사히 마치고 일등 의사가 되게 하여 주시옵소서. 긴 말로 아뢰옵지는 못하나 주님께서는 우리 허영숙에게 필요한 것을 모두 알고 계실 것입니다. 독수리가 큰 날개로 새끼를 품듯이 우리 허영숙을 품어주시사 대성하게 해주소서. 주님의 이름으로 기도하였사옵나이다. 아—멘."

허영숙이 아멘을 따라할 때 송 부인도 힘차게 아멘을 해주었다. 허영숙이 기도를 마치고 나서 웃었다.

"어머니, 어머니도 아멘을 아세요?"

"아 나도 한두 번은 교회에 나가 봤지. 내가 그 아멘도 모르겠니?"

모두 기쁜 낯으로 웃었다. 황메례 선생이 가방에서 얇은 책자 하나를 꺼내 허영숙에게 주었다.

"이건 복음서 중에서 사도 누가가 쓰신 '누가복음'이다. 내가 제일 좋아하는 복음서이지. 틈이 나면 읽고 외롭거나 집 생각이 날 때 펼쳐봐. 내가 특별히 이 누가복음을 전해주는 이유는 이 복음서를 쓴 누가라는 성인이 의사(醫師)였대. 그래서 복음서 중에서도 이 누가복음은 기록이 정확하고 표현력이 뛰어나 후세 사람들이 칭송하고 있지. 글도 아주 잘 쓰셨던 분이래. 우리 영숙이도 의사 선생님이 된 후에도 좋은 글을 쓸 수 있는 문사를 겸했으면 해."

그때 허영숙이 문득 생각난 듯 물었다.

"선생님, 지금은 어디에서 무슨 일을 하고 계세요? 선생님께서는 우리 진명여학교를 세우실 때 그렇게 애를 쓰셨고 교장선생님보다도 더 학교를 사랑하셨잖아요. 기숙사에 머무시며 학감선생님까지 겸하셨는데…. 일본 사람들이 우리 학교를 빼앗으면서 쫓겨나셨잖아요."

"다 나라 잃은 백성들의 슬픔이지. 난 지금 낮에는 보구여관이나 선교사님들이 세우신 지방의 병원에 다니며 환자들을 돌보는 일을 하고,

저녁에는 교회에 나가 전도사로 일하고 있어. 몸이 열 개쯤 있었으면 좋겠어. 전화위복(轉禍爲福)이지 뭐. 환자들도 돌보고 주님의 복음도 함께 전하고 ….”

송 부인은 신여성인 황메례 선생이 웅변하듯 씩씩하게 말하는 모습을 보며 장하다는 눈빛을 보냈다. 막내딸 허영숙을 바다 건너 이국에 보내는 일에 보람을 느끼는 듯했다.

기차가 기적을 울리고 창밖에서 차장이 기차의 출발을 알리는 깃발을 흔들었다.

조종필이 서둘러 부인에게 말했다.

“마님, 기차가 떠납니다. 어서 내리세요. 제가 있으니까 염려 마시고 내리세요.”

기차는 서서히 움직였다. 허영숙도 기차 난간에 나가 어머니와 황메례 선생을 향해 손을 흔들었다. 배웅하는 사람들은 모두 약속이나 한 것처럼 플랫폼 위에서 손수건을 눈가로 가져가고, 기차에 탄 사람들은 밖을 향해 손을 흔들었다.

기차가 충청도 부강역에 머물렀을 때 아이들이 병에 탄산수를 담아 가지고 객실 위에까지 올라와 팔았다.

“탁 쏘는 부강 약수여유. 십년 묵은 체증도 날아가는 거니께, 많이들 사셔유.”

김명순이 약수를 사서 나누어주었다. 허영숙은 그 물을 마시다가 미간을 찌푸리고 얼른 병을 치웠다.

“아유, 못 마시겠는데? 너무 독해. 무슨 물이 이렇게 쏴하지?”

김명순이 이야기했다.

"내가 방학이 되어 평양으로 가면 황해도 평산이나 평양 북쪽에 있는 은산 물을 맞으러 갔었지. 그곳에는 온천도 있고 이런 약수, 탁 쏘는 물도 나오니까."

기차가 대전역쯤 갔을 때 나경석이 말했다.

"자, 식당 칸으로 가자. 목이 컬컬하군."

나경석이 앞장서고 조종필과 두 사람은 따라갔다. 나경석은 아주 익숙한 솜씨로 맥주를 시키고 두 여학생을 위하여 간단한 양식을 시켰다.

"도쿄에 가면 자주 외식을 할 테니까 우선 간단한 것부터 몸에 익히도록…. 이건 돈가스라는 것인데 돼지고기로 만든 거야. 나이프와 포크를 쓰는 법을 배워 두도록…. 그리고 수프는 아주 천천히…."

나경석과 조종필은 삿포로 맥주를 시원스럽게 마시고 허영숙과 김명순은 아주 조심스럽게 나이프와 포크를 익혀 나갔다. 스프는 나경석이 말하는 대로 접시를 밖으로 기울여서 아주 천천히 그리고 우아하게 떠먹었다. 송 부인이 정성스럽게 싸 준 도시락은 대구를 지나 삼랑진역에 이를 때 모두 함께 나누어 먹었다.

기차는 어두워서야 부산역에 도착했다. 관부연락선을 타는 과정은 아주 복잡했다. 만약 허영숙이나 김명순만 왔었다면 절대로 그 큰 배를 탈 수가 없었을 것만 같았다. 형사라는 사람들이 수시로 여행증명서를 보자고 하고 따로 수상서(水上署)에 가서 도항증명서(渡航證明書)를 받아야 했다. 키가 크고 날렵한 나경석이 바람처럼 앞에 서고 척척 해내는 덕분에 일이 쉽게 되었다.

특히 경성에서부터 타고 온 이등 기차표와 부산에서 타고 갈 이등 선실표가 큰 역할을 했다. 형사들은 삼등칸 손님에게만 꼬치꼬치 행선지를 묻고 조선 옷을 입은 사람만 들볶았다. 쓰시마마루(對馬丸)라는 그 큰 배가 떠날 때쯤 삼등칸의 문은 덜커덩 잠기고 객실의 손님들이 난간으로 나올 수도 없게 했다. 이등칸은 조망이 탁 트여 있었고 다다미방인 객실은 여유가 있었다.

4월이 다 가는 때였지만 바닷바람은 찼다. 달빛도 희미했다. 쓰시마를 지날 때쯤 배는 긴 고동을 울렸다. 섬사람들에게 지나간다는 신호를 보내는 듯했다. 이등칸에 탄 남자들은 약속이나 한 듯 모두 끼리끼리 모여 술을 마셨다. 대개 맥주를 마셨지만 그중에서는 일본의 증류주인 정종을 큰 컵에 따라서 벌컥벌컥 마시는 사람도 있었다.

김명순은 머리에 붉은 색 스카프를 두르고 검푸른 바다를 하염없이 내려다보고 있었다. 허영숙이 그녀를 큰 소리로 불렀다.

"명순아, 바람이 차지 않니? 그만 들어오지 그래."

"난 바닷바람이 좋아. 방 안에는 술 냄새뿐인데 뭘."

그때 술 취한 남자가 큰 소리로 말했다.

"아가씨, 난간에 서신 김에 노래나 한 곡 뽑으시오. 현해탄에서 도쿄 유학생의 노래를 듣는다면 얼마나 영광이겠소. 아가씨는 영화배우를 해도 되겠소. 어느 대학 학생이오?"

나경석이 굵은 목소리로 말했다.

"도쿄 음악학원에 입학해, 머지않아 유명한 성악가가 될 겁니다."

그러자 여기저기에서 박수가 터져 나왔다. 하지만 김명순은 당황하지 않았다. 머리에 맨 스카프를 다시 한 번 손끝으로 매만지고 나서 큰 소리로 말했다.

"저는 앞으로 음악을 할지 문학을 할지 정하지는 않았습니다. 그러나 노래 부르기를 좋아합니다. 제 고향은 평양인데 제가 그곳 서문소학교에서 배웠던 창가 하나를 부르지요."

그녀는 정말 성악가처럼 난간을 잡고 숨을 골랐다. 그리고 천천히 그러나 똑똑히 그 창가를 부르기 시작했다.

"이 풍진 세상을 만났으니 너의 희망이 무엇이냐/ 부귀와 영화를 누렸으면 희망이 족할까/ 푸른 하늘 밝은 달 아래 곰곰이 생각하니/ 세상 만사가 춘몽 중에 또다시 꿈같도다 ─ ."

술 취한 사내들이 박수 치며 야단법석을 떨었다.

"재창이요. 삼창이요…, 명창이오!"

김명순은 밤바다를 쳐다보고 앙코르를 청하는 사내들을 바라보았다.

"다음 노래는 평양 선교사님에게 배운 노래입니다. 먼 영국 옆에 있는 아일랜드라는 섬나라의 노래라고 합니다. 잘 감상해주세요."

허영숙은 김명순의 객기가 다소 심한 게 아닌가 하는 걱정을 하면서도 노래를 기대했다.

"오 ~ 대니, 파이프 소리가 계곡에서 계곡으로/ 산기슭 아래로 울려 퍼져/ 여름은 지나가고 모든 꽃들이 시들어 가고 있어/ 넌 떠나야 하고 나는 기다려야만 하네/ 그러나 대니, 너는 저 초원에 여름이 오면 돌아올까/ 아니면 저 계곡이 흰 눈에 덮여 적막할 때 돌아올까/ 낮이나 밤이나 해가 뜨든지 구름이 끼든지 여기서 기다릴게/ 오 대니 보이, / 오 대니 보이/ 난 정말 널 사랑해 ─ ."

그 노래는 이상하게도 구슬펐다. 술을 마시던 사내들도 모두 숙연해져서 검은 바다에 은은히 비치는 달빛만을 바라보면서 김명순의 노래에 취했다. 이윽고 김명순의 노래가 끝나고 나자 여기저기에서 박수와 함께 탄성이 터져 나왔다.

그날 밤은 모두들 잠을 잘 수가 없었다. 배가 시모노세키 항구에 거의 다 왔을 즈음에야 깜박 눈을 붙였다. 허영숙은 한참 꿈속에서 어머니의 손을 잡고 눈물을 닦을 때쯤 사람들이 떠드는 바람에 눈이 절로 떠졌다. 모두 정신없이 짐을 챙기고 배를 내려가기 시작했다.

일행은 부두 옆에 붙어 있는 2층집 여관에 들어갔다. 그 여관은 조선 사람이 경영하는 곳이라 여관 안에는 조선에서 온 사람들로 가득 했다. 일행은 잠시 몸을 씻고 아침상을 받았다. 여관집 주인은 나경석을 잘 아는 듯 반가운 표정을 지었고 짐을 나르는 보이나 하녀도 아주 친절했다. 나경석은 습관처럼 그네들에게 팁을 건넸다.

아침밥상에는 조선식 봄나물과 고추장과 북어찜이 나왔다. 김명순은 고추장에 밥을 비비고 그 위에 북어찜을 얹어 밥알 하나 남기지 않고 싹싹 긁어 먹었는데 허영숙은 입이 깔깔하여 반쯤 먹다가 나무젓가락을 내려놓았다. 허영숙을 바라보던 나경석이 물었다.

"몸이 좋지 않나? 하긴 어젯밤에 잠을 못 잤지? 생전 처음 어머니 품을 떠나 만리타향 길을 떠났으니까…. 그것도 그냥 길인가? 밤새워 현해탄을 건너는 여행이었잖아. 당연히 뱃멀미가 있을 거야."

"아 그랬군요. 제가 시달린 것이 뱃멀미였군요. 오라버니, 저는 아무래도 오늘 바로 기차를 타는 것은 무리일 것 같아요."

"그럼 이렇게 하지. 시모노세키도 볼만한 항구니까 몸이 괜찮은 사람들은 하루 관광을 하고, 영숙이는 잠 좀 자고 낮에 쉬었다가 함께 밤차를 타자고. 밤차를 타는 운치도 있으니까."

　나경석과 김명순은 그날 낮 시모노세키를 관광했고 허영숙을 염려하는 조종필이 여관에 남아 가까운 항구를 구경하며 허영숙을 지켰다. 허영숙은 점심도 먹지 않고 내내 잤다. 일행은 그날 저녁 밤기차를 탔다. 그 기차는 조선의 기차보다 폭이 좁은 협궤열차였다. 하지만 이등칸은 아늑한 안방처럼 편안했다. 손님들도 점잖았다.

　기차는 밤새 달렸다. 어떤 역 주변에서는 남자들이 머리에 수건을 질끈 동이고 아래에는 훈도시(일본식 팬티)만 걸친 채 불 옆에서 작업했기 때문에 시선을 둘 데가 없었다. 도시마다 모두 서양식 건물도 새로 짓고 새로운 일본을 만들기 위해 법석을 떨었다. 그때까지 경성의 남대문역 앞에는 아직도 초가들이 있고, 그 초가들 속에서 떡과 술을 파는 집들이 남아 있었고, 남산으로 올라가는 언덕에는 성곽이 버티고 있었다. 그런 조선의 모습을 일본 땅에서는 전혀 찾아볼 수가 없었다.

　밤중에도 수많은 자동차들이 불을 켜고 움직이고 우마차들도 움직였다. 거리에는 서양식 트럭들이 질주하였고 어느 도시에서는 포드회사에서 나온 8인승 승합차들이 역 앞에서 요란하게 손님들을 모으기도 했다. 기차가 서지 않는 간이역에서는 화장을 짙게 한 여자들이 하체를 드러낸 채 담배를 뻑뻑 피우고 있었다. 허영숙과 김명순은 그냥 눈으로만 그런 모습들을 지켜볼 뿐이었다.

　날이 밝으며 히로시마를 지나고 교토를 지났다. 기차 창문 밖으로 아름다운 비와호(琵琶湖)가 보일 때 사람들은 모두 탄성을 지르며 창문에 매달렸다. 김명순이 제일 놀라며 소녀처럼 소리치고 기뻐했다. 허영숙은 담담히 그 아름다운 호수를 감상하였고, 얼마 후에 나타나는 웅장한 이부키산(伊吹山)을 바라보며 사람들은 또 한 번 소리쳤다.

"영숙아, 저 먼 산골짝에 핀 봄꽃들을 봐라. 어머머! 저 선로 가에 서서 우리를 환영하는 사쿠라들을 바라봐라."

김명순은 계속 감격했다. 드디어 해가 기울고 하코네와 후지 산이 보일 때 사람들은 안도의 한숨을 쉬며 긴 여행의 끝을 서로 축하했다.

"다 왔다. 우리의 행복한 여행도 끝나 간다."

김명순이 이야기하자 나경석이 말했다.

"드디어 팔굉일우(八紘一宇: 온 세계가 하나의 집이라는 일본군국주의식 표현)의 지붕이 보이는군. 후지 산은 세계의 중심이라니까, 지금 우리는 세계의 중심부 그 지붕 밑으로 들어가는 거야."

이미 역사 밖의 가로등에는 불빛이 들어오고 도쿄역의 시계탑은 오후 7시를 가리켰다. 수많은 마중객들이 역사 안과 밖을 채우고 있었다. 양복과 양장을 차려입은 신식 젊은이들과 기모노에 부푼 머리를 하고 게다를 받쳐 신은 일본 여인들이 이국적 모습으로 허영숙 일행의 눈길을 끌었다. 역 대합실 근처에는 무슨 여관이니 음식점이니 하는 선전문구가 새겨진 선전복을 입은 소년들이 정신없이 뛰어다녔다. 역사의 천장은 높고 규모가 대단했다. 사람들의 떠드는 소리가 높은 천장에 울려 웅장한 음악소리처럼 소용돌이쳤다.

나경석이 간단히 설명했다.

"이 도쿄 역사(驛舍)는 네덜란드의 암스테르담역을 그대로 본떠서 만든 거래. 기본적으로 붉은 벽돌로 쌓았고 모두 3층에 돔 형식을 썼기 때문에 웅장한 맛이 나지. 자, 그건 그렇고 우리를 기다리는 사람들이 있을 거야."

그때 저쪽에서 높은 소프라노 소리가 들렸다.

"오빠! 오라버니! 여기야 여기!"

허영숙은 눈을 의심했다. 헤어진 지 1년밖에 되지 않은 나혜석이 전혀 다른 모습이었다. 일본 여인처럼 머리를 잔뜩 부풀려 틀어 올렸고, 위와 아래가 다른 투피스는 어깨 부분이 잔뜩 올라간 신식 옷이었다. 그녀는 어떤 남자의 팔을 끼고 있었다. 남자의 얼굴은 창백하고 첫눈에 봐도 예술 하는 사람처럼 보였다. 앞머리는 약간 곱슬하고 구레나룻이 듬성듬성하게 난 호리호리한 청년이었다. 눈썹이 유난히 짙고 콧대가 가는 청년이었다. 교복을 입었는데 교복의 상의 단추를 풀어서 멋을 부린 듯했다.

나경석이 알은체를 했다.

"아, 자네도 나왔는가? 바쁘지 않아?"

청년은 깊이 들어간 눈을 껌뻑하며 밝게 말했다.

"혜석 씨가 나오는데 내가 안 나올 수 있나."

그때 김명순은 불안한 몸짓으로 누군가를 찾고 있었는데 잠시 후 저쪽에서 군인이 나타났다. 정복에 금테 모자를 쓴 육군 소위였다. 근위부대의 멋진 복장을 한 청년 장교가 군화 소리를 내며 걸어왔다. 그 뒤에는 병사 하나가 종종걸음으로 따라왔다. 그 소위는 절도 있게 멈춰 서며 김명순을 향해 물었다.

"진명여고를 나오신 김 ….."

"네. 김명순이에요. 숙부님의 전갈을 받으셨군요."

소위는 김명순이 든 커다란 가방을 지켜본 후 눈빛으로 병사에게 말했다. 병사는 아주 빠른 동작으로 김명순의 가방을 챙겨 들었다.

"아, 이러시지 않아도 되는데 … ."

키 큰 나경석이 나서며 멀리 서 있는 아카보를 불렀다. 빨간 모자를 쓴 아카보가 바람처럼 달려왔다.

"이 짐들을 합승 차까지 옮기도록."

일행은 모두 둘러서서 인사했다. 제일 먼저 육군 소위가 나경석에게 거수경례를 올리며 통성명했다.

"지난해에 사관학교를 나온 이응준 소위입니다. 지금은 제5 근위사단에 근무합니다. 평양에 계신 김희선 선생님을 존경하기 때문에 조카분이신 김명순 씨를 안내하려고 나왔습니다."

나혜석과 나란히 서 있던 대학생이 인사했다.

"게이오 대학에 다니는 최승구(崔承九)라고 합니다."

최승구가 인사를 마치자마자 나혜석은 그의 손을 끼며 빠르게 말했다.

"아 우리 최승구 씨는 조선 제일의 시인이에요. 호는 소월(素月)이구요. 앞으로 이분을 보시면 '소월 시인'이라고 불러주세요. 조선 최고의 시인이 될 분이에요."

나경석이 점잖게 타일렀다.

"야, 보석은 시간이 가면 저절로 빛나게 돼 있어. 다이아몬드는 굳이 광고하지 않아도 빛을 발하게 돼 있다고. 너 좀 너무 심한 것 같다."

모두 유쾌하게 웃자 나혜석은 최승구의 팔을 더욱 깊게 끼면서 매달리듯 붙어 있었다. 사람들이 모두 지나가며 힐끗힐끗 쳐다보았다. 이응준 소위가 앞으로 나서며 말했다.

"대부분이 동경에 처음 오신 분들이죠? 동경생활을 시작하려면 신고부터 해야 합니다. 우리 함께 동경 도착신고를 하십시다."

그러고는 그는 두말없이 역사 밖으로 나갔다. 모두 따라갈 수밖에 없었다. 요란한 차 소리와 함께 전차의 땡땡거리는 소리가 들리고 인력거들이 정신없이 사람 사이를 누비고 다녔다. 이응준 소위와 일행 사이에서 일본군 병사가 김명순의 가방을 든 채 일행이 대열을 이탈하지 않도록 열심히 따라왔다.

가로등 불빛이 깨끗한 거리를 은은하게 비춰주며 이국적인 도쿄의 풍경을 빛내고 있었다. 가히 '리틀 런던'이라고 자랑할 만큼 서양풍의 풍물을 한껏 자랑하고 있었다.

역사가 끝나고 큰 네거리를 몇 번 건너고 나자 개울보다 큰 해자(垓子)가 보이고 아치 모양의 이중교가 웅장하게 조명을 받으며 일행을 맞았다. 그리고 그 뒤로 흰 색상의 웅장한 왕궁이 버티고 있었다. 이응준 소위는 그 왕궁을 바라보며 부동자세로 서서 이렇게 말했다.

"천황폐하가 살고 계신 황궁입니다. 우리 함께 예의를 표합시다. 이곳 도쿄에는 우리 조선 왕실의 마지막 왕세자 이은(李垠) 세자께서도 와 계십니다. 세자님께서는 도리시카에 있는 사사키 후작 저택에 머물고 계십니다. 그곳에 가서도 예를 올려야 하지만 그곳은 신바시역까지 가야 하니까 오늘은 천황폐하께만 먼저 예를 올립시다."

소위와 병사는 반듯하게 서서 거수경례를 올렸고 나머지 사람들은 허리를 구부려 인사했다. 지나가는 모든 사람들도 걸음을 멈추고 절을 올렸다.

수석 합격

허영숙이 여의전 시험을 치르고 등교한 지 얼마 되지 않았을 때 은테 안경을 쓴 요시키(吉木) 교수가 그녀를 따로 불렀다.

"학생은 반도 출신이라고 했지?"

"그렇습니다, 교수님."

교수는 허영숙이 작성했던 시험 답안지를 꼼꼼히 살펴보며 한 가지씩 물었다.

"경성여고보를 나왔다고? 음, 그 학교는 교육을 제대로 시켰군. 학생의 답안지에 틀린 글자가 한 곳도 없어. 일본어 철자법도 정확하고 표현 내용도 아주 명료해. 소설을 써도 좋을 만큼 글재주도 있군 그래."

"과찬이십니다."

"아냐 아냐, 절대 과찬이 아냐. 사실은 자네가 이번 입학시험에서 수석을 했어. 반도 출신이 우리 학교에 들어온 것도 처음이지만 외지 학생이 내지 학생들을 누르고 1등한 것도 처음이야. 차석은 도쿄에서 학교를 나온 오구라이고, 3등은 대만 출신의 자오즈밍이야."

도쿄 여의전 시절. 맨 오른쪽이 허영숙. 그 왼쪽은 친구 오구라

그때 문이 열리면서 후덕하게 생긴 부인이 들어왔다.

"요시키 교수님, 이 학생이에요? 반도 출신의 수석 합격자가?"

"그렇습니다. 이사장님."

교수는 일어서며 허영숙에게 말했다.

"우리 여의전을 세우신 요시오카 야요이(吉岡彌生) 이사장님이시다."

허영숙은 허리를 깊이 굽히며 공손히 인사했다. 요시오카 여사가 다가와 어깨를 가볍게 두드리며 말했다.

"정말 장해요, 정말 장해. 반도 출신이 우리 학교에 처음 입학한 것도 기쁜 일인데 수석을 하다니. 축하해요."

요시오카 병원의 설립자이자 여의전 이사장인 그 부인은 허영숙의 손을 꼬옥 잡아주었다. 허영숙의 눈가에 이슬이 맺혔다.

다음 날 나경석이 달려왔다. 조종필은 자신이 큰일을 한 것처럼 연신 벙긋거리며 웃음기를 감추지 못했다. 나혜석과 그의 애인 최승구도 기쁜 얼굴로 쫓아왔다. 그날 김명순도 왔지만 안타깝게도 이응준 소위는 근무 때문에 오지 못했다. 대신 우에노 음악학교에 입학한 최설경이 달려왔다. 활달한 최설경이 큰 소리로 말했다.

"아니! 일본 아이들도 어려워하는 의학전문에 허영숙이 수석을 하다니! 하긴 뭐, 우리 경성여고보 출신이니까. 어쩌면 나도 수석으로 합격했는지도 몰라. 그 사람들이 발표하지 않아서 그렇지."

모두는 유쾌하게 웃었다. 최승구가 맞장구를 쳤다.

"그랬을 겁니다. 하지만 음악 학교에는 실기 점수가 있으니까 아마도 일본 교수들이 일본 아이들에게 후한 점수를 주었는지도 모르지요."

"일본 아이들 정말 별 거 아니에요. 아니 성악을 전공한다면서 목소리들이 모기소리만 하니 어디 되겠어요? 내가 실기시간에 소리를 내면 그 아이들이 주눅이 들어 소리를 못 낸다니까요."

김명순도 거들었다.

"그럼요! 우리 조선 여자들이 목소리 하나는 타고났죠. 나도 공원 같은 데서 소리를 내면, 다 돌아본다니까요! 어학공부가 끝나면 성악을 전공할까 봐요."

나경석이 큰 소리로 말했다.

"자 어쨌든 오늘은 기쁜 날입니다. 허영숙 씨가 수석한 날이니까 내가 한턱내겠습니다. 사실은 내가 오는 7월에 졸업하니까 그 졸업 턱을 오늘 미리 낼까요?"

하지만 허영숙이 단호했다.

"무슨 말씀이세요? 오라버니께서는 우리 같은 경성 촌뜨기를 여기로 데려오느라 애를 많이 쓰셨고, 여기 와서도 여기저기 구경시켜 주시느라 돈도 많이 쓰셨잖아요. 오늘은 제가 내겠어요. 대신 저는 아는 데가 없으니까 오라버니가 안내만 하세요."

허영숙은 조종필을 돌아보며 말했다.

"종필 오빠, 제 용돈이랑 수속금을 잘 가지고 계시죠? 오늘은 돈 아끼지 마시고 넉넉히 지불하세요."

나혜석이 나섰다.

"자 그럼 오늘은 원님 덕분에 나발을 제대로 불어 볼까? 승구 씨, 어디로 갈까요? 그동안 우리가 데이또하면서 어디가 제일 좋았죠?"

"긴자 쪽으로 가지. 네거리 근처에 있는 레스토랑 네바(NEBA)가 멋지잖아. 운 좋으면 테라스에 앉아서 스테이크를 먹을 수 있지. 뭐 양이 적은 사람은 샌드위치를 먹어도 좋아."

김명순이 깡충깡충 뛰면서 외쳤다.

"난 스테이크에 레드와인!"

최설경도 거들었다.

"난 생선튀김에 화이트와인!"

그날 일행은 무사시노 공원을 거쳐 젊은이들이 '조지'라는 애칭으로 부르는 기치조지(吉祥寺)로 가는 사쿠라 터널을 마음껏 걷고 젊음을 만끽했다. 그리고 분위기 좋은 네바에서 포식했다. 참으로 맛있고 향긋한 시간이었다.

그 좋은 시간이 끝날 즈음에 조종필이 말했다.

"영숙아, 이 좋은 소식을 마님께 말씀드리면 얼마나 좋아하시겠니?"

"오빠가 말씀 잘 해주세요. 너무 좋아하시다가 뒤로 넘어지실지도 몰라요. 잘 잡아드리세요. 아이고, 외로우신 우리 어머니."

허영숙은 경성이 있을 법한 서쪽 하늘을 바라보았다.

몇 주 후, 나혜석이 최승구를 데리고 다시 나타났다. 허영숙이 기숙사를 나서며 반쯤 토라진 말투로 말했다.

"한참 사랑에 빠진 언니나 최승구 씨는 좋겠지만, 나는 요즘 신입생으로 이것저것 준비할 것이 많아 너무 바빠. 그동안 돌봐 주시던 경석이 오빠도 졸업시험 준비를 한다고 요즘은 뜸하시고, 수족처럼 일을 봐주시던 종필이 오빠도 귀국했고, 요즘은 바쁘면서도 쓸쓸하기까지 해."

"그래서 우리가 왔잖아. 오늘은 이이하고 내가 널 위로해줄게. 아주 멋진 곳으로 안내할게. 지난번에 네가 한턱냈던 그곳에서 조금만 가면 정말로 좋은 곳이 있어. 도쿄에서 사랑하는 사람들이 가장 잘 가는 곳이지. 말하자면 연인들의 성지라고나 할까?"

"어머, 사랑해 보지 못한 사람은 어디 서러워 살겠나⋯. 좋아, 나도 이다음에 사랑하는 사람이 생기면 그곳에 가 볼 거야. 어서 앞장서."

세 사람은 신주쿠에서 기차를 타고 미타카까지 갔다. 최승구는 손에 무엇인가를 잔뜩 들었고 나혜석도 이젤과 화구를 챙겨 들고 있었다. 꽃길이 다 끝나는 곳에 놀랍게도 안개가 자욱한 녹지가 나타났다. 도쿄 주변에 이렇게 아늑한 곳이 있을까 싶게 그곳은 도시와는 전혀 다른 생경한 분위기였다. 고갯길을 막 넘자 세 사람 앞에는 얼핏 바다처럼 아득한 호수가 펼쳐졌다.

"어머머! 호수가 있네? 이 대도시 도쿄 근처에!"

놀라는 허영숙의 말을 나혜석이 생기 있게 받았다.

"그러니까 내가 사랑의 성지라고 했지! 아직 놀라려면 멀었어."

세 사람이 호수를 끼고 한참 걷고 나자 안개가 서서히 걷히면서 멀리 후지 산의 눈 덮인 모습이 눈에 들어왔다. 꼭 원추형의 팽이 같기도 하고 한 조각의 구름 같기도 했다. 삼나무 숲의 향기가 좋았다. 호수 위에서는 연인들이 쌍쌍이 앉아 보트를 저었다. 최승구가 경사진 언덕 위에 돗자리를 깔았다. 나혜석은 아주 익숙한 솜씨로 이젤을 받치고 화구를 펼쳤다. 멀리 보이는 전원풍의 외딴집에서는 한가롭게 연기가 피어올랐다. 최승구는 나혜석의 이젤 옆에 가지고 온 물건을 펼쳤는데 놀랍게도 수동식 유성기였다. 나혜석이 연기가 피어오르는 그 유럽풍의 농가를 그리기 시작할 때쯤 그 앙증맞은 유성기에서는 음악소리가 퍼졌다. 최승구는 비스듬히 누워 스케치하는 나혜석을 바라보며 몽롱하게 취한 눈빛으로 담배를 피우기 시작했다. 하늘에는 흰 구름이 아득히 미끄러지고 있었다.

허영숙은 이상하게 자신의 얼굴이 달아오름을 느꼈다. 그동안 여러 번 이곳에 왔을 법한 이 두 사람이 이렇게 아름답고 몽환적인 분위기 속에서 그냥 맹숭맹숭하게 앉았다가 돌아갈 리가 없었을 것이다. 어쩌면 두 사람의 첫 번째 입맞춤과 사랑의 고백이 이곳에서 이루어졌을지 모를 일이다. 허영숙은 헛기침을 하며 최승구에게 물었다.

"무슨 곡이에요?"

최승구는 꿈을 꾸다가 깨는 사람처럼 화들짝 놀라며 대답했다.

"아, 네. 〈사랑의 기쁨〉이라는 곡입니다. 프랑스 태생의 독일 작곡가 마르티니의 곡입니다."

"곡이 너무나 아름다워요. 사랑의 기쁨이 너무 깊어서 그런지, 어쩐지 곡은 애상적이네요."

"영숙 씨는 의사가 될 분인데 아주 음악적인 직관도 빠르시군요. 사실은 그 가사가 아주 야릇합니다."

최승구는 그 노래의 가사를 천천히 암송했다.

"사랑의 기쁨은 어느덧 사라지고/ 사랑의 슬픔만 영원히 남았네./ 눈물로 보낸 나의 사랑이여/ 그대 나를 버리고 가는가, 야속타./ 사랑의 기쁨은 어느덧 사라지고/ 사랑의 슬픔만 영원히 남았네."

이젤에 매달려 열심히 그리던 나혜석이 고개를 들었다.

"난 그 곡은 한없이 좋은데 그 노랫말이 영 마음에 걸려. 왜 사랑의 기쁨이 그렇게 빨리 사라지고 사랑의 슬픔만 영원히 가슴에 남느냐 이거야. 영숙아, 가사가 영 불길하지 않니?"

"아, 글쎄…. 뭐든지 너무 아름답고 기쁜 것은 하늘도 샘을 낸다고 하잖아. 아마 두 사람의 사랑이 너무 깊고 아름다우니까 사랑의 신이 질투했나 봐."

허영숙은 자리에서 일어나 공원 끝에 있는 간이매점에서 간식거리를 샀다. 꼬치에 낀 단고(일본식 경단)와 튀김 몇 가지, 그리고 주스를 챙겼다. 호수 가까이 왔을 때 허영숙은 그 자리에서 움직일 수가 없었다. 돗자리 위에서 두 사람이 태연히 입맞춤하고 있었기 때문이었다. 허영숙은 두 사람이 떨어지기를 기다려 한참 만에 자리로 돌아갔는데 공연히 가슴이 두근거리고 정신이 아득하여 간식에도 손이 가지 않았다. 그래서 엉뚱한 말만 물었다.

"이 호수 이름이 뭐예요?"

"이노카시라이케(井の頭池)입니다."

최승구의 깊은 눈과 그윽한 눈빛, 그리고 상큼한 콧날이 이상하게도 쓸쓸하게 보였고 그가 풍기는 체취가 호수의 물빛과 닮아 있었다.

첫 학기가 끝나 가며 여름방학을 앞두고 있을 때 최설경이 친구들을 불러 모았다.

"모두 우에노 동물원 앞으로 모여! 내가 한턱낼게."

나혜석과 최승구, 허영숙과 김명순이 아침 10시까지 한자로 '上野動物園'이라고 쓰고 그 옆에 영어로 ZOO라고 쓰여 있는 정문 앞에 모였다. 최설경이 짧은 주름치마에 땡땡이무늬가 들어간 짧은 소매의 블라우스를 입고 경쾌하게 달려왔다.

"동물원은 코끼리 우리하고 새들 있는 곳만 보자고. 오늘은 내가 진짜로 보여줄 곳도 있고 소개할 사람도 있으니까."

김명순이 제일 먼저 물었다.

"뭐야? 소개할 사람이라니? … 최설경 너, 여기 와서 벌써 애인을 만들었니?"

"뭐 아직은 애인이라고 할 수 없지. 우리 큰 오라버니가 소개했는데 큰올케 친정아버님 그러니까 우리 사장어른하고 잘 아는 집안이래. 전북 부안인가 하는 곳의 만석꾼집 아들인데 이상하게도 아직 총각이래."

허영숙이 물었다.

"뭐야? 요즘 같은 세상에 대학을 다니면서 총각이라고? 그럼 고향에 조혼한 부인이 없단 말이야? 더구나 그렇게 부유한 집안에서 아들 결혼도 시키지 않고 유학을 보냈단 말이야?"

"바로 그 점이 내가 놀란 점이라니까? 만석꾼집 아들에, 헌헌장부에,

천하의 인재들이 다니는 도쿄 제국대학 법문학부에 다니면서 싱글이라는 점에 나도 놀랐어."

나혜석이 미심쩍은 얼굴로 물었다.

"그 사람, 어딘가 숨겨놓은 애인이 있거나 아니면 말 못할 고민이 있는 사람 아니야? 아니, 도쿄제대 법문학부에 다니는 사람이 아직도 싱글인데다 널 기다리고 있었단 말이야?"

"휘문중학 출신인데 독일 법학이 전공이래. 키도 크고 성격도 서글서글해. 한 가지 흠이 있다면 ⋯ ."

김명순이 재빨리 물었다.

"흠이 있다면?"

"스포츠를 지나치게 좋아해. 수영 선수에다가, 달리기 선수에다가, 뭐 지금은 야구에 빠져 있다나? 야구부의 주장이면서 피처래, 피처!"

나혜석이 최승구를 바라보며 눈으로 물었다.

"저는 시를 쓰는 사람이니까 스포츠는 별로 좋아하지 않습니다만, 피처가 뭔지는 압니다. 야구에서 가장 중요한 일을 하는 사람이죠. 공을 던지는 사람이에요. 공을 잘 던져야 이길 수 있죠."

그때 동물원에 있던 코끼리들이 푸우 - 푸우 - 우는 소리를 냈다. 최설경이 행상들이 들고 다니는 바나나를 얼른 사서 던져주었다. 그리고 소년들이 파는 얼음과자를 사서 모두에게 돌렸다.

김명순이 안타깝다는 듯 말했다.

"설경 씨, 우리가 지금 동물 구경할 때가 아닌 것 같은데? 어서 그 피처를 만나러 갑시다. 이참에 그 유명한 동경제대도 구경하고! 제대를 구경하려면 아카몬(赤門: 붉게 칠한 도쿄 제대의 교문) 부터 봐야 하지 않을까?"

"사실 오늘 그이가 정오 시간에 맞춰 아카몬으로 오라고 했어요. 오늘 2시부터 다른 대학 팀하고 경기를 한다나 봐요. 자기 경기 솜씨도 보여주고, 자기 자랑을 하고 싶어서 여러분을 초청한 걸 거예요."

나혜석이 시계를 보며 말했다.

"그렇다면 지금 바로 아카몬 쪽으로 가야 되겠는데? 유시마(湯島) 일대의 언덕을 넘어 혼고(本鄕: 도쿄제대의 캠퍼스가 있는 지역)의 도다이(東大: 도쿄제대의 약칭)로 가려면 서둘러야겠어."

그 사나이는 처음부터 폭풍 같은 느낌을 주었다. 일행이 그 유명한 아카몬의 붉은 문 너머에 자리 잡은 도다이의 위용을 둘러보고 있을 때 유니폼을 입은 그가 성큼성큼 캠퍼스 쪽에서 걸어 나왔다. 키가 훌쩍 크고, 눈썹이 짙고, 넓은 가슴으로 바람을 가르며 질풍노도처럼 다가왔다. 청년은 가지런하고 흰 이를 내보이며 씨익 웃었다.

"좀 낡고 오래된 대학이죠. 고집불통에 오만하기도 하구요. 헛소문만 요란합니다. 막상 들어와 보니 별 것도 아니더군요. 이 아카몬만 해도 그렇습니다. 지금은 천하의 수재들이 드나든다는 문입니다만, 사실 이 문은 약간 웃기는 내력이 있어요. 이 문은 도쿠가와 가문의 11대 장군인 도쿠가와 이에나리(德川家齊) 쇼군의 스물한 번째 딸의 결혼을 기념으로 세운 문입니다. 일개 장군의 스물한 번째 딸, 무려 스물한 번째 딸의 결혼식을 기념해서 세운 문인데 요즘 사람들은 모두 이 문을 못 들어와서 야단이군요. 아 참, 제 이름은 박석윤입니다. 법문학부에 다닙니다. 조금 있으면 도쿄 6개 대학 야구 리그전이 있습니다."

김명순이 물었다.

"어느 대학들이에요?"

"우리 도쿄 제국대학과 호세이대, 와세다대, 메이지대, 게이오대, 릿쿄대가 친선경기를 하고 있습니다."

최승구가 웃으며 말했다.

"야구 실력은 우리 게이오 대학이 나을 텐데요?"

"그렇습니다. 벌써 몇 년 전부터 6개 대학 친선경기를 시작했는데 우리 제국대학은 한 번도 이긴 일이 없습니다. 그것도 매번 꼴찌였지요."

나혜석이 물었다.

"그렇게 매번 꼴찌하면서 왜 그렇게 매달리세요?"

"좋은 걸 어쩌겠습니까. 저는 야구광입니다. 유니폼을 입고 운동장에만 서면 날아갈 것 같습니다."

나혜석이 또 말했다.

"수재답지 않은 얘긴데요? 더구나 법학을 공부하는 제국대학생이 야구라니요."

최설경이 나섰다.

"나도 그 점이 이해가 되지 않아. 이분은 야구뿐만이 아니라니까? 겨울이면 스케이트를 지치고, 가을이면 암벽을 타고, 틈만 나면 테니스를 하고, 심지어 수영에까지 빠져 있다니까."

김명순이 말했다.

"그렇게 스포츠를 좋아하시면서 언제 공부하고 언제 사랑해요? 사랑할 시간은 있으신가요?"

허영숙이 단호하게 말했다.

"별 걱정을 다 하네! 공부 잘하는 사람이 운동도 잘하고, 운동 잘하는 사람이 사랑도 잘해."

모두 유쾌하게 웃었다. 김명순이 또 말했다.

"전 야구 구경은 처음이에요. 어떻게 하는 경기인지, 룰도 몰라요."

최설경이 분위기를 누그러뜨렸다.

"뭐 특별한 룰이 있겠어? 그냥 방망이로 공을 치고 달리는 거겠죠."

박석윤이 시원하게 받았다.

"그렇습니다. 날아오는 공을 방망이로 치고, 빨리 달려 베이스를 밟는 경기입니다. 그런데 지금 학생식당은 한참 때라 줄을 서서 먹어야 하는데…, 가만 있자…. 이 앞에 괜찮은 경양식집이 있습니다. 닭요리하고 생선튀김을 잘하는 집입니다."

일행은 아카몬 앞에서 5분 거리에 있는 경양식집 기무라야(木村屋)로 향했다. 모두 마음껏 먹고 기쁜 마음으로 일어섰다.

김명순이 기습적으로 물었다.

"두 분 언제 결혼하세요?"

박석윤은 허허 웃으며 최설경 쪽을 바라보았다.

"저분께 물어보세요. 저분이 예스를 해야 날짜가 잡히죠."

최설경은 얼굴을 붉히며 말머리를 돌렸다.

"석윤 씨, 경기에 늦겠어요. 어서 앞장서세요."

많은 학생들과 교수들, 그리고 응원을 온 가족들과 여학생들이 스탠드를 가득 채웠다. 응원석에는 각 대학의 깃발과 고적대들이 요란하게 연주하고 여학생들은 소리를 지르며 응원했다. 게이오 대학 선수들은 제국대학 선수들이 가소롭다는 듯 미소를 날리며 가볍게 몸을 풀면서 타석에 들어섰다. 수비하는 박석윤의 팀은 긴장하는 모습이 역력했다. 그러나 투수석에 우뚝 선 박석윤은 의연했다. 그는 넓은 가슴과 완강한 어깨를 이용하여 공 잡은 손을 충분히 뒤로 젖힌 후 빠르게 던졌다. 박석윤이 던진 공이 포수의 둥근 글러브에 꽂힐 때마다 탕 - 탕 - 하는 소리가 울려 퍼졌다.

허영숙은 세상 사람들이 모두 박석윤 같은 건강을 가지고 있다면 자신과 같은 의학도들은 아예 필요가 없는 것이 아닐까 하는 생각을 하며 피식 웃음을 머금었다. 박석윤의 공이 마치 자신의 가슴에 꽂히는 것처럼 가슴 전체가 울렁거리며 깊은 느낌을 받았다. 김명순도 두 손을 가슴에 모으고 박석윤의 공 던지는 자세를 뚫어져라 바라봤다. 나혜석은 시종일관 최승구의 팔을 끼고 그 경기를 지켜보았다. 최승구는 그 멋쩍은 경기에 왜 그렇게 젊은이들이 몰두하는지 이해하기 어렵다는 표정으로 덤덤히 지켜보고 있다가 갑자기 소리를 쳤다.

"게이오! 간단히 끝내! 상대가 되지 않잖아, 상대가!"

그러나 제일 앞자리에 앉았던 일본 여학생이 높은 목소리로 외쳤다.

"도다이 남바 완! 박석윤 상 남바 완!"

김명순이 눈을 하얗게 흘기며 조선말로 일갈했다.

"야, 조용히 해! 임자 있는 몸이야! 노 타치! 알겠어?"

최설경이 입을 가리고 웃으며 말했다.

"내버려 두세요. 마음껏 좋아하라고 하세요. 몇 달 후면 내 낭군이 될 테니까."

스미다 강

　최설경은 우에노 음악학교에서 한 학기를 보내며 한 일이 별로 없었다. 독일 작곡가 프란츠 뷜너의 코뤼붕겐을 가지고 온통 씨름만 했다. 선생님들도 코뤼붕겐에 쓰여 있는 내용을 기계적으로 가르쳤다. 발성할 때 제대로 서는 법, 손 처리법, 복식호흡의 기본자세, 소리 내는 방법 그리고 악보를 읽는 기초법을 몇 번이고 반복해서 가르쳤다.

　최설경이 그 학교에서 배운 단 하나의 노래는 슈베르트 곡의 〈월계꽃〉이라는 노래였다. 그녀는 그 노래를 부를 때마다 박석윤을 떠올렸고 가능한 대로 예쁘게 꿈꾸듯이 노래를 하려고 애썼다.

　"방긋 웃는 월계꽃 한 송이 피었네/ 향기로운 월계꽃 힘껏 품에 안고서/ 너의 고운 얼굴을 어루만져주었다/ 사랑스런 월계꽃/ 사랑스런 월계꽃 내 가슴에 안고/ 고개 숙여 볼 때에 미소를 띠어주네/ 사랑스런 월계꽃 항상 품에 안겨라/ 사랑스런 월계꽃."

　최설경이 그 노래를 완전히 익혔을 때쯤 박석윤이 찾아왔다. 그리고 우에노 공원을 한 바퀴 돌고 호젓한 길을 따라 아사쿠사로 향할 때 살며

시 다가와 강가의 갈대밭 속에서 감미롭게 키스했다. 그리고 우렁찬 목소리로 말했다.

"천재라든가 수재는 한 집안에서 한 사람이면 족합니다. 설경 씨, 저의 천재성을 믿습니까?"

"물론이죠. 믿습니다. 그대는 법학에도 능하겠지만 무엇을 해도 해내실 수 있을 것입니다. 저는 뒤에서 힘껏 돕겠습니다. 그대가 공무에 지쳐 돌아왔을 때 집에서 피아노 한 곡으로 그 피로를 풀어드리면 족하다고 생각합니다. 그리고 저는 무엇보다도 그대를 닮은 건강한 아이들을 낳고 싶습니다."

박석윤은 최설경을 으스러지도록 안아주며 큰 목소리로 말했다.

"됐소. 그 정도면 됐소. 올가을에 경성에 돌아가 결혼합시다. 그대가 음악 공부를 더 못하는 것에 대해 절대로 후회는 없지요?"

최설경은 기쁜 표정으로 고개를 끄덕였다.

1914년 가을, 경성의 젊은이들은 한 쌍의 혼담에 관심을 쏟았다.

"신랑은 만석꾼집 아들이고 제국대학 법학과 재학생이래. 신부는 이제 겨우 우에노 음악학교를 들어간 풋내기인데 두 사람이 정신이 없다나 봐."

"신부도 만만찮은 집안의 딸이지. 아, 신문관에서 수많은 책을 펴내고 〈소년〉이라는 잡지를 발간하던 육당 최남선의 여동생이 아닌가. 아, 육당 일가가 가지고 있는 사대문 안의 집문서만 기와집 80채래, 80채. 신랑네 집보다 훨씬 돈이 많은 집안일걸?"

"하지만 육당 최남선의 집안은 양반이 아니라던데?"

"아, 나도 그 집 내막은 알지. 중인 출신이야. 최남선의 부친이 관상

감 최헌규 영감이지. 하지만 그 영감은 황국(중국)에서 들여온 황력(중국식 달력)을 해마다 우리나라 농력(농사짓기에 필요한 달력)으로 바꾸어 팔도에 팔아서 엄청난 거부가 되었대. 그리고 중국 상인과 거래해서 엄청난 약재를 들여와 상상할 수 없는 돈을 벌었대."

"하긴 뭐, 요즘은 돈이 양반이지."

어쨌든 결혼식은 정동에 있는 교회당에서 열렸다. 배재학당의 젊은이들과 이화학당의 젊은이들이 그 신식 결혼식을 보기 위해 며칠 전부터 덕수궁 뒤 정동교회 일대를 헤매고 다녔다. 그러나 당일 결혼식장인 교회당에서는 초청장을 받은 사람들만 입장시켰다. 워낙 많은 사람들이 몰려들었기 때문에 말을 탄 순사들이 일대의 교통을 통제했다.

결혼식이 가까워질 즈음, 까만 세단들이 교회당 네거리에 모여들기 시작했다. 마치 황실의 예식이라도 되는 것처럼 서양식 예복과 높은 모자를 쓴 외교관들이 먼저 입장했다. 개화파의 거두 윤치호 대감이 주례석에 오르자 정동교회의 오르간이 울려 퍼졌다. 바그너의 로엔그린에 나오는 장엄한 행진곡이었다.

그동안 정동교회에서 신식 결혼식을 올린 예는 많았지만 대개는 교회 성가대가 찬송가를 불러주고 축가를 부르는 선에서 약식으로 치르는 경우가 많았다. 그러나 동경제대에 다니는 박석윤은 나름대로 정통 신식예식을 고집한 듯 성가대의 합창 대신 교회 오르간과 일본에서 건너온 7인조 실내악단이 격식을 갖추어 바그너의 행진곡을 장엄하게 울려주었다. 다리를 꼬고 앉은 서양 하객들도 대단히 만족한 듯 고개를 끄덕였다. 행진곡이 시작되자 평소에는 한복을 즐겨 입던 오빠 최남선이 프록코트 차림을 한 채 최설경의 손을 잡고 조심스럽게 들어섰다. 모두 함성을 보냈다. 뱃심 좋은 최설경도 내심 떨리는 듯 눈을 내리깔고 조심스럽게 걸었다. 신부 최설경이 입은 웨딩드레스는 도쿄에서 특별히 맞춰온 것으로, 영국 왕실에서 입는 드레스를 그대로 본떠 만든 작품이라고 했다. 당시 일본 최고의 디자이너 구와하라 에이코가 한 달간 공을 들인 것이라고 했다.

"어머, 꼭 천사 같네. 내 평생에 저런 옷 한 번만 걸쳐 봤으면 … ."

"소문도 못 들었어? 저 드레스 한 벌 값이 집 한 채 값이래! 만석꾼 신랑 집에서 큰맘 먹고 마련한 것이래."

최남선이 걸어오다 다리를 헛디뎠다. 주례 앞에 서 있던 키 큰 신랑 박석윤이 싱긋 웃으며 마주 걸어가 최설경의 손을 건네받았다. 7인조 실내악단이 아름다운 음악을 깔았다. 주례를 맡은 윤치호 대감이 분위기를 잡더니 첫마디를 했다.

"지금 하객 여러분께서는 조선반도에서 최초로 거행되는 정식 서양 예식을 보고 계십니다. 이 자리에 왕림하신 외국 공사나 영사께서는 혹시 예법이 어긋나거나 부족한 점이 보이면 이 주례에게 즉시 손을 들고 말씀해주세요."

윤치호 대감이 이쯤 말했을 때 영국 공사가 빙긋 웃으며 격려했다.

"유어 웰컴(천만에요)."

신이 난 윤치호 대감은 한마디를 덧붙였다.

"여러분, 신식 결혼식이 끝나면 신랑 신부는 예복을 갈아입고 조선식으로 차린 후 조선식 폐백을 드리겠다고 합니다. 외국에서 오신 손님들께서는 그 폐백식에 꼭 참석하시고 맛있는 음식도 드신 후에 신랑 신부 집에서 준비한 예물까지도 챙겨 가시기 바랍니다. 오늘 예물이 예사롭

지가 않을 것입니다."

또다시 외빈 자리에서 탄성이 터져 나왔다.

"원더풀!"

그날의 축가는 최설경이 다니던 우에노 음악학교의 촉망 받는 메조 소프라노 나오미 키키라는 전임강사가 불렀다. 미국 작곡가 포스터의 〈꿈길에서〉라는 곡이었다. 나오미 키키는 풍부한 성량으로 좌중을 압도하며 아름다운 신랑 신부를 마음껏 축하했다.

교회 뒤에서 잔치판이 벌어졌다. 모두 신분을 내려놓고 신랑 신부 집에서 준비한 국수와 전을 즐겼다. 엄격한 교회였지만 누가 들여왔는지 슬그머니 막걸리 통도 눈에 띄고 일본 맥주병도 굴러다녔다.

폐백식이 열리는 방에서는 최남선 내외가 신부의 붉은 치마 위에 한 아름의 밤을 던져주었다. 놀랍게도 권번의 기생패들이 따라 들어와 지화자를 불렀다. 이 대목에서 윤치호 대감도 상당히 놀란 듯 황황히 자리를 떴다. 그날 혼주는 하객들에게 전라도 나주에서 만들어 온 참빗세트와 전주산 태극선을 나눠주었다. 선교사들과 외교관들은 모두 화려한 태극선으로 더위를 쫓으며 돌아갔다.

그날 허영숙은 조종필과 함께 어머니를 모시고 그 결혼식을 지켜보았다.

"영숙아, 네 결혼식은 더 크게 해주마. 요즘 조선호텔이 막바지 공사를 하는데 그 호텔이 다 지어지면 너도 졸업하고 올 것 아니냐. 내가 땅을 팔아서라도 네 결혼식은 조선호텔에서 경성 장안의 모든 명사들을 모아 놓고 더 크게 해주마."

"어머니, 전 저렇게 요란한 결혼식은 싫어요. 형식이 뭐 그렇게 중요하겠어요. 사람이 문제지요."

"하기야 요란한 결혼식을 한다고 행복하게 사는 건 아니란다. 실속이 문제지. 우리 영숙이, 조선 최초의 일본 유학 여의사님의 신랑은 누가 되겠노…."

그러다가 송 부인은 또 한마디 했다.

"영숙아, 내년에는 경복궁에서 어마어마한 '조선물산공진회'라는 걸 연다는구나. 뭐 '박람회'라고 하던가? 아무튼 엄청난 볼거리를 만들 모양이야. 내년에도 나와서 나랑 그것 구경 좀 하자꾸나."

"글쎄요, 제가 시험이 없든지, 실습하는 게 없으면 어머니 모시고 가지요."

그때 나혜석과 최승구도 달려오고 김명순도 달려왔다. 모두 합창하듯 말했다.

"아, 참, 대단하다 대단해!"

나혜석이 야무지게 말했다.

"나도 꼭 이 정동교회에서 결혼할 거야. 최승구 씨는 어때?"

최승구가 고개를 크게 끄덕였다.

경성에서 최설경의 결혼식을 구경하고 온 도쿄 유학생들은 저마다의 생각에 빠져 있었다. 대부분의 여학생들은 최설경을 부러워했다.

첫째, 천하의 수재들이 다닌다는 도쿄 제국대학에 조혼하지 않은 총각이 어떻게 존재했던가! 사실 나혜석이 사랑하던 최승구만 하더라도 그의 고향에는 어려서 결혼한 조강지처(糟糠之妻)가 있었다. 둘째로, 최설경의 신랑 박석윤은 만석꾼의 아들이다. 만석꾼의 아들이라고 하면 대부분 기생집을 드나들고 기생첩을 두는 것이 상례였다. 하지만 박석윤은 기생집 출입을 하지 않았다. 그가 좋아하는 것은 스포츠뿐이었다. 그뿐만 아니라 그는 그림 보기를 좋아했고 음악 듣기를 좋아했다. 그래서 노래 잘 부르는 최설경을 선택했다. 셋째로, 박석윤은 키가 크고 훤칠한 미남이었다. 그가 도쿄의 긴자 거리에 나서면 길을 걷던 모든 일본 여성들이 뒤돌아보며 넋을 잃었다. 그러나 그는 일본 여성을 한 번도 거들떠보지 않고 조선의 여인 최남선의 여동생을 사랑했다.

요컨대, 최설경의 신랑 박석윤은 만점짜리 신랑이었다. 그에게 단점이 있다면 책을 좀 과하게 본다는 것이었고, 어학에 집념하여 일어와 영어는 물론이고 독일어, 프랑스어, 중국어까지도 능통하다는 것이었으며, 겨울에는 우에노 공원에서 수동식 축음기를 틀어 놓고 피겨스케이트를 탄다는 것이었다. 엄청난 장점만을 단점으로 가지고 있는 완벽한 신랑감이었다. 바로 이 점이 도쿄의 여자 유학생들을 절망감에 빠뜨렸다. 그들은 각자 지금 만나고 있는 애인에 대해 곰곰이 생각해 보기 시작했다.

도쿄에 돌아온 최승구는 하라주쿠역에서 메이지진구까지 10리도 넘게 이어진 느티나무 거리를 걷다가 나혜석에게 물었다.

"최설경 씨 결혼식을 보고 생각이 많을 텐데?"

"무슨?"

"난 만석꾼도 아니고 스포츠도 좋아하지 않고 건강하지도 못하고 고향에는 키 크고 뚱뚱한 구식 마누라가 있는 허접한 인간인데?"

"왜 새삼스럽게?"

"같은 남자인 내가 생각해도 난 너무 한심해. 그까짓 시나 쓴다고 밤

낮 낑낑대기만 하고, 혜석이한테 멋진 선물 하나 제대로 못 사주고, 맛있는 음식도 자주 못 사주고 … ."

그러다가 최승구는 갑자기 앞장을 서더니 아오야마(靑山) 대학 앞에 있는 구둣방으로 들어갔다. 그리고 나혜석에게 빨간 하이힐을 신겼다. 나혜석은 동화책에나 나올 법한 그 예쁜 구두를 신고 거울 앞에 섰다.

"예뻐요?"

최승구는 손뼉까지 쳐주며 감탄했다.

"너무 예뻐! … 하지만 그 신발 신고 도망가면 안 돼."

나혜석은 가늘게 눈을 흘기며 말했다.

"이 예쁜 신발 신고 그냥 도망 갈까 보다."

구둣방 점원이 거들었다.

"안 되지요. 그렇게 예쁜 신발을 신고 도망가시면 금방 표가 나서 잡힙니다. 미인은 숨을 수가 없는 거랍니다."

최승구는 나혜석에게 여행을 가자고 했다.

"요코하마로 가자!"

그곳은 도쿄에서 제일 가까웠다. 경성으로 치자면 제물포항이 될 것이다. 제물포항에 중국인 거리가 있듯이 요코하마에도 차이나타운이 있었다. 주카가이(中華街)라고 하는 그 고색창연한 거리에서 두 사람은 군만두를 먹었다. 나혜석은 새로 신은 빨간 구두가 발에 낀다고 미간을 찌푸렸다. 최승구는 가까운 약방으로 달려가 연고를 사다가 발라주었다. 바다를 바라보는 언덕에서 최승구가 말했다.

"저쪽 거리 모퉁이에 소녀상 하나가 서 있지?"

"저 거무죽죽한 상 말이야?"

"저 소녀상은 원래 '빨간 구두의 소녀상'이라고 했지. 얘기가 좀 구슬 퍼. 열 살이 채 못 된 소녀였는데, 폐결핵에 걸렸대. 사실 그 소녀는 선교사를 따라 미국에 가려고 했는데 병 때문에 태평양을 건널 수 없었대. 그 소녀가 숨을 거둘 때 신고 있었던 구두가 바로 빨간 구두였대."

"어머머! 그럼 이 빨간 구두가 불길한 구두네?"

"신데렐라의 구두도 있잖아. 좋게 생각해. 난 오래전부터 혜석이에게 정말 예쁜 빨간 구두를 사주고 싶었어."

그때 일본에서 가장 오래된 성당이라고 알려진 야마테 가톨릭 성당에서 저녁을 알리는 종소리가 울렸다. 외항으로 들어오는 커다란 유람선들이 경적소리를 울리며 불빛을 보냈다. 그러자 항구의 등대와 부둣가의 가로등들이 일제히 불을 켰다. 항구는 갑자기 아득한 에도시대로 돌아간 듯 고풍스러운 모습을 자랑하기 시작했다. 바샤미치(馬車道) 거리는 요코하마에서 가장 오래된 거리이다. 길 위에는 오래된 돌이 깔려 있었고 길가의 집들은 모두 희거나 붉은 벽돌로 지어졌다. 그 길 양쪽에는 낡은 가스등이 불을 밝혔다.

최승구는 양품점에서 산 하늘색 스카프를 혜석의 목에 걸어주었다.

"난 혜석이가 해풍(海風)을 맞으며 스카프를 흩날리는 모습을 보고 싶었어."

"오빠, 왜 이래. 어디 멀리 떠날 사람처럼 …."

"아냐. 떠나긴 …. 난 혜석이를 두고는 어디로도 떠날 수 없어."

두 사람은 그 거리 끝에 있는 하얀 벽의 양식집으로 들어갔다. 끼룩끼룩 갈매기가 낮게 떠다니는 초저녁의 항구를 바라보며 스테이크를 시켰다. 두 사람이 약속이나 한 것처럼 크림수프에 미디엄을 주문했다.

어둠 때문일까, 요코하마의 바다를 비춰주는 바닷가의 가스등은 모두 푸른빛으로 보였다. 항구 전체가 푸른빛, 블루라이트 일색이었다.

최승구는 그 맛있는 스테이크를 다 먹지 못했다. 그리고 밭은기침을 했다. 나혜석이 걱정스럽게 물었다.

"감기 드신 거 아니에요?"

최승구는 냅킨으로 입을 막으며 말했다.

"아냐. 해풍 때문일 거야."

양식집을 나와 바닷가 벤치에 앉았을 때 최승구가 말했다.

"혜석, 혜석이는 내 호가 무엇인지 알지?"

"알지요. 유명한 시인 오빠의 호를 모를까. 흴 소(素) 자에 달 월(月) 자, '소월'이잖아요. 저는 소월이라는 호가 좋아요."

최승구가 쓸쓸히 웃으며 말했다.

"그럼 내가 혜석이 호도 지어줄까?"

"저는 시인도 아닌데요?"

"아니야, 화가도 호가 있어야 돼. 멋진 그림 옆에 산문적인 이름 석 자보다 아호를 새겨 넣는 것이 예술적이지 않아?"

"좋아요. 그러면 지어주세요."

"혜석이는 수정처럼 빛나고 유니크하니까 수정 정 자에 내 호의 뒷글 자 달 월 자를 붙여 '정월'(晶月)로 해."

나혜석은 손뼉을 치며 반겼다.

"정월 …. 좋아요!"

"절대로 그 호를 버리거나 잊지 마."

그해 가을, 나혜석은 최승구로부터 뜻밖의 편지를 받았다.

'정월, 난 지금 전라남도 고흥에 와 있어. 가형(家兄)이 이곳 군수로 계시기 때문에 여기에 와 있어. 이곳 고흥 바닷가에는 요코하마에 있는 빨간 구두의 소녀상도 없고, 뱃고동소리를 우렁차게 울려주는 외국기선도 없어. 물론 바닷가의 벤치도 없고, 차이나타운도 없고, 유럽 가든도 없어. 오직 쓸쓸한 갈매기 소리와 해조음(海潮音) 뿐이야. 바로 가까이에 소록도라는 송림이 우거진 섬 하나가 있을 뿐이야. 너무 놀라지마. 폐결핵 3기라는군…. 그동안 나에게 꿈도 주고, 희망도 주고, 사랑도 주고, 이 지구상에서 가장 아름다운 모든 것들을 전해준 정월에게 감사해. 깜깜한 밤하늘의 별을 보면서 정월의 눈동자를 생각하지. 바다를 가르며 가슴에 부딪히는 해풍을 안으면서 정월의 숨결을 느끼지. 사랑해, 영원히 …!'

나혜석은 봄에 있을 전시회 작품을 마무리하지 못했기 때문에 움직일 수 없었다. 나혜석은 정신없이 붓을 놀렸다. 그리고 대충 마무리한 후 해가 바뀐 2월에 서둘러 관부연락선을 탔다. 오랫동안 기차를 타고 목포에서 고흥까지 배를 타면서 멀미까지 한 끝에 조선반도의 끝 고흥반도의 최승칠 군수댁 문을 두드렸다.

최승구는 나혜석의 손을 힘없이 잡아주었다.

"실로 미안해 …."

"뭐가요?"

"사랑하는 우리 정월이 곁에 있어주지 못해서."

25세의 최승구는 나혜석이 돌아서 나오던 다음 날 숨을 거두었다.

도쿄 유학생들 사이에서 '와세다의 춘원, 미타(三田: 게이오 대학의 별칭)의 소월'로 불리던 천재가 갔다. 도쿄의 유학생들은 모두 애통해

했다. 눈썹이 짙고 피부가 희던 미남 시인, '벨지움의 용사'라는 참신한 시를 남겼던 천재적 재능의 소유자, 특히 한문에 능하고, 글씨를 잘 쓰고, 노래를 잘 불렀던 풍류남아, 게이오 대학의 수재가 갔다. 그는 그를 흠모하는 수많은 여성 중에서도 조선 최초의 여성화가 나혜석을 진심으로 사랑했던 수재였다.

1916년, 그해에는 슬픈 일이 연달아 일어났다. 김명순이 마음속으로 존경하며 흠모했던 이응준 소위는 안타깝게도 그녀에게 마음을 주지 않았다. 긴자에 있는 츠키지(築地) 소극장에서 고리키의 〈밤주막〉을 볼 때에도 그는 꼿꼿이 앉아 연극에만 열중했다. 김명순이 연극을 보다가 연극 장면에 취한 듯 '아유, 안타까워 …' 하며 슬그머니 그의 군복 소매를 잡으면 그는 정중히 그녀의 손을 되돌려주었다. 또 성선(省線)을 타고 신주쿠에 가서 미국의 희극영화를 볼 때에도 그는 두 손을 무릎 위에 올려놓고 부동자세로 감상했다. 어둠 속에서 김명순이 튀밥을 건네주며 드시라고 하면 그는 정중히 사양했다.

시내 관광을 하고 어둑어둑해질 때 변두리의 호젓한 아오야마 연병장 뒷길을 걸으면서도 그는 틈을 주지 않았다. 김명순이 다리가 아프다고 손을 내밀면 마지못해 정중히 잡아주며 밝은 길로 나갔다.

"소위님에게 저는 여자가 아닌가요?"

"저는 평양에 계신 명순 씨의 숙부님께서 명순 씨를 잘 보살펴 달라고 해서 그 사명을 다할 뿐입니다."

"순전히 사명감 때문인가요?"

"뭐 그런 건 아닙니다만 …. 전 현재 군무에 바쁩니다. 제 부하들을 돌보는 일에 전념하고 싶습니다."

그해 가을, 두 사람은 히비야(日比谷) 대강당에서 '젊은이들은 왜 공부에 몰두해야 하는가'라는 주제의 강연을 듣고 돌아오며 토론을 벌였다. 도쿄 제국대학의 나가이 도오루라는 교수가 젊은이들의 무절제한 생활을 질타하는 연설이었다. 김명순이 이의를 제기했다.

"물론 젊은 날에 미래를 준비하는 것도 중요하겠지만 사랑하는 것도 젊음의 권리가 아니겠어요?"

"사랑이야 언제든지 할 수 있지만 공부라는 것은 때가 있지 않겠습니까. 기억력이 왕성하고 체력이 있을 때 밤새워 책을 읽어야 하겠지요. 특히 외국어도 익혀야 하고요."

"소위님은 영원히 사랑하시지 않을 거예요?"

"글쎄요. 사랑도 때가 있지 않겠습니까."

그날 김명순은 이응준의 배웅을 거부하고 스미다 강의 둑길을 하염없이 걸었다. 자신을 향한 수모감과 목석같은 이응준에 대한 분노 때문에 견딜 수 없었다. 그러다가 자신도 모르게 갈대밭으로 들어갔다. 그리고 거추장스러운 하이힐을 벗어놓고 시원한 강물로 들어섰다. 강심(江心)이 손짓을 하며 유혹하고 있었다.

'청춘이 거추장스럽니? 그래, 훌훌 벗어던지고 들어오너라.'

김명순은 강심을 향해 돌진해 들어갔다. 그리고 그녀는 떠내려갔다. 다음 날 신문에 기사가 났다.

평안남도 평양에 사는 김의경의 딸 김명순이 스미다 강에 투신했으나 뱃사공에 의해 구출되다. 17세의 김명순 양은 목하 마포연대 보병소위

23세 이응준을 흠모하여 구애하였으나, 뜻을 이루지 못하자 비관자살을 시도했다. 김명순은 고지마치 고반초 근처에서 하숙하며 문학에 뜻을 두고 영어와 일어를 습득하던 차, 변을 당했다. 이응준 소위는 소녀를 달래며 매우 곤혹스러워 하고 있다.

춘원의 등장

여름이 끝나가고 있었다.

키 큰 미루나무 위에서 매미들이 새벽부터 요란스럽게 울었다. 가까운 남산에서는 새 소리가 시끄럽게 들려왔다. 정장을 한 심우섭(沈友燮: 〈매일신보〉 기자, 소설가 심훈의 맏형)은 재킷을 벗어 어깨에 걸치며 말했다.

"이른 시간인데도 덥군."

이광수(李光洙: 1892~1950)도 머리에 쓴 모자를 벗고 손수건으로 이마의 땀을 씻었다.

"천풍(天風: 심우섭의 호), 좀 천천히 가세. 숨이 차서 빨리 걷겠나."

심우섭은 빙긋 웃으며 뒤돌아보았다.

"허, 도쿄 유학생이라 다리가 부실하군. 무불옹(無佛翁)이 아침식사를 차려 놓고 기다릴 거야. 어서 빨리 가세."

남산에서 내려오는 개울물을 건너뛰고 주택들이 가지런하게 어깨를 맞댄 욱정(旭町: 회현동)으로 들어서자 길은 이내 평평해졌다. 한참 가

나가 심우섭이 한자로 '阿部充家'라고 쓰인 문패 앞에 섰다. 안에서 경망스러운 스피츠 소리가 들렸다. 아베 미츠이에(1862~1936. 일본 언론인. 명상의 대가로 '무불'은 그의 법명) 내외가 일본식 간편복을 입고 기다리고 있었다. 가정부가 녹차를 내오자 은빛 머리의 부인이 두 손으로 차를 따라주었다. 무불옹은 차를 권하며 함께 앉아 있던 젊은이를 소개했다.

"우리 〈매일신보〉를 편집하는 나카무라 겐타로(中村健太郎) 상이오. 현재 조선에 나와 있는 일본인 중에서 조선말을 제일 잘하고 조선글을 제일 잘 쓰는 사람일 거요. 구마모토 출신인데 경성에 나와 고보를 다녔지."

청년은 고개를 숙였다.

"과찬의 말씀입니다. 조선말은 배울수록 어렵습니다. 앞으로 이광수 씨에게 좀더 배워야겠습니다."

부인은 젊은 사람들을 눈이 부신 듯 찬찬히 바라보았다. 심우섭 기자가 주인에게 물었다.

"자녀들은 안 계신지요?"

"아직도 생산을 못했지요. 그래서 이분에게 늘 죄짓는 기분이에요."

무불옹은 벽 쪽에 그윽하게 앉아 있는 몸통 없는 불상의 머리를 건너다보며 쓸쓸하게 받았다.

"그게 어디 마음대로 되는 일이오. 나는 그대와 이렇게 조촐히 사는 것도 큰 복이라 생각하오."

무불옹은 본론을 꺼냈다.

"그동안 나는 조선말로 발행한 우리 〈매일신보〉에 제대로 된 글을 써

줄 조선 필자를 찾고 있었어요. 그런데 나카무라 상과 심우섭 기자가 이광수 군의 글을 추천하더군. 특히 심우섭 기자는 이광수 군의 학비를 걱정했어요. 난 그동안에도 유능한 학생들의 학비를 한두 명 도와주었는데 이번에는 이광수 군을 돕고 싶어요. 대신 우리 신문을 위해 좋은 글을 써주면 좋겠고…, 서로 상부상조하는 모습이 되니까."

이광수는 당황하는 얼굴로 수줍게 대답했다.

"제가 쓴 글이 많지 않습니다. 다 습작 수준이지요."

곁에 있던 나카무라 겐타로가 끼어들었다.

"저는 오랫동안 도쿄 유학생들의 글을 살폈습니다. 조선의 문사는 어차피 이들 중에서 나올 것이라고 생각했기 때문이지요. 그때 메이지학원 동창회보 〈백금학보〉에 실렸던 '사랑인가'(愛か)를 읽었습니다."

이광수는 정말 얼굴이 붉어지며 손사래까지 쳤다.

"그 유치한 습작을…. 정말 그건 말하기조차 부끄러운 건데요."

"유치하다니요. 일본말로 쓰셨지만 아주 정확했고요, 그 발상이 대단했어요. 동성끼리의 연애도 대단했고요. 철도에 과감히 몸을 던진다는 대목은 오싹했습니다."

"제가 열여덟 살 때 쓴 습작이었습니다."

"그 후에 최남선 씨와 〈소년〉지를 만들면서 낸 글도 다 챙겨봤고요. 〈대한흥학보〉에 낸 단편 〈무정〉도 읽었습니다. 그리고 최남선 씨의 〈청춘〉을 창간하시면서 낸 글도 다 보았습니다."

무불옹은 결론 삼아 말했다.

"우리 〈경성일보〉와 〈매일신보〉를 실질적으로 경영하고 계신 분은 본국에 계신 도쿠토미 소호(德富蘇峰) 선생입니다. 그분은 본국에서

〈국민신문〉(國民新聞)을 발행하시기 때문에 이 사람이 서울에서 그분을 대신할 뿐입니다. 그런데 지금 일본어로 발행하는 〈경성일보〉는 3만 5천 부가 나가고, 〈매일신보〉는 2만 부 남짓입니다. 단시간 내에 〈매일신보〉 발행부수를 〈경성일보〉 수준으로는 끌어올려야겠는데…. 아무튼 이런저런 사정으로 오늘 이 사람이 이광수 씨를 부른 거예요. 지금 한참 공부할 때인데 글을 쓸 짬을 내기가 쉽지 않겠지만 나카무라 상하고 상의해서 내년부터 큰일을 해보시오."

무불옹은 내년부터 해야 될 큰일을 구체적으로 언급하지 않았다. 화두(話頭)가 도쿄 이야기로 옮겨지면서 아주 현실적인 말들이 오갔다.

"요즘 도쿄 한 달 하숙비가 얼마나 됩니까?"

"지금 20원을 냅니다. 10년 전 메이지학원을 다닐 때에도 20원이었는데 아직까지 똑같습니다. 일본 경기가 좋지 않아서 물가가 제자리걸음인지 저도 하숙집 주인도 하숙비에 대해서는 언급을 피합니다."

무불옹이 빙긋 웃으며 말했다.

"그럼 내년 초부터라도 5원이라도 올려주시오. 그렇게 해야 속이 편하지 않겠어요?"

이야기가 이쯤 진행되고 있을 때 방문이 열리면서 아침상이 들어왔다. 쌀밥에 된장국, 일본 장아찌 하나, 단무지 하나, 두부무침 한 가지가 전부로 신문사 사장집 형편에 비하여 간소한 편이었다. 이광수 일행은 식사를 끝낸 후 정중히 예를 올리고 진고개로 내려왔다. 커피 집에서 나카무라가 무불옹이 언급했던 큰일에 대하여 입을 열었다.

"우리 〈매일신보〉에서 내년 1월 1일부터 장편소설을 연재할 예정이에요. 조선에서 발행하는 신문으로서는 아마도 최초일 겁니다. 이광수 선생, 건필을 빕니다. 소재는 자유이며 주제를 끌고 가는 방향에 대해서도 우리 편집진에서 간여할 의향이 조금도 없습니다. 마음껏 써보십시오."

기자 심우섭이 깜짝 놀랐다.

"나카무라 상! 장편소설 말이오? 장편소설을?"

이광수도 커피를 마시다 말고 잔을 내려놓았다. 얼굴이 하얗게 질린 채였다. 나카무라가 숙제 하나를 더 내주었다.

"이광수 선생, 작가로서 장편소설을 펴내려면 아호(雅號)도 하나 필요할 겁니다. 앞으로 독자들 머리에 깊이 각인될 아호 하나를 만드시고 유명한 소설가가 되십시오."

이광수가 조심스럽게 커피를 마시며 되물었다.

"아호 말입니까? 사실 저는 그동안 '보경'(寶鏡)이라는 아명도 썼고, 제 신세가 외로운 배 같기도 해서 '고주'(孤舟)라는 아호를 쓰기도 했습니다. 또 그냥 '배'라고도 써봤고, 젊음을 말하는 '청춘'(靑春)이라는 익명도 써봤습니다."

나카무라는 혼자서 이광수가 이야기한 익명이나 아호를 뇌어보았다.

"그중에서 고주라는 아호가 가장 문학적입니다만 아호로서는 너무나 외롭습니다. 앞으로 풍성한 문학적 수확을 거두시고 대작가가 되시려면 너무 표표하지 않고 고독하지 않은 아호를 쓰십시오."

이광수는 일행과 헤어져 혼자서 교복을 벗어 어깨에 걸친 채 멀지않은 최남선의 집으로 향했다. 전차가 땡땡거리며 지나가는 웃보시곶이의 신문관에서 최남선은 손님들과 함께 책 만드는 일을 상의하고 있었다. 그중에는 뜻밖에도 정인보(鄭寅普: 국학대학 초대 학장. 6·25 때 납북)도 있었다.

"이게 누구신가!"

정인보가 반갑게 이광수를 맞아주었다. 이광수는 정인보의 손을 마주잡으며 큰 소리로 말했다.

"오랜만이에요. 제가 오산학교를 그만두고 대륙 여행을 떠났을 때 안동현에서 뵌 일이 있었지요. 그때 선생께 큰 신세를 졌는데 …. 상해 가는 여비까지 보태주신 일이 있었지요!"

"뭘 그런 걸 다 기억하고 계세요."

누군가가 큰 소리로 말했다.

"아따 오늘은 동경(東京) 천재들이 다 모였구먼. 이거 뭐 우리 같은 둔재들은 어디 함께 어울릴 수가 있겠나?"

최남선이 껄껄 웃으며 받았다.

"아 뭐라고? 동경 천재? 동경 천재는 누구를 말하는 거요?"

제일 상좌에 앉아 있던 김성수(金性洙: 1891~1955. 중앙고와 고려대, 〈동아일보〉를 설립한 호남 재벌)가 결론을 내듯 단언했다.

"암, 경성 한복판에 있는 최남선과 정주와 경성을 오르내리는 이광수와 지금은 남양(싱가포르)에 가 있는 홍명희(洪命憙: 1888~1968. 소설가. 북한 부수상 역임)야말로 동경의 3대 천재라고 할 수가 있지. 거기다가 사람들은 정인보 씨를 더해 4대 천재라고도 하지."

그날 저녁에는 동경의 세 천재를 위해서 김성수가 근처에 있는 술집에서 한잔을 냈다. 다들 술기운이 거나해졌을 때쯤 이광수는 내년 1월 1일부터 〈매일신보〉에 장편소설을 연재하게 됐다는 내용을 털어놓았다. 그리고 아호가 없다고 이야기하자 최남선이 골똘히 생각에 잠겼다.

"이광수의 아호라⋯. '조선의 나쓰메 소세키'를 위한 아호라⋯."

그때 문득 이광수가 말했다.

"나는 정주에서 해마다 5월이 되면 올보리를 먹었는데 그 배고픈 춘궁기에 미리 먹어보는 올보리가 얼마나 맛있던지⋯. 아예 '올보리'라고 해볼까?"

최남선이 말했다.

"그래도 아호라면 한자로 써야 맛이지. 올보리는 좀 가볍게 느껴져. 그렇다고 오월맥(五月麥)이라고 할 수도 없고⋯. 5월은 봄이니까 일단 봄 춘(春) 자는 하나 넣고⋯."

술이 한 순배 더 돌아가고 나자 최남선이 고개를 들면서 말했다.

"봄 춘 자 뒤에 동산 원(園) 자를 붙여보면 어떻겠나?"

"봄 춘에 동산 원이라⋯."

김성수가 큰 소리로 말했다.

"역시 진서(眞書)의 대가인 최남선이 최고요. '봄동산'이라면 만물이 소생하고 백화가 만발한 동산이 아니겠소! 춘원(春園) 이광수로 합시다."

모두가 기분 좋게 취했다.

1916년 도쿄의 겨울은 일찍 찾아왔다. 11월 초인데도 금방 첫눈이 쏟아질 것처럼 하늘이 잔뜩 찌푸려 있었다. 금세라도 눈발이 흩날릴 것만 같았다.

이광수는 고지마치(麴町)의 하숙방 명계관(明溪館) 2층에서 기지개를 켰다. 담배를 피우기 위해 난간에 기대어 서자 큰길 건너에 있는 신사(神社)의 위압적인 지붕이 시야를 가로막았다. 담배연기를 뿜으면서 서구풍의 키 큰 가로수가 쭉쭉 뻗어 있는 큰길 쪽을 쳐다보았다. 사람들이 종종걸음을 하고 추위 때문인지 잔뜩 움츠린 채 부지런히 움직였다. 이광수는 이내 담뱃불을 끄고 책상으로 돌아가 9월 27일부터 써온 〈동경잡신〉(東京雜信)의 마지막 원고를 마무리했다.

'아, 조잡스러운 동경 이야기는 여기쯤에서 끝내자.'

어깨를 펴고 한껏 기지개를 켠 후 달력을 쳐다보니 11월 3일이었다. 그는 서둘러 원고를 끼고 거리 모퉁이에 있는 우체국으로 달려갔다.

다음 날부터 그는 오랫동안 묵혀 두었던 원고뭉치 중에서 기생 박영채에 관한 원고를 꺼내 서둘러 손보기 시작했다.

'장편소설이라…, 조선 최초의 장편소설이라…. 조선의 신문이나 잡지에도 이미 장편소설은 있었다. 1897년 일본 작가 오자키 고요(尾崎紅葉)가 미국의 싸구려 대중소설을 《금색야차》(金色夜叉, 곤지키야샤)로 번안했던 것을 조선에서는 조중환이 《장한몽》으로 둔갑시켜 이수일과 심순애를 만들었다. 그러나 그것은 대중들을 그냥 울리고 웃겼던 삼류였다. 나는 조선의 이야기를 써야 할 것이다. 지금 눈을 뜨는 조선의 신지식인과 구습에서 뛰쳐나오는 여성들의 진짜 이야기를 써야 한다. 다이아몬드에 눈이 먼 심순애와 성격 파탄자 이수일이 뜬금없이 대동강과 부벽루를 산보하는 황당한 이야기를 멈추게 해야 할 것이다.'

그가 한참 자신의 야심작 《무정》에 빠져 고타쓰(일본식 탁상 난로)가 고장 난 줄도 모르고 열중해 있을 때 조간신문이 배달되었다. 정식으로 인사는 없었지만 창업자 도쿠토미 소호(德富蘇峰: 1863~1957. 일본 근대언론 개척자) 옹의 배려로 무료로 배달되는 〈국민신문〉이 제일 먼저

왔다. 그리고 다른 하숙생들이 보는 〈아사히신문〉과 〈요미우리신문〉
도 배달되었다. 그런데 그날의 톱뉴스는 놀랍게도 하루 전날 세상을 떠
난 나쓰메 소세키의 영면(永眠) 소식이었다. 12월 10일 아침이었다.
그날 아침 배달된 신문 위에는 싸락눈 같은 첫눈이 덮여 있었다.

이광수는 고장 난 고타쓰 대신 요 아래에 유단포(뜨거운 물을 넣는 알
루미늄 통)를 넣고 이불을 뒤집어쓴 채 신문을 읽었다. 신문의 첫 표현
은 이런 것이었다.

'일본의 셰익스피어, 눈 감다.'

'일본 근대문학의 아버지, 우리 곁을 떠나다.'

그는 메이지유신이 이루어지기 1년 전인 1867년 도쿄에서 태어났다.
그리고 메이지 천황이 죽은 지 4년 뒤인 1916년에 세상을 떠났다. 그는
철저한 메이지시대의 사람이었다.

소세키는 일본 근대화의 표본이자 일급 지식인이었다. 그는 수재들
이 다닌다는 도쿄제일중학을 거쳐 아카몬을 통해 도쿄 제국대학 영문과
에 들어갔다. 그러나 대학 졸업 후에는 어깨가 처졌다. 도쿄의 고등사
범학교, 시코쿠의 마쓰야마 중학교, 규슈의 구마모토 제5고등학교에
이르기까지 변두리 학교를 전전하는 교사생활로 코가 석 자나 빠졌다.

그는 무료함과 실의를 견디지 못해 영국 유학을 선택했다. 귀국 후에
는 엘리트들이 밟는 코스를 거침없이 달려갔다. 도쿄 제국대학 강사가
된 것이다.

당시 일본은 청일전쟁과 러일전쟁에서 연달아 승리해 격정으로 끓고
있었다. 모든 지식인들도 이상한 열기에 들떠 모험을 시도했다.

〈요미우리신문〉은 대중작가 오자키 고요를 동원하여 《금색야차》를

쓰게 했다. 조실부모한 간이치는 부잣집 외동딸 미야를 사랑한다. 그러나 간이치가 대학을 졸업하기도 전에 미야는 거부(巨富) 도미야마를 따라 집을 나간다. 도미야마를 찾아 아타미를 헤매는 통속소설 …. 그 통속소설 《금색야차》가 청일전쟁 이후 신문 판매부진에 빠졌던 〈요미우리신문〉을 구하고 일본의 활자문화를 활성화시켰다.

러일전쟁 이후까지 정론지로서 체면을 지키던 〈아사히신문〉은 전후의 경제부진으로 신문 판매부수가 급격히 떨어지자 대중작가 오자키 고요를 능가할 새로운 작가를 찾기 시작했다. 그 결과 《나는 고양이로소이다》(1905), 《도련님》(1906)을 펴낸 신진작가를 발견했다. 그는 고맙게도 대중이 우러러보는 도쿄 제국대학 출신이었고 영국 유학을 다녀온 화려한 이력의 소유자였다.

〈아사히신문〉은 소세키에게 파격적인 제안을 했다.

"월급은 도쿄에 하숙하는 외국인 학생의 하숙비 20원의 열 배가 되는 2백 원을 지급하겠소. 상여금도 2백 퍼센트 지급하겠소. 모든 판권은 작가의 소유로 해주겠소."

실로 제국대학 교수의 봉급 수십 배에 해당하는 신나는 조건이었다.

소세키는 고개를 끄덕였다. 그리고 그는 〈아사히신문〉에 연재하던 〈런던소식〉을 접고 다시는 대학 강단에 돌아가지 않겠다는 배수진을 쳤다. 본격적으로 펜을 휘두르기 시작한 것이다. 최초의 연재소설 《우미인초》(虞美人草)가 〈아사히신문〉에 연재되자 주인공 이름을 그대로 딴 우미인초 목욕가운이 백화점에서 날개 돋친 듯 팔리기 시작하고, 귀금속 코너에서는 비싼 우미인초 반지가 없어서 못 팔 지경이었다.

그는 평생 《갱부》(坑夫), 《산시로》(三四郞), 《그 후》, 《문》, 《피

안), 《행인》, 《마음》, 《한눈팔기》(道草), 《명암》 등 소세키 문학의 광맥을 만들고, 자신의 문학을 이어갈 나가이 가후(永井荷風), 나가쓰카 다카시(長塚節), 도쿠다 슈세이(德田秋聲) 같은 후진을 양성했다. 그는 쉰의 나이로 편안히 눈을 감았다.

이광수는 소세키가 〈런던소식〉을 서둘러 마감하고 장편소설 《우미인초》를 쓰기 시작한 것처럼 〈동경잡신〉을 서둘러 마감하고 《무정》의 원고를 가다듬기 시작했다.

1917년 새해에는 눈이 많이 내렸다. 고우치마치의 삼나무 가로수 위에도 가지가 내려앉을 만큼 많은 눈이 쌓였다. 이광수의 하숙 명계관에 〈매일신보〉, 〈경성일보〉의 특파원들이 제일 먼저 찾아왔다. 그들은 마치 자신의 일처럼 흥분되어 열띤 목소리로 말했다.

"지금 경성에서는 지난 1월 1일부터 연재되는 선생의 《무정》 때문에 난리가 났습니다. 이형식과 김선형의 미래는 어떻게 전개됩니까? 기생 출신 박영채의 운명은?"

"연재소설을 쓰는 작가가 스토리를 미리 내놓는 수도 있습니까?"

"지금 유림들이 야단입니다. 어떻게 수만 명이 보는 신문에 남녀의 자유분방한 연애 이야기가 나올 수 있느냐…. 〈매일신보〉 불매운동을 벌이겠다고 야단입니다."

"내버려 두십시오. 〈매일신보〉를 사보지 않고는 장안의 화제에 끼지도 못하게 될 것입니다."

"하긴…. 그렇지 않아도 지금 경성에서는 선생의 《무정》을 보지 않고는 학교에서나 저잣거리에서나 화제에 끼지도 못합니다. 특히 경성의 각 권번과 유명한 요릿집에서 김선형과 박영채, 김병욱이 벌이는 삼각, 사각 관계를 아주 흥미 있게 지켜보고 있습니다."

기자들이 돌아가고 나자 우체부가 들러 엄청난 양의 팬레터와 선물을 전해주었다. 다른 집에는 하루에 한 차례씩 들르는 우체부가 이광수에게만은 세 차례를 들러야 했다. 이광수는 우체부가 올 때마다 담배를 한 갑씩 전했다. 팬들이 보내오는 선물상자 속에는 당시로서는 구하기 힘들었던 설탕과 비누, 그리고 가끔은 고가의 브라질산 커피까지 있었다.

이광수는 하숙집 주인아주머니에게 말했다.

"아주머니, 해도 바뀌었으니 제가 올해부터는 하숙비를 조금 더 내야될 것 같은데…. 그동안 정말 신세가 많았습니다."

"어머머 세상에! 하숙하시는 분이 하숙비를 스스로 올려주겠다고 말하는 예도 다 있군요. 역시 소설가 선생님이라 다르시네요. 정 그러시다면 5원만 더 올려서 올해부터는 25원씩 받도록 하지요."

"그동안 적은 하숙비를 냈는데도 저에게 참 잘해주셨습니다."

일본 동북지방 출신이라는 뚱뚱한 중년여인은 어울리지 않게 애교를 부리며 답사 비슷한 말을 했다.

"앞으로도 선생의 밥상에는 달걀프라이와 우유 한 병과 나라즈케(일본 장아찌)를 따로 올려드리겠습니다. 선생께서 조선의 유명한 소설가가 되었다는 소문은 들었습니다. 우리 하숙집의 영광입니다."

그해 3월 이광수가 소설 《무정》의 전반부를 끝내고 잠시 허리를 펴고 있을 때 와세다 대학에 먼저 들어와 있던 지인들이 그를 위해 조촐한 모임을 준비했다. 신주쿠교엔(新宿御苑) 서쪽 끝에 있는 맥줏집 '뮌헨'

에서 소설가 이광수를 위한 축하회가 열렸다. 신주쿠 한복판에 있는 신주쿠교엔은 동양에서 가장 크다는 공원이었다. 어깨가 넓고 이마가 반듯하며 목소리가 우렁찬 장덕수(張德秀: 독립운동가 겸 언론인)가 현상윤(玄相允: 고려대 초대 총장), 최두선(崔斗善: 국무총리 역임, 최남선의 동생)과 상의하여 마련한 자리였다. 장덕수가 제일 먼저 입을 열었다.

"일본 근대문학의 문을 연 사람은 지난해 말에 세상을 뜬 나쓰메 소세키였습니다. 그는 도쿄 제국대학을 나오고 영국 유학을 다녀왔습니다. 모범생들이 다 그렇듯 그도 처음에는 제국대학 교수가 되는 것이 꿈이었습니다. 그러나 그는 소설가가 되는 것이 교수가 되는 것보다 훨씬 더 조국의 근대화와 일본 문학의 근대화에 도움이 되는 것을 알게 되었습니다. 그래서 그는 과감히 아사히신문사에 입사하여 연재소설을 씀으로써 대문호가 되었고 일본의 셰익스피어가 된 것입니다.

오늘은 제가 우리 '조선의 나쓰메 소세키' 아니 '조선의 셰익스피어'를 소개합니다. 평안북도 정주라는 산골에서 태어나 이 도쿄에서 중학 과정, 즉 메이지학원을 나왔고, 고향 정주로 돌아가 오산학교에서 교편을 잡다가 다시 큰 뜻을 품고 우리 와세다에 들어와 조선의 근대문학을 개척했습니다. 지난 1월 1일부터 경성의 〈매일신보〉에 《무정》이라는 장편소설을 연재하는 작가입니다. '조선의 나쓰메 소세키'가 영예롭게도 우리 와세다에서 탄생한 것입니다. 춘원 이광수 작가를 뜨거운 박수로 환영해주십시오."

요란한 박수 속에 이광수는 안경을 추스르며 연단에 섰다. 키가 크고 피부는 희고 머리 색깔과 눈빛이 갈색이었다. 특히 그의 눈동자는 약간 노란색을 띠고 있었다. 청중 가운데 있던 어느 여학생이 곁에 앉은 친구에게 속삭였다.

"저 사람은 혼혈인가 봐⋯. 러시아 사람 비슷하잖아?"

이광수는 몇 번인가 밭은기침을 하더니 조심스럽게 운을 뗐다.

"제가 나쓰메 소세키가 될지 아니면 신파조의 《금색야차》를 쓴 오자키 고요 정도로 그치고 말지는 아직 알 수 없는 일입니다. 여러분도 들어서 아시겠지만, 현재 경성과 유림들이 많은 영남지역에서는 평안도 정주 출신의 촌놈이 쓰는 소설을 읽지 말라는 여론이 도도합니다. 총독부에 압력을 가하는 유림들과 고관들이 많다고 들었습니다."

그러자 청중 속에서 한 여성이 높은 소리로 외쳤다.

"아니에요, 소신대로 쓰십시오. 조선의 나쓰메 소세키가 어찌 그런 고리타분한 압력에 손을 들겠습니까. 굴복하시면 안 됩니다! 그리고 춘원 선생님, 평양 출신 기생 박영채를 절대로 죽지 않게 해주세요."

"글쎄요, 일단 소설이 발표된 이상 작가도 주인공을 함부로 죽이거나 살릴 수가 없답니다. 좀 두고 지켜보시죠."

이어서 최두선과 현상윤도 이광수가 와세다 대학의 동문임을 기뻐하는 축사를 했는데 최두선은 이광수를 향해 이런 질문을 했다.

"춘원 이광수 씨가 오늘날 조선 제일의 소설가가 된 동기가 혹시 있습니까?"

"오늘은 이 자리에 저를 아껴주시는 와세다 선배님들께서 와 계시고, 제 소설을 열심히 탐독하시는 여성 독자들이 많이 와 계시니까 좀 사적이고 솔직한 얘기를 해도 되겠습니까?"

남성들은 고개를 끄덕이고, 여성 청중들은 손뼉 치며 외쳤다.

"그럼요, 그럼요! 사적인 얘기를 많이 해주세요!"

이광수는 먼 곳을 바라보며 서서히 운을 떼었다.

"제가 글에 매달리게 된 기본적인 동기랄까…, 그 힘은 슬픔에 있습니다. 저는 평안도의 오지 정주군 갈산면 벽촌에서 태어났고, 제 나이 열한 살이 되던 해에 돌림병으로 부모님이 함께 돌아가셨습니다. 그 후 저는, 두 여동생과 고아로 지냈는데 바로 제 밑에 있는 여동생은 할아버지 댁에 맡겼고 세 살짜리 여동생은 산 너머 동네에 민며느리로 보냈습니다. 그 어린 것이 제 등에 업혀 재를 넘을 때 제 목에 뜨거운 눈물을 떨어뜨리며 말했습니다. '오라버니, 난 가기 싫어. 오라버니하고 떨어지기 싫어. 나는 밤에 우는 새 소리가 제일 무서워.' 그렇게 울며 매달리는 세 살짜리를 산 너머 마을에 버리듯 맡기고 돌아섰습니다. 그 어린 것은 얼마 후에 세상을 떴습니다.

제가 10대 때에 도쿄 유학을 와서 메이지학원을 다니다가 고향에 돌아가면 하나 남은 여동생이 역시 울며 매달렸습니다. '오라버니, 가지 말아요. 먼 일본 땅에 가지 말아요.' 하지만 저는 번번이 그 아이를 떼어놓고 현해탄을 건넜습니다."

여성 청중 속에서 흐느끼는 소리가 들렸다. 이광수도 고개를 들고 눈물을 삼켰다.

"저는 열아홉에 메이지학원을 졸업하고 고향으로 돌아가 고향마을에서 가까운 오산학교의 교원이 되었습니다. 겨우 중학을 졸업하고 세상 지식을 다 가진 양 신나게 떠들며 나의 형님 같거나, 심지어는 아버지뻘 되는 나이 든 제자들 앞에서 아는 체를 했습니다. 그리고 뜬금없이 그 벽촌에 있던 아가씨와 결혼까지 했습니다. 참 순박한 여자였습니다. 눈이 크고, 겁이 많고, 말이 없는 순둥이였습니다."

그때 여성 청중 속에서는 탄식소리가 터져 나왔다.

"저는 결혼한 지 얼마 되지 않아 곧 후회하게 되었고 훈장생활에도 진력이 났습니다. 그래서 전 스물두 살이 되던 그해 초겨울에 훌쩍 오산을 떠났습니다. 그야말로 아무 대책 없이 상하이로 갔습니다. 거기 가서 도쿄에서 함께 공부했던 옛 친구 홍명희의 신세를 지다가 미국 교민들이 샌프란시스코에서 발행하는 〈신한민보〉의 주필이 되기 위해 미국으로 떠났습니다. 그러나 여비가 충분하지 못하여 극동의 해삼위(블라디보스토크)에서 모스크바로 떠나는 시베리아 횡단 열차를 타고 눈 속을 달렸습니다. 스물세 살의 젊디젊은 나이에 막막한 대륙으로 떨어지는 눈발을 보게 된 것입니다. 광막한 시베리아 대륙에 휘몰아치는 눈발은 바로 시였으며, 대하 장편소설이었습니다."

남성들은 침을 꿀꺽 삼키고, 여성 청중들은 가슴에 손을 모았다.

"기차는 만주의 물린(穆陵)이라는 한촌에 이 사람을 내려놨습니다. 그곳에는 안중근 의사의 아우 안정근 씨가 계셨고, 독립지사 이갑(李甲: 1877~1917) 장군이 계셨습니다. 이갑 장군은 일찍이 일본육군사관학교를 나와 우리 왕실의 신식 군대를 창설하셨던 애국자였습니다. 그분은 독립운동을 위해 만주와 노령(러시아 지역)을 넘나드시다 샌프란시스코에 계신 도산 안창호 선생의 초청을 받고 미국으로 향하시다가 안타깝게도 병을 얻어 북만주 물린에서 머물고 계셨습니다. 저는 몇 달 동안 그 눈 내리는 물린에서 이갑 장군이 각지에 흩어진 애국자들에게 보내시는 호소문을 받아 정리해드렸습니다. 참, 그때 그 이갑 장군의 따님이 함께 계셨는데 그분은 서울 진명여학교를 다녔다고 했습니다."

그러자 여성 청중 가운데 손을 들고 일어서는 사람이 있었다.

"혹시 그 아가씨의 이름을 기억하고 계십니까, 선생님?"

"네. 이정희 씨였습니다."

"뭐? 이정희가 물린에 있었단 말야?"

"이정희의 아버님이 이갑 장군이었나?"

성질 급한 장덕수가 일어나서 장내를 진정시켰다.

"아, 사사로운 인연은 이따가 사석에서 따지기로 합시다. 춘원 선생, 말씀 계속하세요."

"결국 이갑 선생께서 신병으로 미국행을 단념하시고 벽촌 물린에서 좌절하셨듯이 저도 그 물린과 시베리아 치타라는 곳을 오가다가 결국 정주로 돌아오고 말았습니다. 그리고 저의 모든 슬픔과 좌절, 북만주와 시베리아에서 보았던 눈발과 폭풍, 그 격정을 바탕으로 해서 다시 글을 쓰게 되었습니다."

그날 조선의 나쓰메 소세키 이광수의 문학행사는 그쯤에서 마무리되었다. 이광수의 문학론에 취한 와세다 동문들과 도쿄의 여성 유학생들은 왁자하게 맥주잔을 기울였다. 3월이라 날씨는 쌀쌀했지만 공원의 숲에서는 봄 냄새가 나기 시작했다. 언제나 잎보다 먼저 피는 사쿠라들이 벌써부터 꽃잎을 달싹이며 만개할 준비를 하고 있었다. 현해탄을 건너 저마다 사연을 가지고 달려온 젊은이들을 도쿄의 이른 봄이 한껏 달궈주고 있었다. 성질 급한 장덕수가 또 큰 소리로 말했다.

"야, 춘원 이광수는 복도 많구나! 도쿄에 불현듯 나타난 새로운 여성 유학생들이 모두 춘원 선생을 축하하러 온 듯한데, 도대체 면면이 어찌 되시는가?"

눈매가 서늘하고 입술이 야무지게 생긴 나혜석이 일어섰다.

"소개해드리지요. 아까 높은 목소리로 박영채를 죽이지 말아달라고 애원한 아가씨 김탄실을 소개합니다. 박영채가 태어난 평양에서 온 미인입니다. 우리와 함께 경성에서 진명여학교를 다녔고, 연전에 이 도쿄에 유학 왔다가 사연이 있어 경성으로 돌아간 적이 있습니다. 지금은 문학수업을 위해 도쿄에 다시 왔는데 아마도 여성으로서는 가장 빨리 시인이나 소설가가 될 겁니다."

김탄실이라는 이름으로 소개를 받은 김명순이 자리에서 일어났다.

"사실 제 본명은 김명순입니다. 저도 이 도쿄에서 대학 교육을 받아볼까 하여 3년 전에 온 일이 있었습니다. 그래서 고지마치여학교 3학년에 편입하여 다니다가 복잡한 일이 생겨 경성으로 돌아갔고 올봄에 숙명여고보를 졸업했습니다. 여하튼 저는 요즘 춘원 이광수 선생의 《무정》을 감명 깊게 읽고 있습니다. 다만 주인공 이형식의 첫사랑 박영채가 평양 출신이라는데 동정심이 가고요, 신여성 김선형에게 밀리는 것이 너무 안타깝습니다. 저도 한때는 짝사랑 때문에 저 스미다 강에 몸을 던진 일까지 있었거든요. 그런데 참, 춘원 선생님!"

춘원이 눈길을 주자 김명순은 맥주잔을 든 채 춘원 쪽으로 왔다.

"그 물린에 이정희가 있었단 말이죠? 이정희가 이응준 소위 얘기는 하지 않던가요?"

이광수는 놀란 눈으로 김명순을 바라보다가 천천히 말했다.

"아가씨가 이응준 소위를 사모해서 스미다 강에 투신했던 분입니까?"

"그렇습니다. 아무리 육군사관학교를 나온 장교라고 하지만 분명히 남자는 남자일 터인데…. 그 사람은 저를 모욕했습니다. 아니, 여자로 생각하지 않았습니다. 여자로서 가장 자존심이 상하는 것이 무엇이겠습니까?"

"김명순 씨, 오해가 있었던 것 같습니다. 제가 물린에서 이갑 장군으로부터 듣기로는 이정희 씨와 이응준 씨는 이미 정혼한 사이였습니다."

"사나이가, 장교가…, 그런 사연이 있으면 있다고 말을 했어야지."

"아마도 말 못할 곡절이 있었을 겁니다. 육사를 나온 일본 장교가 독립군의 딸과 정혼할 사이라는 것을 드러낼 수는 없었을 겁니다."

분위기는 갑자기 고조되었다. 김탄실, 아니 김명순이라는 여성이 갑자기 나타나서 군더더기 없이 자기 자신을 소개하고 자신이 실연의 주인공이었다는 이야기까지 공개했기 때문이었다. 그러자 현상윤이 말을 보탰다.

"아 그러니까, 아가씨가 재작년에 이응준이라는 조선 출신의 육군 소위를 사랑하다가 강물에 빠졌던 바로 그 아가씨였군요! 참, 〈매일신보〉나 〈아사히신문〉이 모두 요란한 가십으로 다루었는데 … ."

"맞습니다. 저는 사랑의 상처를 안고 스미다 강에 몸을 던졌던 여자입니다. 사실 제 족보를 밝히자면 제 어머니가 평양 기생이었습니다. 아주 명기였지요. 저의 아버지는 평양 부자였고요."

나혜석이 김명순을 주저앉혔다. 그리고 화제를 바꿨다.

"이번에는 허영숙 씨를 소개합니다. 허영숙 씨는 나하고 함께 진명여학교를 다니다가 경성여고보로 전학하여 졸업하였고, 지금 여자의학전문학교에 다닙니다. 금년과 내년 학기만 끝내면 조선 최초의 도쿄여의전 출신 의사가 될 것입니다. 부잣집 딸에다가 심지까지 굳습니다. 자신 있는 사람은 도전해 보십시오."

"저는 의술 외에는 달리 아는 것도 없고 이런 모임에도 자주 나와 보지도 못한 재주 없는 여성입니다. 허영숙이라고 합니다."

장덕수가 큰 소리로 말했다.

"거 장하외다. 여성의 몸으로 의술에 도전하다니! 참으로 훌륭한 일입니다. 꼭 공부를 잘 마치고 금의환향하셔서 조선의 첫 여성 개업의가 되어주십시오."

모두 허영숙을 향해 박수를 보냈다. 홍당무가 된 그녀는 볼을 감싸안고 자리에서 일어나 허리를 연신 굽혔다.

그때 이광수가 그녀를 향해 물었다.

"여의전이 어디에 있습니까?"

"우시고메(牛込)에 있습니다."

"우시고메라면 나쓰메 소세키가 태어난 곳인데 …."

"저는 그것까지는 잘 모르겠구요, 우리 여의전이 그곳에 있어 사람들은 우리 학교를 '우시고메 여의전'이라고도 부릅니다."

춘원 이광수는 턱이 복스럽게 둥글고 눈망울이 깊은 허영숙을 뚫어질 듯 바라보았다. 그리고 그는 갑자기 기침하다가 이렇게 물었다.

"제가 요즘 기침과 발열이 심합니다. 아무래도 폐병인 듯싶은데, 이런 때는 무슨 약을 먹어야 합니까?"

허영숙은 얼굴을 붉히며 작은 소리로 말했다.

"저는 전공이 산부인과예요. 내과 쪽은 잘 모릅니다. 제가 내과 선생님에게 알아봐 드리겠습니다."

이광수는 허영숙의 얼굴을 뚫어질 듯 바라보며 말했다.

"꼭 알아봐 주십시오."

크리오 소다

그녀는 본전 앞에 있는 커다란 청동 향로에 향불을 피워 놓고 허리를 깊이 숙였다. 고개를 들 때 눈가에는 이슬이 맺혀 있었다. 한숨을 섞어 말했다.

"다 소용없어요. 참 그때는 소원도 많이 빌었는데….."

이광수도 알고 있었다. 도쿄에서 가장 오래되었다는 7세기 때의 절 센소지(淺草寺)의 본당 앞에 있는 그 향로는 행운을 가져다준다는 믿음의 상징이었다. 사랑하는 젊은이들은 틈이 나는 대로 찾아와 사랑의 불변을 기원하고 두 사람의 행운을 비는 곳이었다. 미남 시인 최승구와 수없이 찾아와 빌었을 것이다. 나혜석은 눈가를 훔치면서 다시 한 번 말했다.

"그이하고 자주도 왔는데…. 그리고 수많은 소원을 빌었는데….. 오늘은 어이없게도 그이의 명복을 빌고 있군요."

"그래도…."

"뭐가요?"

"이런 말 어떨지 모르지만 그래도 그 친구는 혜석 씨로부터 원 없는 사랑을 받지 않았을까요? 이 도쿄 하늘 아래에서 사랑을 맹세한 젊은이들은 많겠지만, 조선반도 끝에 있는 고흥 항구에까지 달려가 주었고 사후에도 그곳까지 달려가 애곡(哀哭)한 애인은 드물 테니⋯."

"그런 게 다 무슨 소용이에요? 눈 감은 사람만 안타깝죠. 살아 있는 사람들은 이렇게 벚꽃 핀 센소지의 경내도 거닐고, 스미다가와의 물빛도 감상하지 않아요? 저 많은 사람들을 보세요. 모두 기쁨에 차 있고 다가오는 마쓰리(축제)를 준비하느라 눈빛이 빛나잖아요."

두 사람이 강바람을 맞으며 스미다 공원으로 나갔을 때는 해가 지는 황혼녘에 벚꽃 잎이 눈처럼 흩날리고 있었다. 나혜석은 강 쪽을 바라보며 머리카락을 쓸었다. 이광수는 그녀를 바라보며 고개를 끄덕였다. 그녀는 독특한 향기를 가진 여자였다. 결코 미인이라고 할 수 없는 용모였지만 한 번만 쳐다보면 남자를 단박에 끌어당기는 힘을 가지고 있었다. 야무진 입술, 크지도 작지도 않은 키, 반듯한 이마, 치장하지 않은 머리, 큼직하거나 빛나는 눈동자도 아니었지만 사람의 시선을 꼼짝못하게 하는 가느다란 눈⋯.

이광수는 가늠할 수 있었다. 감수성 많은 그 시인이 왜 이 여자에게 완벽하게 사로잡혔을까. 이젤을 받쳐 놓고 다리를 꼬고 앉아 있는 그 모습이 고혹적이었을까? 아주 가끔 담배를 피워 무는 그 입술이 향긋해서일까? 아무튼 그녀는 적당한 그늘과 적당한 빛과 적절한 볼륨과 콘트라스트를 갖춘 조형물 같았다.

"좋은 곳으로 갔을 거요."

이광수는 곧 후회했다. 하나마나 한 말을 뇌었기 때문이었다.

"저 담배 한 대만요."

그가 담배를 건네주었다. 그리고 불을 붙여주었다. 심호흡하듯 깊게 들이마셨다가 길게 내뿜었다. 얼마 후 그녀는 이렇게 뇌었다.

"저는 어떻게 살지요? 그 수많은 날들을…."

해가 완전히 지고 스미다 공원의 저녁바람이 선들거렸다. 두 사람은 하릴없이 공원을 가로질러 식당으로 향했다. 아사쿠사의 명물이라는 몬자야키(일본식 부침개)를 놓고 젊은이들이 왁자하게 떠들고 있었다. 두 사람도 그걸 시키고 청주를 곁들였다. 별말 없이 술잔을 나누고 부침개 속의 해산물을 헤적였다.

이광수가 또다시 의미 없는 말을 꺼냈다.

"사실은 혜석 씨 오빠가 오사카 쪽으로 가면서 내게 신신당부했어요. 혜석 씨 뒤를 좀 봐 달라고."

"흐흐, 제가 저 강에라도 빠질까 봐요? 전 그런 주제도 못 돼요. 김명순은 실연했다고 과감히 저 강물에 몸을 적셨지만, 저는 죽는 게 싫어요. 오래오래 살고 싶어요. 하지만 슬픔도 길게 가면 싫잖아요. 이 슬픔의 끈을 어떻게 끊어야 할지 그게 문제예요."

이광수는 술잔을 기울이며 그녀의 말을 되뇌었다.

"슬픔의 끈이라…."

두 사람은 자리를 털고 일어나 벚꽃 터널을 벗어난 후 갈대가 소리를 내는 강둑을 걷고 있었다. 어느새 나혜석이 이광수의 어깨에 머리를 기대고 있었다. 이광수는 그녀의 머리내음을 맡고 있었다.

허영숙은 교수실의 문을 조심스럽게 두드렸다.

"무슨 일인가?"

요시키 교수는 안경을 올리며 부드럽게 웃었다.

"저, 제가 아는 사람이 결핵 초기라고 하는데 … . 무슨 약을 써야 하는지요?"

"누가? 애인이? 애인이 결핵이라면 안 돼. 그건 안 돼."

"아, 아닙니다. 친척 오빠입니다."

"뭐? 친척 오빠? 먼 친척 오빠? 아주 먼?"

"교수님 … ."

"난 감염내과 전공은 아니지만 현재 결핵 약으로 제대로 나온 것은 없어. 결핵은 일종의 면역 게임이라고 할까? 견딜 수 있으면 감기처럼 밀어낼 수 있는 거지만, 체력이 따라주지 않으면 그 짓궂은 결핵균을 이길 수 없지. 그저 잘 먹고, 잘 자고, 푹 쉬는 것이 치료방법이지. 이 땅의 수많은 젊은이들이 바로 그 병으로 가잖아."

"정말로 방법이 없을까요?"

"굳이 처방을 하자면 말야, 아침에 꼭 우유를 마시게 하고, 계란프라이도 먹게 하고, 저녁에는 두부를 부쳐줘 봐. 교육을 많이 받지 않은 사람들은 꼭 구렁이탕을 해서 먹던데 … . 그 효과는 장담하기가 어려워. 질 좋은 장어라면 모르겠지만 말야."

허영숙이 면구스러워 꾸벅 인사하고 나오려고 할 때 요시키 교수는 그녀를 불러 세웠다. 그리고 처방전 위에 이런 메모를 해주었다.

'환약: 크리오 소다. 최근 임상실험 차원에서 쓰고 있는데, 효험이 있다고 정평이 나 있음.'

"교수님, 정말 감사합니다. 정말 감사합니다."

"글쎄, 난 장담할 수 없는데. 길 건너 요시다 약국에 가서 내 얘기 하고 그 환약 달라고 해 봐."

이광수의 하숙집은 낡은 목조 2층집이었다. 골목 끝에 있는 그 집으로 향하면서 허영숙은 얼굴이 붉어지고 가슴이 뛰는 것을 느꼈다.

'내가 여기에 왜 왔지? 지금 뭐 하는 짓이야? 약까지 끌어안고 …….'

부끄러움 때문에 허영숙은 발길을 돌리려고 했다. 그때 새치가 심한 여인이 대문을 열고 나오다가 허영숙을 보았다. 할머니라고 불러도 좋을 만큼 나이가 들어 보이는 여인이었다.

"색시, 왔으면 들어가야지 왜 돌아서누?"

"아니 그저 ……."

"다 알고 있어. 꼭 색시만 오는 게 아니야. 조금 전에도 다른 색시들이 다녀갔어. 뭐 조선에서는 유명한 소설가라며? 젊은 색시들이 오금을 못 펴. 그냥 선물들을 들고 와서 빨래를 해준다, 방을 치워준다……. 요즘은 내가 그 방 치워줄 일을 덜었다니까."

그러면서 그 여인은 2층에 소리를 질렀다.

"소설가 선생, 또 꽃 같은 아가씨가 왔수! 아가씨 풍년이야!"

허영숙은 돌아서서 달리고 싶은 충동을 느꼈다. 부끄러움이 온몸을 감쌌다. 쿵쿵 계단을 밟으며 그 사람이 내려왔다. 담배를 끼고 있는 손끝이 노랗게 절어 있었다. 그 손가락 사이에서 모락모락 담배연기가 피어올랐다.

"아이고, 예비 의사 선생님이시군요. 이거 집이 누추한데 ……."

허영숙은 계단을 올라가며 자꾸 발을 헛디뎠다. 그의 다다미방은 방

금 다녀간 그 누구의 손길에 의해 말끔하게 치워져 있었다. 와이셔츠도 제자리에 단정하게 걸려 있었다. 오시이레(押し入れ: 일본식 붙박이장) 곁에 쌓여 있는 신문과 책들도 가지런하게 정돈이 되어 있었다. 허영숙의 가슴에 짚이는 데가 있었다. 그녀는 윗목에 무릎을 꿇고 단정하게 앉았다. 흰 와이셔츠에 기지바지를 입은 이광수가 찻잔을 당겨 약간 식어 있는 녹색 차를 따라주었다.

허영숙은 어쩔 줄을 몰라 하다가 얼른 차로 목을 적셨다. 그리고 가져온 환약을 가방에서 꺼냈다. 이광수가 눈으로 물었다.

허영숙은 떨리는 목소리로 말했다.

"이건 일반 약국에서는 팔지 않는 약인데요, 저희 대학병원 앞에 있는 약국에서만 구할 수 있어요. 폐결핵기가 있다고 하셨죠?"

"네. 미열이 있고, 자꾸 눕고 싶습니다. 잘 때는 식은땀도 나고요."

"저희 교수님께서 추천하신 환약인데요, 임상실험 단계지만 아주 좋은 데이터가 나오고 있다고 해요."

이광수는 약의 이름을 천천히 읽었다.

"크리오 소다⋯."

허영숙은 바로 일어섰다. 이광수도 따라 일어서며 참으로 이상한 느낌을 받기 시작했다. 성분을 잘 알 수 없는 알약⋯. 그 약 한 병을 들고 일어서는데 가슴에 전기가 관통하는 느낌을 받았다.

'아, 이 세상에 나를 구체적으로 생각해주는 아가씨가 있다니⋯. 턱이 둥글고 피부가 희고 눈동자가 포도알처럼 까만 처녀⋯. 그 처녀가 나에게 약을 들고 왔다.'

이광수는 그 자리에서 번개를 맞은 것처럼 움직이기가 어려웠다. 그는 말을 더듬었다.

"아 이거, 먼 길을 오셨는데 대접할 것도 없고⋯. 아무튼 다음에 제가 점심을 한 번 사겠습니다."

허영숙이 들어가는 소리로 대답했다.

"집필하시느라 바쁘실 텐데 따로 시간을 내실 수 있겠어요?"

이광수는 어지럽게 메모가 된 달력을 짚어 보다가 서둘러 말했다.

"다음 주 수요일 정오에 만나도록 하지요."

"어디⋯."

"우에노역에서 내려 공원 안으로 들어가면 우키요에(浮世繪) 미술관이 있습니다. 사설 미술관이라 잘 알려지지 않은 곳이지만 역에서 딱 5분만 걸으시면 됩니다. 건물 입구가 빨간색으로 되어 있습니다. 전시실 앞에서 정오에 뵙지요."

허영숙은 정신없이 그 2층집을 빠져나와 골목길을 내달았다. 하지만 기뻤다.

'그와 단둘이 만날 수 있다니⋯. 우에노의 그 호젓한 미술관 앞에서!'

미술관은 찾기 쉬웠다. 이광수가 먼저 와 있었다. 감색 바지에 흰 와이셔츠를 입고 한쪽 팔에 은색 포장지에 싸인 무엇인가를 끼고 있었다. 입구의 커피점에서 커피 한 잔씩을 마셨다. 이광수는 블랙으로 마셨는데 허영숙이 한마디 했다.

"블랙은 너무 독해요. 프림이나 우유 가루를 넣어서 드세요."

"의사로서의 처방입니까?"

"그건 아니지만 기침하시는 분이 너무 자극적인 것을 드시면 안 되니까요."

허영숙은 종업원 아가씨를 불러 프림과 설탕, 그리고 우유 가루를 주문했다. 그 아가씨가 가져온 것들을 정성스럽게 섞어서 건네주었다. 이광수는 흐뭇한 표정으로 마셨다.

"네, 전 멋으로 그동안 블랙을 마셨습니다만 이렇게 마시니까 한결 부드럽고 좋군요. 앞으로는 제 주치의님의 지시에 꼭 따르겠습니다."

"아이, 참 —."

허영숙이 낯을 붉혔다. 그때 이광수가 가지고 온 물건의 포장지를 풀고 건네주었다.

"지난번에 주시고 간 크리오 소다는 열심히 먹고 있습니다. 답례하고 싶었는데 마땅한 것이 생각나지 않았어요. 그래서 학교 앞에 있는 서점에 들어가 제목만 보고 사왔습니다."

허영숙은 이광수가 건네주는 책을 받아 표지를 읽었다.

"《의학과 철학과의 관계》…. 선생님, 의학과 철학도 관계가 있을까요?"

"글쎄요, 의학에 철학을 대입시켜 진료한다면 훨씬 고차원의 진료가 되지 않겠습니까? 지금 제가 전공하는 분야가 철학이라 그냥 막연하게 의학도 철학과 관계가 있으리라고 생각해 봤습니다. 읽으시다가 재미없으면 버리십시오."

"어머, 버리다니요. 이렇게 책머리에 '춘원 이광수'라고 대작가의 서명까지 있는데 …. 영광이에요."

그러면서 허영숙은 쑥스럽게 자신의 가방에서 책을 꺼냈다.

"우연의 일치군요. 저도 오늘 선생님과 첫 만남에 그냥 오기가 뭣해 시집 한 권을 골라봤어요."

이광수는 허영숙이 건네는 시집을 훑어보며 말했다.

"아, 셸리의 시집이군요."

그는 선생님이 제자의 과제물을 살펴보듯 시집을 후루룩 훑어보다가 네잎클로버가 붙어 있는 부분에서 시집을 폈다. 이광수는 다소 짓궂게 웃으며 허영숙에게 물었다.

"이 행운의 심벌은 어디에서 따셨습니까?"

허영숙은 붉어진 볼을 감싸며 수줍게 대답했다.

"저희 학교 기숙사 뒤편 언덕에서 용케 찾았어요. 선생님과 선생님이 쓰시는 작품에 행운이 깃드시라고 … ."

"역시 모범생이군요. 셸리의 대표작을 알고 계시네요? 저는 의학만 열심히 공부하신 줄 알았는데 … . '오 거친 서풍이여, 그대 가을의 숨결이여, 보이지 않는 그대로부터 낙엽들이, 마법사로부터 도망치는 유령들처럼 휩쓸려 가네 … .'"

"선생님, 그만 읽으세요. 시는 혼자 계실 때 음미하며 읽어주셔야 저에 대한 예의가 아니겠어요?"

"아, 그렇군요. 제가 생각이 짧았습니다. 이 시집은 제가 서가에 꽂아 놓았다가 영숙 씨가 생각날 때면 꺼내 읽겠습니다. 그때는 마음 놓고 낭송해도 되는 거죠?"

"아유 선생님, 몰라요 — ."

허영숙이 일어났다. 이광수도 따라 일어났다. 그날 그 전시실에는 도쿄미술학교의 서양화과 교수 구로다 세이키(黑田淸輝)의 작품들이 전시되었다. 전시실 한쪽에 붙어 있는 포스터에는 '일본적이라는 정신을 잃어버리지 않는 미술'이란 글이 쓰여 있었다.

전시실 문을 나서며 이광수는 이렇게 말했다.

"유신 이래 일본인들은 정신없이 서양 사조만을 받아들였는데 이제야 정신을 좀 차린 것 같군요. 일본 정신을 강조하는 것을 보니까. 사실 일본인들은 이곳에 전시된 '우키요에'(일본 판화)를 우습게 보는 경향이 있어요."

"사실 저도 일본의 판화 우키요에에 대해서는 잘 몰라요. 그림이 좀 만화 같지 않은가, 하는 생각을 해봤죠."

"사실은 유럽 사람들이 한동안 일본의 그림과 도자기에 반했습니다. 우리가 위대한 화가로 기억하는 반 고흐도 사실은 일본의 우키요에를 그대로 모방해서 그린 예가 있습니다."

"어머 정말이에요? 저는 그런 사실을 몰랐어요."

그러고 나서 허영숙은 정색하고 이렇게 물었다.

"선생님, 나혜석 언니의 그림은 어떤 것 같아요? 수준이랄까, 화풍 이런 것이 ⋯."

"글쎄요, 이제 한참 배우는 학생이니까 뭐 수준이랄 게 있겠습니까? 또 화풍이라는 것도 아직은 내세울 만한 형편도 아닐 것이고."

"그렇다면 선생님께서 나혜석 언니에게 미술 공부에 전념하도록 엄하게 지도해주세요. 지금 그 언니는 자신의 모든 것을 던져 사랑했던 연인을 잃었잖아요. 아마 그 상처와 후유증이 너무 크기 때문에 선생님 같이 높은 예술가에게 매달리거나 위로를 기대할 거예요. 하지만 지나친 온정을 베풀면 홀로 일어서는 데 오히려 시간이 더 많이 걸리겠죠? 선생님 댁에 찾아오는 일도 자제시키고요, 선생님께서 보호자를 자처하시는 일도 삼가셔야 언니에게 도움이 될 거예요."

이광수는 순진한 모범생으로만 보았던 허영숙으로부터 맹랑한 일격을 당하고 당황하지 않을 수 없었다.

"뭐 그 사람 오빠 나경석 씨와의 오랜 친분으로 혜석 씨의 상심을 위로했던 것은 사실입니다만, 지금 저는 글 쓰는 일도 바쁘고 당장 경성의 〈매일신보〉로부터 '5도 답파'(五道踏破)를 해 달라는 청도 있어서 앞으로는 자주 만날 수도 없을 겁니다."

허영숙은 의사가 환자에게 말하듯 딱딱하게 말했다.

"아주 규칙적인 생활을 하셔야 하고요, 무엇보다 영양섭취에 신경을 쓰셔야 합니다. 시간을 아껴 숙면을 취하셔야 하고요, 쓸데없는 일에 시간을 뺏기면 안 됩니다. 물론 현재 선생님은 이곳 도쿄 유학생들의 정신적 지주이시고 특히 여성들에게는 어려움을 호소하고 해답을 얻고자 하는 상담자가 되실 겁니다. 그러나 그런 상담에 일일이 응하시면서 온정주의로 나가신다면 선생님은 창작에 지장을 받으실 것이고 그 여자들에게는 의타심만을 키우게 되는 결과를 초래할 거예요."

이광수는 까다로운 여선생님에게 훈계 받는 학생 꼴이 되어 풀이 죽었다. 그러자 허영숙은 선생님답게 결론을 내렸다.

"춘원 선생님, 선생님은 신문에 소설을 쓰시는 단순한 작가가 아니십니다. 반도에 있는 2천만 우리 민족이 문학이라는 매체를 통하여 의지하고 가르치심을 기대하는 대스승이십니다. 문학을 통하여 우리 유학생과 젊은이들을 각성시키고 우리 민족의 갈 길을 제시하시려면 우선 건강하셔야 합니다. 만인의 스승으로서, 아니 민족의 지도자로서 처신을 신중히 하셔야 하고 자중자애(自重自愛) 하셔야 합니다."

도쿄에서 만나 사랑에 빠진 춘원과 허영숙.
춘원은 와세다 교복을 입고 있다

　이광수는 참으로 맹랑하고 어처구니가 없었다. 미술관 입구에서 만
날 때까지만 해도 어린 누이동생 같기만 하고 의술이나 배워 산파 노릇
이나 할 것 같은 그런 이과계의 여학생이었다. 그런데 삽시간에 자기
자신을 제압하고 할 말을 제대로 하는 여선생님으로 변모하다니. 참으
로 놀랍고 반가운 일이었다.

　미술관을 나와 언덕을 내려올 때 이광수는 노점상이 파는 야키토리
(고기 부스러기를 구워 꼬챙이에 끼워 파는 주전부리)를 두 개 사서 허영숙
에게 건네며 자신도 맛있게 먹었다.
　"저녁에 원고를 쓰다가 출출해지면 이걸 몇 개 먹습니다. 그리고 나

면 허기도 가라앉고 머리가 맑아져요."

허영숙은 그걸 반쯤 먹다가 쓰레기통에 버리고 단호하게 말했다.

"앞으로 이런 싸구려는 드시지 마세요. 무슨 생선인지 고기인지 알수 없는 것이잖아요. 가능하면 국물이 있는 것을 드세요."

허영숙은 앞장서서 언덕 끝에 있는 오뎅집에 들어갔다. 그리고 이광수에게 국물이 있는 것으로 주문하라고 했다. 이광수는 즐겨 먹던 15전짜리 모쓰 나베(일본식 곱창전골)를 시켰다. 그러자 허영숙이 주인에게 다른 것을 주문했다.

"15전짜리 말고요, 25전짜리 쇠고기 나베로 주세요."

"우리 동네에서는 15전짜리도 아주 맛있었는데 … ."

"15전짜리는 말고기예요. 앞으로는 드시지 마세요. 꼭 25전짜리 쇠고기 나베로 드세요."

두 사람은 간이 적당한 쇠고기 나베를 훌훌 불어가며 아주 맛있게 먹었다. 이광수가 식후에 습관처럼 담배를 피워 물자 허영숙이 말했다.

"작가가 쉽게 담배를 끊지는 못하겠죠. 하지만 가장 시급한 일이 금연이에요. 우선 하루에 태우시는 담배 개피 수를 줄여보세요. 참, 5도 답파를 하신다고 했는데 어디어디를 말하는 거지요?"

이광수가 눈을 반짝였다.

"우선 백마강으로 내려가 배를 타고 충청도를 답사하고요, 백마강 하구를 거쳐 전라도로 해서 남해안 일대를 거치고, 경상남북도를 거쳐 서울로 돌아오는 거예요."

"여행 목적은요?"

"지난 1910년부터 총독정치가 시작됐는데 그동안 우리 조선 사람들의 삶의 현장이 얼마나 달라졌는지 작가의 눈으로 살펴보고 그걸 신문에 연재하는 거예요."

"그럼 뭐 일본 사람들이 조선 사람들을 수탈하는 것이나 억압하는 것은 언급조차 못하겠네요. 요컨대 총독정치 이후 이렇게 조선의 시골 모습이 달라졌고, 잘 살게 됐다, 뭐 이런 관제기사가 되지 않겠어요?"

이 대목에서 이광수는 허영숙을 노려보았다.

"내가 그렇게 만만한 글을 쓸 사람으로 보입니까?"

"물론 그러실 분이 아니죠. 그러나 유명한 조선 출신 작가가 자기 지방의 현황을 살피러 왔다 하면, 현지의 관리나 고관들이 가만히 있겠어요? 정성껏 대접할 것이고, 자기 지방의 자랑거리만을 늘어놓을 수도 있다는 이야기죠."

"바로 그런 상황 속에서 진실을 찾아내고 바른 글을 쓰는 것이 작가의 소임이 아니겠어요?"

허영숙은 갑자기 이광수의 와이셔츠 앞섶을 여미어주며 부드럽게 말했다.

"여정이 기니까요, 제발 건강에 유의하세요. 여러 지방을 다니시게 되니 무엇보다 음식에 주의하시고요. 물도 조심하셔야 돼요."

이광수는 이상하게도 이 여동생 같은 여인 앞에서는 맥을 출 수 없었다. 하는 말이 모두 옳았기 때문에 달리 대꾸할 말이 없었다. 그 오뎅집을 나올 때 이광수는 마음이 아주 편안해졌다. 어느새 어둑어둑해진 거리를 지나 우에노역의 밝은 불빛 아래에 섰을 때 두 사람은 아주 오래전부터 만나온 사람들처럼 친숙함을 느꼈다.

그리고 허영숙을 먼저 떠나보내고 났을 때 이광수는 참으로 이상하다는 생각을 했다.

　'저 여자는 왜 철없는 동생처럼 느껴지지 않고 연상의 누이처럼 느껴질까…. 그리고 저 여자를 만나고 나면 왜 이렇게 든든한 자신감이 가슴에 충일해지는 것일까….'

5도 답파

　1917년 5월 이광수는 지친 몸을 이끌고 귀국했다. 그러나 아내가 있는 정주로는 가지 않았다. 대신 웃보시곶이에 있는 최남선의 집에 머물렀다. 최남선의 집은 방이 넓었고 때마다 챙겨주는 밥도 영양가가 있어서 몸을 추스르는 데 도움이 되었다. 최남선은 땀을 많이 흘리고 미열에 시달리며 폐병기가 있어 보이는 이광수를 위해 용문산 구렁이탕을 삼계탕이라고 속여서 먹였다. 그 구렁이탕의 덕이었는지 이광수는 기운을 차릴 수 있었고 〈매일신보〉에 쓰는 장편소설 《무정》을 6월 14일까지 끝낼 수가 있었다. 126회로 끝난 조선 최초의 근대소설이었다.

　열흘쯤 쉬고 나자 〈매일신보〉의 편집장 나카무라 겐타로(中村健太郞)가 달려왔다. 여비를 내놓으며 5도 답파를 시작하자고 간곡히 청했다. 〈경성일보〉 편집국장 마쓰오(松尾)도 5도 여행기가 본격적으로 시작되면 일본어로도 써달라고 했다. 이광수가 충청도에서 시작하여 전라도를 훑고 내려가 다도해를 거쳐 부산으로 갔다가 거슬러 올라오는 여행경로를 설명하자 나카무라는 좋다고 고개를 끄덕였다. 마쓰오는 전라도 편에서부터 일본어로 써달라고 했다.

이광수는 바로 출발했다. 기차로 충청도 조치원역까지 가서 거기서부터 내지로 들어가 백마강을 타기로 했다. 더위가 시작되는 6월이었기 때문에 여행하며 땀을 많이 흘렸다. 그래도 백마강에서 돛대가 달린 배를 타보고 부소산과 고란사를 거닐자 기분이 좋아졌고 문득 비감한 백제의 마지막을 생각하며 '낙화암'이라는 시를 썼다.

사자수(백마강) 내린 물에 석양이 빗길 제
버들꽃 날리는데 낙화암이란다.
모르는 아이들은 피리만 불건만
맘 있는 나그네의 창자를 끊노라
낙화암 낙화암 왜 말이 없느냐.

이 시는 나중에 작곡가 김대현(金大賢: 1917~1985)이 곡을 붙여, 일제강점기의 젊은이들이 비감한 심정으로 애창했다. 요절한 소설가 나도향도 술만 마시면 이 노래를 즐겨 불렀고 함경도 출신 화가 이중섭도 애창했다.

어쨌든 이광수는 황포돛배를 타고 강경으로 건너가 곧장 전라도를 향하였는데 유서 깊은 항구 목포에서 그만 병을 얻고 말았다. 먹는 대로 설사하고 고열이 났다. 그는 미국인 선교사이자 의사였던 오웬(Owen)과 포사이트(Forsythe)가 설립한 부란취(富蘭翠) 병원에 입원했다. 영어회화를 비교적 유창하게 했던 이광수가 자신의 증상을 설명한 뒤 물었다.

"폐병이 심한가요?"

서양 의사들은 고개를 흔들었다.

"폐병이라니요? 심한 이질입니다. 며칠 물 조심을 하면서 매운 음식을 먹으면 나을 겁니다."

그들은 탈수증을 치료하며 적절히 약을 써주었다. 이광수는 폐병이 아니라는 말에 힘을 얻고 설사 증세가 멎는 대로 탐방기를 쓰기 시작했다.

목포의 낮은 보기에 참 애처롭다. 남(南)편으로는 늘비한 일인(日人)의 기와집이요, 중앙으로는 초가와 옛 기와집이 섞여 있고, 동북으로는 수림 중에 서양인의 집과 남녀학교와 예배당에 솟아 있는 외에 몇 기와집을 내놓고는 땅에 붙은 초가뿐이다. 다시 건너편 유달산 밑을 보자. 집은 돌 틈에 구멍만 빤히 뚫어진 도야지막 같은 초막(草幕)들이 산을 덮어 완연히 빈민굴이다.

이광수는 우체국에 가서 경성의 나카무라와 마쓰오에게 원고를 보내고 나오며 문득 한 여자에게 엽서를 보내고 싶은 생각이 들었다. 턱이 둥글고 눈이 큰 여인이었다. 이광수에게 최초로 번개를 맞은 것 같은 느낌을 준 바로 그 여인이었다. 그동안 그의 관심을 송두리째 가져가고 아편꽃처럼 야릇한 매력을 전해주던 나혜석이 아니었다. 그에게 무리를 하지 말라고, 당신은 2천만 동포들이 아끼고 싶어 하는 천재라고 여선생처럼 나무라던 허영숙이었다.

그는 우체국 창가에 기대어 엽서를 써내려갔다. 그녀를 부르는 호칭을 놓고 한참이나 생각하다가 그냥 '영'(英)이라고만 하기로 했다.

영(英)! 왜 내가 이 고된 답파여행을 강행하면서 그대에게 처음으로 사사로운 사연을 보내는지 모르겠소. 나는 이곳 목포에서 병을 얻어 8일 만에 겨우 일어났소. 목포 부란취병원의 병상에서 말이오. 처음에는 폐병이 도졌나 참으로 오싹하였소. 그러나 다행히 적리(赤痢)라고 하여 고열을 다스리고 일어날 수가 있었소. 우체국에 와서 송고하며 돌아서려다가 문득 그대가 생각나 이 사연을 보내오. 춘원!

그 후 이광수는 다도해의 푸른 파도와 포말을 바라보면서도 허영숙을 생각했고 부산 해운대의 밤바다를 바라보면서도 그녀만을 생각하게 되었다. 그가 해운대의 최고급 온천장 봉래관에서 쉬고 있을 때 서울에서 〈경성일보〉와 〈매일신문〉을 운영하는 사장 아베 미츠이에가 내려왔다. 그는 먼 길을 떠난 아들을 만나러 온 것처럼 자상한 몸짓으로 이광수를 반겨주었다.

"이 더위에 얼마나 고생하는가. 군의 생생한 원고 덕에 〈매일신보〉의 판매부수가 계속 늘고 있네. 소설 《무정》덕분에 우리 신문을 열독하는 독자들이 부쩍 늘었는데, 이번에 쓰는 군의 현장감 있는 기사 덕분에 또 한 번 우리 신문이 빛을 보고 있네."

"어쩐 일로 어르신께서 여기까지 …."

이광수가 묻자 아베는 크게 웃으면서 대답했다.

"이번에 도쿄에서 나의 상사가 되시는 도쿠토미 소호 옹께서 나오시네. 관부연락선을 타고 오시기 때문에 내가 나카무라 군과 함께 마중 나왔네. 자네도 인사 올리게. 좋은 기회니까."

다음 날 관부연락선을 타고 부산에 도착한 도쿠토미 옹은 일행을 부산역 그릴에 불러 아침을 함께했다. 모두 도쿠토미 옹이 어려웠기 때문에 장국을 마실 때에도 소리가 나지 않도록 조심했고 밥도 아주 조금씩밖에는 먹지 않았다.

도쿠토미 옹은 이광수를 바라보며 부드럽게 말했다.

"이광수 군은 첫 장편을 성공시켰으니 다음에도 장편소설을 연재해야지. 마라톤 선수는 몸 관리를 정말 잘해야 되네. 다음번에 쓸 소설을 위해서 몸 컨디션을 잘 유지하게."

이광수는 고개를 숙였다. 도쿠토미 옹은 계속해서 말했다.

"소로우 문체[候文體: 문장 말미에 정중함을 나타내는 조동사 '候'(そうろう)를 덧붙이는 문체]로 된 그대의 기행문은 나 같은 일본인이 읽어도 탄복할 정도야. 특히 목포에서 다도해를 지나 여수에 이르는 그 문장이 아주 좋았어. 목포 부윤(府尹)에게 말한 부분 등이 아주 미려했지. 앞으로는 일본어로도 글을 좀 많이 써보게."

이광수는 대답하지 않았다. 다시 여행을 떠날 때 나카무라는 이광수의 주머니에 여비를 두둑이 넣어주었다.

이광수가 5도 답파 여행을 끝내고 서울에 오자 최남선이 요릿집으로 데려가 노고를 치하했다. 취흥이 도도해질 즈음 최남선이 말했다.

"춘원! 이번에 발간하는 〈청춘〉에 획기적인 광고를 내려고 하네."

"그게 뭔데?"

"조선 문단 최초의 현상공모 광고를 내보자 이걸세! 소설, 시, 평론 등등. 어떤 분야든 글재주가 있는 사람들은 도전할 수 있도록 현상공모를 해보자 이거지! 일본에서는 자주 있는 일이지만 우리 조선에서는 아직까지 신인을 발굴하는 제도가 없었잖은가."

"그거 좋은 아이디어일세! 그동안 일본 유학생들이 자기들끼리 발행하는 〈학지광〉(學之光)에 글을 내는 것이 문사가 되는 유일한 길이었는데 …. 사실상 〈학지광〉에 실리는 글은 내용이나 글의 격조에 엄격한 잣대가 없었잖은가. 편집위원들이 적당히 알음알음으로 청탁하고 한번 글이 실리면 너도나도 문사연(文士然)하면서 '나 시인일세', '나 평론가일세' 하면서 작품 없는 작가들로 폼만 재고 다녔지 …. 이번 기회에 널리 문사를 구하고, 엄격하게 심사하고, 제대로 심사평을 발표해서 우리 조선 문단의 문인을 만들어 내면 얼마나 좋겠나!"

그래서 그 여름 최남선이 발행하는 〈청춘〉 9호에 '조선의 문인을 널리 구합니다'라는 현상공고문이 실렸다. 이광수는 몸의 상태가 괜찮아지면 그렇게 가보고 싶었던 금강산을 오르려 했는데 오후가 되면 계속 미열이 나며 몸이 나른해져 움직이기가 쉽지 않았다. 그는 최남선의 집에 계속 머물면서 답지하는 현상응모작품들을 읽는 일에 몰두했다.

결국 홍명희까지 불러다가 최종심에 오른 작품들을 돌아가며 읽고 토론했다. 그 결과 1등으로는 이상춘이라는 무명작가의 작품이 뽑혔고, 차석으로 단편소설 〈의심의 소녀〉라는 작품이 선정되었다. 작가는 실명을 쓰지 않고 '망양초'(望洋草)라는 필명으로 응모했는데 아무래도 여자 같았다. 그리고 3등으로는 주요한(朱耀翰)의 시를 뽑았다.

수상자들에게 통보하고 〈청춘〉을 발행하는 웃보시곳이의 신문관에 나오게 했는데 수상식에 나타난 망양초는 놀랍게도 춘원이 도쿄에서 만났던 김명순이었다. 수상식이 다 끝나고 본정통에 있는 이자카야(선술집)에서 술이 몇 순배 돌았을 때 김명순이 이광수에게 다가와 허리를 숙이며 말했다.

"선생님, 졸고를 뽑아주셔서 감사합니다. 은혜가 백골난망입니다."

"축하하오. 이제 김명순 씨는 누가 뭐라 해도 조선 문단에서 최초로 현상공모를 통해 정식으로 등단한 작가가 되었소. 우리 조선에서 유일하게 발행되는 정식 잡지 〈청춘〉이 배출한 제1호 소설가요. 암, 여류작가로서 제1호지요. 아무쪼록 더 좋은 글을 쓸 수 있도록 정진하시오. 작품의 주제가 선명하였소. 주인공의 어머니가 남편의 외도를 알고 종전의 조선 여인들처럼 그냥 참고 견디지 않고 죽음으로써 항변하는 내용이 인상적이었소."

김명순은 이광수의 술잔에 청주를 따라 올리며 예를 다했다. 그녀가 고개를 들 때 눈망울에는 눈물이 가득했다.

"김명순 씨, 이제는 이응준 소위가 됐든 그 누가 됐든 남자는 당분간 잊으시오. 이 좁은 경성 바닥과 도쿄 바닥에서 문명(文名)을 얻었으니, 남자들이 어지간히 쫓아다닐 거요. 그 유혹을 이겨내는 것이 글쓰기의 요체가 될 것이오. 남자의 바다에 빠지면 절대로 글을 쓸 수 없어요."

김명순은 고개를 끄덕였다. 그러면서 취기가 오르는 눈빛으로 춘원이 말한 내용을 한 번 더 뇌었다.

"남자의 바다라⋯."

한동안 도쿄를 떠났던 나경석이 나혜석의 하숙집을 찾았다.

"오빠, 오랜만이에요. 어디를 그렇게 돌아다니셨어요?"

"뭐 오사카 동포들 동네에 가서 세상 사는 공부도 했고, 경성에도 들렀고, 집에도 들렀지. 그나저나 내가 들으니 네가 그동안 애인 최승구

172

를 잃고 넋이 빠져 있다가 이번에는 춘원 이광수하고 깊이 빠져 있다는 소식이 있던데 사실이냐?"

나혜석은 고개를 숙이고 있다가 눈을 똑바로 뜨고 말했다.

"틀린 말은 아니에요. 그렇게 사랑했던 승구 씨를 고흥반도 쓸쓸한 묘지에 뉘어 놓고 돌아서니 정말 세상사가 허무하기만 했어요. 술로 속을 달래보고, 화필을 잡고 그림을 그려보려고 애를 썼지만 허사였어요. 그래서 춘원 선생을 만나 제 신세타령을 늘어놓고 온갖 푸념을 했는데, 이상하게도 마음에 평화 같은 것이 왔어요. 춘원 선생은 딱히 이래라저 래라 얘기하지도 않았어요. 제가 술을 마시면 그저 같이 마셔주고, 제가 담배를 꼬나물면 불을 붙여주고, 그냥 그림자처럼 옆에 있기만 했는데…. 제 슬픔과 괴로움이 절반은 씻겨 나갔더라고요."

"알아 알아. 춘원이 어떤 춘원이냐. 조선 천지에서 제일가는 문사(文士)가 아니냐. 사람의 마음을 꿰뚫고 감정의 심연에 가라앉아 있는 돌 멩이와 진흙탕까지 건져낼 수 있는 작가가 아니냐. 하지만 안 된다."

"오빠, 뭐가요?"

"너는 그동안 갈 곳을 잃어버린 영혼이 되어 고명하신 신부님 같은 춘 원을 만나 고해성사를 받고 그래서 결국은 그의 신도가 됐다는 얘기인 데…. 더 솔직히 말하면 너는 의식하지 못하고 있지만 너는 지금 그를 존경하며 사랑하게 된 터인데…."

나혜석은 블라우스 자락을 잘근잘근 씹으며 골똘히 생각했다.

"그래요 오빠. 처음에는 존경했고 그다음에는 의지하게 되었고, 그리고 이제는 사랑하게 되었어요."

나경석이 단호한 표정을 지었다.

"지금 이광수는 낙양의 지가를 올리는 조선 최고의 문사지. 하지만 그의 실체는 정말 보잘것없는 평안도 끝자락에 있는 정주 촌놈이지. 고향에는 그의 귀향을 기다리는 조강지처가 있고, 게다가 그는 빈털터리야. 경성에서 인촌 김성수 씨가 보내주는 장학금 20원에 목을 매는 처지이고, 친구 최남선이 이따금씩 보내주는 용돈 5원이 유일한 수입원이야. 아 참, 이번에 〈매일신보〉에서 판매부수를 올렸으니 아마 올가을에 쓰는 새 장편소설 원고료로는 20원쯤 올려줄 수 있을 게다. 하지만 그는 사고무친(四顧無親)한 고아에다 밭뙈기 하나 없는 가난뱅이야. 무엇보다 그는 죽은 최승구와 조금도 진배없는 폐병쟁이야. 지난번 5도 답파 때에도 목포에서 8일간이나 병원 신세를 졌다더라."

"폐병은 아닐 거예요. 이질 정도였다고 해요."

"내가 너를 만나러 오기 전에 누구를 만나고 왔는지 아니? 허영숙을 만나고 왔다. 우시고메 의전에 다니는 그 처자 말이야."

"영숙이가 뭐라고 해요?"

"폐결핵 초기란다. 5도 답파 여행을 떠날 때 크리오 소다라는 환약까지 처방해주었단다."

나경석은 혜석에게 간단한 술상을 봐오라고 했다. 혜석이 잠시 뚜덕거리다가 일본 청주에 오뎅을 받쳐 들고 나왔다. 경석은 오뎅국물을 시원하게 들이켜고 난 후 청주잔을 기울이면서 화제를 바꾸었다.

"예술가에게는 좋은 스폰서가 있어야 하는 거야. 특히 너같이 평생 그림을 그려야 할 화가에게는 뒤를 봐줄 든든한 사람이 있어야 한다. 네가 살림에 쫓겨 도화선생이 되거나 남의 초상이나 그리는 환쟁이로 전락하지 않으려면 꾸준히 견문을 넓히고 그림 그리는 일에 전념할 수 있는 환경을 조성해야지. 또 명성을 얻기 시작하면 그때그때 그림을 싸구려로 팔아치우기보다는 자신의 창고 안에 깊숙이 작품들을 간직했다가 화상들이 애가 닳아 찾아와 애원할 때 의연하게 작품을 내줄 수 있는 경제적 여유가 있어야 하는 거야. 이 모든 것은 부유한 스폰서가 네 뒤에 버티고 있을 때 가능하지."

"오빠는 꼭 그런 스폰서를 구해온 것처럼 얘기하네요?"

"구해왔지! 그러니까 너보고 이광수를 잊으라는 것이 아니냐! 현재 교토 제국대학 법학부에 다니는 김우영이라는 사람이다. 뭐 나이는 너보다 열 살쯤 위인데 그까짓 열 살이 뭐 그리 대수냐. 아무튼 이 친구는 얼마 전 조강지처와 사별했는데 그 조강지처가 구식 여자였음에도 불구하고 아주 살뜰하게 보살피고 집에 돌아가면 그 구식 아내와 밭일을 함께할 만큼 성실한 인물이다. 술 담배도 안 하는 예수쟁이라는 것이 너하고는 다소 안 맞지만, 노름 안 하고 술 안 마시니 얼마나 좋은 일이냐. 더구나 그는 일본 제 2의 제국대학 교토 제국대학의 법학부 학생이다. 조금 있으면 사법시험이나 고등문관시험에 합격하여 변호사가 되든 고급관리가 되든…. 탄탄대로를 걸을 것이다. 집은 동래인데 농토도 몇백 석은 될 거다."

오빠 나경석이 돌아가고 얼마 후에 교토 제국대학 교복을 입은 김우영이 찾아왔다. 도쿄 제국대학에서 열리는 법학도들의 웅변대회에 참석하기 위해 왔노라며 파인애플과 통조림이 든 선물바구니와 함께 교토 청수사 앞에서 판다는 명물 떡 야쓰하시를 내려놓았다. 착하고 귀공자처럼 생긴 사람이었다. 나혜석은 속으로 뇌었다.

'그래, 일단 사귀어 보지 뭐. 난 결정이 빠른 여자니까!'

이즈 반도

　허영숙이 스승 요시키 교수를 따라 회진을 끝내고 났을 때 저쪽 복도에서 친구 오구라와 나가이 하나코(永井花子)가 달려왔다. 그리고 호들갑스럽게 말했다.

　"영숙! 긴급 뉴스, 긴급 뉴스!"

　"뭔데?"

　"지금 우리 병원에 반도 청년이 왔어. 와세다 학생이야. 아마도 영숙이와 관계가 있을 것 같은데?"

　"내 예감으로는 그 사람, 최근에 영숙이와 만났던 그 와세다 대학생 같아. 소설을 쓴다는 …. 조선반도 최고의 소설가!"

　"어디에 와 있는데?"

　"원무과에 …. 진찰받으러 온 것 같아."

　허영숙은 자기도 모르게 내닫듯이 원무과로 향했다. 환자들을 담당하는 안경 쓴 여자는 싸늘한 말투로 잘라 말했다.

　"글쎄, 안 된다니까요!"

흰 와이셔츠에 감색 바지를 받쳐 입은 키 큰 남학생이 쩔쩔맸다.

"하, 이거 참. 온 김에 엑스레이까지 찍고 갔으면 좋겠는데 ⋯. 나머지 돈은 다음에 올 때 갖다 드리면 안 되겠습니까?"

"아 왜 이렇게 귀찮게 구세요? 병원에서 진찰비를 나중에 받는 법도 있나요?"

그 남학생이 머리를 긁적이며 뒤돌아서려고 할 때 허영숙이 나섰다.

"무엇 때문에 그러세요, 춘원 선생님?"

춘원은 잘못하다가 들킨 소년처럼 얼굴을 붉혔다.

"병원에 온 김에 엑스레이까지 찍고 결과를 알아보려 했더니 진찰비가 의외로 비싸네요? 1원 20전이래요 ⋯. 오늘 60전밖에 없는데 ⋯."

"아마 엑스레이비 때문에 비쌀 거예요. 여기 60전이 있어요. 오신 김에 진찰받고 가시죠. 선생님 상태에 대해서는 제가 특별히 내과과장이신 요시키 교수님께 부탁드리겠어요."

영숙은 이광수가 내미는 60전을 보태 1원 20전을 카운터에 올려놓으면서 안경 낀 일본 여인에게 매섭게 말했다.

"같은 말이라도 좀 친절하게 할 수 없어요? 환자는 우리의 고객이에요. 왜 그렇게 건방진 투로 말하는 거예요?"

허영숙의 서슬에 눌려 그 여인은 자리에서 일어나 허리를 굽혀 사과했다. 이광수는 면구스러워지면서 허영숙에게 빠르게 말했다.

"허 참, 일이 쑥스럽게 됐습니다. 60전은 다음번 만날 때에 전해드리겠습니다."

복도 끝에서 오구라와 나가이가 스파이처럼 숨어서 키득거렸다.

"고마타나 …, 아부나이데스네 …."

요시키 교수가 엑스레이를 오랫동안 쳐다보다 한숨을 쉬었다. 허영숙이 당황하며 물었다.

"아주 안 좋은가요, 교수님?"

"영 안 좋은데 …."

"그럼 지금 당장 어떻게 하는 것이 좋을까요? 입원시킬까요?"

"아니야, 폐결핵은 아주 델리케이트한 병이야. 심리적 요소도 아주 중요해. 자신이 중병에 걸려 있다, 그래서 환자복을 입고 입원한다, 그렇게 되면 오히려 위축이 돼서 역효과를 거둘 수 있을 거야. 20대 중반의 젊은이니까, 에 또 …, 젊음으로 밀어붙이는 것이 오히려 나을 것 같아. 가령 경치 좋은 곳이나 공기 좋은 곳에 가서 만사를 잊고 질 좋은 영양식으로 이겨보는 것이 훨씬 효과적일지도 몰라. 영숙이가 꼭 살려내야 할 진짜 애인이라면 우선 휴양하기 좋은 곳부터 찾아봐."

졸업을 앞두고 부속병원 실습까지 끝낸 허영숙은 시간이 있었다. 그녀는 속마음을 주고받는 4년 동안의 단짝친구 오구라에게 한 주 동안만 둘이서 오붓하게 졸업여행을 다녀오자고 청했다. 눈치 빠른 오구라도 생각이 깊은 허영숙의 여행제안이 단순한 여행이 아니라는 것을 알았다. 두 사람은 도쿄에서 가까운 바닷가를 생각해냈다.

"아타미(熱海)는 어때?"

허영숙의 제안에 오구라가 갸웃했다.

"사랑하기 좋은 곳이지. 오죽했으면 오자키 고요가 그곳을 배경으로 《곤지키야샤》를 썼겠어. 하지만 그곳에는 관광객이 너무 많지 않겠어?"

"그이는 소설가야. 뜨거운 바다물결이 넘실거리는 그 열해에서 모든 상념을 잊고 아마도 자신의 병균까지도 그 뜨거운 바닷물로 씻어낼 수 있을 거야. 지명(地名)이 주는 영감도 그이는 무시하지 않을 거야. 오구라, 우리 함께 가서 좀 한적한 곳을 찾아보자. 아타미의 중심을 약간 벗어나서 지형도 조금 높고 공기도 좋은 곳이 있을 거야."

두 사람은 그날 밤으로 행장을 수습하여 아타미로 떠났다. 관광객으로 북적대는 중심지를 벗어난 고원지대를 수소문했다. 그네들이 묵었던 바닷가 여관 이케다의 주인은 의외로 박식했다. 산전수전을 다 겪은 듯한 60대의 그는 여관 주인답지 않게 점잖은 분위기를 풍겼다.

"몸이 아픈 사람이라고? 그렇다면 이런 번잡한 바닷가는 좋지 않지. 사람도 많고, 파도소리도 소음으로 들릴 수 있고, 무엇보다도 습도가 몸 아픈 사람에게는 좋지 않을 거요. 내가 한 곳을 추천해드릴까?"

두 아가씨들의 눈동자가 빛날 때 노인은 아예 지도를 들고 설명했다.

"여기에서 차로 한 시간 반쯤 가면 아마기(天城)라는 고원이 있어요. 자, 이 지도를 보세요. 산이 연달아 있지요? 모두 해발 900미터쯤 되는 산들인데 마치 3형제처럼 어깨를 걸치고 나란히 있지요. 도가사야마 (遠笠山) 산기슭에는 아마기도큐(天城東急)라는 아담한 호텔이 있는데 그 호텔 정원에는 베고니아 꽃이 수백만 송이가 핀 꽃 숲도 있어요."

학자풍의 노인이 여기까지 설명했을 때 두 처녀는 탄성을 올렸다.

"어머, 베고니아 꽃이라고요?"

"영숙, 베고니아 꽃말을 알아?"

"글쎄 …. 잘 모르겠는데?"

노인이 빙긋 웃으며 끼어들었다.

"베고니아 꽃은 좌우대칭이 어긋나 있다고 해서 흔히 '짝사랑'의 꽃이라고 하지."

"좋아요, 짝사랑이면 어때요. 난 베고니아 꽃이 좋아요."

"그 호텔의 전망은 정말 끝내주지. 정면으로 우뚝 솟아 있는 후지 산이 보이고, 멀리는 남알프스산맥 (아카이시산맥) 까지 한눈에 들어오니까. 두 사람이 그 호텔에 묵겠다면 내가 특별히 추천장을 써줄 수도 있어요. 그 호텔 주인 이토는 나의 오랜 친구이기도 하니까."

두 사람은 깡충깡충 뛰면서 좋아했다.

1917년 가을, 도쿄 간다쿠 고이시가와마치에 있는 YMCA 정문 앞에는 요란한 현수막이 걸려 있었다.

'춘원 이광수 선생 5도 답파 기행보고 강연회.'

26세의 청년이었지만 이미 그는 명사가 되어 있었다. 강당에는 수많은 사람들이 모였다. 대부분이 도쿄 유학생들이었고 그중에서도 여학생들이 유난히 많았다. 춘원은 자신이 눈으로 직접 보았던 한일합방 7년 후의 실정을 가감 없이 설명했다. 충청도에서는 공주 갑부 김갑순이 미국 포드사에서 제작한 합승차를 수입하여 독점영업을 하고 있다는 이야기가 흥미 있었다. 전남 지사가 자신이 총독이나 되는 것처럼 거들먹거리더라는 이야기는 솔직했다. 부산 동래에는 일본 자본이 들어와 대대적인 관광사업이 펼쳐져, 기생들의 권번(券番)이 일본 관광객들의 성적 배출구가 되고 있다는 사실까지도 춘원은 털어놓았다. 남학생들은 주먹을 불끈 쥐었고, 여학생들은 얼굴을 붉히기도 했다.

허영숙은 이광수가 보고회를 하는 동안 몇 번이나 기침하는가를 유심히 살폈다. 기침의 횟수는 5도 답파를 하기 전보다 훨씬 잦아졌다.

방청객들은 눈치채지 못했지만 춘원의 불길한 가래 끓는 소리까지 허영숙은 놓치지 않았다.

그날 강연회가 끝나고 나서 유학생들은 뒷골목으로 이광수를 끌고 가 뒤풀이를 했다. 여전히 일본 정종을 마시고 오뎅국물을 마시면서 더러는 비분강개하고 더러는 빨리 독립해야 한다는 의문을 쏟아냈다. 여학생들은 저마다 준비한 앙증맞은 선물들을 이광수에게 전했고, 다음에 쓰실 작품은 어떤 것이냐고 집요하게 물었다. 이광수는 가을임에도 불구하고 연신 땀을 닦았고, 담배를 피우면서 기침을 쏟아내었다. 서울에서 〈청춘〉 잡지를 통해 입선하고 문단에 이름을 올린 김명순은 이광수의 수제자를 자처했다.

"여러분! 춘원 선생께서 너무 피곤해 하시니까 더 이상의 질문은 삼가주시기 바랍니다."

그런 김명순의 모습을 바라보며 나혜석은 빙글거리며 웃었다. 그리고 마침 도쿄에 올라와 있던 새로운 애인 김우영과 눈을 맞추고 두 사람은 뒷문으로 빠져나갔다.

다음 날 허영숙에게 김명순으로부터 다급한 전화가 걸려왔다.

"영숙 언니, 큰일 났어! 춘원 선생이 혼절상태야! 빨리 하숙집(명계관)으로 와봐!"

허영숙이 그 익숙한 계단을 올라섰을 때 춘원의 다다미방에서는 견디기 힘든 냄새가 흘러나와 코를 찔렀다. 피 냄새였다. 세숫대야에 피와 가래가 흥건히 고여 있었고 춘원이 깔고 누워 있는 요 위에도 핏자국이 낭자했다. 다다미 위에 묻은 피는 김명순이 씻어낸 듯 이미 치워져 있었지만 방안 분위기는 처참했다.

"언니, 나 너무 무서워. 선생은 지금 혼절상태야."

허영숙은 친구 오구라와 함께 응급조치를 했다. 영양제와 진정제를 적당히 섞어 일단 이광수가 쉴 수 있도록 하고 놀라 어쩔 줄 몰라 하는 김명순은 돌려보냈다. 다음 날 그가 깨어났을 때 허영숙은 출발을 준비했다. 이광수는 허영숙이 하라는 대로 군말 없이 따랐다. 마치 막냇동생이 큰누나에게 야단을 맞고 나들이 하듯 얌전하게 허영숙의 뒤를 따랐다. 짧지 않은 기차 여행과 자동차 여행에 대비하여 친구 오구라가 응급키트를 든 채 따라나섰다.

눈 덮인 후지 산이 가까이 다가올 때쯤 눈을 뜬 이광수가 겨우 반응을 보였다.

"여기는 이즈 반도지요? 아타미를 지났고 아마기 고원이 가까워 오고 있는데 …."

허영숙 대신 오구라가 대답해주었다.

"그냥 편히 누워 계세요. 베고니아 꽃이 만발해 있는 꽃동산으로 안내해드릴 거예요."

"꽃동산이라고요?"

이광수는 희미하게 웃으면서 겨우 입을 달싹였다. 이광수는 도가사야마 기슭의 아마기도큐 호텔 특실에서 사흘 동안 잠만 잤다. 이광수가 그 푸근하고 행복한 잠에서 깨어날 때까지 두 친구는 번갈아 환자를 지켰다. 사흘이 지나고 이광수가 좋아하는 크림수프에 함박스테이크를 절반쯤 먹고 났을 때 오구라는 먼저 가방을 챙겨 떠났다.

해가 지고 있었다. 눈을 이고 있는 후지 산의 기슭을 노을이 받쳐주었다. 후지 산의 눈빛은 연분홍으로 물들었다. 베고니아 정원에도 황혼이 화려하게 내려앉았다. 분홍색과 노란색의 꽃들이 지는 햇살 때문에 아련하기만 했다.

"장미처럼 화려하지도 않고, 가시도 없어서 좋군요."

"겸손한 꽃이죠, 뭐. 결코 자신을 내세우지 않는…."

그때 이광수는 먼 남알프스산을 쳐다보다가 남의 말처럼 물었다.

"영숙, 왜 이 사람에게 이처럼 과분하게 해주십니까?"

"저도 모르겠어요. 제가 왜 선생님께 이렇게 하는지…."

"이제 의사가 되실 분이 폐병환자에게 베푸는 자선입니까?"

"저도 제 마음을 정확히 모르겠어요. 이 겨울이 지나고 내년 여름이면 학업을 마치고 도쿄를 떠나겠지요. 선생님은 더 남아서 대학을 마치셔야 할 거고요. 그동안만이라도 선생님 곁에서 도움이 되고 싶었어요, 선생님의 몸 상태를 알고 있는 저로서…. 더 이상 선생님을 방치할 수 없었어요. 선생님 주변의 사람들은 선생님께 늘 박수와 찬사를 보내면서도 사실은 선생님을 해치는 느낌이에요. 선생님의 몸 상태가 어떻든, 글을 써 달라, 강연해 달라, 원고를 봐 달라…."

"그런 것들을 과감히 물리치지 못한 이 사람의 잘못이지요. 전적으로 이 사람의 잘못입니다."

허영숙은 하얀 베고니아를 꺾어 머리에 꽂으며 서서히 걸었다. 이광수는 허영숙의 머리에 얌전히 꽂힌 꽃을 눈부신 듯 쳐다보았다. 그 흰색 베고니아에도 마지막 황혼이 떨어지고 있었다. 이광수는 성큼성큼 걸었다. 그리고 허영숙을 뒤에서 껴안았다.

"고맙소. 참으로 고맙소. 이번에 영숙이가 아니었으면 나는 첫 번째의 각혈로 끝나고 말았을 것이오. 앞으로도 나를 지켜주시오."

이광수는 허영숙을 똑바로 안았다. 허영숙은 눈을 감았다. 이광수는 허영숙의 볼에 가볍게 입술을 갖다 대었다. 황혼빛으로 더욱 붉어진 볼이었다. 그때 허영숙이 말했다.

"선생님, 제대로 해주세요."

이광수는 머뭇거렸다.

"나는 각혈하는 사람이오."

"저는 강한 사람이에요. 선생님의 균도 알고 있을 거예요. 저는 선생님을 사랑하는 사람이라는 것을⋯."

이광수는 허영숙을 아기처럼 껴안고 온 정성을 다하여 키스했다. 허영숙의 눈에서 눈물이 흘러내렸다.

이광수도 떨리는 목소리로 말했다.

"그대를 사랑하는 나를 용서해주시오."

데이트

이즈 반도의 그 아름다운 고원을 다녀온 두 사람은 완전히 변했다. 이광수는 더 이상 환자가 아니었다. 얼굴은 빛나고 걸음걸이는 힘이 있고 빨라졌다. 그래서 친구들이 물었다.

"자네 홍삼을 삶아 먹었나, 백삼을 다려 먹었나? 왜 이렇게 힘이 넘쳐 보여?"

이광수는 그냥 싱글거리기만 했다. 그동안 사람들은 이광수를 향해 '선생님'이라고 부르거나 '작가님'이라고 높여 불렀다. 그리고 뒤에서는 모두 감탄했다.

'저 사람은 천재인가 봐. 사람의 마음을 거울로 들여다보듯이 그렇게 완벽하게 그려내잖아. 어학도 잘한대. 한문도 무불통지(無不通知)이고 영어도 척척이래. 독일어도 읽고 불란서말도 해독한대. 아 일본말이야 본토 놈들보다 더 정확하게 쓰지.'

그러나 그는 늘 허전했다. 진짜로 의지할 만한 사람이 없었기 때문에 외로웠다. 잠시 나혜석에게 취해보기도 했다. 그녀에겐 묘한 매력이 있었다. 하지만 그 여자에게는 믿음성이 없었다. 언제나 더 좋은 곳이 있으면 훌쩍 날아가 버릴 새와도 같은 여자였다.

물론 친구도 많았다. 와세다의 친구들, 그리고 경성의 최남선과 홍명희…. 그러나 그들은 그와 족보가 달랐다.

최남선은 그에게 때때로 원고료 조로 5원씩을 부쳐주고 선물도 보내지만 그는 엄청난 부잣집 아들이다. 비록 중인 출신이었지만 경성 장안에 80채의 기와집을 소유한 거부의 자손이다. 이광수는 언제나 그의 집에 가서 신세를 지고 그에게 용돈을 얻어 쓰는 처지였다.

홍명희 역시 언제나 스스럼없이 대해주지만 그는 세상이 다 알아주는 명문거족의 후예였다. 증조부가 이조판서를 역임하였고, 조부는 병조판서를 지냈다. 부친은 경술국치 때 임금이 계시는 한양을 향해 예를 올리고 관아 후원에서 스스로 목을 맨 금산 군수 홍범식이었다. 그래서 그는 도쿄에서 함께 학교를 다닐 때 언제나 점심 값도 내주고 새로 나온 책이 있으면 불쑥 사주는 인심도 썼다. 그의 앞에 서면 이상하게도 위축이 되는 친구였다.

나 이광수는 누구인가. 평안도 산골 정주 촌놈으로 11세에 부모를 모두 잃은 천애(天涯)의 고아이다. 걸인이라는 이름만 붙지 않았을 뿐 언제나 동서남북을 향해 손을 벌리고 얻어 써야 했던 처지였다. 그래서 대학에서는 장학생이 되기 위해 밤새워 공부했고, 또 학비를 벌기 위해 소설을 썼다. 아득한 정주에 있는 아내에게는 이제껏 생활비 한 푼을 보내준 일이 없다. 고향에 떨구어 놓은 혈육 한 점 아들도 있었다. 장남 진근(震根)…. 그 어린 것에게도 장난감 하나 사 보낸 일이 없다. 지금은 세 살이 되었을 터인데.

이광수는 항상 이 모든 것으로부터 탈출하고 싶었다. 그런데 밧줄을 내려준 여인이 있었다. 다섯 살이나 손아래인 여인, 이제 스물두 살이 되는 꽃 같은 여인이다. 그 여인도 아홉 살 때 아버지를 여의고 홀어머니 밑에서 자란 외로운 여인이었다. 그러나 그녀는 부잣집 딸로 교육도 훌륭하게 받았다. 진명여학교를 거쳐 경성여고보를 졸업하고 최초로 도쿄여의전에 유학 왔다. 심지가 바르고 총명한 여인이다. 신여성이라는 티도 내지 않는 올곧은 여인이다. 자신이 배운 의술을 오롯이 폐병쟁이인 나 이광수에게 쏟아부어준 여인이었다. 무엇보다도 그녀는 자신의 천금 같은 순정을 폐병쟁이며 유부남인 나에게 쏟아주었다. 그녀는 모든 것을 던져 나를 구해주었다.

1917년 가을, '리틀 런던' 도쿄 거리를 거닐며 사랑에 취한 두 사람은 행복했다. 긴자 거리를 거닐 때 허영숙은 이광수의 팔짱을 당당히 끼었다. 그리고 소녀처럼 깡충깡충 뛰었다. 이광수는 오라버니처럼 짐짓 걱정했다.

"어허, 말만 한 처녀가 그렇게 뛰면 되나."

허영숙은 어리광을 부렸다.

"어때요 선생님, 우리 선생님인데."

허영숙은 이광수에게 깍듯이 선생님이라고 불렀다. 긴자의 중앙로에 있는 시계점 앞에서 세계 각국에서 들어온 시계를 구경했다. 이광수는 웃으며 물었다.

"영아, 시계 하나 사줄까? 저 앙증맞은 스위스제로."

허영숙은 팔목에 찬 시계를 내보이며 자신 있게 말했다.

"이것도 스위스제예요, 선생님."

"허 참, 공연한 인심을 썼군."

두 사람이 메이지시대부터 유명했던 안경점 마츠시마(松島)에 이르렀을 때는 허영숙이 앞장섰다.

"선생님, 안경을 바꾸죠."

"이게 어때서?"

"난 그 까만 테가 싫어요. 브라운으로 바꿔요."

"허, 사람도 ⋯."

이광수는 까만 테 안경을 버리고 갈색 톤의 멋쟁이 안경으로 바꿨다. 그러고는 오래된 빵집 기무라야(木村屋)에서 소년소녀처럼 웃으며 단팥빵과 단팥죽을 먹었다. 이때도 그녀는 누나처럼 잔소리했다.

"선생님, 피곤하시면 단 것을 드세요. 특히 단팥죽을 자주 드세요."

이광수는 즐겁게 끄덕였다.

그해 가을 내내 두 사람은 도쿄 시내를 순례하듯 누볐다. 혼고에 있는 도쿄 제국대학 근처의 낡은 고서점도 들르고, 오래된 박물관도 들렀다. 이광수가 설명했고 허영숙은 연신 고개를 끄덕이었다. 히비야의 어두운 영화관에서 두 사람은 손을 꼭 잡고 영화를 보았다. 영화 내용은 전혀 기억할 수 없었다. 와세다 대학 정문 앞 대형서점에서 이광수는 허영숙에게 《안나 카레니나》를 사주었다.

"영아, 의사도 박식해야 돼. 문고판이라도 좋으니 세계문학전집을 사서 봐."

허영숙은 무조건 고개를 끄덕이며 대답했다.

"알았어요. 졸업반이 됐으니까 이제부터는 책을 읽을 수 있어요. 마음껏 사 볼 거예요. 책의 목록은 선생님께서 만들어주셔야 해요."

"물론!"

11월, 도쿄만에서 겨울을 알리는 찬바람이 불어왔다. 이광수는 나들이할 수 없었다. 경성의 매일신보사에서 부탁한 새 소설 《개척자》를 쓰기 시작했기 때문이다. 허영숙이 거의 매일같이 이광수의 하숙에 들렀다. 하숙집 아주머니에게 슬쩍 용돈을 건네주고 특별 부탁을 했다. 끼니때마다 소고깃국을 끓여주도록 소고기 값과 곰탕 값을 따로 전했다. 허영숙은 조선식 곰탕을 끓일 줄 모르는 그녀에게 사흘 동안이나 특별 교육을 시켰다. 그 일본 아주머니는 마늘을 아주 질색했다. 허영숙은 그녀에게 곰탕을 끓일 때마다 마늘을 잔뜩 넣어 달라고 신신당부했다.

어느 날 하숙집 아주머니가 허영숙에게 귓속말로 전해주었다.

"아카사카(赤坂)에 있는 그 탕집이 아주 유명해요, 아가씨. 그 집에서 파는 흑구렁이탕 두 동이만 먹으면 직방이라고 하는데 …. 좀 비싸서 그렇지."

허영숙은 아주머니 손에 돈을 쥐어주며 은밀히 부탁했다.

"꼭 닭곰탕이라고 말해주세요. 그이는 비위가 약하니까요."

일주일쯤 지났을까. 이광수는 싱글거리며 말했다.

"아, 하숙집 아주머니가 웬 닭곰탕이라고 하면서 내리 사흘간이나 포식을 시켜줬는데 …. 그 닭곰탕 덕분인지 아주 힘이 나. 소설도 잘 써지고."

그러면서 이광수는 허영숙을 안아주었다. 아주 힘차게 …. 그러나 허영숙은 그의 완강한 팔을 풀어내면서 누나처럼 말했다.

"2천만이 기다리는 소설을 쓰시잖아요. 제목도 거창한 《개척자》잖아요…."

그달 중순에는 YMCA에서 축하식이 있었다. 와세다 대학 하기 시험에서 우수한 성적을 거둔 학생들에게 조선총독부에서 특별 장학금을 수여하는 의식이었다. 사회자는 목청을 높여 수상자들을 불러냈다.

"문과 철학과의 이광수 군, 군은 특대생으로 진급하였고 수석하였기에 특별 장학금을 하사함."

그리고 다른 수상자들도 이름이 불리었다.

"문과 철학과의 최두선 군, 역사사회과의 현상윤 군, 영문과의 김여제 군, 그리고 법과의 송계백 군, 이상은 우등 장학금을 수여함."

사회자는 마치 자신이 장학금을 주는 것처럼 흥분하여 소리쳤다.

"이상 다섯 학생에게는 총독 각하의 장학금이 수여되며 부상으로는 오쿠마 후작 부인의 겨울망토가 수여됨. 장학생 전원에게는 향후 학비가 전액 면제됨."

모두 "와～!"하는 함성과 함께 선망과 찬탄의 소리들을 했다.

"아 누구는 뼈 빠지게 고학하고, 누구는 고향에서 논밭 팔아 공부하는데 학비 면제에 총독 각하의 장려금이라니."

"그러게 누가 우등을 못하게 했나? 자네도 일본 애인 그만 만나고 공부 좀 해, 공부!"

"자네도 술 좀 그만 마시고 아카사카에 있는 유곽에 그만 다녀. 잘못하다가는 공부는 고사하고 화류병으로 신세 망치는 수가 있어."

그때 따뜻한 핑크색 투피스를 입은 아가씨가 당당한 걸음으로 객석을 가르며 단 위로 올라갔다. 모두 놀라는 눈으로 지켜보았다. 그녀는 한 아름이나 되는 꽃바구니를 이광수에게 전했다. 붉은 색, 노란 색, 하얀 색으로 섞인 베고니아 꽃바구니였다. 이광수는 꽃을 주고 돌아서려는 그녀를 과감히 불러 세웠다. 그리고 사진사에게 소리쳤다.

"기념사진을 찍어주세요! 이 아가씨는 저의 주치의입니다. 저를 병마에서 건져준 백의의 천사입니다."

누군가가 짓궂게 물었다.

"춘원 선생! 백의의 천사라면, 어느 병원 간호부라는 말입니까?"

이광수는 큰 소리로 또박또박 말했다.

"현재 도쿄 여자의학전문학교 졸업반에 재학 중인 허영숙 양입니다. 내년이면 당당히 여의사가 될 것입니다."

때마침 번쩍 하며 마그네슘 플래시가 터지고 사진사가 소리쳤다.

"사진 잘 나올 겁니다! 두 분, 축하합니다!"

그해 12월 첫눈이 내리는 날, 두 사람은 니혼바시의 미쓰코시 백화점 본관 입구에서 만났다. 이광수는 장학금 부상으로 받은 망토를 입고 나왔다. 날씨가 춥지는 않았기 때문에 허영숙은 털목도리가 달린 투피스에 스카프만 두르고 나왔다. 두 사람은 식품 코너에서 따뜻한 김이 오르는 단팥죽을 먹으며 눈 내리는 거리를 내다보았다.

네거리에는 경찰과 헌병들이 삼엄한 경계를 펴고 있었다. 허영숙이 큰 눈망울을 굴리며 물었다.

"선생님, 저 군인들이랑 경찰들 왜 저렇게 무섭게 지키고 있죠?"

이광수가 픽 웃으며 대답했다.

"일본도 천황제니까 긴장이 될 거야. 지금 러시아에서는 혁명이 일어나 로마노프왕조가 무너졌잖아. 니콜라이 2세 가족 모두가 시베리아 어디론가 잡혀갔대."

"어머, 황제와 가족들을 잡아갈 수도 있나요?"

"그러니까 혁명이지. 일본 헌병과 경찰들이 제일 먼저 잡아들일 대상은 공산주의자들일 것이고, 그다음이 식민지에서 독립을 요구하는 독립운동가들일 거야."

허영숙이 화제를 바꿨다.

"선생님, 왜 난데없이 저를 나오라고 했어요?"

"첫눈이 오고 있잖아. 첫눈 오는 날에는 제일 그리운 사람들끼리 만나는 거야."

"어머 선생님도…."

허영숙은 행복한 표정으로 시선을 거두었다. 이광수는 뜸을 들이다가 말을 이었다.

"기쁜 소식이 있어. 이 소식을 영이에게 제일 먼저 전하고 싶었어. 오늘 매일신보사에서 《개척자》의 첫 원고료가 나왔거든."

"축하해요 선생님. 선생님께서 공부하시면서 하숙집(명계관)의 그 춥고 더운 다다미방 위에서 고생하신 결과잖아요. 피 같은 원고료예요."

"원고료가 4배나 올랐어. 내가 지난번 《무정》을 쓸 때에는 매달 겨우 5원을 받았는데 이번에는 20원씩 주겠대. 독자가 4만 명을 넘어섰다나?"

"인색한 사람들…. 우리 선생님이 피를 토하시면서 쓰시는 글인데

20원이 뭐야. 독자도 그렇게 많이 늘려 놓았는데."

"이다음에는 더 많이 주겠지. 우리 영이가 걱정해 줬으니까 다 잘될 거야."

그날 이광수는 백화점 4층 명품관으로 허영숙을 데리고 올라갔다.

"왜 이런 데를⋯."

허영숙이 당황해 할 때 이광수는 베이지색 버버리 코트를 입혔다.

"선생님, 이건 너무 비싼 거잖아요."

"우리 주치의 선생님께서 소인에게 베푼 은혜에 비하면 아무것도 아니올시다. 소례(小禮)를 대례(大禮)로 받아주세요, 아가씨."

그날 이광수는 검은 망토를 휘날리며 기분 좋게 걸었다. 허영숙은 베이지색 버버리 코트의 허리띠를 꼭 조인 채 이광수의 팔을 끼고 도쿄 거리를 한없이 걸었다. 눈은 연신 내리고 있었다.

졸 업

1918년의 연초에는 서설(瑞雪)이 푸근하게 내렸다.

지겹던 1차 대전이 서서히 끝나갔다. 독일을 중심으로 한 동맹국 측의 항복이 임박했다. 미국 남북전쟁 이후 최초의 남부 출신 대통령 우드로 윌슨이 의회에서 연두교서를 발표했다. 영국, 프랑스와 함께 다듬은 전후 세계 질서에 대한 기본 지침이었다. 대통령이 되기 전에 명문 프린스턴 대학에서 오랫동안 총장을 지낸 사람답게 그 연두교서는 대단히 학구적이고 이상적이었다. 그 '14개조'(Fourteen Points) 조항 중 강대국의 점령지에 대한 문제와 약소민족 또는 피식민 국민들의 운명에 대한 해결책은 명쾌했다. '그동안 강제로 점령했던 땅은 원래의 주인에게 돌려주는 것이 원칙이다. 그리고 지금 식민통치를 받는 약소민족들도 자신들의 운명은 자신들이 알아서 결정하도록 강대국들이 도와주어야 한다'는 내용이었다.

군국주의를 지향하던 일본은 윌슨이라는 학자풍의 미국 대통령이 현실과는 전혀 동떨어진 이상적 내용을 떠들고 있다고 생각했다. 그러나 마음껏 쓰고 싶어 하는 자국 내의 신문까지는 어쩔 수가 없었다. 〈요미우리신문〉과 〈아사히신문〉이 미국 대통령 우드로 윌슨의 민족자결론을 대서특필했다. 이광수는 눈 쌓인 하숙집 마당에서 집어올린 신문을 들고 덜덜 떨었다.

'뭐라고? 강대국들이 점령한 땅은 원래대로 돌려주고, 약소민족들은 민족자결주의의 원칙에 의해 스스로의 운명을 결정하라고?'

연초 간다쿠의 YMCA에 모인 조선인 유학생들은 흥분했다. 온통 그 얘기뿐이었다.

'윌슨, 윌슨! 민족자결주의, 민족자결주의!'

새해맞이를 위한 정종을 마시면서 모두 들떠 있었다. 이광수도 흥분했다. 학생들은 서둘러 동경의 조선유학청년회 총회를 열었고 춘원 이광수를 부회장에 추대했다. 유학생들의 잡지 〈학지광〉의 편집위원으로 재추대하였고, YMCA에서 발행하는 잡지 〈기독청년〉에서는 춘원을 편집장으로 추대하면서 상당한 보수를 약속하기도 했다.

이런 남학생들만의 움직임을 바라보면서 도쿄 여자유학생들도 부산하게 움직이기 시작했다. 고참에 속하는 나혜석이 앞장섰고, 활동력이 아주 강한 김마리아 같은 여학생들이 〈여자계〉라는 잡지를 내기로 했다. 편집위원 속에는 허영숙도 들어 있었다. 잡지 발간을 위한 발기인이 무려 24인이었고, 춘원 이광수와 늘봄 전영택을 편집고문으로 모시기로 했다. 춘원이야 천하가 다 아는 문사니까 모셨겠지만 평양 출신으로 아오야마(青山) 학원에서 신학을 공부하는 전영택이 낀 것은 특이했다. 아무튼 여학생들은 온건하고 말솜씨는 없지만 신학부에 다니는 사람답게 행실이 반듯하고 문학에 열정을 보이는 그를 모시기로 했다.

그러나 이광수는 이런 모임에 자주 나갈 수는 없었다. 매일 엎드려 〈매일신보〉에 보내야 하는 《개척자》를 써야 했다. 그는 추위가 가시지 않은 하숙집 2층 다다미방에서 노상 이불을 뒤집어쓰고 앉은뱅이책상에 앉아 있었다. 문제는 봄이 오고 있다는 것이었다. 폐병쟁이에게 봄은 천적과 같은 것이다. 습도 많은 도쿄에 아지랑이가 하늘거리고 나무들이 새순을 내기 시작하면 겨우내 잠복했던 폐병 균들도 동면을 마치고, 숙주(宿主)의 몸 전체에 존재를 과시하기 시작한다.

하숙집 아주머니가 아침 일찍 일어나 부엌에 불을 지피고, 이광수가 애인처럼 노상 끼고 있는 고타쓰에 숯을 피워 넣으려 2층으로 올라와 보니 이광수가 모로 쓰러져 있었다. 주변에서는 피 냄새가 풍겼다. 아주머니는 정신없이 내려가 여의전의 예비의사에게 전화를 걸었다.

"빨리 오세요! 큰일 났어요. 소설가 선생이 쓰러지셨어요!"

허영숙은 침착하게 물었다.

"의식은 있나요?"

"그것도 모르겠어요! 그냥 다다미 위에 피가 홍건하고 …. 움직이지도 않는다니까요?"

30여 분 후, 까만 가방을 든 허영숙이 허겁지겁 2층으로 들어섰다. 자욱한 연기를 빼고 맥을 짚었다. 다행히 기도는 막히지 않았고 심장은 뛰고 있었다. 영숙은 침착하게 각성제 주사로 일단 그의 의식을 깨우고 영양제에 안정제를 섞어 서서히 회복시켜 나갔다.

한참만에야 춘원은 "휴우 ~" 하고 큰숨을 내쉬었다. 그는 어린애처럼 손을 뻗어 허영숙의 손목을 잡았다. 손바닥이 백짓장처럼 희고 힘이 없었다. 그의 눈가로 눈물이 흘렀다. 그는 입술을 달싹거렸다.

"뭐라고 하셨어요?"

"영이 … , 영이 … , 나를 버리지 마오."

"그러니까 왜 그렇게 무리하세요. 이 정도로 견디기 어려우면 신문사에 연락해 일단은 쉬셔야죠."

"아니오, 아니오. 그렇게는 할 수 없소. 4만이 넘는 독자들이 기다리는 소설을 어찌 끊을 수 있겠소. 그리고 이 소설도 다 끝나가고 있소. 3월 말이면 끝이니까."

영숙은 눈물을 훔치며 물었다.

"선생님, 정주에 연락해서 사모님을 부르시면 어떻겠어요?"

이광수는 눈을 감은 채 고개를 가로저었다. 그 대신 다른 청을 했다.

"영이, 경성 김성수 선생에게 연락해주시오."

허영숙은 그길로 나가 우체국으로 가서 인촌 김성수 선생에게 현재의 상황을 알리는 전보를 쳤다. 정확히 3일 후 관부연락선 편에 녹용대보탕 100첩과 입원비 50원이 명계관으로 왔다. 춘원은 병원에 가기가 싫다고 하면서 허영숙에게 자신을 지켜달라고 애원했다.

허영숙은 하루도 빠지지 않고 그의 곁을 지켰다. 몸이 웬만해졌을 때그는 허영숙의 손을 잡고 또 다른 걱정을 시작했다.

"영이, 7월이 되면 졸업할 텐데 … . 영이는 귀국하겠지?"

허영숙은 그의 이마를 쓸어주면서 조용히 말했다.

"그럼요. 돌아가야죠. 지금도 어머니는 언제 오느냐고 성화신데요."

"그럼 나는 어떻게 해?"

이광수는 돌아누운 채로 어깨를 들썩이었다. 허영숙은 그의 어깨를쓸어주며 달래주었다.

도쿄 여의전 졸업 사진

"미리부터 걱정하지 말아요. 성경에도 쓰여 있잖아요. 내일 일은 내일 걱정하라고."

1918년 7월 25일은 날씨가 맑았다.

우시고메에 자리 잡은 도쿄 여자의학전문학교 부근은 졸업생들을 축하하는 인파로 붐볐다. 졸업식이 끝나자 교정 뒷동산에서 저마다 기념촬영을 하느라고 정신이 없었다.

허영숙의 졸업 축하를 위해 경성 집에서 친척오빠 조종필이 대표로 왔다. 허영숙의 부탁을 받은 듯 그동안 신세진 분들과 친구들에게 나누어줄 졸업선물을 한 아름 안고 왔다. 대학 이사장 요시오카 야요이 여

198

사와 은사 요시키 교수에게는 다소 부피가 컸지만 강화산 화문석을 전해 올렸다. 요시오카 여사는 그 선물을 받고 울컥했다.

"내가 이 학교를 세운 지 18년 만에 졸업생으로부터 이렇게 멋진 선물을 받은 것은 처음 있는 일입니다. 내 집 안방에 자랑스럽게 깔아 놓겠어요. 오시는 손님에게 모두 자랑할 겁니다. 조선반도에서 온 최초의 제자로부터 받은 것이라고."

요시오카 여사는 요시키 교수와의 사이에 허영숙을 앉히고 기념사진을 찍어주었다. 그녀를 끔찍이 아껴주었던 은사 요시키 교수는 허영숙에게 독일제 청진기를 선물로 건네 눈물을 자아내게 했다. 제일 친한 친구 오구라와 나가이에게는 전주 명인이 멋지게 난을 친 합죽선을 전했다. 오구라는 일본 비단으로 만든 스카프를, 나가이는 여름 원피스에 어울리는 멋스러운 벨트를 허영숙에게 선물했다. 모두 껴안고 눈물을 흘리며 석별의 정을 나누었다. 동산 중앙에 있는 오래된 향나무 밑에서 기념사진을 찍으며 후일을 기약했다. 조종필은 경성 마님으로부터 특별지시를 받은 듯 졸업식의 시작과 뒤풀이까지를 꼼꼼히 카메라에 담았다.

이런 순서가 거의 다 끝나갈 때쯤 이광수는 허영숙과 세로로 서 있는 커다란 바위 앞에서 나란히 기념사진을 찍었다. 조종필은 두 사람의 모습을 카메라에 담으려다가 그만두었다. 기념사진을 찍어준 사람은 팔에 완장을 찬 떠돌이 사진사였다. 사진사는 사진을 찍고 나서 이광수의 하숙집 주소를 적었다.

졸업식이 끝난 다음 날, 허영숙은 조종필 오빠에게 자신은 도쿄에 남아서 처리하고 갈 일이 많다고 하면서 먼저 떠나라고 했다.

"마님이 꼭 너를 데리고 오라고 하셨는데 … ."

"오빠, 일이 끝나는 대로 바로 갈게요. 어머니께 잘 말씀드리세요."

허영숙은 조종필 편에 4년간 쓰던 짐들과 책 보따리를 모두 딸려 보내고 아주 홀가분한 차림이 되어 이광수를 바라보았다.

"왜 도쿄에 남았어?"

이광수가 허영숙의 손을 잡으며 묻자, 허영숙은 그의 손을 마주잡으며 장난꾸러기처럼 말했다.

"제가 떠나면 엉엉 울면서 따라붙을 천덕꾸러기 하나가 있어요. 세상 사람들은 속도 모르고 춘원 선생이라고 떠받드는 철부지랍니다."

춘원은 정곡을 찔린 듯한 표정으로 허허 웃었다.

"그래, 그 철부지는 주치의가 사라지니까 울 수밖에 없을 거야. 아, 느닷없이 목구멍으로 피가 넘어오면 어떻게 할 거야, 혼자서 … . 영이, 얼마나 남아 있을 건데?"

"선생님 하시는 것 봐서요. 앞으로 일주일? 잘하면 한 달?"

"앞으로 남은 시간을 아끼자고. 시간을 천금같이 쓰자고."

그러면서 그는 생각에 잠기다가 문득 말했다.

"참 나는, 그동안 도쿄 유학생들이 제일 먼저 찾아가는 명승지 닛코(日光)를 못 봤어. 주말에 마음만 먹으면 갔다 올 수 있는 그곳을 아직까지도 못 봤다고."

"저도요. 전문학교 친구들이 주말마다 가자고 졸랐지만 저는 밀린 숙제와 밀린 빨래를 하고, 어머니에게 편지를 쓰느라고 그 유명한 명승지를 놓쳤어요. '닛코를 보지 않고 일본의 아름다움을 논하지 말라'는 얘기도 있는데 말이에요."

"내 죄도 크지. 주말만 되면 내 하숙에 달려와 내 피 묻은 내복과 요와 이불을 빨게 하고, 영양식을 먹겠다고 특별요리를 시키고, 영양제가 들어 있는 링거를 꽂고 누워 영이를 하루 종일 곁에 붙잡아 두었잖아. 이번 기회에 내가 빚을 조금 갚을게."

이광수는 허영숙의 팔을 끌고 니혼바시의 미쓰코시 백화점으로 향했다. 그는 전차 속에서 허영숙에게 사과부터 했다.

"사실 졸업식 때 졸업선물을 사들고 가려고 했는데 …. 정말 쑥스럽더라고. 나는 포장된 선물이나 가방을 들고 다니는 일이 제일 부끄러워."

"피이 …. 그렇다고 빈손으로 와요? 그날 나는 울 뻔했어요. 속으로 선생님의 선물을 제일 기다렸는데 …."

이광수는 쑥스럽게 전차 창밖을 내다보며 말했다.

"그러니까 오늘 내가 영이를 데리고 가는 거 아니야. 뭘 받고 싶어?"

"오늘은 정말 사주실 거예요? 그렇다면 …."

허영숙은 눈을 가느다랗게 뜨고 전차 밖 대로를 걷고 있는 여인들을 바라보며 골똘히 생각했다.

"음 …, 항상 곁에 끼고 있는 걸 받고 싶고요, '이건 우리 선생님이 나한테만 해주신 거다' 하고 늘 남들에게 광고할 수 있는 걸로 받고 싶어요. 저는 여기까지만 힌트를 드릴 거예요."

이광수는 짐짓 어리둥절한 표정을 지으며 뇌었다.

"아, 어려운데 …. 그게 뭘까?"

두 사람은 백화점 식품부의 초밥 코너에서 뚱뚱한 요리사가 건네주는 싱싱한 초밥을 먹었다. 두 사람은 신나게 먹고 4층 명품관으로 갔다. 지난번에 버버리 코트를 사준 가게의 대각선 방향에 수입 핸드백을 파는 곳이 있었다. 뚜벅뚜벅 이광수가 앞장섰다. 그가 빨간색 이태리제 핸드백을 집어 올렸다. 악어가죽은 아니고 질 좋은 암소가죽으로 만든 앙증맞은 백이었다. 허영숙이 감격스럽게 말했다.

"선생님, 돗자리를 까셔도 되겠어요. 어쩌면 그렇게 제 마음을 꼭 집으세요? 사실 전 그동안 볼품없는 검정색 가방만 들고 다녔거든요? 이번에는 귀국할 때 꼭 빨간색 핸드백을 사고 싶었어요. 경성 거리에서 그 빨간 핸드백을 들고 다니고 싶었거든요."

허영숙은 그 빨간 핸드백을 싸달라고 하면서 또 이렇게 말했다.

"선생님, 전 아마 이 가방 들고 다니지 못할지도 몰라요. 춘원 선생한테 받은 이 소중한 가방을 어떻게 사람들이 붐비는 전차나 버스 속으로 들고 다니겠어요. 어디 긁히면 속상해서 전 앓아누울 거예요."

"아니야 아니야. 마음 놓고 들고 다녀. 닳아서 없어지면 내가 또 사주면 되잖아."

다음으로 두 사람은 등산복과 등산화를 파는 곳에 들렀다. 허영숙은 꿈꾸는 소녀처럼 들떠서 말했다.

"선생님, 여기는 더운 여름이지만요 닛코는 고지대예요. 호수도 있고요, 삼나무 숲도 깊어요."

"어떻게 그렇게 잘 알아? 가보지도 않고."

"저랑 단짝이었던 오구라와 나가이가 지난여름에 갔다 왔거든요. 그러니까요, 그늘이나 바람을 막아줄 수 있는 얇은 점퍼도 사야 되고요, 바람에 날아가지 않는 끈이 있는 모자도 필요하고요, 너무 무겁지 않은 등산화도 준비해야 한대요."

그날 두 사람은 베이지색 톤의 바지에 카키색 점퍼를 똑같이 맞춰 샀

고, 예쁜 곰 모양이 그려진 모자까지 맞춰 샀다. 이광수가 쑥스러운 듯
말했다.

"이거 너무 똑같은 거 아니야? 사람들이 쳐다보지 않을까?"

"아 쳐다볼 테면 쳐다보라고 하세요. 그래 우리는 똑같은 것으로 맞
춰 쓰고 맞춰 입었다, 당당히 걸을 거예요."

두 사람은 백화점 아래층에 있는 안경점에서 색깔이 너무 짙지 않은
선글라스까지도 맞춰 샀다.

이별의식

우에노역에 모인 사람들의 차림은 대개 비슷했다. 모두 '우리 닛코 간다'라고 광고하듯 울긋불긋한 등산복에 저마다 특색이 있는 모자를 쓰고, 걷기 편한 등산화를 신었다. 그중에는 선교사인 듯한 서양 사람들과 요코하마에 잠시 들렀다가 닛코 관광을 떠나는 외국 선원들도 있었는데 그들 옆에는 화장이 요란한 선창가의 아가씨들이 붙어 있었다. 약속이나 한 듯 모두 남녀가 짝을 이루어 떠나는데 더러는 깃발을 든 안내인이 앞장을 서는 단체 팀도 있었다.

키 큰 이광수가 입고 있는 등산복은 썩 잘 어울렸다. 곰돌이 마크가 찍힌 등산모를 비스듬히 쓴 모습도 멋졌다. 그 곁에 똑같은 복장으로 꼭 붙어 있는 허영숙도 분위기가 화사했다. 특히 갈색 톤의 선글라스가 잘 어울렸다. 모두 약속이나 한 것처럼 기차에 오르고 얼마 후에는 우츠노미야역에서 닛코센(日光線)으로 갈아탔다. 기차는 꿈속을 달리듯 황홀하게 움직였다.

기차 속에서 이광수는 허영숙이 하나씩 까주는 '미루쿠캬라메루'(밀

크캐러멜)를 즐겁게 받아먹었다. 만 26세의 청년 이광수와 스물한 살을 갓 넘긴 허영숙은 정다운 오누이 같았다. 두 사람은 영원을 향하는 행복열차를 탄 것처럼 빛나는 얼굴로 오직 행복만을 나누고 있었다. 열차가 닛코역에 도착했을 때 허영숙은 꿈에서 깬 듯 이렇게 말했다.

"어머, 벌써야?"

이광수는 영숙의 손을 잡아주며 싱긋 웃었다.

"이제부터야."

사실 여행에 관한 모든 것은 허영숙이 계획을 짜고 준비한 것이었다. 묵을 여관을 예약하고, 지도를 봐가며 여행코스를 잡은 것도 그녀였다. 그녀는 단짝 오구라에게 전화를 걸어 밤새도록 세세한 부분까지 확인하고 오구라가 권한 대로 코스를 잡았다. 그들이 제일 먼저 들른 곳은 기차역에서 멀지 않은 닛코유바(日光ゆば) 집이었다. 두부껍질을 얇게 벗겨 만든 이 지방의 특별한 요리인데, 허영숙은 탈 없는 여행을 위해 은어와 샐러드를 곁들였다. 이광수도 맛있게 먹었다.

가벼운 식사 후에 두 사람은 닛코 중심지를 가로질러 천황의 별장으로 사용한다는 아카사카리큐(赤坂離宮)에 들렀다. 이미 단체관광객들이 열심히 안내인의 설명을 듣고 있었다. 천황이 쓴다고 하는 이런저런 비품들과 알현실을 거쳐 서재에 들어섰다. 이광수의 눈이 빛났다. 다이쇼 천황이 읽었다고 하는 영어책들과 독일어책, 그리고 프랑스어책들을 눈여겨보았다. 금박으로 예쁘게 꾸며진 '마리 앙투아네트'에 관한 책을 보면서 이광수는 이렇게 말했다.

"그렇게 아름답고 사리분별이 분명했던 왕비가 굶주린 백성들의 사정도 모르고 '빵이 없으면 케이크를 먹으면 되잖아요'라고 말했다는 것은 믿기지 않아."

"그럼요. 그렇게 아름다운 분이 그런 분별없는 얘기를 했을 것 같지가 않아요."

두 사람은 그 일왕의 별장보다는 닛코식물원에서 더 많은 시간을 보냈다. 식물원에는 닛코 일대의 고산식물과 다른 지역에서 옮겨온 식물도 2천 종 이상이나 되었다. 무엇보다도 여름에 한창 피는 앉은부채꽃과 붓꽃이 환상적인 분위기를 만들었다. 하지만 이광수는 그 식물원을 다 둘러보고 나서 이렇게 말했다.

"이곳에서는 붓꽃이 제일 아름다웠지만 얼마 전에 영이가 보여주었던 아마기도큐 호텔의 베고니아 꽃밭만은 못해. 난 그 꽃밭을 영원히 잊지 못할 거야."

"춘원 선생님, 이 식물원이 도쿄 제국대학의 부속식물원이라네요? 저는요… 이다음 의사로서 성공하면, 꼭 도쿄 제국대학의 부속연구원이나 부속병원에 와서 공부를 더 하고 싶어요. 4년제 전문학교를 나온 것이 사실은 마음에 걸려요."

"사실은 나도 원래는 도쿄 제국대학에 가고 싶었어. 그래서 메이지학원을 졸업하고 도쿄 제국대학 예비학교인 제일고등학교에 합격했었지."

"어머, 정말이에요? 그런데 왜 안 가셨어요?"

"그때 할아버지께서 아주 위독하시다고 해서 급히 귀국했지."

"아이고 아까워라!"

도쇼구(東照宮)로 올라가는 길은 온통 삼나무 숲이었다. 한낮인데도 나무그늘로 주변이 침침하였고 한기가 스멀스멀 올라왔다. 이광수는 배낭에서 점퍼를 꺼내 걸치고 허영숙에게도 입혔다. 가도 가도 끝이 없는 삼나무 숲이었다. 삼나무길이 30킬로미터 이상이라니 놀라지 않을 수 없었다. 그들을 제일 먼저 반겨준 것은 개울을 가로지르는 핑크색 다리였다. 단체관람객을 이끄는 안내인이 큰 소리로 말했다.

"이 다리는 자바시(蛇橋), 즉 뱀 다리입니다. 이 닛코산을 처음 열 때 쇼도 조닌이라는 스님이 개울물이 너무 깊고 빨라서 이 개울을 건너지 못했습니다. 그때 홀연히 산기슭에서 뱀 두 마리가 내려와 스님 앞에 엎드렸습니다. 스님은 그 뱀의 등을 밟고 이 개울을 무사히 건넜습니다. 그래서 그 후 스님과 장군들이 힘을 합쳐 이 다리를 놓았죠. 그 성스러운 두 마리의 뱀을 기념하는 다리입니다."

사람들은 모두 그 뱀 다리 위에서 사진들을 찍었다. 이광수와 허영숙은 뱀 다리라는 말이 마음에 걸려 그냥 지나치고, 씽씽 걸어서 올라갔다. 정말 엄청난 규모의 사찰이었다. 어디가 어디인지 가늠할 수 없을 정도였다. 수많은 사찰과 탑, 종루(鐘樓)와 고루(鼓樓), 그리고 17세기 초에 네덜란드 동인도회사가 헌납한 팔각형의 회전등롱(灯籠)까지 촘촘히 늘어서 있었다.

그중에서도 5백여 개의 중국식 조각과 요란한 채색으로 장식된 도쇼구의 상징 요메이몬(陽明門)은 화려함의 극치였다. '닛코를 보지 않고 일본의 아름다움을 논하지 말'고 한 말은 바로 이 요메이몬에서 유래했다. 두 사람은 그 문을 지나 다시 아름답게 펼쳐진 신요샤(神輿舍) 그늘에 앉았다.

허영숙이 물었다.

"선생님, 제가 언뜻 듣기로는 일본에 불교를 전해준 스님들이 고구려나 백제 스님들이라고 하던데요 … ."

이광수는 모자를 벗고 땀을 닦으며 천천히 말했다.

"내가 알기로도 그래. 고구려 승려로 일본에 건너와 최초로 포교를 한 분은 혜편(惠便) 스님이었어. 6세기 … , 내 기억이 맞다면 584년일 텐데, 그때 그 스님은 일본 궁중의 청을 받고 건너와 왕실 실력자 사마달(司馬達)의 딸 선신(善信)과 그 친구들인 선장(禪藏), 혜선(慧善) 세 처녀를 비구니로 출가시켜 일본 불교를 일으켰다고 해. 그 후 고구려 영양왕 때에 고구려 스님 혜자(惠慈)가 일본 고대사의 가장 위대한 왕자 쇼토쿠(聖德) 태자의 스승이 되었고, 같은 해 백제에서는 혜총(惠聰) 스님이 건너와 일본 불교를 일으켜 세웠다는군. 일본 고대사인 〈서기〉(書紀)에 그렇게 적혀 있어."

"어머나, 선생님은 어떻게 그런 내용까지 다 기억하고 계세요?"

"아, 이런 내용이야 글쟁이들의 상식이지 뭐."

첫날은 닛코 관광의 관문이라고 할 수 있는 도쇼구를 살펴보고 다시 삼나무 숲을 걸어 천천히 버스 타는 곳으로 내려왔다. 그리고 주젠지(中禪寺) 호수가 있는 산정으로 향했다. 주젠지 호수는 닛코에서 제일 높은 난타이 산에서 분출된 용암이 만들어 낸 신비한 산정호수다. 물이 푸르고 광활했다.

버스가 멈춘 평지 위에 관광객을 기다리는 역마차가 있었다. 허영숙은 메모지를 꼼꼼히 살펴보며 역마차 마부에게 유모토 온천으로 가자고 했다. 말 잔등에 울긋불긋 장식을 하고 관광객 자리는 푹신한 자리를 깐 낭만적인 마차였다. 마차에 오른 이광수는 야생화가 우거진 산골길을 바라보며 눈을 가늘게 떴다.

"영이, 우리가 지금 몇 세기에 살고 있는 거야? 한 16세기쯤…, 역마차가 손님들을 싣고 산골길을 헤매는 그런 시대로 가는 거 아니야?"

"그럼요. 우린 지금 16세기, 아니 13세기나 12세기, 그런 아득한 시대로 달려가는 거예요. 난 문명이 몰려오고 있는 20세기가 싫어요."

마차는 해발 1,500미터의 고개를 넘고 닛코의 가장 깊숙한 나루터에 자리를 잡은 유모토 온천장 앞에 멈춰 섰다. 두 사람은 짐을 내려놓았다. 짐이라고 해야 등에 짊어지고 간 배낭이 전부였지만 하루 종일 메고 다닌 배낭을 벗어놓고 나니 한결 가벼워졌다. 허영숙이 카운터에서 말했다.

"2층 방으로 주세요. 호수가 보이는 쪽으로요."

두 사람은 다음 날, 느지막이 일어났다. 1층 식당에서 아주 간단한 서양식 조식을 했다. 삶은 달걀 하나, 우유 한 컵, 토스트 한 쪽, 그리고 소시지 하나…. 온천호텔에 어울리지 않는 세련된 아메리카식 조식이었다. 여름에는 배를 타기 위해, 그리고 겨울에는 스키를 타기 위해 오는 수많은 젊은이들을 위해 준비한 모양이었다.

두 사람의 신혼여행이 시작되었다. 그들은 공중에 부유하는 듯했다. 학업과 모든 일로부터의 자유, 청진기와 하얀 가운으로부터의 자유, 원고지와 독촉 전화로부터의 자유, 도쿄 유학생들의 쑥덕거림으로부터의 자유, 당주동 어머니의 귀국 독촉으로부터의 자유, 멀고 먼 정주에 민들레처럼 피어 있는 시골부인과 정도 들지 않은 아들로부터의 자유, 그리고 언제 재발할지 모르는 폐병으로부터의 자유…. 그런 무한한 자유에 둘러싸여 20대의 젊음만을 오롯이 향유하기로 결정했다.

허영숙은 주방에 부탁해 놓은 도시락과 도중에 두 사람이 호젓하게
마실 커피와 맥주까지도 꼼꼼히 챙겼다.

다른 관광객들은 호수 쪽으로 떠나기 위해 아침부터 서둘렀다. 그러
나 이광수와 허영숙은 호수를 끼고 그냥 걸었다. 주젠지호의 안쪽, 난
타이 산의 서쪽 기슭에는 센조가하라(戰場ヶ原)라는 멋진 하이킹 코스
가 있었다. 호수의 바람을 맞으며 길가에 나부끼는 온갖 야생화의 환영
을 받으며 마음 놓고 걸을 수 있는 산책로가 꿈결처럼 펼쳐졌다. 호수
를 가로지르며 지나가는 유람선에서 젊은이들이 손을 흔들어주었다.

정오가 되었을 때쯤 깔끔한 캠핑장이 나타났다. 두 사람은 벤치에 앉
아 싸가지고 온 점심을 펼쳤다.

"영이, 먼저 축배를 해야지?"

이광수는 거품이 끓어오르는 맥주잔을 들고 축배를 제의했다.

"무엇보다도 선생님의 건강을 위하여!"

"우리 영이의 의사고시 1등 합격을 위하여!"

아름다운 휴화산과 드넓은 호수, 그리고 수많은 고산식물들이 두 사
람을 축복했다. 너무너무 행복한 시간이었다.

오후에는 선착장으로 내려가 온천장호텔 쪽으로 가는 배를 탔다. 중
년 남녀들이 많았고 외국 사람들도 많이 있었다. 선장은 손님들을 재미
있게 한다며 일부러 배를 거칠게 몰았다. 물살이 튀어올랐다. 모두 즐
겁게 소리 질렀다. 그때 외국 손님 중에서 집시풍의 사람들이 아코디언
을 켜며 노래를 시작했다. 허영숙은 어느 나라 말인지 잘 알 수가 없었
다. 그들은 병째로 술을 들이켜며 목청을 높였다.

아코디언 연주자가 어깨를 들썩이며 신나게 연주할 때 요란한 꽃치

마를 입은 여인이 춤을 추었다. 그런데 이광수는 그 노래의 후반부를 간간이 따라 불렀다.

"어머, 선생님. 이 노래 아세요? 어느 나라 노래예요?"

"러시아 민요야. 앞에 부른 것은 '스텐카 라진'이라는 농민들의 민요고, 뒤에 부른 것은 러시아의 유명한 강, 볼가 강의 뱃사람들이 부른 뱃노래지. 이 힘차고 저음부가 아름다운 '볼가강의 뱃노래'는 가수 샬랴핀(Feodor Chaliapin: 러시아 출신의 베이스 오페라 가수)이 불러야 제맛이지."

"어머, 그 유명한 샬랴핀이 러시아 사람이에요?"

"그럼. 러시아의 유명한 오페라가수지. 그 사람도 아마 혁명을 피해서 지금쯤 미국이나 유럽에 가 있을 거야."

이광수가 노래를 간간이 따라 부를 때 술병을 든 털북숭이 중년이 다가오며 러시아 말로 뭐라고 했다. 이광수는 웃으며 답했다.

허영숙은 그제야 기억을 더듬어냈다.

"아 선생님, 몇 년 전에 오산 교사직을 그만두고 러시아에 가신 일이 있다고 하셨죠? 그곳에서 얼마쯤 계셨어요?"

"반년쯤."

"이 사람들은 어떤 사람들일까요?"

"아마 일본 공연 온 예술인들일 거요. 작년에 러시아에서 혁명이 일어나고 지금도 시베리아 쪽에서는 전쟁 중이니까. 고향에 돌아가지 못하고 있는 걸 거야."

러시아 사람들은 다시 춤추며 노래를 부르기 시작했다. 사람들의 시선이 공연단에 쏠려 있을 때 이광수는 배의 구석에 허영숙을 세워놓고

뜨겁게 입맞춤을 해주었다. 해가 서서히 기울고 있었다. 허영숙도 이
광수의 목을 꼭 껴안고 힘껏 입을 맞추었다. 마치 이광수의 입속과 기
관지와 폐 속에 숨어 있는 결핵균들을 모두 빨아들일 것처럼.

　이광수와 허영숙은 주젠지호에서 일주일을 보내고, 이틀 만에 린노
지(輪王寺)와 도쇼구 그리고 후타라 산 신사(二荒山神社)를 대충 보았
다. 그들은 명승지를 보지 않아도 충분히 행복했고, 웅장한 고찰이나
요란한 유적지를 순례하지 않아도 천국을 경험하고 있었다. 맨 마지막
여정으로 두 사람은 린노지에 있는 천수관세음보살, 아미타여래, 마두
관세음보살의 금박삼존 앞에서 고개 숙이며 간절히 빌었다.

　'우리 두 젊은이의 앞날을 축복해주시옵고, 마(魔)가 끼지 않게 해주
소서.'

　이광수는 그 절에서 '법화경' 한 질을 사 허영숙에게 건네주었다.

　"영이, 이 법화경은 기독교의 복음서와 같은 아주 기본적인 불교의
입문서이고 요체가 되는 법문이야. 가능하면 전부 다 외우도록 해."

　허영숙은 이광수가 건네주는 법화경을 행운의 징표처럼 가슴에 꼭
껴안았다.

　1918년 8월 23일, 이광수와 허영숙은 도카이도선(東海道線)을 타고
천천히 내려갔다. 기차는 두 사람의 마음을 아는 듯 그리 빠르지 않게
푸른 바다의 포말을 읽어가며 시모노세키 쪽을 향해 움직였다. 두 사람
은 많은 말을 하지 않았다. 그냥 두 손을 꼭 잡고 수없는 말을 가슴과 가
슴으로 전했다. 두 사람은 이별이 서러워 시모노세키까지 곧장 갈 수가
없었다.

212

그들은 크지 않은 역에서 내렸다. 기차가 김을 내뿜고 한숨을 쉰 후에 서서히 떠나고 그 시골 역이 시즈오카현(靜岡縣) 누마즈(沼津) 시라는 것을 겨우 알 수 있었다.

두 사람은 얼빠진 사람들이 걷는 것처럼 그림자를 앞세워 천천히 걸어 시내로 나갔다. 그리고 쓰다야(津田屋)라는 옥호가 걸린 깨끗하고 참한 여관에 들어갔다. 바닷가에 있는 여관 2층에는 해조음(海潮音)과 바다갈매기의 소리가 심란하게 울려 퍼졌다. 언덕 위에 향나무 숲이 우거져 있고 깔끔한 정식집이 있었다. 우에노 근처에서 자주 보던 유명한 정식집 '잇사'(一茶)와 같은 옥호였다. 정갈하게 생긴 중년 여인이 그림자처럼 말없이 드나들었다. 두 사람은 식탁 위에 오르는 고급 요리의 한 점씩만을 손댄 채 그냥 물러나왔다.

두 사람은 석양이 완전히 질 때까지 바닷가를 거닐었다. 그날 밤 두 사람은 한잠도 못 잤다. 도쿄에서 첫차가 내려올 때 허영숙은 기차에 오르고 시모노세키로 떠났다. 이광수는 그냥 그 바닷가의 여관방에 남았다. 하늘도 비고, 넓은 바다도 비고, 그의 가슴도 완벽하게 비어 있었다. 아득한 우주 끝에 홀로 서 있는 듯했다. 파도소리가 원망스러웠다. 금방 떠난 그녀가 뼈가 저리도록 보고 싶었다.

총독부 최초의 여의사

누마즈의 바닷가에서 실성한 사람처럼 서성이던 이광수는 기운을 차려 도쿄에 돌아왔다. 도쿄에 돌아오니 〈매일신보〉의 나카무라 겐타로로부터 "9월부터 조선인의 의식을 개조하여 새로운 시대상에 맞는 삶을 살 수 있도록 계몽적인 글을 써주시오" 라는 전문이 와 있었다.

이광수는 "'신생활론'이라는 제목으로 나름대로 써보겠소. 하지만 보수적인 유림(儒林)이나 중추원 참의들이 꽤나 반대할 거요. 무릅쓰고 써보겠소"라고 짤막한 답신을 보냈다.

전사가 전투에 임할 때처럼 원고지와 펜을 추스르며 집필 준비를 하고 있을 때 신사복을 입은 조선인이 찾아왔다. 어디서 많이 본 듯한 얼굴이었다. 그는 아랫목에 점잖게 앉으며 말했다.

"나 정주에 있는 백혜순의 이모부 되는 사람이오. 집안 모임에서 한두 번 스친 것 같은데."

그제야 이광수는 황황히 옷깃을 여미고 큰절을 올렸다. 만주나 북경, 그리고 도쿄를 드나들며 무엇인가를 도모한다고 들었는데 정확히는 정체를 알 수 없는 인물이었다. 그러나 교육은 받은 듯하고 일의 앞뒤를 잴 만한 인물이었다. 그는 주저하지 않고 본론을 꺼냈다.

"내가 춘원이라는 문명(文名)을 모르는 사람이 아니오. 옛날 정주 오산학교에서 신수비(薪水費: 땔감과 물값 정도의 박봉을 뜻하는 말) 나 받고 무명으로 지내던 교사도 아니고, 이제는 조선 천지가 다 알아주는 문사가 되지 않았소. 그런데 고향에 있는 조강지처는 겨우 자기 이름 석 자나 쓰는 문맹(文盲)이지. 조선 제일의 문사가 아무리 조강지처라 하더라도 문맹을 데리고 살 수는 없지. 이번에 그대가 이혼을 원한다는 편지를 보내서 내가 이렇게 온 거요."

"아 네 … ."

이광수는 처분을 기다리는 생도처럼 두 손을 모으고 공손히 대답했다. 사내는 잠시 침묵하다가 말을 이었다.

"내가 백혜순 일가, 그러니까 진근이 외가 쪽 사람들을 다 모았소. 그리고 결론을 내렸지. '맞지 않는 옷을 입고는 먼 길을 갈 수 없는 법이다. 아무리 혼사를 올린 내외간이라도 서로 교육 정도나 정신세계가 비슷해야지 하늘과 땅처럼 차이가 있어서야 되겠느냐. 이대로 결혼상태를 유지하는 것은 서로에게 고통의 멍에만 더해줄 뿐일 것이다.' 그래서 집안의 어른 축에 속하는 내가 결론을 내렸소. 이혼에 응하라고."

사내가 담배를 꺼내어 상아 빨부리에 꽂자 이광수가 공손히 불을 붙여주었다. 처 이모부는 담배를 깊이 머금었다가 시원하게 내뿜었다.

"문제는 진근이와 애 엄마가 어떻게 살아가느냐 하는 것인데 … . 그건 뭐 자신의 운명에 맡기도록 하고, 우선은 한 3년 동안 생활비를 대주면 자립의 길을 도모하도록 옆에서 도와줄 작정이오. 진근이야 이다음에 학교에 들어가면 학비를 좀 대주든지 … ."

"3년 치라면 … ?"

"글쎄 … . 정주 같은 데서는 한 달에 15원이면 견딜 수는 있을 테니까 1년에 2백 원쯤 잡고 대충 6백 원쯤이면 되지 않겠소?"

"그럼 준비해 보겠습니다. 제가 얼마 전에 소설 《무정》을 광익서관 출판사에 넘겼으니까 그곳에서 판권료를 받고 신문사에서 원고료를 미리 좀 받으면 마련할 수 있을 것입니다. 마련이 되는 대로 연락드리겠습니다."

처 이모부도 더 이상 꾸물대지 않았다. 주머니 안에 간직했던 이혼서류에 이광수의 도장을 받았다. 일은 아주 깔끔하게 끝났다.

경성에 돌아온 허영숙은 자신의 어깨 위에 걸려 있는 무거운 사명감을 깨달으며 새로운 각성을 해 가기 시작했다. 조선의 길고 긴 역사상 해외에서 의술을 본격적으로 공부하고 돌아온 여성은 미국에서 의사가 되고 8년 전인 1910년에 세상을 떠난 박에스더가 처음이었다. 그리고 두 번째로 해외에 나가 의학공부를 하고 돌아온 여성은 바로 자기 자신이라는 사실을 실감했다.

그녀가 도쿄에서 돌아왔던 그해에 조선총독부에서 운영하던 경성의학전문학교를 졸업한 3명의 조선 여학생이 있었다. 평양 출신의 김해지와 김영흥이 여선교사 로제타 홀의 주선으로 경성의학전문학교를 청강생으로 졸업하고 의사 자격증을 받아 평양의 기홀병원에서 근무했다. 남작 이재극의 후원을 받은 안수경 역시 경성의학전문학교 청강생이 되었다가 의사 면허를 받고 동대문 보구병원에서 근무했다. 이렇게 따져보면 조선 천지에 양의학이 들어온 이래 여자 몸으로 의사가 된 사람은 4명밖에 되지 않았다. 이제 허영숙이 총독부에서 정식 의사 면허증을 받으면 조선 땅의 여의사로서는 다섯 번째가 되는 것이고, 일본 유학생으로서는 최초의 여의사가 되는 것이다.

하긴 조선의 궁중은 개화기 때부터 일본 출신 여의사와 깊은 관계를 맺었다. 1905년 을사늑약 이전에 조선 왕실의 여인들과 고관대작의 부인들은 일본 여의사 다카하시 유코(高橋裕子)를 초빙했다. 은화 3백 원의 월급에 거처할 집을 마련해주고 왕복 여비를 부담하며 3년간 진료를 맡겼다. 그 여의사가 1908년까지 조선의 궁중 여인들을 돌봤다. 다카하시가 귀국한 지 꼭 10년 만에 허영숙이 일본 본토에 건너가 의학 공부를 마치고 고국에 돌아온 것이다.

총독부에서는 제일 먼저 허영숙에게 학업 성적표를 제출하도록 했다. 우등으로 졸업한 허영숙의 졸업성적을 보면서 시험 담당관은 시험 날짜를 통보했다. 1918년 10월 중순, 날씨는 쾌청했다. 총독부 의원(지금의 서울대 부속병원 자리) 강당에는 2백 명이 넘는 수험생들이 모여들었다. 경성의학전문학교 졸업생 외에도 중국 대륙에서 의학공부를 했다는 사람들, 그리고 일본에서 의학전문을 다녔다는 사람들, 대만과 남양(싱가포르)에서 의학공부를 했다는 사람들도 상당수 있었다.

여자는 단 한 사람, 허영숙뿐이었다. 모두 그녀를 기이한 눈으로 바라보았다. 조종필 오빠가 시험장 밖에서 초조하게 지켜보았고 점심에는 집에서 준비한 도시락을 전해주었다. 시험은 오후까지 진행되었고, 다음 날에는 하루 종일 임상시험을 보았다. 그다음 날에는 시험관 다섯 명이 지켜보는 가운데 구두시험이 있었다. 구두시험을 끝내고 났을 때

시험관들은 자기들끼리 웃으며 말했다.

"우시고메 여의전입니까? 요시오카 여의전입니까?"

"둘 다 같은 학교죠 뭐. 그 학교를 세운 여의사가 요시오카였으니까 요시오카 여의전이라고도 하고, 그 여의전이 있는 지역이 우시고메니 까 우시고메 여의전이라고도 하는데, 정식 명칭은 도쿄 여자의학전문 학교죠."

"그 학교, 괜찮은 학교인데요. 앞으로 우리 조선 여학생들이 많이 갈 것 같아요. 대답하는 것이 아주 딱 부러집니다."

그날 허영숙은 힘이 빠져 조종필 오빠의 팔을 붙잡고 겨우 돌아왔다.

1918년 10월 16일, 총독부 관보에 제일 먼저 의사시험 합격자 20명 의 명단이 발표되고 그 맨 앞에 허영숙이라는 이름 석 자가 있었다. 〈매일신보〉는 물론이고 모든 신문들이 모두 그 소식을 실었다.

금년 총독부에서 실시한 의사면허시험에서 이채롭게도 방년 22세의 처 녀 허영숙이 수석 합격을 하였더라. 허영숙 양은 진명여학교와 경성여 고보를 졸업한 후 도쿄 여자의학전문학교에 진학하여 4년간 불철주야 면학한 결과 이번 총독부 의사면허 시험에서 수많은 남성들을 제치고 단연 수석을 하였더라. 가문의 광영이며 조선 사회의 기쁨이더라. 조선 의 수많은 여성들을 감동시키고 또 분발하게 하였더라. 허영숙 여의사 의 앞날에 영광이 있기를 축수하는 바이다.

어머니 송인향 부인은 허영숙을 안고 하염없이 흐느꼈다.

"고맙구나, 아가야. 내 이럴 줄 알았지. 영민한 네가 언젠가는 천하를 진동시킬 줄 알았지. 암―, 그렇고말고. 네 아버지 허종 영감도 지하에서 춤추고 계실 게다. 어이고 장한 내 새끼."

허영숙도 어머니 품에 안겨 오랜만에 마음 놓고 울었다. 기자들이 계속 찾아왔다. 일간지 기자들은 물론이고 잡지 기자들도 찾아오고, 도쿄나 오사카에 본사를 둔 매체의 경성 주재원들도 계속 찾아왔다. 심지어 아득한 삿포로 지역의 신문 특파원도 허영숙의 집을 찾았다.

송 부인은 흰색 비단 치마저고리에 미색 두루마기를 받쳐 입고 부지런히 나들이를 했다. 당주동 골목에서 만나는 사람마다 모두 부인에게 고개를 숙이고 말했다.

"부인, 감축 드립니다."

"마님, 훌륭한 따님을 두셨습니다."

그러나 허영숙은 당주동 골목으로 들어서는 집배원을 기다렸고, 집배원이 전해주는 축전을 받았다.

영(英)! 진심으로 축하하오. 수석이라니, 사람을 놀라게 하는 재주도 숨기고 있었군. 보도를 보았소. 도쿄 유학생들도 모두 그대의 쾌거를 축하하고 있소. 사랑하오. 춘원.

얼마 후에는 총독부에서 후속 일정을 알려왔다.

허영숙 합격자는 내년 1919년 초부터 1년간 총독부 의원과 의원이 지정하는 지방 병원에서 임상수련을 거쳐야 함.

어느 날 밤, 송 부인이 허영숙을 조용히 불렀다. 그리고 의미 있게 웃으며 사진 한 장을 내놓았다. 흰 가운을 입고 목에 청진기까지 걸친 청년 의사였다. 준수한 용모였다.

"개성 인삼포를 가진 거상 김춘길 영감의 차남 김기영(金基永)이라는 의사다. 스물다섯 살인데 미혼이다. 개명한 집안이라 조혼은 하지 않았다. 신랑감이 워낙 성실해서 경성고보(경기고 전신)를 졸업하고 교토제대 의학부에 곧바로 합격했다는구나. 이번에 졸업하고 총독부병원으로 온다는데 개성에서 네 소식을 듣고 사람을 보내왔다. 신랑 쪽에서는 너에 대해 잘 아는 모양이더라. 1등 신랑감이다."

허영숙은 그 사진을 어머니에게 돌려주며 조용히 말했다.

"앞으로 할 일이 많아요, 어머니. 1년간 임상수련도 해야 하고요, 지방병원에 가서 근무도 해야 하고요, 훌륭한 의사가 되려면 제국대학 병원 같은 데서 또 공부도 해야 돼요."

"뭐 당장 정하라는 것은 아니다. 앞으로 이런저런 혼처가 많이 나올 터인데 나는 가능하면 제국대학 출신 의사로 네 혼처를 정할까 싶다."

다음 날에는 도쿄에서 두툼한 편지가 날아왔다.

다시 한 번 축하하오, 영! 나도 그대에게 전할 말이 있소. 오랫동안 숙제처럼 밀려왔던 정주 문제를 해결하였소. 그쪽 이모부라는 분이 와서 3년 치의 생활비를 보전하는 조건으로 일을 매듭지었소. 어머님께 말씀 드릴 때 이제는 떳떳하게 말씀을 올리시오. 우리가 함께 갔던 닛코의 게곤노타키(華嚴瀧)를 기억할 것이오. 100미터에 가까운 아득한 곳으로부터 쏟아지는 물이 장관이었잖소. 그 폭포 소리와 그 용틀임하는 물의 장관 속에서 우리는 모든 것을 잊고 하늘로 승천하는 화엄의 세계를 경험하였소. 우리는 이제 우리를 구속하는 모든 속박의 사슬을 풀고 우리의 이상향 화엄의 세계로 달려가야 하오. 나는 그 이상향을 서서히 머리에 그리고 있소. 영을 영원히 사랑하오. 춘원.

그날 밤 허영숙도 엎드려 답장을 썼다.

그동안 의사 고시를 보느라 너무 정신이 없었습니다. 그러나 저의 삶은 오로지 춘원 선생님을 향한 삶이었습니다. 제가 이렇게 고군분투하는 것도, 좋은 의사가 되기 위해 최선을 다하는 것도, 결국은 알고 보면 선생님을 향한 저의 집념입니다. 선생님은 조선의 나쓰메 소세키일 뿐 아니라 셰익스피어입니다. 선생님 같은 위대한 분을 지켜내지 못한다면 제 의학 공부가 무슨 필요가 있겠습니까. 저보다 앞서 조선 제 1호 여의사가 되었던 박에스더 선생도 바로 결핵으로 세상을 떠났습니다. 그분을 위해 온갖 고생을 하며 온몸을 바쳤던 낭군 박유산 선생도 폐병으로 세상을 떠났습니다.

춘원 선생님, 저는 우리 위대하신 조선의 문호를 제 힘으로 꼭 지켜낼 것입니다. 그렇다면 선생님께서도 저를 믿고 밀어주셔야 합니다. 저는 앞으로 1년은 총독부 의원에서 임상수련을 해야 합니다. 그리고 짧게라도 지방에 내려가 진료활동을 해야 합니다. 그리고 보다 유능한 의사가 되기 위해서는 제국대학 부속병원 같은 곳에서 수련할 기회도 포착해야 할 것입니다. 그렇게 노력하려면 향후 3년은 잡아야 할 것입니다.

이제 제 나이 겨우 22세를 넘겼습니다. 25세쯤에 선생님과 결혼해도 늦지 않을 것입니다. 무엇보다도 저의 어머님을 천천히 설득해야 합니다. 지금 제가 선생님과 결혼한다고 선언한다면 아마도 그분은 쓰러지시고 말 것입니다. 제 학문의 길과 결혼 생활을 원만히 양립시켜 가려면 최소한 3년은 필요할 것 같습니다.

다행히 정주 문제가 해결됐다고 하니 솔직히 홀가분합니다. 앞으로 진근이 문제는 저의 친아들처럼 가슴속에 묻어두겠습니다. 진근이가 학교에 들어가게 된다면 우리가 결혼한 집에서 다닐 수 있게 해도 좋다고 생각합니다. 저는 그만한 아량은 가지고 있는 여자입니다.

존경하는 춘원 선생님, 깊이 혜량(惠諒)해주시고 저의 결심에 동의해 주시기 바랍니다. 부족한 영이 올림.

허영숙의 편지를 받아든 이광수는 도쿄의 하숙집 2층 방에서 망연자실했다.

'아니, 3년이라니! 3년을 기다려 달라고…? 난 못해. 영아, 난 절대로 그렇게 긴 시간을 기다릴 수 없어. 네가 없는 이 순간 숨 쉬기조차 이렇게 힘든데 앞으로 3년을 어떻게 기다린단 말이냐. 안 돼!'

이광수는 즉시 짐을 싸기 시작했다. 짐을 꾸리는 그의 손이 후들후들 떨렸다.

송 부인의 반대

　총독부 의원 앞에 조용한 경양식집이 있었다. 개울물이 흐르고 잎이 넓은 마로니에 나무들이 정취를 북돋우는 곳이었다. 저녁때가 되었기 때문에 두 사람은 자연스럽게 식사를 하게 되었다. 청년 의사 김기영은 함박스테이크를 시켰고 허영숙은 오므라이스를 시켰다. 두 사람이 수프를 먹고 났을 때 김기영이 먼저 입을 열었다.

　"저는 허영숙 씨를 저의 이상적인 배필로 생각합니다. 아름답고 총명하시기 때문에 다른 지원자들도 많겠습니다만 저는 제 스스로를 적임자로 자부합니다. 우선 같은 의학 분야니까 서로 합심하여 평생 사업을 할 수 있을 것입니다. 저는 내과가 전공이고 허 선생은 산부인과가 전공이니, 부부의원을 개설하더라도 내방할 환자들이 많을 것입니다. 또 저희 집은 유족하니 병원 개설에 경제적 부담은 걱정할 필요가 없습니다. 조선 제일의 부부의원을 열 수 있을 것입니다."

　허영숙은 잠자코 식사를 하다가 침착하게 받았다.

　"닥터 김은 아마도 조선 제일의 신랑감일 것입니다. 개성 부호의 아들이고, 고향에 숨겨 놓은 조혼한 부인도 없고, 교토 제국대학을 나온 수재이십니다. 게다가 용모는 배우를 하셔도 좋을 만큼 준수하십니다."

김기영이 포크를 놓으며 수줍게 웃었다.

"이거 왜 이러십니까. 너무 과찬해주시니 몸 둘 바를 모르겠습니다. 아, 허 선생은 어떻습니까! 복스러운 미인에, 조선 최초의 일본 의전 유학생에, 당주골의 허부잣집 따님이 아니십니까? 더구나 저는 신문에 한 번도 나 본 일이 없습니다만, 닥터 허는 이미 조선의 명사가 되었습니다. 총독부 시험에 수석 합격한 재원으로 도하 신문에 그 이름 석 자가 얼마나 요란하게 올랐습니까?"

식사가 끝나고 두 사람은 커피를 시켜 마셨다. 허영숙은 침착하게 운을 떼기 시작했다.

"저희 어머니께서 김 선생님을 아주 좋게 보고 계세요. 저에게도 자주 말씀하셨고요. 문제는 제게 있어요. 저는 김 선생님처럼 완벽한 조건을 갖춘 조선 최고의 신랑감을 맞을 만한 여인이 못 됩니다."

"처, 천만에요."

허영숙이 착 가라앉은 목소리로 말을 이었다.

"무슨 겸손의 얘기거나 밀고 당기기 위한 췌언(贅言: 군더더기 말)이 아닙니다. 저는 결정적 결함을 가지고 있습니다."

"무슨…?"

"이미 한 남자를 사랑했고 지금도 사랑하고 있는 여자입니다. 그러니 선생님께서 시간 낭비를 하시거나 잘못된 기대감을 갖지 않으시기를 바랍니다."

김기영은 손끝을 떨면서 담배를 피워 물었다. 허영숙은 거리낌 없이

224

냉정하게 말을 이어갔다.

"저는 도쿄에서 춘원 이광수 선생을 만났습니다. 처음에는 각혈하는 환자와 의전에 다니는 의학도로서 순수한 의미로 만났지요. 동정이 사랑으로 변했든지, 연민이 사랑으로 변모했든지 간에 두 사람은 현재 결혼을 생각하는 중입니다."

김기영은 떨리는 목소리로 물었다.

"제가 알기로 춘원 선생은 기혼자이고, 또 그분의 병세는 심각한 걸로 알려져 있습니다만⋯."

"사실입니다. 그러나 앞에 말씀하신 조강지처에 관한 내용은 최근에 그분의 결단으로 정리가 된 상태이고, 다만 그분의 병세가 만만치 않은 것은 사실입니다."

"좋습니다. 외로운 외국에 나가 혼자 공부하시면서 조선 제일의 문사를 흠모하다가 사랑에 빠지신 것은 이해할 수가 있습니다. 그러나 지금도 몸 상태가 좋지 않고 각혈하는 춘원 선생의 건강상태는 평생의 반려자로 문제가 있다고 봅니다. 인생은 결코 짧지 않습니다. 건강하고 원대한 꿈을 가진 우리 두 젊은이가 좋은 합일점을 찾아보십시다."

결코 천박하지 않고 관대하기까지 한 닥터 김기영의 언행에서 허영숙은 감명을 받았다. 씩씩하게 걷고, 마음껏 뛰고, 자녀들과 함께 놀이도 할 줄 아는 건강한 남편⋯. 훤칠한 키에 도쿄 제국대학을 다니던 최설경의 남편⋯. 야구도 하고, 스케이트도 잘 타고, 암벽타기까지 한다는 그 사람을 문득 생각했다. 젊고 건강한 부부, 모든 사람들이 부러운 눈으로 바라보는 부부. 그날 마로니에 나무가 우거진 개울가를 거닐며 허영숙은 처음으로 마음이 흔들렸다.

인력거꾼이 조심스럽게 문을 두드렸다. 일하는 아주머니가 문을 열어주자 인력거꾼은 조용히 물었다.

"허영숙이라는 여의사님이 계십니까?"

"계시긴 계십니다만, 왜요?"

"꼭 그분에게 전해드릴 서신을 가지고 왔습니다."

아주머니는 허영숙의 방문을 두드렸다. 허영숙이 재빨리 나가 인력거꾼이 건네주는 편지를 받아 열어보았다. 눈에 익은 그의 글씨체가 살아서 움직이듯 눈에 들어왔다.

영이! 사연을 받는 대로 역전에 있는 와타나베(渡邊) 여관으로 와주시오. 203호요. 한시가 급하오.

허영숙은 인력거꾼을 기다리게 하고 얼굴과 머리를 만진 후 간편복으로 갈아입고 인력거를 탔다. 역 앞이라 분위기가 어수선하고 길거리도 지저분했다. 그러나 여관 안은 비교적 깨끗하고 복도도 잘 닦여져 있었다. 똑똑, 문을 두드리자마자 문이 열렸다. 이광수의 입에서는 술냄새가 풍겼다. 그는 들어서는 허영숙을 껴안고 두말없이 격정적으로 입맞춤을 했다. 허영숙은 이내 몸을 빼냈다.

"뭐예요, 대낮부터 술을 하시고…."

이광수는 다시 껴안았다. 이번에는 허영숙도 잠자코 눈을 감았다. 한참 후에야 두 사람은 자리에 앉아 자리끼로 윗목에 놓여 있는 물을 나눠 마셨다.

"왜 이렇게 갑자기 오셨어요?"

"갑자기? 내가 도쿄에 가만히 있게 생겼어? 뭐? 3년 후에나 결혼하자고?"

"제가 설명을 다 드렸잖아요. 앞으로 1년간은 임상수련을 해야 하고, 그 뒤에도 할 일이 많다고요."

이광수는 술 탓만은 아닌 듯 숨을 몰아쉬며 허영숙을 노려보았다.

"벌써 마음이 변한 거 아니야? 신문, 잡지들이 '조선 최초의 총독부 면허 여의사다', '조선 최초의 일본유학 출신 여의사다' 정신없이 떠들어 대니까 경성 하늘이 손바닥만 하게 보이는 거 아니야? 제대 출신 의사들, 젊은 변호사들, 고관집 아들들이 줄을 섰을 텐데?"

허영숙은 빙긋 웃으며 이광수에게 약을 올렸다.

"그렇지 않아도 어머니가 하도 성화를 대서 며칠 전에 교토제대 출신 젊은 의사하고 저녁 한 번 같이 했어요."

이광수는 얼굴이 벌게지며 큰 소리로 말했다.

"그게 사실이야?"

"아니, 저녁 한 끼 같이한 게 큰 죄인가요?"

이광수는 손을 번쩍 들었다. 그러다가 자신도 어이가 없었는지 손을 내리면서 말했다.

"계속 그렇게 사람 속을 썩게 할 거야?"

그는 다시 허영숙을 끌어안았다. 허영숙은 이광수의 품을 벗어나며 말했다.

"선생님도 남자시군요. 도쿄에서는 한 번도 이런 모습을 보이시지 않았는데 오늘은 전혀 다른 분 같아요. 천박한 질투도 하시고, 화도 내시고, 심지어 저를 때리시려고까지 하셨어요. 어디 한 번 때려보세요. 선생님의 힘찬 팔에 제 얼굴이 돌아갈 만큼 얻어맞아 보고 싶어요."

허영숙은 이광수가 마시다 만 맥주잔을 보고 남은 맥주를 따라 마셨다. 그러고는 천천히 말했다.

"춘원 선생님, 제 어머니 만나보실 용기 있으세요?"

이광수는 멈칫하다가 대답했다.

"아 뵈어야지! 당연히 뵈어야지! 지금 당장이라도 가자고!"

다음 날, 정장 차림의 이광수는 당주동 허영숙의 집을 방문했다. 허영숙은 분홍색 치마저고리로 단정한 차림을 하고, 어머니 송인향 부인은 미색 비단 저고리와 치마 차림이었다. 조종필이 공연히 초조한 듯 뜰 앞을 왔다 갔다 했다. 마루 위로 성큼 올라선 이광수가 안방으로 들어가 부인에게 큰절을 올렸다. 송 부인은 눈을 내리깐 채 미동도 하지 않고 천천히 담뱃대에 담배를 재었다. 담배연기가 피어오를 때쯤 부인의 첫마디가 떨어졌다.

"부인하고는 얼마 전에 헤어졌다고?"

이광수는 무릎을 꿇은 채 대답했다.

"그렇습니다."

"그래, 고향 정주에는 땅이 몇 마지기나 있는고?"

"땅은 전혀 없습니다. 제 이름으로 된 집 한 채도 없고요."

"그럼, 경성에는 집이 어디에 있는고?"

허영숙이 나섰다.

"어머니! 이분은 지금 도쿄에서 유학하는 학생이에요."

"그걸 누가 몰라? 아, 유학생이면 부모가 계실 것이고, 부모가 거처하시는 본가가 있을 것 아니냐?"

허영숙이 잠긴 목소리로 거의 울 듯 말했다.

"어머니, 전에 말씀드렸잖아요. 춘원 이광수 선생은 11세에 천애고 아가 되었고, 혼자 힘으로 도쿄에 두 차례나 유학하였고, 지금은 조선 제일의 문사가 되었다고. 어머니는 왜 땅문서, 집문서, 그런 것부터 따지고 부모가 누구냐, 집안이 어떻게 되느냐, 그런 것만 물으세요?"

송 부인은 장죽을 깊게 빨아 연기를 멀리 보내며 말했다.

"글쎄, 나는 무식한 여자라서 그런지 몰라도 집도 절도 없고, 부모나 의지할 수 있는 형제 하나 없고, 혈혈단신의 몸으로, 가진 것이라고는 종이 몇 장에 펜대 하나를 들고 이 세상을 살아가겠다고 하는 그 일 자체가 이해가 안 돼. 아, 소도 언덕이 있어야 비빈다고, 집 한 채하고, 어디 나가는 번듯한 취직처는 있어야 되는 게 아니야? 글쎄, 신문이나 잡지에 연애 얘기를 써서 기생들이 환호하고 젊은 여자애들이 재미있다고 떠들어 대고⋯. 그렇게 해서 지금 당장은 유명 작가네 뭐네 하며 기자들이 에워싸고 길거리에 나가면 유지 행세를 할지는 모르겠지만, 아 평생 동안 내 처자식, 내 권속을 먹여 살릴 확실한 방편은 있어야 되지 않겠느냐 하는 얘기야. 일전에 네가 만난 김기영 의사는 천하가 다 알아주는 교토 제국대학 출신 의사에다가 그의 부친이 개성에 가진 삼포 (蔘圃) 만 수만 평이야. 그리고 그 사람네는 경성에도 본정통에 커다란 가게터를 두 개나 가지고 있어⋯."

허영숙이 얼굴을 두 손에 묻고 울고 있었다. 부인은 싸늘한 눈매로 쳐다보며 냉정하게 말했다.

"인생은 하루 이틀 살다 가는 하루살이가 아니야. 또 젊음이나 명성도 오래가는 것이 아니야. 잠깐 있다가 이슬처럼 사라지는 것이지. '항산(恒産)에 항심(恒心)이라'고 뭔가 확실하게 해서 차근차근 쌓아 가야 내 대도 온전하고 자식 세대도 봐줄 수가 있는 거야."

마침내 허영숙이 큰 소리로 말했다.

"어머니! 이분은 춘원 이광수예요! 조선 천지가 알아주는 문사 이광수예요! 이광수라는 이름 하나만으로도 평생 살고도 남을 분이에요!"

부인이 눈꼬리를 올렸다. 들고 있던 담뱃대로 놋그릇을 탁탁 치며 큰 소리로 말했다.

"내, 이 얘기는 안 하려고 했다만, 천하제일의 문사이면 뭐하며 소설가면 뭐할 것이냐? 자기 한 몸을 지탱하지 못하는 폐병쟁이 주제에!"

이광수는 일어섰다. 모자를 집어 들고 횡하니 대청마루를 가로질러 대문으로 향했다. 허영숙이 울며 뒤를 따랐다. 부인이 소리쳤다.

"어딜 따라가! 돌아오지 못해!"

그날 밤, 허영숙은 울어서 퉁퉁 부은 눈을 하고 편지를 쓰기 시작했다. 베이징으로 보내는 편지였다. 동창 나가이 하나코가 베이징에 있는 야마모토(山本) 병원에 근무하고 있었다.

나가이, 10월의 찬바람이 불고 있는데 그곳 베이징은 어때? 나는 아직까지 베이징은 가보지 못했는데 그곳 가을 풍경이 그렇게 아름답다며? 근무하는 병원 형편은 어때? … 나가이가 내 형편을 웬만큼 눈치챘겠지만, 난 지금도 그 소설가를 사랑해. 조선의 나쓰메 소세키를 깊이 사랑하고 있다고. 하지만 우리 어머니가 결사적으로 반대하고 계셔. 물론 그이가 돈도 없고, 재산도 없고, 집안도 형편없고, 건강마저 시원찮기 때문이지. 그이가 용감하게 어머니하고 담판을 시도해 보았지만 바늘 끝 하나 들어가지 못할 형편이야.

내가 이곳 경성에서 취직하거나 머물러 있으면 어머니가 나를 강제로라도 돈 많은 집 아들이나 제국대학 출신 젊은이하고 결혼시킬 작정이셔. 난 그이와 함께 베이징이라도 가볼까 해. 그이는 그곳에서 일본어나 영어 교사를 하든지, 일본 신문의 특파원 노릇이라도 할 수 있을 거야. 네가 근무하는 야마모토 병원이 괜찮으면 나는 너와 함께 그곳에서 일하고 싶어. 속히 답장을 보내줘.

허영숙은 다음 날 일찍 우체국에 나가 특별요금을 내고 편지를 지급 (至急)으로 부쳤다. 허영숙이 이렇게 중국 대륙을 향해 움직일 때 이광수는 〈매일신보〉사장실을 찾았다. 검도사범 집안의 출신답게 사장 아베 미츠이에는 그냥 자리에 앉아 있을 때에도 허리를 꼿꼿하게 펴고 자세를 바르게 하고 있었다. 이광수의 이야기를 듣고 아베는 조용히 말했다.

"역시 자네도 피 끓는 청춘이로군. 사랑하는 여인 때문에 대륙 방랑을 해보겠다 이거지? 베이징은 아직 도쿄처럼 질서가 잡혀 있지 않을 거야. 신혼살림을 차리기에는 적당하지가 못할 텐데 …. 글쎄, 자네가 그곳에 가면 무슨 일을 할 수 있을까? 영사관에서 서기 일을 할 수도 있을 것이고, 세관 같은 데서 통역사나 번역 일을 할 수도 있을 것이고, 그래 일본인 학교에서 교사생활도 할 수 있겠군. 정 안 되면 내가 도쿠토미 소호 옹에게 말해서 우리 〈매일신보〉와 〈경성일보〉특파원 자리를 마련할 수도 있지."

"제가 그동안 학비를 대느라 모아 놓은 돈도 없습니다. …"

아베는 아버지가 먼 길을 떠나려고 하는 아들을 바라보듯 안타까운 눈길로 이광수를 바라보다가 조용히 말했다.

"얼마간의 경비는 내가 나카무라 겐타로에게 마련하라고 할 테니까 무엇보다도 건강에 조심하게. 그곳은 추위도 빨리 찾아오고, 무엇보다 먼지가 많은 곳이야. 기관지와 폐가 좋지 않은 자네는 외출할 때 무조건 마스크를 쓰고 나가게."

아베는 나카무라를 불러 아주 세세한 배려까지 해주었다.

"나카무라 군, 봉텐(奉天: 일제시대 심양의 명칭)의 총영사와 베이징의 영사 앞으로 소개장을 써주게. 우리 신문사의 특파원이자 연구원 자격으로 가는 거니까 특별히 신분을 보장하고 영사관 출입을 편히 할 수 있도록 문안을 잘 작성하게. 그리고 특파원 체재비와 원고료를 미리 책정해서 춘원에게 건네주게. 불편함이 없도록."

베이징의 나가이 하나코에게서도 때맞춰 답장이 왔다.

영숙, 걱정 말고 달려와. 이곳은 지금 붉은 단풍이 장관이야. 내가 근무하는 야마모토 병원의 뜰에도 붉은 활엽수들이 멋진 모습을 연출하고 있어. 조선의 나쓰메 소세키와 조선총독부 최초의 여의사 면허 취득자를 성대하게 맞이할 준비를 하고 있어. 이곳 보수는 조선이나 도쿄의 수준보다 훨씬 높아. 베이징이라 특별근무 수당이 붙어 있거든. 채용은 염려하지 마. 도쿄 여자의학전문학교 우등 졸업에, 조선총독부 의사 면허 수석 합격자잖아. 만사 오케이야. 빨리 오기만 해!

사랑의 도피

기차가 쿵쾅쿵쾅 압록강 철교를 지나고 있었다.

영숙은 춘원의 어깨에 고개를 얹고 두 손으로는 춘원의 손을 꼭 쥐고 있었다. 영숙이 물었다.

"선생님, 루비콘강은 어디에 있는 건가요?"

"낸들 알겠소. 그냥 책에서 본 것으로는 시저가 자신의 군대를 이끌고 쿠데타를 일으켜 갈리아 지역과 로마 사이에 흐르는 그 강을 건넜다는데. 그럼 로마 북부에 있으려나 … ."

"우리도 지금 조선반도 북부의 루비콘강을 건너고 있어요."

"그렇지, 주사위는 던져졌다! 'The die is cast'라고 외친 시저나 우리나 … ."

기차는 국경도시 안동을 거쳐 곧장 북으로 향했다. 광막한 만주 벌판이 펼쳐졌다. 영숙이 또 물었다.

"선생님, 선생님은 이 길이 처음이 아니시죠?"

춘원은 빙긋 웃으며 말했다.

"그때 내 나이 스물두 살 때였으니까 벌써 5년 전의 일이군. 정주 오산학교 생활이 하도 답답해서 무작정 이 대륙행 열차를 타고 안동까지 왔었지. 11월이었지. 지금보다 한 달은 더 뒤였으니까, 상당히 추웠던 기억이 나. 안동현에서 마침 정인보를 만나 그 사람에게 중국인 옷 한 벌을 얻어 입고 여비를 얻어 상하이로 갔지. 그때는 봉텐까지 가지 않았지. 대련, 영구를 거쳐 상하이로 갔으니까."

끝도 없는 벌판만 창밖에 펼쳐졌다. 아득히 먼 곳에 농가 두어 채가 서 있을 뿐이었다.

봉텐에서는 이미 나가이가 일러준 대로 비교적 깨끗한 여관 대화(大和)에 머물렀다. 두 사람은 청나라의 궁궐이었던 고궁을 찾았다. 일본 단체 관광객들과 중국 사람들이 마구 뒤섞여 고궁 뜰을 꽉 채웠다. 두 사람은 일본 단체 관광객들의 뒤에 서서 안내양이 사근사근한 일본어로 설명하는 내용을 듣고 있었다. 춘원은 허영숙을 모델처럼 세워 놓고 고궁을 배경으로 마구 카메라 셔터를 눌러댔다. 그들은 즐거웠다. 그리고 황홀했다.

조선 경성 땅에서 지금쯤 어머니가 몸부림을 치고 자신의 개인금고에서 2천 원이나 없어진 사실을 확인했을 것이다. 허영숙은 어머니의 금고에서 슬쩍 꺼내온 거금을 가슴에 꼭 껴안고 고궁을 거닐었다. 그들은 젊었다. 그래서 마냥 행복했다. 내일 지구에 종말이 온다 한들 무슨 상관이 있단 말인가. 젊은이들에게는 지금 이 순간 이 행복이 있을 뿐이다.

그들은 봉텐에 오래 머물지 않았다. 다음 날 곧장 기차에 올라 산해관을 거쳐 베이징에 입성했다. 베이징역에서 친구 나가이 하나코가 기다렸다. 두 사람은 소녀처럼 손을 마주잡고 깡충깡충 뛰었다. 나가이가 안내한 호텔은 중심지 대로가에 있는 그랜드페이킹 호텔이었다. 프랑스인이 운영한다는 3층짜리 유리 호텔이었다. 웅장하고 화려했다.

베이징의 가을은 듣던 대로 아름다웠다. 고궁의 벽을 위시해서 대로변의 큰 건물들은 대부분 붉은색으로 칠했다. 건물들의 그 붉은 색깔과 이제 막 심홍(深紅)의 색상으로 물들어 가는 가로수들의 빛깔이 황혼의 붉은 색과 어우러져 장관을 이루었다. 그야말로 붉은 세상 붉은 색상의 대연주였다.

그랜드페이킹 호텔의 1층 로비에는 놀랍게도 정장을 한 오케스트라 단원들이 앉아 관현악을 연주했다. 이광수나 허영숙도 익히 아는 '경기병 서곡'이라는 곡이었다. 나가이가 손뼉을 치며 소리쳤다.

"호텔 측에서도 조선의 나쓰메 소세키가 왔다는 것을 알고 있는 것 같아요."

허영숙이 나가이를 살짝 꼬집으며 함께 웃었다.

"글쎄, 그런 것도 같은데?"

그날 나가이는 두 사람이 3층에 방을 정해 놓고 목욕을 끝낼 때까지 로비에 앉아 오케스트라의 음악을 감상하였고, 두 사람이 저녁을 청하자 기쁜 마음으로 만찬에 합류했다. 저녁은 프랑스 요리로 하기로 했다. 그 호텔에 자주 와본 나가이는 아는 것도 많았다. 달팽이 요리에 거위 간을 재료로 한다는 푸아그라를 시키고 와인도 적당히 곁들였다. 두 사람은 나가이가 시켜주는 대로 기분 좋게 먹기만 했다.

그런데 식사가 끝나갈 때쯤 이광수가 짜증을 냈다.

"아니 이렇게 프랑스풍의 고급 호텔에서 접시 끝이 깨진 것을 손님상에 내놓다니 …. 그리고 이 스푼은 도금이 왜 이렇게 벗겨졌나? 이거 문제 있는 거 아냐?"

나가이가 태연하게 대답했다.

"선생님, 로마에 오시면 로마식대로 하셔야죠. 여기는 도쿄가 아니라 베이징이에요. 중국 사람들은요 깨진 접시나 이빨이 빠진 그릇도 그냥 쓴답니다. 그게 멋이기도 하고 전통이라고 믿기 때문이에요. 또 이빠진 그릇이나 낡은 그릇이 오히려 복을 가지고 온다고 생각하죠."

이광수는 이해가 안 된다는 듯 냅킨으로 입을 닦으며 찌푸린 이마를 펴지 못했다. 그리고 또 불평을 했다.

"아니 길거리에는 왜 이렇게 쿨리(苦力)들이 많죠? 쿨리라는 말은 내가 알기로는 포르투갈인들이 인도에서 고용한 인부들을 낮추어 부른 데서 왔다고 하는데. 중국 거리에는 앉아 있거나 서 있는 사람들 모두가 쿨리처럼 보이네요?"

"저도 처음에 와서 길거리에 널려 있는 쿨리들을 보고 놀랐어요. 그리고 그 사람들은 대부분 웃통을 벗고 있잖아요. 지금이 10월인데도 여전히 웃통을 벗고 있어요. 감기도 안 드나 봐요, 호호. 하지만 뭐, 이것도 중국의 전통이라고 봐야죠 뭐."

허영숙이 나가이에게 물었다.

"길에서 인력거를 탈 때 요금은 정직하게 부르는 거야? 아무래도 깎아야 하지 않겠어?"

"장거리는 무조건 절반으로 깎아야 돼. 그래도 장거리는 서로 가려고 하니까, 꼭 절반으로 깎아야 돼."

나가이는 일어설 준비를 하며 말했다.

"영숙이, 넌 아무 때고 컨디션이 회복되면 우리 병원에 나오면 돼. 내가 다 얘기해 놨어. 대환영이야. 아무래도 대 베이징에 왔으니까 한 사흘쯤은 구경해야 할 거야. 뭐 고궁도 봐야 하고, 북해공원에 있는 베이징의 상징 바이타(白塔)도 봐야 하고, 원나라 때의 중심지였던 꾸로우(鼓樓)와 쭝로우(鍾樓)도 봐야 할 거야. 원나라 시대의 상징이니까.

또 황제가 제사를 지냈다는 티엔탄(天壇)도 들러야 할 거고. 쿤밍후(昆明湖)가 아름다운 이허유엔(頤和園)도 꼭 봐야지. 이허유엔은 서태후가 우리 일본하고 싸울 때 군함 건조할 돈을 유용해서 호수를 파는 바람에 우리가 일청전쟁에서 이기기도 했다는 일화가 있지."

"만리장성도 봐야 하는 거 아니야?"

"아니 두 사람이 신혼여행을 와서 뭘 그렇게 많이 보려고 그래? 두 분이 호젓하게 신혼 재미를 보는 것이 훨씬 더 스릴 있는 게 아닐까?"

이광수가 헛기침을 하며 어색한 웃음을 띠었다.

"알겠습니다. 저희들이 차근차근 보도록 하지요. 그런데 베이징 대학은 어디에 있습니까? 그 대학 도서관은 한 번쯤 보고 싶은데요."

"네, 하이띠엔(海淀)이라고 베이징시 서북부 외곽에 있어요. 거기 가시려면 시간이 좀 걸릴 거예요."

"베이징에서 오래된 절은 어디에 있는 절입니까?"

나가이는 어지간히 다리품을 팔아 보았는지 척척 대답했다.

"네, 3세기에 지었다고 하는 탄저스(潭柘寺)가 있고요, 탄저스에서 남쪽으로 8킬로미터쯤 떨어진 곳에 있는 마안산의 지에타이스(戒台寺)가 있어요. 당나라 때 창건된 절이죠."

이광수는 두 절 이름을 꼼꼼히 적어 놓았다.

찬바람이 불기 시작하자 이광수는 잔기침을 시작했다. 허영숙도 다가올 겨울이 두려웠다. 무엇보다 이광수의 건강이 걱정되었다.

프랑스풍 호텔 그랜드페이킹의 호사스러운 생활은 사흘쯤으로 끝났다. 허영숙이 베이징에서 오래 견디려면 돈을 아껴야 한다면서 나가이에게 살 집을 알아봐 달라고 했다. 나가이는 펑탕이라는 중년 남자 하나를 소개했다. 남자는 고궁에서 가까운 골목길을 한나절이나 헤매다가 겨우 마루 하나에 방 두 개가 마주한 살림집을 소개했다. 중국인들은 이사 갈 때 벽지를 다 찢어놓고 가는 풍습이 있었기 때문에 이틀이나 걸려 도배하고 청소했다.

두 사람은 옅은 꽃무늬가 아로새겨진 벽지로 신방을 장식하고 가까운 하다면(哈嗒門) 밖에 있는 시장으로 갔다. 요란하게 떠드는 중국 사람들 사이에서 사기그릇을 모아 놓고 파는 그릇 상점으로 들어갔다. 허영숙은 쪼그리고 앉아서 꽃무늬가 새겨진 찻잔과 난초가 새겨진 밥그릇을 챙겼다. 이광수도 함께 쪼그리고 앉아 이왕이면 접시도 사자고 하면서 몇 개를 골랐다.

그날 두 사람은 만두 가게에 들러 나란히 앉아 만두를 먹으며 한없이 행복했다. 집에 돌아와 허영숙은 연분홍색깔에 대담한 꽃무늬가 들어간 원피스 위에 레이스가 달린 앞치마를 두르고 이광수가 영사관에서 가져온 일본판 신문을 함께 읽으며 커피를 마셨다. 그러면서 두 사람은 함께 생각했다.

'신혼 재미라는 것이 바로 이런 것인가.'

주말에는 나가이가 알려준 베이징의 명소들을 충실히 순례했다. 나가이가 알려준 것 외에도 일꾼 펑탕이 추천하는 만수산(萬壽山)이나 와

238

불사(臥佛寺)도 구경했다. 일찍이 수양제가 시공했다는 대운하의 시발점인 퉁저우(通州)까지도 다녀왔다.

그러나 두 사람은 자주 다투게 되었다.

"선생님은 왜 나가이가 가르쳐 준 대로 하지 않으세요?"

"뭘?"

"아, 인력거꾼이 원거리를 가면서 부르는 값은 무조건 반으로 흥정하라고 했잖아요."

"이 사람아, 우리가 인력거 위에서 다리를 꼬고 편안히 구경할 때 그 사람 숨소리를 들어보지 못했어? 그냥 숨이 차서 헐떡헐떡하잖아. 그런 사람한테 값을 깎다니."

영숙은 얼굴을 붉혔다.

"그래도 서로 간다고 하잖아요! 그것도 반값에. 그런데 선생님은 번번이 쿨리들이 부르는 대로 값을 주시잖아요. 그리고 아예 잔돈은 받지도 않으시고요."

"그 사람들한테는 잔돈도 큰돈이야. 하지만 우리한테는 별 쓸모가 없는 것이 동전이고 잔돈이잖아."

"왜 잔돈이 쓸모가 없어요? 전 저기에 잔돈 통을 벌써 준비했어요. 선생님은 도무지 경제관념이 없으세요."

"그래, 경제관념하고는 거리가 먼 바보야. 미안해, 영이. 이리 와."

"싫어요."

진짜 문제는 이광수가 북경대학의 도서관을 구경 갔을 때 생겼다. 특별 열람석 구석에 낯익은 얼굴이 있었다. 이광수는 천천히 다가갔다. 그 사람은 책에 열중하여 주위를 의식하지 않았다. 하지만 이광수는 그를 알아볼 수 있었다.

"단재(丹齋) 선생님이 아니십니까?"

그는 천천히 고개를 들었다.

"아이고, 이게 누구신가. 그 저명하신 춘원이 아닌가."

두 사람은 대화를 위하여 1층 식당으로 내려갔다. 신채호(申采浩: 1880~1936. 사학자. 독립운동가) 선생은 아주머니를 부르더니 탕국에 고량주(高梁酒)를 시켰다.

"선생님, 좀 부드럽고 괜찮은 술을 시키시지요."

"난, 술은 가리지 않아. 고량주도 좋은 술이야. 춘원도 한잔 하지."

"선생님, 요즘 어디에 머무세요? 그리고 무슨 일을 하시는지요."

"나야 뭐 동가숙서가식이지. 하지만 요즘엔 《조선사》라는 책을 쓰기 위해 여기서 멀지 않은 보타암(普陀庵)이라는 암자에 머물고 있어."

술이 웬만큼 오르자 신채호는 본론을 꺼냈다.

"가만있자. 우리가 어디서 만났지?"

"지난 1910년 제가 오산학교 교사 시절에 선생님께서 저희 학교에 들르신 일이 있습니다."

"아 그랬었지. 벌써 8년 전 얘기군. 그리고 또 어디서 만났지?"

"네, 그 후 제가 1913년에 상하이에 갔을 때 거기서 뵈었지요."

"오라오라, 그때 홍명희, 문일평(文一平), 조소앙(趙素昻), 신규식(申圭植), 김규식(金奎植), 변영태(卞榮泰) ⋯. 하, 참, 많은 사람들하고 어울렸지. 참 그때가 좋았는데."

신채호는 고량주를 한 병 더 시키고는 큰 소리로 말했다.

"나는 이회영(李會英) 선생 추천으로 이곳에 왔어."

"여기서 뭘 하십니까?"

"아, 공부도 하고 돈벌이도 하지. 이곳에서 김창숙(金昌淑), 정화암(鄭華岩), 백정기(白貞基)들과 어울려 나라 걱정도 하고 술도 마시고 즐겁게 보내지. 또 중국의 문사 노신(魯迅) 선생과도 교유하고 이 북경대학에 있는 이석증(李石曾) 교수, 오치휘(吳稚暉) 교수들과도 자주 만나고 있지. 특히 이석증 교수는 아예 내 보증을 서서 이 북경대학 도서관 특별 열람실까지 들어올 수 있도록 증명서도 만들어주고, 구내식당 식권까지 사주고 있어. 참 고마운 분이지."

이광수는 북경이라는 또 하나의 세계를 실감하게 되었고, 북경 지식층의 세계가 만만치 않음을 감지하게 되었다. 신채호는 이광수의 심중을 뚫어보듯이 이렇게 말했다.

"사실 아시아에서 제일 먼저 개화한 동경에 있다가 이 북경에 와보면, 엄청난 문화적 충격을 느낄 거야. 나는 아직 동경에는 가보지 못했지만, 아무튼 그곳은 여자 속옷처럼 깨끗하다 하더구먼. 길거리에 휴지 한 장 떨어져 있지 않고, 사람들도 예의가 바르고, 아주 얍삽하리만큼 깨끗하다고 그래. 그런데 이 북경은 어떤가. 길거리에는 맨 똥덩어리투성이고, 먼지가 하루 종일 뿌옇게 피어오르고, 사람들 얼굴도 누렇고, 거리나 집이나 나무 위에도 누런 먼지가 한 자씩 쌓여 있고, 쿨리들은 모두 웃통을 벗고 돌아다니고, 여자들은 아무 데나 주저앉아 용변을 보고, 하아 이것이 바로 천자가 수천 년 동안 지배했다고 하는 천하의 중심 중국의 모습이지. 명조 청조가 지배했던 이 북경을 바라보면서 참으로 한심했을 거야…."

신채호는 아예 고량주를 맹물처럼 들이켰다.

"이런 나라에 우리나라 조정이 수천 년 동안 조공을 바쳤어. 동지사(冬至使)다, 하지사(賀至使)다, 신년을 맞았다, 황제가 바뀌었다, 조선의 임금이 바뀌었다, 세자가 책봉되었다, 뭐 건만 생기면 보고를 올리고 황제의 칙어를 받들어 모시기 위해 바리바리 싸들고 여인들까지 수백 명씩 조공물로 바치면서 이곳으로 머리를 조아리며 왔다 이거야. 저 고궁에 들어갈 때는 고개를 들지 못했고, 황제 앞에서는 오금을 펴지 못했지. 그게 우리 조선의 운명이었고 역사였어.

아, 임진왜란 때는 어땠나. 정철, 이항복 같은 무리는 아예 선조대왕에게 나라 자체를 명나라 황제에게 바치자고 했네. 이른바 내부론(內附論)이라는 것을 주장하지 않았나. 김부식은 어땠으며 정몽주, 최만리, 송시열은 어땠는가. 황제의 나라라면 고개도 들지 못했네.

천 년도 넘었던 신라시대, 최치원은 이 나라 수도였던 장안에 들어와 열두 살에 부모와 생이별하고 과거시험 준비를 했네. 그래서 열여덟 살에 외국인들만 따로 시험을 보는 빈공과(賓貢科)에 진사로 장원급제하고 나중에 중국 황제로부터 자금어대(紫金魚袋: 황금물고기 모양의 장식이 붙어 있는 주머니. 공복(公服)의 띠에 매달아 관직의 귀천을 구분하였음. 정5품 이상에게 수여함)를 하사받았네. 그리고 고국 신라에 들어와서 자신이 중국의 진사 출신이라는 것을 평생의 자랑으로 삼았네."

이광수는 신채호의 길고 긴 장광설에 압도되었고 그의 이론에 이의를 달 생각이 전혀 없었다. 이광수는 신채호의 술잔에 술을 따랐다.

"사실 선생님께서는 오래전부터 우리 한민족의 우수성과 그 역사의 독창성을 강조하면서 중국을 은근히 멸시하지 않으셨습니까?"

신채호는 고개를 끄덕였다.

"맞아 맞아. 나도 한때는 국수주의자(國粹主義者)였고 내 나라가 최고라는 아집에 빠졌지. 가령 우리의 고대사를 말하면서도 모두 내 나라 중심으로 평가했어. 예를 들면 고대문자인 갑골문자도 우리 한민족이 창안했다, 저 내몽골에 지금도 숨어 있는 홍산문화(紅山文化: 중국 만리장성 북동부에 존재했던 신석기 시대의 문화)도 우리 조상이 만든 것이다, 우리의 강역이 산해관을 넘어 이 북경까지 뻗쳐 있었다 …."

"그런데 지금은 그런 소신에 변화가 있습니까?"

신채호는 약간 혀가 구부러지는 소리로 말했다.

"뭐 크게 변하지는 않았지만 내가 이 북경대학의 방대한 고대문학관에 들어와 책을 읽으면서부터 생각이 바뀌기 시작했네. 역시 중국은 대국이구나, 중화문화는 무시무시한 것이구나, 그래서 당나라 때에는 서쪽의 로마와 함께 이 지구를 양분해서 지배했구나. 허나 지금은 쇠락기에 들어섰다고 봐야겠지. 그놈의 아편 때문에 모두 몽롱해지고 지금의 중국 젊은이들은 의기를 상실하고 있어. 국운에 대해서도 나 몰라라, 서양과 일본이 들어와서 국토를 짓밟아도 '아이 돈 케어.' 허허 참, 내가 쓸 줄 모르는 영어를 다 하고 있군."

이광수는 그쯤에서 대화를 끝낼까 하고 일어서려 했다. 신채호가 이광수의 팔을 잡아 앉혔다. 그리고 호령했다.

"춘원! 아직 내 말이 끝나지 않았어. 지금 이 북경에 있는 교민사회가 춘원에 대해서 무슨 얘기를 하는지 아는가?"

이광수는 아연 긴장하지 않을 수 없었다. 신채호는 거침없었다.

"첫째, 그대는 지금 국제정세가 요동을 치고 1차대전이 끝나가는 이 마당에 조선 제일의 문사라는 신분으로 양갓집 규수 하나를 후려서 이 먼 북경까지 사랑의 도피여행을 온 사람이다. 둘째, 춘원은 자타가 공인하는 조선 제일의 문사인데 안타깝게도 총독부가 발행하는 어용지(御用紙)인 〈매일신보〉에 독점적으로 글을 쓰는 사람이야. 그러니 독자들이 춘원을 어찌 생각하겠나! 총독부의 매체에, 총독부의 입맛에 맞는 글만 쓰는 그런 작자다. … 셋째, 이곳 북경에 와서도 같이 데리고 나온 처자는 일본인이 경영하는 야마모토 병원에 출근시키고 본인은 틈만 나면 영사관에 들러 일본 신문을 읽고 있다. … 춘원 이광수, 이런 북경 교민들의 수군거림에 대해 변명할 말이 있나?"

이광수는 망치로 뒷머리를 얻어맞은 느낌이었다. 지금까지 자신은 사랑을 쟁취하여 국경을 넘고 대륙의 심장부로 달려온 사랑의 승리자라고 자부했는데 북경대학을 출입하는 뜻있는 교민들은 전혀 다르게 평가했다. 그 사람들의 입방아에 대해 당당히 대처할 내용이 생각나지 않았다. 이광수는 식당 여인에게 술값을 치르고 찬바람 부는 북경대학의 캠퍼스를 정신없이 걸어서 나왔다.

그날 밤 이광수는 허영숙에게 한마디도 하지 않고 모로 누워서 땀을 흘리며 밤새 앓았다. 다음 날 그는 일본 영사관에 나가 신문을 펼쳐 들었다. 신문의 헤드라인에는 이런 내용이 적혀 있었다.

독일과 연합군 간에 드디어 휴전협정이 체결되고 1차대전은 끝났다. 월슨 대통령의 민족자결 14개 원칙에 따라 지금 파리에서는 평화회의가 열릴 준비를 하고 있다.

이광수는 영사관을 뛰쳐나와 집으로 들어갔다. 그리고 야마모토병원에 있는 허영숙에게 전화해 일방적으로 통보했다.

"영이, 나 오늘 오후 기차로 경성으로 들어가오. 날 찾지 마시오."

"선생님! 선생님! 이게 무슨 말씀이세요?"

이광수는 대답하지 않고 전화를 끊었다.

동경 2·8독립선언서

1918년 12월, 석 달간의 북경생활을 청산하고 이광수는 경성으로 돌아왔다. 매몰차게 병원에 나간 허영숙의 얼굴도 보지 않고 기차를 탄 것이다.

그가 경성에 와서 찾아든 곳은 청진동에 있는 허름한 여관방이었다. 그는 문간방에 있는 전화기로 중앙중학에 근무하는 친구 현상윤을 불러냈다. 현상윤은 어리둥절하여 물었다.

"아 이 사람아, 이게 어찌 된 거야? 자네가 허영숙 씨를 데리고 사랑의 도피여행을 떠났다고 해서 지금 장안이 들썩들썩하네. 진고개에 있는 다방에 신여성들이 모두 모여 '아이 멋있다. 나도 그런 사랑의 도피여행을 떠나봤으면' 이렇게 얘기하는 처자들이 있는가 하면, '조선 제일의 문사 춘원도 별수 없구나. 부잣집 딸 허영숙을 후려서 결국은 사랑의 도피여행이나 하고. 아이고 남자들이란 …' 혀를 차는 이들도 있네. 뭐 어디 경성뿐이겠나. 도쿄 유학생들도 지금 자네의 사랑 도피여행을 하나의 테마로 삼아 날이면 날마다 찬반토론을 하고 있다네. 다만 싸구려 잡지들만 요란하게 떠들고 있고, 〈매일신보〉나 〈경성일보〉에서는 자네를 은근히 보호해주고 있더군."

"어떻게?"

"〈매일신보〉에는 이런 점잖은 사고가 나왔더라고. '본사에서는 소설가 이광수 씨를 본사의 베이징과 봉텐 지역의 특파원 및 연구원으로 파견하였음.' 하지만 사람들이 그걸 믿겠어? 아무튼 자네는 대단한 사람이야. 조선 천지에서 결혼도 하지 않은 남녀가 사랑을 위하여 국경을 넘고 대륙으로 훌쩍 날아간 커플은 자네 춘원과 허영숙 씨뿐일 테니까 말야. 그것도 얼마나 화젯감이야. 조선 제일의 문사에다가 조선 최초의 총독부 여의사 1호니까 말이야."

이광수는 서둘러 현상윤의 말을 막았다.

"지금 우리가 이런 얘기를 할 때가 아니네. 내가 이번에 북경에 가서 소식을 들으니 국제정세가 보통 심각한 게 아니야. 지난 11월 11일에 구주대전(제1차 세계대전)이 끝났고 지금 파리에서는 미국 대통령 윌슨이 주창한 14개 민족자결주의 원칙을 토론하기 위해 중국에서는 육징상(陸徵祥: 당시 중국 외무장관)이 이미 파리로 출발한 상태야. 우리도 차제에 대대적인 독립운동을 시작해야 할 거야."

"어떻게? 우리는 나이가 젊어서 조선에서는 아직 씨가 안 먹히는데?"

이광수가 현상윤의 손을 잡고 말했다.

"그래서 상의하는 게 아닌가. 지금 자네가 근무하는 중앙중학의 교장은 송진우 선생이고, 중앙중학 위에 있는 보성고보 교장은 최린(崔麟: 천도교 지도자. 3·1운동 때 민족대표 33인 중 한 명) 선생이 아닌가. 특히 최린 선생은 손병희(孫秉熙: 천도교 교주) 선생을 움직일 수 있지 않은가."

"사실은 요즘 남대문 밖에 있는 상춘원이라는 곳에서 손병희, 오세창, 최린 같은 천도교 지도자들이 독립운동을 위해 정기적으로 모이고 있다는 소식이 있어."

이광수는 현상윤의 손을 잡아 흔들며 뜨겁게 호소했다.

"됐네. 자네가 그 어른들에게 국제정세를 보고드리고, 시간이 얼마 남지 않았다는 것을 말씀드려 주게. 나는 도쿄로 건너가 우선 독립선언서를 쓰겠네. 내 독립선언서가 완성되면 자네에게 전달될 걸세."

이광수는 그날 밤으로 부산에 내려가 관부연락선을 탔다. 검은 바다를 바라보며 파도처럼 일렁이는 세계정세를 생각했다. 참으로 매정하지만 그때 이광수의 머리에는 멀리 북경에 남아 있는 허영숙은 떠오르지 않았다.

1918년 12월 당시, 일본의 지식인 사회에서는 레이메이카이(黎明會)라는 진보단체가 결성되었고, 대표 격인 인물은 요시노 사쿠조(吉野作造)였다. 그는 도쿄 제국대학 출신으로 서양유학을 마치고 모교에 교수로 있으면서 이른바 '다이쇼 데모크라시'라는 진보적 이념을 전파했다. 그는 1904년에 조선문제연구회를 만들어 조선 문제를 심각하게 연구하고 고민했다. 1916년 조선반도와 만주까지 현지답사를 하며 조선인과 만주인들이 피압박민족으로서 얼마나 가혹한 식민통치를 감내하는가를 관찰하고 연구했다. 그는 도쿄제대의 젊은 학자들을 설득하고 변희용(卞熙瑢: 정치인 박순천 여사의 부군), 김준연(金俊淵: 독립운동가. 정치가), 최승만(崔承萬: 독립운동가) 같은 유학생들을 포섭하여 레이메

이카이에 입회시켰다. 요시노의 사상은 상당히 진보적이어서 조선반도
에도 영국이 아일랜드에게 주는 정도의 자치권을 주어야 하고, 캐나다
나 호주가 누리는 정치적 자유와 자치권을 할애해야 한다고 주장했다.

1918년 그해 겨울, 크리스마스가 다가왔다. 기독교를 믿든 안 믿든
크리스마스라는 행사는 젊은이들의 축제였다. 역설적이게도 크리스마
스 시즌에는 교회를 안 다니는 사람들이 더 요란하게 떠들고 술을 많이
마신다.

그 무렵 출석은 잘 하지 않지만 스스로 가와바타(川端) 미술학교에
다닌다고 유학생들 사이에서 호기를 부리던 김동인(金東仁: 1900~
1951. 소설가)은 긴자에서 친구들과 어울려 술을 마시고 혼고(本鄕)의
하숙집으로 돌아왔다. 김동인을 부축하고 돌아온 사람은 제일고보에
재학 중인 수재 주요한(朱曜翰: 시인. 최초의 현대시를 쓴 사람)이었다.
김동인은 혀 꼬부라진 소리로 말했다.

"야 주요한, 우린 말이야 그 골치 아픈 독립 얘기니, 애국사상 같은
것은 떠들지 말자. 아무리 우리가 떠들어 봤자 조선이 독립될 것도 아
니고, 기고만장해서 떠들다가 경찰서에 잡혀가 고문 한 번 받으면 설설
기어서 나올 것이 뻔하잖아."

"그래서 어쩌자는 건데?"

"우리는 말야, 순수하게 문학운동을 하자 이거야. 뜻 맞는 사람들끼
리 진짜로 격조 있는 문학을 만들어 가자 이거야. 그렇게 하려면 동인
지를 만들어야겠지."

"동인은 누구누구로 하려고?"

"일단 이광수는 제외하자. 그 친구의 구태의연한 문학을 제 1차로 타

도해야 해. 그 친구는 뭐 맨날 기생 영채니, 신여성 선형이니, 삼각구도니, 연애 같은 것을 상투적으로 쓰는데 우리는 그런 것을 싹 집어치우자고. 그리고 좀 격조 있는 순수문학을 하자 이거야."

"동인지를 만들려면 최소 2백 원은 들어가야 되는데 …."

"아 운영비는 걱정하지 마. 대동강 건너 드넓은 벌판이 다 우리 집 땅이잖아."

"그럼 동인은 누구누구로 할까?"

"우선 아오야마에 다니는 전영택(田榮澤: 소설가. 목사) 하고, 김환(金煥: 1893~1945년 이후 북경에서 행방불명. 소설가) 그리고 최승만 정도로 하지."

"그럼 동인지 이름은 뭐로 하고?"

김동인은 꼭 끼고 있던 화로를 밀어내면서 큰 소리로 말했다.

"'창조'(創造)야, 창조!"

다음 날 김동인은 평양에 있는 어머니에게 급한 일이 생겼다며 돈 2백 원을 부치라고 했다. 아들을 끔찍이 여기던 어머니는 즉시 거금을 보냈다. 일본 경찰은 학교에도 잘 나가지 않는 김동인에게 정체불명의 거금이 송금된 것을 알고 그를 잡아가 심문했다. 그러나 동인지를 발간하기 위한 자금이라는 것을 알고 난 후에는 그를 풀어주었다.

김동인은 그 후 〈창조〉 제 1호를 요코하마(橫濱) 복음인쇄소에서 1천 부나 인쇄하여 도쿄의 유학생들과 경성에 있는 서점에 풀었다. 이것이 우리나라 근대문학의 첫 동인지였고 가장 진보적인 문학지였다. 그런데 그 발간 날짜가 공교롭게도 1919년 2월 8일이었다.

그날 도쿄의 YMCA에서는 4백여 명의 유학생이 모여 독립선언서를 낭독하고 뜨거운 행사를 벌였다. 물론 그 독립선언서는 이광수가 쓴 것이었다.

조선 청년 독립선언서

조선 청년 독립단은 우리 2천만 민족을 대표하여 정의와 자유를 승리를 득한 세계 만국의 앞에 독립을 기성(期成)하기를 선언하노라. 4300년의 장구한 역사를 유하는 오족(吾族)은 실로 세계 최고 민족의 일(一)이다. 비록 유시호(有時乎) 중국의 정삭(正朔)을 봉(奉)한 사(事)는 유(有)하였으나 차는 양국 황실의 형식적 외교적 관계에 불과하였고, 조선은 항상 오족의 조선이요 1차도 통일한 국가를 실(失)하고 이족의 실질적 지배를 수(受)한 사(事) 무(無)하도다 ….

메이지대 법학과에 다니던 백관수(白寬洙)는 독립선언서를 힘차게 낭독하였고, 게이오 대학에 다니던 김도연(金度演)이 결의문을 선창했다. 히비야 경찰서에서 나온 경찰들이 그곳에 모여 있던 유학생들을 모조리 잡아들이기 시작했다. 그런데 정작 선언서를 작성한 이광수는 행방이 묘연했다. 그는 2월 2일에 이미 유학생 대표 격인 최팔용(崔八鏞)에 의해 상해로 빠져나갔기 때문이다.

최팔용은 참으로 의기 있고 행동력이 있는 유학생의 리더였다. 그는 도쿄에서 독립선언서 낭독을 주도하고 유학생들을 선동했다는 죄목으로 잡혀 가혹한 고문을 받고, 스가모 형무소(巢鴨刑務所)에 수감되었다가 풀려 나와 고문 후유증으로 31세의 안타까운 나이로 타계했다.

이광수는 최팔용의 강권에 의해 2월 2일 도쿄를 떠나 시즈오카로 갔다가 다시 나고야를 거쳐 그 옛날 허영숙을 떠나보내며 서성였던 이즈 반도 입구의 누마즈(沼津)로 갔다. 정말 상해의 임시정부로 가서 독립 군이 되어야 할 것인가, 아니면 일본에 남아서 문학활동을 계속해야 할 것인가···. 그는 번민에 싸여 누마즈의 바닷가를 거닐었다. 그때 바닷 가의 수상경찰서에서 며칠씩 바닷가를 서성이는 젊은이를 수상히 여긴 형사가 다가왔다.

"자네의 정체는 무엇인가?"

"네, 대학생입니다. 와세다 대학에 다닙니다."

"조금 있으면 졸업일 텐데 왜 이렇게 한적한 시골에 와 있나?"

이광수는 엉뚱한 거짓말을 했다.

"북경에 일본 사장이 경영하는 〈순천시보〉라는 신문사에서 영어 잘 하는 기자를 모집한다고 하여 응모하러 가는 길입니다."

형사는 이광수가 끼고 있는 영어 잡지를 살펴보고는 슬그머니 물러 섰다. 그날로 그는 기차를 타고 오사카까지 가서 다시 고베로 가 상하 이행 연락선을 탔다.

1918년 연말, 허영숙은 다니던 베이징의 야마모토 병원을 그만두었 다. 나가이 하나코가 짐을 들고 베이징역까지 바래다주었다.

"영숙, 너무 낙심하지 마. 춘원 선생이 바람이 나서 도망간 것이 아니 잖아."

"차라리 바람이라도 났으면 가슴이야 쓰렸겠지만 이렇게 두렵지 않 을 거야. 아마도 그이는 무슨 엄청난 일을 도모하고 있을 거야."

"엄청난 일이라니?"

"독립운동 같은 거 … . 꼭 불에 덴 사람처럼 정신없이 뛰쳐나간 것을 보면 그런 사상운동에 빠졌을 거야."

"설마, 그렇게 위험한 일에 빠지겠어? 이렇게 예쁜 애인을 두고 … ."

기차가 산해관을 넘어 봉텐을 거쳐 압록강 다리를 건널 때 허영숙은 2등 칸의 자리에서 곁에 앉아있는 사람의 눈치도 보지 않고 흐느꼈다. 점잖게 생긴 일본 중년 여인이 안타깝게 물었다.

"아 집안에서 누가 어려운 일을 당했습니까?"

"네. 어떤 남자가 죽었어요. 먼 곳으로 날아가 죽었어요."

정말 그때 허영숙은 자신에게 매정한 전화 한 통을 남겨놓고 떠난 이광수가 꼭 섶을 지고 불속으로 뛰어 들어간 것만 같았다. 하지만 그녀의 마음 한가운데는 더 간절한 마음이 숨겨져 있었다.

'제발 일 저지르지 마시고요, 살아만 계세요. 우리는 아직 결혼식도 못 올렸잖아요.'

송 부인은 놋재떨이를 담뱃대로 탕탕 치며 큰 소리로 말했다.

"참 꼴좋다. 내 금고에서 2천 원이나 훔쳐가지고 천년만년 살 것처럼 그렇게 도망가더니 석 달 만에 돌아와? 왜 눈 펑펑 내리는 북경에서 얼어 죽지! 왜 살아왔어! 그리고 너를 그렇게 사랑한다던 그놈은 어디로 간 거야?"

허영숙은 어머니의 무릎에 머리를 묻고 한없이 울었다.

"소문에 들으니 그놈이 동경 가서 무슨 큰일을 도모하고 있다더라. 제발 엉뚱한 일을 저질러 형사들이 우리 집으로 쳐들어오는 일이 없도록만 했으면 좋겠다. 그러니까 내가 제국대학 졸업생을 배필로 삼아야 된다고 하지 않았니."

1919년 새해가 되었다. 연초부터 큰일이 터졌다. 고종황제가 덕수궁에서 승하(昇遐)했다. 사람들은 모두 흰옷을 입고 대한문 앞에 모여 통곡했다. 소문은 흉흉했다. 일본인의 사주에 의해 황제가 마시던 커피인지 식혜인지에 상궁이 독을 넣었다는 것이다. 혐의를 받은 상궁이 잡혀갔다는 소문이 파다했다.

허영숙은 오랜만에 총독부 의원에 나갔다. 허영숙이 수석 합격하던 날 제일 크게 기뻐했던 원장 구지 나오타로(久慈直太郎) 박사가 반겨주었다.

"잘 왔어. 난 이런저런 소문이 들리기에 우리의 수석 합격자를 잃는 게 아닌가 하는 걱정부터 했는데, 드디어 나타났군. 사랑의 도피여행이 끝이 났나?"

"원장님, 다 헛소문이었어요. 춘원 선생은 매일신보사에서 특파원 자격으로 봉텐과 베이징 일대를 취재하기 위해 파견했던 것이고요, 저는 베이징의 의료수준을 알아보기 위해 친구가 있는 그곳 야마모토 병원에 잠시 취업했었어요."

"그래? 베이징의 의료수준은 어떻던가?"

"아무래도 도쿄만 하겠어요? 의료진의 문제도 있고, 의료시설의 문제도 그렇고…. 하지만 보수는 한 달에 50원 정도나 주었어요. 초임치고는 높았지요."

"내일부터라도 나와. 나와서 임상실습을 해야지. 뭐 보수야 20원도 채 안 될 거야. 보수야 많지 않지만 총독부 의원에서 임상실습을 한다는 것은 일단 의사로서는 명예로운 일이지."

허영숙은 허리를 굽혀 인사하며 고마움을 표했다.

"배려해주셔서 감사합니다, 원장님."

"우리 병원이 영광이지. 도쿄여의전 수석에, 총독부 의사면허 시험 수석이 우리 병원에서 근무하게 되었으니까 말이야."

격동의 3월

　1919년 도쿄에서 이광수가 비단에 써 놓고 간 2·8독립선언서를 유학생 송계백(宋繼白)이 자신의 사각모 안에 은밀히 누벼 경성으로 가지고 들어왔다. 이광수가 추운 하숙방에서 목구멍으로 피를 넘겨가며 썼던 그 장문의 독립선언서를 보고 최린이 눈물을 흘렸다. 그리고 천도교의 교주인 손병희가 결단을 내렸다.

　"그럼 우리도 일어서야지. 젊은 학생들이 이국에서 피를 흘려가며 독립운동을 시작했는데 우리가 가만히 있어서야 되겠는가!"

　그날 최남선이 이광수의 독립선언서를 가져갔다. 그는 그것과는 약간 방향을 달리하여 국내에서 사용할 독립선언서를 작성하기 시작했다. 후세의 사가들이 평가한 것처럼 이광수의 독립선언서는 '민족의 독립'을 강조한 반면, 최남선의 독립선언서는 '독립과 인도주의적 민족주의'를 강조했다고 보아야 할 것이다. 어쨌든 최남선은 독립선언서를 쓰면서 민족대표 33인에 서명하는 것만은 사양했다. 독립선언서를 초안하고 서명까지 하면 주모자급이 되어 견디기 어려운 고문을 받고, 차후에 학문하는 데 지장이 있을 것이라고 판단했기 때문이다. 이 점을 놓고 불교계를 대표해서 서명한 한용운(韓龍雲. 시인. 독립운동가)은 "누구는 고문 받는 것이 좋아서 받나? 참으로 한심한 보신주의자로다"라고 일갈(一喝)했다.

1919년 3월, 격동의 시간이 시작되었다.

나혜석은 전해까지만 해도 몸이 좋지 않아 모교인 진명여학교에서 도화(미술) 선생을 하다가 쉬고 있었는데 도쿄에서 유학하던 김마리아(독립운동가)와 황애시덕(독립운동가)이 찾아왔다. 국내에서 소식이 늦었던 나혜석이 의아하게 물었다.

"아니 왜 학기 초에 이렇게 나왔어? 공부들도 안 하고?"

김마리아가 흥분된 어조로 말했다.

"하이고, 깜깜소식이로군. 지금 도쿄는 야단이야. 춘원 이광수가 피끓는 독립선언서를 써놓고 상해로 망명했고, 도쿄 유학생들은 YMCA에서 모여 모두 만세를 부르고, 거리로 나가다가 모두 잡혀갔어."

황애시덕도 큰 소리로 말했다.

"우리가 이럴 때가 아니야. 우리도 고종황제의 인산(因山: 황제의 장례식) 때에 맞춰 독립만세를 부르는 거야. 지금 국내에서 제작된 독립선언서가 돌고 있어."

그들은 이화학당의 학감 박인덕을 찾아갔다. 거기에는 이미 김하르논(이화학당 교사), 손정순(이화학당 학생), 안병숙(중앙회당 유년부 교사), 안숙자(일본 육군중위 염창섭의 아내. 소설가 염상섭의 형수), 신체르뇨(이화학당 교사), 박승일(이화학당 교사), 안병수(이화학당 학생) 등이 모여 있었다. 이들은 모두 이화학당 학생들을 동원하여 종로로 나가기로 결정했다. 나혜석은 자금 조달을 위해 개성으로 가서 정화여숙(貞華女塾) 교장을 만나 자금을 얻었고, 내친김에 평양에 가서 여러 사람을 만나 자금을 구했다. 이 중에서 정진여학교 교사인 박충애는 3·1만세 때에 평양 여성들을 독려하여 선두에 서기도 했다.

맹렬히 활동하던 나혜석은 결국 3월 8일에 검거되어 5개월의 형을 받고 그해 8월 4일에 석방이 되었다. 그때 애인 김우영은 변호사 시험에 겨우 합격된 애송이 변호사로서 옥에 갇힌 나혜석에게 큰 도움을 줄 수 없었다. 그 무렵 나혜석의 오빠 나경석도 맹렬히 만세운동에 나섰다. 그는 아예 최남선의 독립선언서 1천 부를 인쇄하여 봇짐에 지고 멀리 만주 길림에 있는 손정도(孫貞道: 목사. 독립운동가. 해군 참모총장 손원일의 부친) 목사를 찾아갔다. 그리고 손정도 목사의 애국지침서를 들고 들어오다가 일경에게 체포돼 옥고를 치렀다. 김우영이 많은 애를 썼다.

그때 최남선은 물론 괴산 만세시위운동을 주도한 홍명희도 징역 1년 6개월을 선고 받았다. 다행히 이듬해 4월에 감형이 되어 출옥했다.

허영숙은 총독부 의원의 외과에서 다카다 교수의 지도를 받고 있었다. 3·1만세사건이 벌어지고 많은 중상자들이 병원에 실려 오자 그녀는 정신없이 치료에 전념했다. 곤봉에 머리를 맞아 중상을 입은 환자들이 특히 많았고, 심지어는 일본 헌병들의 칼에 찔려 손이나 팔이 잘려 나간 환자들까지 있었다. 허영숙은 밥을 먹기도 어렵고 잠을 잘 수도 없었다. 손을 떨며 수술을 돕는 허영숙을 향해 다카다 교수가 말했다.

"무서운가?"

"그럼요, 교수님. 두렵고 무섭습니다. 그리고 슬픕니다."

"의사는 수술할 때나 진료할 때, 표정을 나타내면 안 돼. 오로지 환부만 바라보고 쨀 것은 쨰고 꿰맬 것은 꿰매고, 과학도답게 임해야 해."

"교수님, 저는 의사이고 앞에 누워 있는 사람은 환자다, 이렇게만 생각할 수 있었으면 좋겠는데요. 그게 잘 안 되네요. 밑에서 살려달라고 울부짖는 이들이 제 동포들이잖아요. '아파요', '살려주세요' 이런 말들이 다 우리 조선말이에요."

다카다 교수는 허영숙이 하는 말을 못 들은 척하고 복도로 나가 담배를 피워 물었다. 환자들은 복도에까지 가득 차 있었다. 허영숙은 집에 가서도 잠을 제대로 잘 수가 없었다. 특히 어린 여학생들이 심하게 다쳐 울부짖는 모습이 어른거렸기 때문이었다. 저녁도 먹지 않고 그냥 누워 자는 허영숙을 송 부인이 달랬다.

"에미는 네 속을 다 안다. 암 의사도 사람이지. 거기 환자가 다 우리 조선 사람들인데 …. 하지만 너는 의사다. 내일도 나가서 그 사람들을 돌봐줘야 될 게 아니냐. 어서 이 죽이라도 좀 먹고 자거라."

부인은 잣죽과 잉엇국을 끓여왔다. 허영숙은 코를 막고 겨우 몇 숟가락 떴다.

3·1운동의 함성이 간간이 계속되던 1919년 5월, 병원으로 뜻밖의 손님이 찾아왔다. 흰 저고리에 까만 통치마를 입은 여학생이었다.

"이게 누구 …?"

그 여학생은 놀랍게도 오래전에 진명학교에서 헤어졌던 이정희(李正熙: 이응준 장군의 부인. 독립운동가 이갑의 딸)였다.

"그때가 언제였더라?"

"언니가 동경 여의전에 가기 위해서 우리 진명을 떠나 한성여고보로 전학 갔을 무렵이죠. 전 그때 북만주에 계셨던 아버지가 위독하셔서 간병하러 학교를 그만두고 몰래 국경선을 넘어 그곳으로 갔었죠. 물린이라고 하는 아주 깊은 산골이었어요."

두 사람은 다정하게 손을 잡고 병원 뒤 동산으로 올라갔다. 향기로운 라일락이 한창 피어 있었다. 허영숙이 감회 깊은 소리로 말했다.

"북만주의 물린이라고 하면 한때 춘원 선생도 가셨던 곳인데 …."

이정희가 깜짝 놀라며 말했다.

"언니! 그걸 어떻게 아셨어요?"

"춘원 선생님이 동경에서 유학생들을 모아놓고 자신이 해삼위를 거쳐 북만주에 있는 물린과 치타라는 데를 다녀왔다는 강연회를 하셨지. 그때 물린에서 독립운동가 이갑 선생을 뵌 얘기도 하셨고, 그 집 따님이 곁에서 열심히 간병하더라는 얘기도 하셨지. 너는 유학생들 사이에서 유명인사가 되었어."

"왜요?"

"후후훗. 말 못할 사정이 있지. 아 글쎄, 물린에 계신 네 아버지와 일본 육사에 다니던 이응준 생도가 깊은 관계였고, 나중에 소위가 되었을 때 이응준 소위를 사윗감으로 점찍고 계셨는데, 아 글쎄 우리 진명을 나온 김탄실, 그러니까 김명순이 이응준 소위를 짝사랑했지 뭐야. 하긴 뭐, 오해할 만도 했지. 우리가 처음 동경 유학 가서 동경역에 내렸을 때 바로 그 이응준 소위가 김명순을 마중 나왔지 뭐야. 아마 평양에 있다는 김명순의 작은아버지가 부탁했던 모양이야. 아무튼 그때부터 이 김명순은 그 잘생긴 이응준 소위를 짝사랑하다가 잘 안 되니까 결국은 스미다 강에 몸을 던졌지 뭐야. 아 그때 동경 신문에 나고, 잡지에도 나고, 아주 요란했어. 대일본제국 육군소위와 유학생 김명순의 이룰 수 없는 사랑, 뭐 어쩌고 하면서 연일 대서특필이었지."

"하긴 제가 진명을 막 떠나기 전에 일본 육사에 다니던 그 오라버니가 사진을 보낸 일이 있었어요. 어쩌다가 제가 그 사진을 김명순 언니에게 보여주었더니 다짜고짜 자기에게 달라는 거예요. 제가 줄 수 있겠어요? 거절했죠. 그리고 그다음 날엔가 학교를 떠났죠."

"김명순만 하마터면 스미다 강의 물귀신이 될 뻔했지. 그런데 지금 너하고 이응준 장교하고는 어찌 됐니?"

"네, 지금 중위가 돼 있죠. 전방에 나가 있는데 …, 내년쯤 결혼식을 올릴 거예요. 언니, 와 주실 거죠?"

"어디서 결혼식을 하는데?"

"남들은 유명한 정동교회 같은 데서 하라고 권하는데요. 저는 그이와 대놓고 결혼식을 자랑할 형편이 못 돼요. 그이는 일본 육사를 나온 장교잖아요. 일본 장교는 결혼하려면 육군대신의 허가를 받아야 된대요. 그런데 저희 아버지는 독립운동을 하시다가 재작년에 노령 니콜리스크에서 세상을 떠나셨어요. 저희 아버지도 일본 육사를 나오셨지만 독립군 출신이라 결혼을 허가할지 지금도 걱정이에요. 그래서 그이와 저는 고향에서 아주 조용히 결혼식만 올리려고 해요."

"네 고향이 어디지?"

"평양 바로 위에 있는 숙천이에요."

영숙은 눈을 감고 잠시 생각했다.

"숙천이라…. 글쎄, 갈 수 있을지 모르겠구나. 내년 봄 내 형편이 어찌 될지 알 수 없어서…. 아무튼 그 일은 그때 가서 생각해 보자. 근데 넌 3·1만세 때 어디에 있었니? 이렇게 감옥에 가지 않고 날 찾아온 걸 보니 일단 다행이다만."

"저도 하마터면 감옥살이를 할 뻔했어요. 2월 28일에 나혜석 언니가 우리 기숙사로 찾아왔어요. 저는 지난해부터 공부가 하고 싶어 복학했지요. 이응준 중위가 일본 육사를 나왔는데 제가 여고보라도 나와야 하지 않겠어요? 아무튼 기숙사에 있는데 나혜석 언니가 들어와서 독립선언서 한 장을 전해주고 '내일 경복궁 앞 해태상 앞에 모여라. 거기서부터는 내가 인도할 것이다'라고 지침을 주시더라고요. 다음 날 우리는 앞을 가로막는 일본 교사들을 밀치고 경복궁 쪽으로 갔지요. 그리고 해태상 앞에서 모여 나혜석 언니의 지도를 받으며 파고다공원 쪽으로 갔어요. 언니들과 김마리아 씨 같은 용감한 분들은 파고다공원까지 갔는데 저는 광화문 네거리에서 그냥 잡히고 말았어요. 그래서 덕수궁 주재소로 잡혀가 하룻밤 갇혀 있다가 선생님들이 오셔서 풀려났지요. 하지만 나혜석 언니는 지금 6개월의 형을 받았고, 김마리아 선배 같은 분은 아주 심한 고문까지 받으신 모양이에요. 그래서…."

"그래서?"

"언니가 괜찮으시다면 나혜석 언니 면회를 가봤으면 해서요."

허영숙은 머뭇거리지 않고 대답했다.

"암 가야지. 남들은 독립만세를 부르다가 옥살이까지 하는데 그까짓 면회 가는 것이 문제겠어? 정희야, 감옥에 면회 가려면 무엇을 준비해야 되는지 알아봐줘."

그날 밤 허영숙은 말할 수 없는 허전함과 고독함으로 몸을 떨었다. 가까운 선배나 친구들이 차가운 감옥에 있다고 생각하면 무서움과 함께 안타까움이 밀려왔다. 낮에는 찾아오는 환자들 때문에 그런대로 바삐 움직여 잡념이 생길 여지가 없었지만 밤이 되어 남폿불을 밝히면 뚝뚝 눈물이 흘렀다.

무엇보다 상해 부둣가를 서성일 그 사람에 대한 그리움이 뼈를 저리게 했다. 몸도 시원찮은 사람이 낯선 곳에서 끼니는 제때 챙겨 먹는 것인지, 혹 괴로움 때문에 과음은 하지 않는지, 동경 하숙방에서 독립선언서를 쓰면서 목구멍으로 피를 넘겼다는데 지금은 어떤 상태인지 …. 그녀는 눈물로 편지를 쓰기 시작했다.

춘원 선생님, 그곳에는 세계 만국 사람들이 모여들고 온갖 진귀한 모습들이 연출된다지요? 프랑스 사람들이 모여 사는 프랑스조계에는 안남(베트남) 순사들이 교통정리를 하고, 부둣가에는 우리가 북경에서도 숱하게 보았던 쿨리들이 모여 있겠지요? 영국, 미국, 독일, 러시아 사람 …. 이국적 풍물들과 함께 양자강과 푸른 바다가 장관을 이루겠지요. 부디 자중자애하시고 건강을 생각하시기 바랍니다. 고독하다고 생각하면 오뉴월에도 한기를 느끼고, 어느 한적한 술집으로 달려가 술잔에 시름을 풀겠지요. 선생님께서 쓰신 독립선언서를 영문으로 번역하여 〈차이나프레스〉, 〈데일리뉴스〉 같은 곳에 투고하셨다는 소식도 풍문으로 들었습니다. 그런 일을 하자면 모두가 돈일 텐데 그 돈을 어디서 구하셨나요. 그 돈을 구하기 위해 얼마나 고생하셨나요.

조국은 한동안 태극기의 물결과 만세의 함성으로 금방이라도 해방이 될 것처럼 요란했습니다. 그러나 한두 달이 지나고 나니 여기저기서 들리는 것은 신음소리뿐입니다. 당장 제가 다니는 총독부 의원에도 환자들로 넘쳐나고 있습니다. 한때 김명순이 결혼했으면 했던 일본 육군중위 이응준은 머지않아 이정희와 결혼할 것 같습니다. 나혜석은 변호사가 된 김우영과 금방이라도 결혼식을 올릴 것처럼 하다가 지금은 만세운동에 앞장을 선 죄목으로 차디찬 감옥에 들어가 있습니다. 가까운 장래에 김우영 씨와 상의하고 이정희와도 상의하여 면회를 한 번 다녀올까 합니다.

들리는 말로는 미국에 계시던 도산 안창호 선생이 그곳에 가셨다고 하는데 좋은 지도를 받으시기 바랍니다. 무엇보다 건강을 생각하십시오. 물도 다르고 음식도 다르고 공기도 다른 그 타국 땅에서 제일 문제가 되는 것은 건강일 것입니다. 자중하고 또 자중하소서. 그리고 이 소녀를 잊지 말아주시기 바랍니다. 저와 어머니는 일구월심 선생님의 안녕을 위해 기원을 올리고 있습니다. …

며칠 후 김우영과 이정희가 찾아왔다.

"제가 특별면회를 신청했습니다. 변호사인 제가 신청했으니까 면회시간도 길고 분위기도 좀 자유로울 겁니다."

허영숙이 조심스럽게 물었다.

"무엇 무엇을 준비해야 될까요?"

"그곳은 여름에도 한기를 느낄 만큼 서늘합니다. 따뜻한 내복을 준비하시면 좋겠고요, 의사 선생님이시니까 구급약 몇 가지를 특별차입해주십시오. 그리고 그곳에서는 먹는 것이 부실하니까 고기 간스메(통조림)를 준비해주십시오. 저는 저대로 준비할 것입니다."

정희가 거들었다.

"그곳에서 먹을 수도 있을까요?"

"특별면회니까 가능할 겁니다."

"그럼 저는 언니를 위해 닭죽을 쑤어 갈 거예요."

서대문형무소의 면회실은 초라하기 그지없었다. 아무 장식도 없는 시멘트벽에 네모진 책상 하나를 한가운데 놓아두었다. 철커덕 하고 문이 열릴 때 하마터면 허영숙과 이정희는 소리를 지르고 쓰러질 뻔했다. 면회실에 들어설 때까지 나혜석은 규정에 의해 용수(죄수의 얼굴을 보지 못하도록 머리에 씌우는 둥근 통 같은 기구)를 쓰고 두 팔은 포승줄로 꽁꽁 묶여 있었다. 변호사인 김우영이 간수에게 얘기해서 용수와 포승줄을 풀게 했다. 그제야 야무지고 차돌 같은 나혜석의 얼굴이 드러났다. 나혜석은 의외로 침착했다. 그녀는 김우영에게 담배부터 청했다. 그녀는 조금도 주눅 들지 않은 목소리로 말했다.

"이곳도 사람 사는 곳이에요. 견딜 만해요."

이정희는 연신 손수건으로 눈물을 닦았다. 그런 이정희를 바라보며 나혜석이 말했다.

"울지 마. 나 배고파, 준비해 온 거 어서 줘."

이정희가 닭죽을 차리고 허영숙이 소고기 통조림을 따놓자 나혜석은 허겁지겁 먹었다. 다 먹고 나서 말했다.

"아 — 내 배가 차고 나니 친구들이 생각나네. 이 안에는 김마리아도 누워 있고, 이화 출신들이 많이 와 있지. 남는 것은 그 친구들하고 나눠 먹어야지."

김우영이 힘주어 말했다.

"곧 풀려날 거요. 걱정 말아요. 내가 최선을 다할 테니!"

조선 최초의 여성 개업의

차창을 때리는 눈발이 요란했다. 기차는 계속 북쪽으로 달렸다.

숙천읍에 내렸을 때 하얗게 눈 쌓인 역사에 이정희가 나와 있었다. 결혼을 앞둔 신부답게 따뜻하게 누빈 두루마기에 여우목도리를 두르고 있었다. 허영숙이 털 코트에 가죽가방을 들고 씩씩하게 역사에 들어가자 정희가 달려왔다.

"언니, 고마워요! 멀리까지 와주셔서…. 선배님으로는 언니가 유일해요."

"와야지 —. 아버님도 안 계신 결혼식인데…. 육군 대신에게 알리지도 않고 올리는 결혼식이라 아무래도 조심스럽겠네?"

"하지만 그이는 배수의 진을 치고 저와 결혼하는 거예요. 만약 육군성에서 허가 없이 결혼한 일을 문제 삼는다면 군에서 제대할 생각까지 하고 있어요."

"설마 결혼한 문제를 가지고 제대까지 시키겠니? 많은 국비를 들여 양성한 장교인데…. 사관생도 한 명을 양성하는 데 얼마나 많은 국비가 들어가겠니?"

결혼식은 아주 조용하게 치러졌다. 주례는 애국지사 김지간(金志侃) 선생이 섰다. 선생은 일본 형사와 헌병이 와 있다는 것을 알면서도 의연하게 식순을 진행하고 간간이 신랑에게 조국과 민족을 사랑해야 한다는 얘기를 강조하면서 육례(六禮: 결혼 의식)를 진행했다.

가까운 주재소에서 온 소장은 말없이 술잔을 기울이고, 평양에서 온 형사는 간간이 무엇인가를 수첩에 적었다. 그리고 헌병분대에서 나온 듯한 헌병 오장은 꼿꼿한 자세로 조선식 육례를 신기한 듯 지켜보았다.

결혼식은 무사히 끝났다. 사흘 후 눈이 그치자 신랑 신부는 신방이 차려진 평양으로 향했다. 평양 모란봉 밑에 방 두 칸짜리 신방을 얻어 놓았다고 했다. 눈발이 완전히 그쳤을 때 신랑 신부는 서둘러 평양 가는 기차에 오르고, 허영숙도 동행했다.

허영숙은 신랑 신부가 평양역에서 내릴 때 가방 속에 간직했던 선물을 이정희에게 건넸다.

"신부는 무조건 예쁘고 봐야 돼. 오늘부터 애교도 많이 부리고 늘 아름답게 꾸미고 있어. 이건 미쓰코시 백화점에서 사온 화장품 세트야. 프랑스제니까 아껴서 써."

이정희는 선물세트를 가슴에 꼭 안은 채 얼굴을 붉혔다.

"언니, 너무 고마워요. 아껴서 쓸게요."

다시 눈발이 흩날리기 시작했다. 군복을 갖춰 입은 이응준 중위는 기차가 움직일 때 허영숙을 향해 멋진 거수경례를 했다. 2등석에 있던 모든 승객들이 허영숙을 부러운 듯 쳐다보았다.

경성에 돌아온 허영숙을 다카다 교수가 불렀다.

"이번 임상실습을 끝내는 절차로 지방 병원을 다녀와야겠어."

"어디예요 교수님?"

"응, 함흥에 있는 도립병원인데 딱 한 달만 다녀와. 갔다 와서는 바로 개업할 거지?"

"네 교수님. 지금 저희 집을 병원으로 쓰려고요. 한참 개축공사를 하고 있어요. 교수님, 제 병원 개원할 때는 꼭 오실 거죠?"

"아, 어느 분이 개업하시는데 소생이 안 가겠습니까. 오지 말라고 해도 이 사람은 갈 것입니다."

영숙은 기쁜 마음으로 함흥으로 향했다.

함흥을 다녀오고 나자 도쿄에서 몇 번 만난 신여성 김원주〔金元周: 호는 일엽(一葉)〕가 찾아왔다. 개업 준비로 정신이 없는 허영숙을 붙잡고 그녀는 신세타령을 늘어놓았다.

"허 선생, 난 정말 괴로워요. 결혼생활이 이렇게 어려운 것인 줄 몰랐어요."

"아니 결혼생활이 어렵다니요. 부군께서는 연희전문 교수님이잖아요. 나이가 조금 많아서 그렇지 이해심 많고, 큰오라버니처럼 얼마나 든든해요."

"허 선생, 남 말이라고 그렇게 쉽게 하지 말아요. 그이는 다리 하나가 없는 불구자예요. 허 선생, 불구자하고 살아 봤어요?"

"아이 김 선생도⋯. 신여성을 주장하고 인간을 널리 사랑하자고 인도주의를 부르짖는 선구자께서 왜 그렇게 협량으로 말씀하세요? 이제 남편이 되셨으니까 너그럽게 봐주셔야지."

갑자기 김원주는 술을 찾았다. 부엌아주머니가 청주를 내오자 거침 없이 두어 잔을 마신 후 담배를 피워 물었다.

"나 참, 이 일은 아무한테도 못한 말인데 …. 아 글쎄, 첫날밤에 그이가 들어와서 옷을 벗는 거예요. 뭐 첫날밤이니까 어차피 서로 옷을 벗었는데 아무튼 난 그 순간에 기절해서 쓰러졌어요. 아 글쎄, 다리 하나를 번쩍 들어서 벽에다 걸어 놓는 거예요."

"아 의족(義足)이었군요."

"생각해 봐요. 그냥 옷 속에 의족을 감추고 다닐 때는 조금 절룩거리는구나, 그 정도로만 생각했는데 아 글쎄 무릎 위까지 뻗어 있던 의족을 벗어 놓고 이불 속으로 들어오는데 견딜 수가 있겠어요? 온몸이 꽁꽁 얼어붙고 와들와들 떨다가 첫날밤을 새웠어요. 나는 지금까지도 몸이 풀리지 않고 있어요. 그이만 보면 몸이 굳어버린다니까요."

"하지만 부부가 되셨으니까 이제는 사랑으로 감싸주셔야죠. 그분이 김 선생을 얼마나 사랑해요. 김 선생님 일이라면 물불을 안 가리고 도와주시잖아요. 이번에 김 선생께서 주관하시는 잡지 〈신여자〉도 이노익 교수께서 전적으로 스폰서를 해주셨잖아요."

"그거야 그렇지요. 그이하고 이화학당 교수 빌링스 부인께서 많이 협찬했어요. 하지만 이제 스물세 살에 지나지 않은 내가 마흔이 넘은 그이를 사랑해야 되고 그이의 의족까지도 사랑해야 된다고 생각하면 앞이 캄캄해요."

허영숙이 화제를 돌렸다.

"잡지 〈신여자〉의 주간은 어차피 원주 선생께서 하실 거고, 필진은 어떻게 구성하실 거예요?"

"우선 삽화하고 주요 논문은 나혜석 씨에게 부탁해야겠고, 교육 문제는 김활란 선생, 박인덕 선생, 그리고 사회 문제는 차미리사 선생. 음 … 그리고 의학과 여성 문제는 허영숙 선생이 맡아주셔야겠어요."

그렇게 해서 1920년 2월, 조선 최초의 여성 전문잡지 〈신여자〉가 세상에 선을 보였다. 그 취지문은 장엄했다.

개조! 이것은 참혹한 포탄 속에서 신음하던 인류의 부르짖음이요, 해방! 이것은 누천년 암암한 밤중에 갇혔던 우리 여자의 부르짖음입니다. 비기적(肥己的) 야심과 이기적 주의로 양춘의 평화를 깨뜨리고 죽음의 산, 피의 바다를 이루는 전쟁이 하늘의 뜻을 어기는 비(非)인도라면 다 같은 인생으로 움직이고 일할 우리를 무시로 노예시하고 임의로 약자라 하여 오직 주방에 감금함도 이 역시 하늘의 뜻을 어기는 비인도일 것입니다. 이미 그것이 비인도라면 얼마나 장구한 운명을 가진 것이겠습니까? 때는 왔습니다. …

1920년 5월 1일은 허영숙의 날이었다. 그날 〈동아일보〉 3면에는 다음과 같은 기사가 났다.

허영숙(許英肅) 여사 개업. 재작년에 동경 여자의학전문학교를 졸업하여 조선에 처음으로 여의(女醫)가 된 허 여사는 이번에 서대문정 1정목에 여의원을 열고 금일부터 개업한다는데, 병원 이름은 '영혜의원'(英惠醫院)이라 하며, 이로써 조선 여자가 의원을 개업하기는 처음이라 하겠더라.

영혜의원 관련 기사와 개업광고

4면에는 큼지막한 광고도 났다.

개업광고, 근계(謹啓) … 기술은 변변치 못하오나 정성을 다하기로 본
령(本領)을 삼아 개업하옵나이다. 서대문정 1정목 9번지, 영혜의원(英
惠醫院) 여의(女醫) 허영숙(許英肅) …, 개업은 5월 1일부터.

장안의 사람들은 그날만은 조선 최초의 여성 개업의 허영숙을 화제
로 삼지 않을 수 없었다.

"아, 대단한 여자야. 여자로서 도쿄 여자의학전문학교 수석 졸업에,
1호 졸업생이 되었고, 총독부 의사면허 시험에서 뭇 남성들을 물리치
고 1등을 하더니 이번에 조선에서 최초로 여자가 병원을 개업했네? …
참 놀라운 일이야."

"왜 병원 이름을 영혜의원이라고 했을까?"

"아 그거야 뻔하지. 자기 이름에서 '영' 자를 따고 '혜' 자는 우리나라
최초의 서양식 병원 '광혜원'(후에 제중원)에서 따온 것이 아니겠어? 이

름도 대단해."

광고에 난 서대문정 1정목 9번지는 바로 허영숙의 집이었다. 넓은 뜰과 한옥 집을, 수돗물이 들어오고 전기가 들어오는 신식 집으로 바꾸어 병원으로 만든 것이었다. 개업식 날, 총독부에서 축전이 날아오고 총독부 의원의 원장 구지 나오타로 박사가 큰 화환을 보내왔다. 감옥에 있는 최남선도 자신이 경영하는 신문관의 이름으로 특별 화환을 보내주었다. 많은 내빈들이 찾아와 오찬을 하였고 저녁에도 골목까지 불을 밝힌 채 손님들을 맞이했다.

그러나 허영숙의 마음은 허전했다. 정말 자신이 기다리는 축하전보는 오지 않았고, 가슴으로 그리워하는 그 사람이 오지 못했기 때문이다. 일주일쯤 후, 상해에서 인편으로 비밀리에 기다리던 소식을 받을 수 있었다.

영, 진심으로 축하하오. 일본 영사관으로 배달된, 날짜 지난 신문을 통해 자랑스러운 '영혜의원'의 개원 소식을 들었소. 그리고 육당 같은 이는 감옥에 있으면서도 화환을 보내주었다니 너무 고마웠소. 가능하다면 그분 면회를 가주시오. 나는 평생 그분에게 은혜를 입은 사람이오. 오산에 있을 때 방학 때마다 그분 댁에서 신세졌고, 그분이 낸 〈소년〉이나 〈청춘〉 잡지를 통해 적지 않은 고료를 받았소. 그뿐만 아니라 내가 와세다 대학에 진학하게 된 것도 그분이 나를 인촌 김성수 선생에게 소개했기 때문이오. 바다 같은 은혜를 입었소.
이번에 나는 도쿄에서 독립선언서를 쓰고, 육당은 국내에서 독립선언서를 썼다는 것도 얼마나 큰 인연이오. 참으로 하늘이 내린 인연 같소이

다. 꼭 면회를 다녀와 주시오. 다시 한 번 개원을 축하하오. 어머님께
도 안후를 올려주시오. 춘원.

허영숙은 신문에 글을 실으면 상해에 있는 춘원도 기사를 읽는다는
것을 알고 〈동아일보〉에 글을 보냈다. 그 글은 5월 10일 자에 실렸다.
글의 내용은 조선 최초의 여자개업의답게 의학적인 내용이었다. 그러
나 그 내용은 파격이었다. 제목은 '화류병자(花柳病者: 성병환자)의 혼
인을 금할 일'이라는 것이었다.

조선의 남성들이여, 여성들에게만 순결을 강요하지 마시라. 강요하지
않아도 현재 조선의 여성들은 국제적 수준으로 볼 때 가장 순결하고 정
결한 수준을 유지하고 있습니다. 그러나 안타깝게도 조선의 남성들은
성에 대한 기본적 인식이 편파적이며 지극히 남성 위주의 가치관으로
되어 있습니다. 만주다, 대륙이다, 아라사다, 조선이다, 일본이다 하
는 곳들을 거침없이 다니면서 성적으로 지극히 문란한 생활을 하고 있
습니다. 성병이 있는 남자가 아무 죄책감도 없이 결혼하게 되면 순결한
부인은 금방 전염이 되어 말로 형언할 수 없는 고통을 당하고 그 고통은
2세에까지 전달됩니다. 사산(死産)이 되는 예도 허다하고 선천적 기형
아로 태어나는 일도 허다합니다.
조선의 남성들이여, 혼전 순결을 지킬 자신이 없다면 아예 결혼하지 마
시라! 결혼은 개인과 개인의 문제이고 한 가정과 가정의 문제이지만 궁
극적으로는 국가적 문제라고 하지 않을 수 없습니다. 따라서 화류병을
가지고 결혼하는 일만은 국가에서 법으로 막아야 합니다. 왜냐하면 화

류병은 망국의 병이기 때문입니다.

허영숙의 서릿발 같은 논설문은 당시 성병을 하나의 멋쯤으로 생각하던 조선 남성들의 머리를 매섭게 후려쳤다.

그해 여름과 가을은 일이 많았기 때문에 허영숙은 겨울이 시작되는 11월에야 누빈 솜바지저고리를 들고 서대문형무소를 찾아 육당을 면회했다. 육당은 과묵한 입을 열어 고맙다는 말을 여러 번 했다.

그해 5월에는 특별한 음악회가 있었다. 일본의 알토 가수 야나기 가네코가 종로 YMCA에서 조선 최초의 독창회를 열었다. 야나기 가네코는 유명한 민속학자 야나기 무네요시(柳宗悅)의 부인이었다. 야나기 무네요시는 도쿄 제국대학 철학과를 졸업하고 유럽 유학까지 한 학자였지만 유독 조선의 민속학과 민예학에 애착을 가져 조선백자와 민속품을 수집하고 전시하는 일에 몰두했다. 특히 그는 3·1만세운동이 한창이던 1919년 5월 20일부터 24일까지 〈요미우리신문〉에 '조선인을 생각한다'라는 글을 실어 조선에 대한 깊은 애정을 표현하고 3·1운동에 대한 일본의 지나친 탄압을 비난했다. 또 1922년에는 광화문이 총독부를 짓기 위해 옮겨지는 것을 바라보며 잡지 〈가이조〉(改造)에 반대의견을 펼치기도 했다.

이런 남편의 조선에 관련된 문화활동을 돕기 위해 부인 야나기 가네코가 독창회를 열었는데 사실 그때까지만 해도 조선의 음악 수준은 찬송가를 부른다든지, 미국이나 유럽의 민요를 부르는 정도였다. 그때 야나기 가네코는 동아일보사 창간기념으로 1920년 5월 4일에 내한하여 오페라 아리아와 슈베르트, 슈만의 수준 높은 가곡을 노래했다. 또 노래하면서도 특이하게 위아래 흰색의 한복을 입고 무대에 서서 조선 관객들을 감동시켰다.

병원 일이 바빴지만 허영숙은 그 독창회에 참석하였고 특별 찬조금도 전했다. 야나기 무네요시 내외가 병원까지 찾아와 고마움을 표시했다. 허영숙은 조선에서는 듣기 어려운 수준 높고 예술성이 뛰어난 야나기 가네코의 음악성에 대하여 경의를 표했다. 그녀는 이듬해 6월 동아일보사가 주최한 '조선민족미술관 설립 후원, 야나기 가네코 부인 독창음악회'에도 참석해 야나기 부인을 후원했다. 그때는 허영숙과 이광수가 결혼하고 금강산으로 신혼여행을 다녀온 직후였기 때문에 사적인 이야기를 많이 했다. 두 해에 걸쳐 허영숙 내외와 야나기 가네코 내외는 예술을 통해 돈독한 관계를 쌓았고 조선 사랑에 대해서 깊이 있는 이야기를 나누었다.

그해 6월, 경성의 시선은 정동교회 쪽으로 모였다. 조선 최초의 여성화가이자 '여자는 남자의 노리개가 아니다'라는 발 빠른 페미니즘 논조를 발표하며 '조선의 노라(입센의 《인형의 집》 주인공)'를 자처한 나혜석이 정동교회에서 김필수 목사의 주례로 김우영과 결혼식을 갖게 되었다.

"아니, 김우영이라는 사람도 대단해. 세상에 여자가 없어서 그런 여자를 아내로 맞나? 아, 교토 제국대학을 나와 그 어렵다는 변호사 시험에 합격하고 전도가 양양한 청년이 왜 하필 그런 여자하고 결혼해?"

"글쎄 말이야. 폐병쟁이 시인 최승구와 죽고 못 살던 그런 헌 여자를 왜 모셔 가냐 이거야. 아 글쎄 결혼조건도 희한하기 짝이 없잖아."

"결혼조건이 어떤 건데?"

"아 글쎄, 문서로 써서 받았다는데 …. 첫째, 일생을 두고 지금과 같이 나를 사랑해주시오. 둘째, 그림 그리는 것을 방해하지 마시오. 셋째, 시어머니와 전실 딸과는 별거케 하여주시오."

"아주 제 멋대로 하고 싶은 말을 다 했구먼."

문제는 결혼식이 끝나고 더 희한하게 진행되었다. 신부 나혜석은 착한 신랑 김우영에게 신혼여행을 떠나자고 했다. 신랑은 감히 어디로 갈 거냐고 묻지도 못하고 남대문역에서 목포로 가는 1등칸을 탔다. 최신식 예복과 멋을 한껏 부린 차림이었다. 열차가 목포에 도착하자 나혜석은 앞장서서 부두로 향했다. 역시 신랑은 1등 선실표를 구매하였고 두 사람은 다도해로 들어가는 바다 풍광을 감상했다. 그러나 배는 다도해로 길게 가지 않고 고흥 부두에 닿았다.

그제야 나혜석은 김우영에게 행선지를 밝혔다.

"최승구 시인 묘역으로 가십시다. 아직 묘비도 없답니다."

두 사람은 고흥 바닷가에 있는 여관 2층에 자리를 잡고 첫날밤을 보냈다. 그리고 인부를 사서 까만 오석으로 최승구의 묘비를 세웠다. 그들은 정성들여 2배(拜) 한 후에 경성으로 돌아왔다. 그 소식은 신문과 잡지에 나고 다시 경성 사람들은 수군댔다. 아니 온 나라 사람들이 수군댔다.

1920년 여름에는 수인성 전염병이 경성지역을 중심으로 널리 퍼졌다. 허영숙은 병원에 찾아오는 임산부들을 입원실에 뉘어 놓은 채 또 다른 여의사 임명숙과 남성 의사 4명과 함께 뚝섬 쪽으로 나가 일주일 동안 방역업무에 매달렸다.

허영숙은 늘 스스로를 일에 맡기면서 과로했다. 상해에 있는 이광수를 잊기 위해서였다. 그런데 그해 겨울, 이광수로부터 또다시 비밀편지가 왔다.

영! 지난 한 해는 참으로 고달픈 한 해였소. 연초부터 건강이 좋지 않아 이곳에 오신 안창호 선생께서 내 건강을 염려하여 홍십자병원에 입원시켜 주었소. 가까스로 출혈이 멎고 지금은 견딜 만하지만 하루하루 지내기가 참으로 어렵소. 내가 이곳 상해에서 하는 일은 영도 잘 알다시피 〈독립신문〉의 사장으로서 〈독립신문〉을 국내외에 널리 알리고 내 조국의 독립을 위한 글을 쓰는 일이오. 얼마 전에는 일품향(一品香)이라는 아담한 여관에 머물며 이곳 상해를 방문한 미국 국회의원단에게 전하는 독립선전문을 완성해 전달했소.

그러나 모든 일은 자금이 좌우하고 있소. 안창호 선생께서 미국에서 가지고 오신 돈은 더 급한 일에 다 쓰였소. 나는 그동안 우리 독립에 관한 사료를 정리하기 위하여 사료편찬위원회를 만들어 운영했는데 그것도 재정이 바닥나 해산하고 말았소. 또 이곳 임시정부에서는 나를 스위스 제네바주재 대표로 보내려고 하였으나 이 일 역시 여비가 없어서 무산되고 말았소. 모든 일이 돈에서 시작하여 돈으로 끝나고 마는구려.

사실상 내가 이곳에서 몸서리가 치도록 지겨운 일은 나이 드신 우리 독립지사들이 낮에는 햇볕이 드는 양지에 앉아 이를 잡는 풍경을 보는 것이오. 세상에, 독립운동을 하러 만리타향에 온 독립지사들이 양지 녘에 앉아 이를 잡고 있다니, 이게 될 일이오. 참으로 상해에는 사람도 많고 그래서 그런지 이가 많소. 저녁에는 이 때문에 번번이 잠을 설치는 형편이오. 영, 부끄럽소.

조국을 구하겠다고 이곳에 와서 〈독립신문〉의 사장이 되었지만 그 〈독립신문〉마저 돈이 없어 찍지 못하고 있으니 이게 무슨 꼴이란 말이오. 선비에게 붓이 없는 형편이며 환자에게 약이 없는 형편이오. 겨울이 되니 기침은 더욱 잦아지고 아침에 자리에서 일어나면 베개 머리맡에 붉은 피가 흥건히 고여 있소. 영, 보고 싶소. 그대의 그림자라도 끌어안고 그대 머리카락에서 나는 냄새라도 맡는다면 이 병이 삽시간에 나을 것만 같소. 그대의 향기가 그립소. 춘원.

상하이로

1921년 새해를 맞으며 허영숙은 병원 일에 골몰했다. 경성 최초의 산원(산부인과병원)이라는 명성 때문에 살 만한 집의 임산부들이 몰리고 총독부 근처에 사는 일본인 임산부들까지 영혜의원을 찾았다. 어느 날, 간호부가 숨넘어가는 표정으로 신문을 들고 왔다. 〈오사카 아사히〉 신문이었다. 허영숙은 기사를 보고 숨이 멎는 듯했다.

상하이에 있는 불령선인(不逞鮮人: 당시 일본인들이 애국적 조선 사람들을 낮추어 부르던 말)들의 단체 '상해임시정부'에서 기관지인 〈독립신문〉을 맡아 제작하는 사장 이광수는 일찍이 경성 〈매일신보〉에 《무정》을 연재하던 유명작가였다. 그리고 지난해 2월 8일에는 도쿄에서 유학생들에게 '독립선언서'를 작성하여 배포하였던 자였다. 그러나 그는 현재 상하이에서 〈독립신문〉 사장으로 있는바, 그의 지병인 폐병이 도져 사경을 헤매고 있다고 현지 소식통들이 전하고 있다.

눈이 펄펄 날리던 1월 말 털 코트를 입은 남자 하나가 영혜의원에 찾아왔다. 진료하던 허영숙이 의아한 표정으로 물었다.

"어찌 오셨는지요?"

"네, 속이 거북해서 왔습니다. 선생님께서는 내과도 잘 보신다는 소문이 자자하더군요."

그러면서 그 털 코트를 입은 사나이는 주위를 살피고는 얼른 가슴에서 편지 하나를 꺼내 허영숙에게 전했다. 그리고 빠르고 나지막한 목소리로 말했다.

"춘원이 보냈습니다. 가능한 한 빨리 허 선생께서 상해로 와 주시기를 바랍니다. 자세한 내용은 편지에 쓰여 있을 것입니다."

자리에서 일어서는 사나이를 붙잡고 허영숙이 물었다.

"저 존함이 어찌 되시는지요?"

"서울 사람 최창식(崔昌植: 독립운동가)입니다."

사나이는 이 말만 하고 떠나려 했다. 허영숙은 사무실 구석 금고에 있는 돈을 모두 챙겨 그에게 전해주었다.

허영숙은 일을 할 수가 없었다. 총독부 의원으로 찾아가 구지 나오타로 원장을 찾았다.

"원장님, 해마다 만주와 화북(華北) 베이징 일대에 의료시찰단을 보내지 않습니까? 올해도 보내나요?"

구지 나오타로 원장은 업무일지를 뒤적이더니 고개를 끄덕였다.

"오는 2월에 의료시찰단이 떠나게 돼 있군."

"원장님, 저 좀 보내주세요. 꼭 갈 일이 있어요."

"중국 대륙을 가시겠다···. 그곳에 그대 애인이 머물고 있지 않은가?"

영숙은 얼굴을 붉히며 고개를 숙였다. 구지 나오타로 원장은 근심스러운 어투로 말했다.

"내가 알기로는 그 유명한 작가 선생이 상하이에 계시는 걸로 아는데. 베이징에서 상하이는 멀어도 너무 멀어. 상하이까지는 여행 허가가 나지 않을 거야."

"일단 명단에 끼워만 주세요. 나머지는 제가 해보겠습니다."

얼마 후 허영숙은 2월에 출발하는 북경의료시찰단의 일원으로 이름을 올릴 수가 있었다. 그녀는 청주 한 병을 사들고 매일신보사의 편집장 나카무라 겐타로를 찾아갔다. 그때 이미 아베 미츠이에 사장은 도쿄로 돌아가 〈국민신문〉을 맡고 있었다. 그래서 허영숙은 조선말을 잘하고 총독부나 경찰과도 잘 통하는 겐타로를 찾아간 것이다.

"사실 나도 이광수 씨의 근황이 정말 궁금한데 …. 지금 뭐 재정사정도 열악한 〈독립신문〉의 사장직을 맡았느니 어쩌니 하면서 소문이 요란하고, 최근엔 그분이 발병해서 쓰러졌다고 하던데. 참, 안타까운 일이에요. 작가가 글을 써야지 무슨 독립운동입니까. 허 선생이 설득할수 있으면 한번 해보세요. 저도 원하는 바입니다. 제가 종로서에 있는 미와 와사부로(三輪和三郎) 경부에게 부탁해 보지요. 고등계장인 미와 경부 정도면 상하이 지역에 갈 수 있는 여행 허가서를 내줄 수 있을 겁니다. 결국 경무국의 허가를 받아야 하겠지만 말이에요."

허영숙은 머리를 숙여 감사의 뜻을 전했다. 얼마 후 미와 경부와의 면담이 이뤄졌고 그녀의 여권에는 별지에 상하이까지 갈 수 있는 여행 허가서가 붙게 되었다. 조선말을 조선 사람보다 더 잘한다는 미와 경부는 허영숙에게 은밀하게 말했다.

"좋소. 의료시찰단 일원으로 북경까지 가게 됐다니 잘된 일이오. 떡 본 김에 제사도 좀 지냅시다. 내가 이번에 경무국장 마루야마(丸山鶴吉) 님으로부터 특별명령을 받았소. 여건이 허락되는 대로 상하이에 있는 안창호와 이광수를 귀국하도록 종용해주시오. 물론 그자들이 호락호락 넘어오지는 않을 거요. 그러나 이 말만은 꼭 전하시오. '귀국만 한다면 절대로 구속하거나 감옥에 넣지 않겠다, 우리들의 감시 하에서 건전한 청년운동이나 민족개조운동은 허락하겠다'고 말이오. 이 약속은 총독님께서도 재가하신 겁니다. 그러니 북경 시찰이 끝나면 일행에서 떨어져 나와 남경 쪽으로 가는 기차를 타시오. 일행들이 눈치채지 않게 재빠르게 행동하시오. 우리는 상해에 있는 임시정부의 상황을 손금 들여다보듯이 다 파악하고 있어요."

여행 일정은 순조롭게 진행되었다. 이번에는 준비를 아주 침착하게 진행했다. 건강상태가 좋지 않은 이광수를 현지 병원에서 치료해야 할 것이고, 충분히 영양식을 시켜줘야 하고, 그를 데려올 수 있으면 데려오고, 정말 데려올 수 없다면 연전에 베이징에 가서 야마모토 병원에 취업했듯이 또다시 취업하든가 아예 그곳에서 개업해도 될 것이다.

문제는 돈이었다. 허영숙은 그동안 모았던 돈하고 자기 앞으로 되어 있는 3백 마지기 양주 땅에서 추수한 쌀을 판 돈을 모두 긁어모았다. 2천 원이 넘는 거금이었다. 전대로 만들어서 허리춤에 차고 그녀는 베이징으로 떠났다.

일행이 베이징 시찰을 끝내고 천진에서 기차를 갈아탈 때 그녀는 대열에서 빠져나와 남쪽으로 향하는 진푸센(津浦線)에 올랐다. 기차는 하염없이 남쪽으로 달려 난징(南京) 역에 다다랐다. 플랫폼에 키 큰 이광수가 서 있었다. 허영숙이 미리 전보를 보낸 것이다. 그는 날듯이 허영숙 옆에 앉았다. 두 사람은 손을 움켜잡았다. 불타는 눈으로만 말을 나누면서 솟아오르는 감정을 억눌렀다. 허영숙은 그 큰 눈에서 뚝뚝 떨어지는 눈물을 닦지도 않았다. 눈물은 손등을 적시고 치마의 앞자락까지 적셨다.

춘원은 허영숙의 어깨를 끌어안고 속으로만 울었다. 그러면서 어린애처럼 외마디소리만 했다.

"잘 왔소 영이. 참말 잘 왔소. 영이는 언제나 내가 죽음의 언저리에 떨어져 있을 때 천사처럼 나타나는군."

차는 계속 달려 상하이에 이르렀다.

그날 밤 두 사람이 묵은 호텔은 선시공사(先施公司)라고 쓰인 7층짜리 초특급 호텔이었다. 호주 화교가 지었다고 하는 그 호텔은 백화점과 대형 음식점이 붙어 있었다. 양자강이 휘돌아나가고 멀리 부두의 불빛과 함께 수많은 외국 배들이 서 있는 선착장이 한눈에 보이는 높은 빌딩이었다. 이광수와 허영숙이 도쿄와 베이징에서 먹어보고 한 번도 먹어본 일이 없었던 프랑스 요리를 시키고 두 사람은 쌓이고 쌓인 이야기를 풀고 또 풀었다. 그날 저녁 허영숙은 코까지 골면서 이광수의 품에서 정말 달콤하게 잤다. 이광수도 그동안 이역만리에서 쌓인 피로를 풀면서 원 없이 자고 좋은 꿈을 꾸었다.

다음 날 두 사람은 양자강의 뱃길을 따라 천천히 부유하는 유람선을 탔다. 세계 각국에서 모여든 유람객들이 사진을 찍고 아시아에서 가장 큰 도시 상하이를 감상했다.

문제는 그날 오후 점심을 먹고 나서 생기기 시작했다. 허영숙이 이상하게 몸을 움직이며 자꾸 여기저기를 긁었다. 그러면서 얼굴을 붉히며 말했다.

"선생님, 왜 이렇게 가렵지요? 여기저기 정신없이 가렵네요?"

"상하이에 온 외부 손님을 좁쌀 같은 토박이들이 환영하고 있는 중일 거요. 나도 지금 가렵지만 습관이 돼서 참을 수 있소."

"그게 무슨 말이에요 선생님?"

이광수가 허영숙의 귀에 대고 무슨 말인가를 속삭였다. 허영숙은 자리에서 벌떡 일어나며 화장실로 달려갔다. 한참 만에 돌아온 그녀는 서둘러 말했다.

"선생님, 오늘 저녁에 당장 옮겨요. 세상에, 상하이에서 가장 숙박료가 비싸다고 하는 그 큰 호텔에 이가 있다니요. 작은 하숙방이라도 좋으니 제발 이 없는 데로 가요."

그날 저녁 두 사람은 얼마 전에 이광수가 묵은 일이 있는 이핀샹(一品香) 여관으로 옮겼다. 규모는 작지만 일본 사람이 운영하기 때문에 요나 이불에서 이가 기어 나오는 일은 없었다.

이삼 일 후 이광수와 허영숙이 시내 관광을 마치고 돌아오자 건장한 청년 몇이 두 사람을 에워쌌다. 그리고 두 사람의 눈을 가린 후 황푸 강(黃浦江)의 배 위로 끌고 갔다. 배가 호젓한 곳으로 갔을 때 청년들은 허영숙의 눈을 풀고 심문을 시작했다.

"당신들은 누구요! 나는 〈독립신문〉 사장 춘원이오!"

조선말을 하는 그 청년들은 이광수의 말에 아랑곳하지 않고 심문을 진행했다.

"알고 있습니다. 우리는 김구 선생의 경무국 소속 요원들입니다. 일본 스파이들이 우리 독립 근거지를 자주 정탐하기 때문에 갑자기 나타난 허영숙 씨를 심문하지 않을 수 없습니다. 솔직히 대답하지 않거나 의심이 가는 사항이 나오면 우리 임시정부의 존립을 위해서 필요한 조치를 하겠습니다. 먼저 허리에 차신 그 전대를 풀어보시오."

허영숙이 허리춤에 차고 있던 전대를 풀었다. 거금을 보며 모두 눈이 휘둥그레졌다. 허영숙이 침착하게 대답했다.

"이 돈은 제가 마련한 돈입니다. 저는 이분과 함께 이곳에서 병원을 개업하든가 아니면 취업해서라도 이분을 도울 작정입니다."

그 청년들은 허영숙의 여권을 조사했다. 그리고 거기에 붙어 있는 별지의 여행 허가서를 주목했다.

"북경까지는 경성 주재 의사들이 의료시찰을 왔다고 하지만, 허영숙 씨만 대열에서 떨어져 이곳 상해까지 왔습니다. 그리고 이 별지는 어떻게 얻었습니까?"

"네, 여권을 내는 일은 총독부 의원에서 단체로 해줬고요. 제가 이 별지의 여행 허가서를 얻은 곳은 종로경찰서입니다. 종로경찰서 고등계장 미와 경부로부터 이 특별 여행서를 받았습니다."

"뭐요? 그 악질 중에서도 악질 미와 말이오? 그놈은 우리 독립지사들이 염라대왕이라고 부르는 고등계 형사요. 악질 중에 악질이오. 그놈은 이상재 선생을 고문하였고, 나석주, 한용운 선생을 천장에 매달고 물고문과 전기고문까지 한 놈이오. 어떻게 그놈으로부터 여행 허가서를 얻어냈단 말이오?"

"압니다. 그 사람이 우리 독립지사들을 괴롭히는 괴수라는 걸 알고 있습니다. 그러나 그자가 아니면 이 여행 허가서를 얻지 못하는데 어쩌겠습니까. 그것도 그냥 얻은 것이 아니라 매일신보사의 편집장 나카무라 겐타로 씨가 보증을 서서 얻은 것입니다."

청년들은 자기들끼리 어떻게 할 것인가 하는 것을 상의하고 있었다. 이광수가 앞으로 나섰다.

"여러 동지들의 걱정하는 바는 이 사람도 충분히 알겠소. 내가 오늘 저녁 내로 김구 선생님도 만나고 안창호 선생님도 만나 모든 보고를 드리겠소."

일은 그쯤에서 끝났다. 청년들은 뱃머리를 돌려 포구로 돌아왔다.

그날 밤 이광수와 허영숙은 도산 안창호 선생을 찾아뵈었다. 안창호 선생은 온화한 얼굴로 허영숙을 맞아주었다.

"참으로 청춘이 좋소. 사랑도 좋소. 청춘과 사랑이 있으니 국경도 넘고 이 먼 남방까지 찾아오셨구려. 그래, 경성에 있는 병원은 어찌하고 오셨소?"

"네, 산원이기 때문에 아기 받는 일은 산파들이 할 수 있으니까 당분간 맡겨 놓고 왔습니다. 그러나 김구 선생님께서는 제가 종로경찰서의 미와 경부로부터 여행 허가서를 받아 이곳에 온 것을 의심스러워 하시는 것 같습니다. 오늘 저는 황푸 강 위에서 꼭 죽는 줄 알았습니다."

도산 선생은 쓸쓸하게 웃으셨다.

"이곳의 형편이 그렇습니다. 동지가 되겠다고 찾아온 사람들도 결국 나중에는 일제의 첩자가 되어 이곳의 기밀을 탐지하고 도망가는 일이 허다하니까요."

그때 허영숙이 허리에 차고 있던 전대를 풀고 돈을 따로 챙겨 봉투에 담았다. 그리고 도산 선생에게 건넸다.

"웬 돈이오? 꽤 큰 액수 같은데 ⋯."

"선생님, 사실은 제가 이곳에 올 때에는 상당히 낭만적인 꿈을 꾸고 왔습니다. 제가 이곳 병원에 취직하든가 아니면 개업해서 이 사람을 도와드리고 독립운동을 도우면서 정착하고 싶었습니다. 하지만 이곳 분위기는 너무 이국적이고 또 도쿄와는 다른 것 같습니다. 다소 거칠고 험하다고 해야 할지 ⋯."

"그럴 겁니다. 경성이나 도쿄에 있던 사람들은 이곳 상하이에 정착하기가 쉽지 않을 거요. 경성은 비록 낙후돼 있다고 하지만 내가 태어난 곳이고 내 동포와 혈육이 있는 곳이니까 정을 붙이고 살아갈 수 있을 것이오. 또 도쿄만 해도 우선 청결하고 사람들이 경우가 바르기 때문에 일을 해내기가 쉬울 것이오. 하지만 이 상하이는 다릅니다. 수많은 외국 사람들이 들어와 있소. 물론 이곳에도 일인들이 운영하는 병원이 있습니다만 취업하거나 개업하는 일이 쉽지 않을 거요."

"그래서 저는 돌아가기로 마음을 먹었습니다. 선생님, 이분은 쉽게 돌아갈 것 같지가 않은데 ⋯ 앞으로 많이 지도해주시고 ⋯, 무엇보다도 과음하거나 과로하여서 병이 도지지 않도록 해주십시오. 절제하는 생활을 지도해주십시오."

"춘원 동지! 이 돈을 받아야 되는 거요, 받지 말아야 되는 거요?"

"거두어주십시오. 선생님께서는 집 문밖에만 나가시면 모든 사람들이 선생님을 향해 손을 벌리지 않습니까? 병원비가 없다, 당장 끼니가 없다, 오늘 저녁 자야 할 여관비가 없다. ⋯ 모든 것을 선생님께만 의지하지 않습니까? 심지어는 나이 드신 독립지사들도 멀리 찾아온 가족들을 만나면 우선 도산 선생님께 데리고 오지 않습니까. 가지고 계시다가

요긴하게 써주십시오."

그날 밤 두 사람은 황푸 강에 떠 있는 수상음식점 바이화(白花)에서 만찬을 했다. 유명한 오리요리와 남방요리들이 나왔다. 이광수는 북경 오리고기에 연경(燕京) 표 맥주를 연신 마셔가며 허영숙에게도 스테이크를 권했다. 하지만 허영숙은 먹는 시늉만 하면서 흐르는 강을 하염없이 바라보았다. 악단은 요란한 서양음악을 연주하다가 어느새 조용한 중국 민요 '모리화'(茉莉花)를 들려주고 있었다. 이광수가 식사를 웬만큼 끝내고 담배를 피워 물 때 허영숙이 물었다.

"선생님, 선생님은 돌아가시지 않으실 거예요?"

"글쎄, 나도 이곳에 있는 일이 거의 한계점에 이른 느낌이오. 사실 나는 지금 룸펜이오. 말이 좋아 〈독립신문〉 사장이요, 무슨 제네바 대표요, 간판만 요란했지 …, 수입이 없잖소. 하도 답답해서 두 달 전에 변성명을 하여 여기저기에 이력서를 내봤는데 나를 받아주겠다는 데가 한 군데도 없었소. 이곳에서는 조선어, 일본어, 영어를 가지고 밥을 벌어먹을 데가 없소. 하지만 내가 조선에 돌아가면 차디찬 감옥밖에는 갈 데가 없잖소. 참으로 진퇴양난(進退兩難)이오."

허영숙은 손수건을 꺼내 눈물을 닦고 있었다. 강바람 때문인지 이광수는 기침을 시작했다. 분위기는 갑자기 숙연해졌다. 한참이나 흐느끼던 허영숙이 이런 말을 했다.

"선생님, 솔직히 저는 지금 저 강물에 빠져 죽고 싶은 심정이에요. 지난번에도 북경으로 애정 도피를 하면서 집에서 2천 원을 훔치다시피 해서 갔었죠. 그리고 이번에도 또 2천 원을 가지고 나왔어요. 결혼도 하

지 않은 여자가 두 번씩이나 이렇게 집에 있는 거금을 챙겨가지고 나온
다는 것도 우습고요, 무엇보다도 현실적으로 하나가 될 수 없는 두 사
람이 견우와 직녀처럼 아득히 떨어져 있는 것이 괴로워요. 제가 이번에
경성에 돌아가면 또 사람들은 수군거릴 거예요. '저 여자 춘원 만나고
돌아왔군', '결혼도 못하면서 왜 그렇게 국경을 넘나들어?' … 이런 말들
이 칭찬이겠어요, 조롱이겠어요? … 부끄럽고 안타깝기만 해요."

"면목이 없소. 아무 대책도 없이 우리 죄 없는 영이를 훔치듯 데리고
나와서 북경으로 갔다, 이제는 상해까지 와 있으니, 아— 이 사람도
느끼느니 죄책감뿐이오. … 아니, 현실적으로 말하자면 무능력하다는
말 외에는 무슨 말로 표현할 수가 있겠소. 나는 글 쓰는 재주 하나밖에
는 가진 게 없어요."

"바로 그거예요. 선생님은 가진 것이 글 쓰는 재주뿐이잖아요. 이 불
쌍한 조선 민족, 우리 민족을 위해서 글을 쓰셔야 해요. 선생님께서
《무정》을 쓰시고 《개척자》를 쓰실 때 우리 조선 젊은이들이 얼마나
신이 났다고요. '아, 우리 조선에도 나쓰메 소세키가 탄생했구나 ….'
하지만 지금은 뭐예요? 선생님은 날개 잃은 새 신세잖아요. 모국어를
떠난 작가, 모국어를 쓰지 못하는 작가, 그게 어떻게 생존할 수 있겠어
요? 작가는 모국어라는 밭과 바탕이 있어야 되잖아요. 지금 도쿄에서
는 선생님이 떠난 1919년 2월부터 동인지 〈창조〉가 나와서 웅변을 토
하고 있어요."

"뭐라고?"

"김동인이나 주요한, 전영택 같은 그 〈창조〉의 동인들이 선생님을
향해 뭐라고 하는지 아세요? '낡은 계몽주의자', '근대문학을 열어놓기

만 하고 매일 똑같은 얘기만 하는 낡은 작가', … 그리고 '싸구려 대중작가.'"

"주요한은 지금 내 밑에서 〈독립신문〉 제작 일을 돕고 있는데 … ."

"주요한 시인은 조선 사람으로는 최초로 도쿄제일고보에 입학했잖아요. 선생님 앞에서 말은 못하겠지만 속으로는 선생님의 문학이 낡았다고 생각할 거예요."

그렇게 격하게 얘기하던 허영숙은 난간으로 갔다. 그리고 황푸 강을 한없이 굽어보았다. 그리고 돌아와 힘없이 앉으며 말했다.

"선생님, 황푸 강에 몸을 던지고 싶었는데요, 강이 너무 더럽군요. 제가 … 시집도 못 간 제가, 떨어져 죽기에는 너무나 물이 더러워요."

이광수가 허영숙의 손을 잡아주었다. 그리고 그녀를 꼭 껴안아주었다. 허영숙은 이광수의 가슴에 얼굴을 묻고 맘껏 울었다. 한참 후에 얼굴을 든 허영숙은 말했다.

"선생님, 지금 경성은 하루가 다르게 변하고 있어요. 3·1만세 이후일본도 크게 놀랐는지 우리 조선인들을 아주 부드럽게 대하고 있어요. 일본 유학생들도 이제는 현대적 문화운동에 적극적으로 나서고 있어요. 지난해 2월 종로 YMCA에서 '시 낭독회'가 있다고 해서 바쁘지만나가 봤어요. 조선사학을 전공한 이병도 씨가 사회를 보고 일본 유학생들이 시를 낭송했는데 정말 볼만했어요. 모두 머리를 길러서 늘어뜨리고 밤새도록 술을 마셨는지 비틀거리며 올라와 어떤 이는 울면서 시를읊고, 어떤 이는 부들부들 떨면서 부르짖고, 어떤 이는 껑충껑충 뛰면서 시를 읊었어요. 임석한 경찰은 일부러 못 본 척하고 딴청을 피우더군요. 아주 자유롭고 요란했지요. 김명순이 소프라노곡을 두어 곡 부르고 나혜석, 김원주도 멋을 잔뜩 부리고 자신이 쓴 시를 뽐냈어요."

"참석한 면면들이 어떤 사람들이었는데?"

"철학을 전공한 김만수, 비평가 염상섭, 교회 전도사였던 공초 오상순, 안서 김억, 상아탑 황석우…. 그리고 음…, 남궁벽, 술을 엄청나게 잘 마신다는 수주 변영로, 소설가 이익상, 민태원…. 이런 사람들이었는데요, 이색적으로 사학을 전공한 이병도 씨가 앞장을 서더군요."

"다 알 만한 사람들이오. 언젠가는 자신들의 분야에서 뜻을 펼 만한 사람들이지."

"그 사람들은 그냥 모여서 시 낭송이나 하고 끝내지 않았어요. 지난해 7월에 철학가 김만수 씨의 집에 〈폐허〉(廢墟)라는 간판을 내걸고 동인지를 펴내기 시작했어요. 여성으로는 나혜석과 김원주가 앞장서고 김억, 김영환, 김찬영, 남궁벽, 민태원, 변영로, 염상섭, 오상순, 이병도, 아… 그리고, 이익상, 이혁로, 황석우…. 대부분 우리가 동경에서 만났던 얼굴이거나 경성에서 스쳤던 청년들이에요."

"왜 동인지 이름을 〈폐허〉라고 했답디까?"

"나혜석이 그러는데 독일 시인 실러의 시에서 따왔다고 하죠? '옛것은 멸하고 시대는 변한다. 새 시대는 바로 폐허에서 피어오른다.' 뭐 이런 구절에서 따왔대요. … 아무튼 그 동인들이 풍기는 분위기도 독특하데요, 3·1만세 후의 황량함을 표현한다고 하면서 만나면 술을 마시고 머리들을 그렇게 요란하게 길렀어요. 선생님, 경성의 4대 장발 문인이 누구누구인지 아세요?"

"말해보구려."

"김억, 오상순, 남궁벽, 황석우예요. 그 네 사람은 올백을 해가지고

292

치렁치렁한 머리가 꼭 망토 같아요. 어깨를 덮고, 허리까지 내려온 장발이 정말 볼만하다고요."

"경성의 풍경이 눈에 들어오는 듯하구려. 가난한 글쟁이들이 그래도 만나면 서로 추렴해서 술도 마시고, 어깨동무도 하고, 문학 얘기도 하고, 시 낭송회도 열고, 동인지도 만들고 …. 하지만 이곳 상하이는 궁색 일변도요. 나이 드신 독립운동가들은 해만 뜨면 프랑스 조계 임시정부 앞뜰에서 이를 잡는 것이 일이고, 어쩌다가 타지에서 낯선 얼굴이 나타나면 돈을 가지고 왔는가, 밥을 사줄 것인가, 그것을 제일 먼저 염탐하지. 그리고 모였다 하면 쌈박질이오."

"아니, 독립운동가들끼리 싸움이라니요?"

"도산 선생이나 손정도 선생이 제일 안타까워하는 점이 독립운동가끼리 지방색을 가르는 일이오. 내가 도산 선생이나 손정도 선생을 모시고 나가면 서북인들끼리 뭉쳤다고 수군거리고, 새로운 독립운동가가 고국에서 찾아오면 저 사람 남도 사람이냐, 북도 사람이냐, 호남 사람이냐, 경상도 출신이냐, 그냥 지방색을 제일 먼저 따진다오. 이래 가지고 독립운동이 되겠소? 그리고 한쪽에서는 무장투쟁을 해야 한다, 한쪽에서는 준비하고 외교력을 키워야 한다, 독립운동 노선을 놓고도 밤낮 다투고 있어요. 그러다가 누가 독립자금을 내놓으면 어디서 나온 돈이냐, 중간에서 떼어 먹은 일은 없느냐, 정말 괴로운 일이 한두 가지가 아니오. 그중에서도 제일 괴로운 것은 하루의 끼니를 어떻게 때울 것인가, 끼니 걱정을 하는 것이오. 정말 어떤 때는 내 몸을 팔아서라도 궁핍함을 면하고 싶은 어처구니없는 생각이 앞을 가로막고 있어요."

이광수의 장탄식을 듣고 난 허영숙은 아주 조심스럽게 운을 뗐다.

"이건 순전히 제 육감이에요. 절대로 미와 경부나 겐타로 편집장이 전해준 말이 아니에요."

"그게 뭔데?"

"선생님은 지금 귀국하시면 어쩌면 체포되시거나 감옥에 가시지 않을 거예요. 도산 선생님까지도요."

"왜? 어떻게? 도쿄에서 2·8독립선언문을 제일 먼저 작성하여 독립운동에 불을 붙이고, 이 상해로 건너와서는 불령선인들이 집단으로 모여 있는 임시정부의 〈독립신문〉을 맡고 있는 이 사람이 어떻게 무사할수 있단 말이오. 그리고 도산 선생은 우리 민족의 마지막 남은 자존심이자 사표(師表)이신데 …."

허영숙은 황푸 강에서 먼 바다로 시선을 옮겼다.

"선생님은 작년 재작년 일을 저지르고 곧장 상해로 건너오셨잖아요. 그동안 우리 국내에서는 정말 많은 변화가 있었어요. 우선 수많은 사람들이 피를 흘렸고요 희생되었어요. 그 자유분방한 화가 나혜석도 몇 달씩 옥살이했을 만큼 모든 사람이 온몸을 던졌어요. 그 결과 일본 사람들도 많이 놀라고 또 변했지요. 재작년 8월에 총독까지 바뀌었잖아요. 신사라고 이름이 난 사이토 마코토(齋藤實: 제3대, 제5대 조선 총독) 해군대장이 새 총독으로 왔잖아요. 그분은 미국 유학도 했다고 하네요. 어쨌든 그이는 지금 '문화정책'이라고 하면서 억압이나 탄압보다는 회유와 화합의 분위기예요. 만약 '조선의 나쓰메 소세키'가 자신의 발로 상하이를 떠나 귀국했는데 감옥에 넣는다면 조선의 여론이 어떻게 되겠어요? 그 사람들이 바보가 아닌 이상 당신은 안전할 거예요. 그리고 도산 선생님은 조선 독립운동의 핵심인물이시기 때문에 조용히 돌아오셔서 청년운동이나 정신수양운동단체를 운영하신다면 아마도 총독부에서 돕기까지 할 겁니다.”

이광수는 담배를 피우고 있었다. 그리고 외항선의 불빛이 요란한 먼 바다를 바라보고 있었다.

1921년 3월, 이광수는 눈물을 뚝뚝 흘리는 허영숙을 이성태(李星泰: 후에 ML당원. 〈조선지광〉을 창간한 인물)에게 딸려 경성으로 보냈다. 허영숙은 가방을 챙겨 떠나면서 눈물이 그렁그렁한 눈을 들어 눈빛으로만 호소했다.

‘빨리 돌아오세요!’

사랑을 위하여

이광수는 유람선 바이화 위에서 맥주를 마시며 그녀를 그리워했다. 그렇다. 그녀는 천사이다. 자신을 병마(病魔)라는 나락에서 건져 올린 천사이다. 그가 쓰러졌거나 외로울 때 천사처럼 날아와 위로하고 치료하고 가는 날개 없는 천사이다. 도대체 나에게 무슨 권리가 그렇게 당당하게 많아서 아직 시집도 가지 않은 그 처녀를 볼모로 잡아 놓고 그렇게까지 괴롭혀야 하는가. …

황푸 강 강물을 바라보다가 그녀가 문득 던지고 간 말 한마디가 생각났다. '저 강물에 빠져 죽고 싶지만요 물이 너무 더러워 차마 몸을 던질 수가 없어요.' 그렇다. 황푸 강물은 그녀를 받아줄 만큼 정말로 깨끗하지 못한 강물이다. 뼈가 저리도록 그녀가 보고 싶었다. 그녀는 어쩌면 그날 함께 들었던 중국 민요에 나오는 모리화인지도 모른다.

한 송이 아름다운 모리화, 한 송이 아름다운 모리화/ 가지마다 넘치는 그윽한 향기의 하얀 꽃/ 아름다운 그 꽃을 친구에게 한 송이 보내볼까/

모리화 모리화.

정말 마음을 다스리기가 어려웠다. 이광수는 비틀거리며 유람선을 내려왔다. 날이 완전히 저물었을 때 그는 안창호 선생의 댁 앞으로 찾아갔다. 선생님은 계시지 않았다. 외출 중이시란다. 이광수는 선생님 방에 한참이나 우두커니 앉아 있다가 펜과 종이를 꺼내 써내려갔다.

선생님, 선생님께서는 제가 과로하여 쓰러질 때마다 병원에 데리고 가셨습니다. 제가 입맛을 잃고 밥을 못 먹을 때는 맛난 음식도 사주셨습니다. 이 아득한 이역 땅에서 선생님을 모시고 있어야 도리일 것입니다. 저를 자식처럼 아껴주시는 선생님을 떠나려 하니 송구스럽기 그지없고, 이곳에서 고생하시는 애국동지들에게도 면목이 없습니다. 그러나 저는 더는 견디기가 어렵습니다. 직장을 구할 수 없고 일용할 양식조차 구하기 어려우니 더는 이곳에서 구차하게 견뎌내기 어렵습니다. 제가 고국에 돌아가더라도 절대로 동지들을 팔거나 이곳 임시정부의 정보를 흘리는 일은 없을 것입니다. 저를 믿어주십시오.
저는 선생님 앞에서 정직을 맹세한 흥사단의 첫 제자입니다. 하오나 저는 글을 쓰고 싶습니다. 원고지 위에 조선말로 된 글을 써내려갈 때 저는 작가로서 살아있음을 실감합니다. 저의 존재가치는 글을 쓸 때 비로소 생겨납니다. 상하이 거리를 무위도식하며 더 이상은 방황할 수 없습니다. 사실은 날이 따뜻해질 때 양지바른 곳에 앉아 이를 잡는 선배님들을 뵐 때마다 수치스러움을 느끼고 우리가 추구하고자 하는 독립운동 자체가 누추해지는 것 같았습니다. 선생님, 이런 느낌 자체가 얼마나

가증스럽고 사치스러운 것입니까. 그런데도 그렇게 느껴지니 어쩌겠습니까. 저는 아직도 애국자가 되기에는 기본적으로 정말로 부족하고, 인간의 실존을 탐구하는 작가로서도 수준 미달인 것 같습니다. …

이광수는 무엇인가를 더 끼적이다가 결국은 그 종이를 꼬깃꼬깃 구겨서 주머니에 넣었다. 그리고 짤막하게 다음과 같은 글만 남겼다.
'선생님, 선생님의 홍사단을 조선 땅에서 펼쳐 나가겠습니다.'

그는 어느새 기차를 타고 있었다. 누구에게도 알리지 않고 떠났다. 한방을 쓰던 박현환(朴賢煥: 독립운동가. 홍사단원)에게도 한마디 말도 없이 떠났다. 아침에 쓰던 칫솔까지 제자리에 놓고 그냥 떠났다. 그의 앞에는 오로지 모리화 같은 허영숙만이 보였다. 그녀의 향긋한 머리내음이 그를 취하게 하고 이끌어가는 힘이 되어주었다.
기차는 꿈속을 달리는 것처럼 몽롱한 느낌으로 북으로 북으로 달렸다. 천진을 지나고 봉천(지금의 심양)을 지났다. 기차가 서는 역마다 장사치들이 창가에 달라붙어 무엇인가를 사달라고 애원했다. 그러나 그는 물도 마시지 않고 계속 잠만 잤다. 자다가 기침 때문에 깨고, 깨어서는 쿨럭이다가 다시 쓰러졌다.
기차는 결국 압록강을 건너기 시작했다. 쿵쾅쿵쾅, 철교를 건너는 기차 바퀴 소리가 심장을 사정없이 흔들어댔다.
기차가 신의주역에 닿았을 때 사나이 둘이 다가오더니 그에게 신분증 제시를 요구했다. 이광수는 체념조로 말했다.
"나 소설 쓰는 이광수요. 조선 사람 춘원 이광수요."

두 사람은 하차를 요구했다. 그들은 춘원을 경찰서 대신 역 앞에 있는 여관으로 데리고 갔다. 그러면서 계속 '춘원이 맞는가? 정말 상하이에서 귀국하는 것이 맞는가?'를 확인했다. 또 경성에 연락하면서 춘원의 신병을 어떻게 처리할 것인가를 묻고 확인하는 듯했다.

뜻밖에도 경찰은 허영숙에게 춘원을 인도하라고 결론 내렸다. 황급하게 연락을 받은 허영숙이 경성에서 신의주까지 단숨에 달려왔다. 신의주경찰서장이 두 사람을 앉혀놓고 상부의 지시를 기다리는 듯했다. 얼마 후에 총독부 경무국 고등경찰과장 야마구치(山口)의 전화가 걸려왔다. 신의주경찰서장은 벌떡 일어나며 전화를 받은 후 두 사람을 황급히 풀어주었다.

춘원과 허영숙은 경성에 올라와 남산 밑에 있는 패밀리호텔에 머물렀다. 긴 여행에 시달리고 조사받은 일 때문인지 춘원은 계속 각혈을 했다. 링거를 꽂고 사흘을 기다려서야 겨우 상태가 수습이 되었다. 눈을 뜬 춘원의 첫마디는 이런 것이었다.

"영, 저기에 보이는 푸른 소나무가 남산의 소나무가 맞아? 그리고 저 멀리 보이는 산이 삼각산인가?"

"그렇습니다, 선생님. 선생님은 이제 경성에 온 것이랍니다."

일주일 후 두 사람은 이태원에 살고 있는 조종필의 집으로 옮겼다. 그때 조종필은 결혼하여, 묘지가 많은 이태원 근처에 조그만 농장을 운영하고 있었다. 복숭아밭과 채소를 기르는 농장이었다. 조종필의 사랑방에 이광수를 뉘어놓고 허영숙은 조종필에게 말했다.

"오라버니, 정말 죄송해요. 저는 평생 오라버니 신세만 지고 갚을 길이 없네요. 제가 춘원 선생에게 빠지지만 않았다면 어쩌면 오라버니를 의지하고 살 수도 있었을 텐데요."

조종필은 담배를 피워 물며 조용히 말했다.

"다 지나간 얘기지. 사실 나도 한때는 자네를 먼 친척 누이동생으로 생각하지 않고 딴 마음을 먹은 때도 있었지. 하지만 사람 인연이라는 것은 인력으로는 되지 않는 것 같아. 자네는 허구한 날 각혈하는 이광수를 위해 전 생애를 도박하듯이 걸고 있지 않은가. 아마 자네의 애국은 이광수를 살려내는 일일 것이야. 앞으로 춘원은 많은 작품을 써서 우리 조선을 위해 큰일을 해낼 걸세. 나는 이 농막을 키워내고 내 분수에 맞게 농사짓고 살아갈 걸세. 비록 수원의 농가 출신이지만 내 처는 소박하고 착한 여자니까 나도 행복해질 수 있을 거야."

그 후로 조종필은 당주동의 송 부인을 찾아가 꾸준히 설득했다.

"마님, 마님도 이제는 이광수를 받아들이세요. 허영숙이 이광수의 여자라는 것은 천하가 다 알고 있잖아요. 도쿄에서 각혈하던 이광수를 살려냈고, 두 사람은 함께 북경으로 사랑의 도피여행을 떠났어요. 이제는 상해에까지 달려가 데려왔잖아요."

송인향 여사도 결국은 손을 들고 말았다. 한 달쯤 뒤 이광수와 허영숙은 당주동의 허영숙 집으로 들어가게 되었다. 그런데 검찰에서 호출장이 나왔다. 이광수는 체념하듯 말했다.

"올 것이 왔군. 내 솜바지저고리나 두둑이 준비해주시오."

검찰에서는 이광수가 1919년 2월 8일에 도쿄에서 유학생들을 상대로 독립선언서를 배포한 사실을 추궁했다. 이광수는 물론 시인했다. 이미 그는 출판법 위반으로 9개월의 금고형을 궐석재판에서 선고받은 상태였다. 이광수는 감옥에 들어갈 준비를 했다. 상해에서 〈독립신문〉 사장으로 활동하고, 독립선언서를 영문으로 번역하여 서방의 여러 신문에 게재했으니 검찰이 기소하면 형량은 가중될 것이다.

그러나 현실적으로 이광수는 지금도 폐병쟁이였다. 검찰의 조사를 받으면서도 여러 번 각혈을 했다. 조사를 맡았던 검사들이 고개를 돌리면서 이광수의 피 냄새를 피했다. 그들은 이광수를 불기소 처분했다. 며칠 후 〈동아일보〉에 '춘원 이광수, 돌연 귀국. 그동안 모처에서 조사를 받고 지금은 풀려난 상태'라고 보도되었다.

그 기사를 본 사람들은 여러 가지 말들을 주고받았다.

"뭐? 춘원이 돌아와? 그런데 그 사람이 왜 감옥에 들어가지 않았지? 독립선언서를 함께 작성한 육당 최남선은 아직도 감옥에 있고, 선언서에 이름을 올린 33인도 모두 감옥에 있는데 어떻게 … ?"

"글쎄 말이야. 상해에서 2·8독립선언서를 전 세계에 퍼뜨리고 임시정부의 〈독립신문〉 사장까지 지냈잖아. 그런 사람이 어떻게 감옥행을 안 했지?"

"폐병쟁이라 봐준 것일까?"

"예끼! 일본 놈들이 그런 사정 봐주는 거 봤어? 이용가치가 있으니까 봐주는 거지. '아, 상해에서 독립운동하던 이광수가 돌아왔다. 봐라, 그런데도 우리는 이렇게 감옥에 넣지 않고 봐주고 있다. 누구든지 손들고 돌아오면 봐줄 것이다.' 뭐 이런 신호가 아니겠어?"

상하이에서 돌아온 이광수는 허영숙의 집이 있는 당주동에 은거하며 병을 치료하는 데 전념했다. 그 무렵 아베 사장이 일본으로 떠나고 겐타로가 편집장으로 있는 경성일보사 내청각(來靑閣)에서는 조선 최초의 여류화가 나혜석이 〈경성일보〉와 〈매일신보〉의 후원으로 유화 전시회를 했다. 신문에도 대서특필되었다. 그녀가 내놓은 유화 70점 중에 20여 점이 고가로 팔릴 만큼 전시회는 성황을 이루었다. 무엇보다도 서울에서 처음 열린 서양미술전이라는 점이 화제의 초점이었다. 그것도 신여성 나혜석이 그린 것이라서 더욱 소문이 요란했다.

허영숙은 화환을 보냈다. 그리고 전시회에 들렀다. 그 전시회에는 도쿄에서 유학하는 수많은 여성들이 일부러 찾아와 축하했다. 여류문사로 이름을 날리던 김명순도 찾아왔고, 김원주로 알려진 여류문필가도 진을 쳤다. 또 평안남도 용강군 출신으로 그녀와 고향이 같은 음악가 윤심덕, 교사 박인덕이 나혜석의 전시회를 축하했다.

전시회가 끝나고 나자 도쿄의 〈국민일보〉 부사장으로 있던 아베 미츠이에가 〈매일신보〉 편집장 나카무라 겐타로를 당주동 집으로 은밀히 보냈다.

"며칠 후 경기도 경찰부장 시로가미 유키치(白上祐吉) 군이 올 것이오. 그를 따라 왜성대로 가 사이토 마코토 총독을 인견(引見)하시오. 좋은 토론이 있을 것이오."

4월이 다 끝나갈 때쯤 당주동 골목 끝에 쌍두마차가 와 서고 경기도 경찰부장 시로가미 유키치가 이광수를 기다렸다. 두 사람은 마차에 나란히 앉아 별말 없이 남산 왜성대로 향했다. 흐드러진 벚꽃이 눈발처럼 흩날렸다. 사이토 총독은 검은 양복에 회색 넥타이를 매고 있었다. 단정한 콧수염과 은발이 눈부셨다.

차 한 잔을 하고 두 사람은 본론으로 들어갔다. 사이토 총독이 먼저 물었다.

"현재 중국 대륙과 만주 그리고 러시아 영토에 유랑하는 조선 젊은이들이 어느 정도라고 보시오?"

"족히 2천 명 이상은 될 것입니다."

"그렇다면 그 사람들은 향후 어떤 성향을 보일 것 같소?"

"첫째, 독립운동을 표방하여 무기를 들고 조선 안에 몰래 들어올 수 있습니다. 둘째, 과격파 러시아의 선전자가 되어 공산주의를 전파할 수 있습니다. 셋째, 사기꾼 또는 절도나 강도로 돌변할 수 있습니다."

총독은 신음소리 같은 깊은 소리를 냈다.

"흠…, 절도나 강도라…. 그렇다면 그들을 선도할 방법은 어떤 것이 있겠소?"

"고전에도 있듯이 항산(恒産)에 항심(恒心)이 있습니다. 젊은이들이 중등 이상의 교육을 받을 수 있도록 교육의 문을 활짝 열어야 합니다. 쉽게 말해 일본 내지에서 일본 청년들이 중등 이상의 교육받는 것처럼 조선 청년들이 교육의 기회에 쉽게 접근할 수 있어야 합니다. 둘째는 배운 만큼 일할 수 있어야 합니다. 중등학교 이상의 교육을 받으면 각자가 도생할 수 있는 취업문을 우리 사회가 열어주어야 합니다."

"옳은 말이오. 본관도 귀하의 말에 전적으로 동의하오. 그러니까 학교를 늘리고 공부를 시킨 다음에 젊은이들에게 적당한 일자리를 마련해 주어야 한다는 말이지요?"

여러 구체적 내용이 오간 끝에 총독은 상당히 파격적인 대안을 내놓았다.

"학교를 좀더 많이 세우고 젊은이들의 취업 기회를 더 늘리고 또 그들이 술 담배나 잡기를 하는 대신 건전한 수양운동을 하게 하려면 종잣돈이 있어야 할 텐데 …. 본관이 알기로는 경성과 각 도에 노는 땅이 많아요. 그런 유휴지를 팔아서라도 젊은이들을 선도할 기관을 만들어봅시다. 앞으로 좋은 생각이 있으면 이 총독에게 주저하지 말고 헌책(獻策: 건의서를 올리는 일) 해주시오. 특히 젊은이들의 수양운동에 대해 좋은 방안을 올려주기 바라오."

허리가 약간 굽은 해군대장 출신 총독이 조선의 소설가를 문 앞까지 배웅했다.

이광수가 총독을 만나고 오자 누구보다도 송 부인이 기뻐했다. 부인은 내놓고 기쁜 내색은 하지 않았지만 그동안 '자네'라고만 부르던 이광수를 아들 부르듯 살갑게 '광수'라고 불러주었다.

"광수, 결혼 날짜를 잡게나. 그리고 결혼식장은 어디가 좋겠나? 종로 청년회관에서 해도 좋고 정동교회에서 해도 좋네. 일본 유학생들이 제일 좋아하는 곳이 정동교회가 아닌가? 아니면 조선호텔도 좋고."

"공공장소에서 떠들썩하게 결혼식을 하고 싶지 않습니다."

이광수는 나지막하게 얘기했다.

"지금 저와 친하게 지내던 사람들은 모두 감옥에 있습니다. 충청도 괴산에서 만세운동을 폈던 홍명희 정도가 형기를 마치고 나왔을 뿐, 저와 함께 독립선언문을 썼던 최남선까지 아직은 감옥에 있습니다. 제가 제일 먼저 동경에서 2·8독립선언서를 쓰고 만세운동에 불을 지른 사람인데 동지들이 감옥에 있는 상황에서 결혼식을 올린다는 것은 빈축을 살 일입니다. 가뜩이나 사람들이 '상해에 있던 춘원 이광수가 왜 국내로 들어왔느냐', '허영숙을 따라온 것이냐 상해임시정부를 배반한 것이냐',

여러 가지로 얘기하는 판에 떠들썩하게 결혼식을 올리는 것은 모양새가 좋지 않습니다."

"그렇다면 도둑장가를 들겠다는 것인가? 혼인신고만 하고 우리 집에서 눌러살겠다는 얘긴가?"

허영숙이 나섰다.

"어머니, 지금 저와 이 사람이 정동교회나 YMCA에서 내놓고 결혼식을 올릴 수는 없습니다. 그렇다고 아주 안 할 수도 없고요. 그러니까 우리 집에서 조촐하게 가까운 이들만 초청하고 식을 올렸으면 해요."

"우리 집에서?"

"지난해 초에 제가 평안도 숙천을 다녀왔잖아요. 이정희 결혼식에 말이에요. 그때 이정희도 소리 소문 없이 집에서 결혼식을 올렸어요. 신랑은 일본 육사를 나온 당당한 사관인데 자기 아버지가 독립운동가였기 때문이지요. 집에서 육례를 올리는 모습도 보기 좋았어요. 덕분에 이응준 중위도 일본 육군대신의 허락 없이도 무탈하게 넘어갔잖아요. 우리도 집에서 결혼식을 올리면 남들이 납득해줄 것 같고요, 어쩌면 우리 영혜의원 광고도 될 거고요."

송 부인은 마지못해 고개를 끄덕였다.

1921년 7월 4일, 능소화가 당주동 골목길을 온통 장식하고 있을 때 도쿄 〈국민일보〉 부사장 아베가 보낸 화환이 소리 없이 영혜의원 앞에 놓였다. 총독부 의원 원장 이름의 화환도 자리를 잡았고, 아직 감옥에서 나오지는 못했지만 최남선은 신문관의 이름으로 화환을 보냈다. 이름 내기 좋아하는 김원주는 '〈신여자〉 대표'라는 큼직한 리본을 달아 화환을 보냈다. 그리고 마치 자신의 일인 것처럼 영혜의원을 드나들기 시작했다.

"당일 문화행사는 저희 신여성들이 맡아서 할 거예요. 아니, 우리 신여자회에서 할 거라고요. 노래는 김활란이 이끄는 이화학당 중창단이 담당하고, 당일 특별곡은 지금 도쿄에서 한창 이름을 날리는 소프라노 윤심덕(尹心悳)이 맡을 거예요. 그리고 오르간 반주는 윤심덕의 여동생 윤성덕이 해줄 거예요. 참, 주례가 누구예요?"

"얼마 전에 감옥에서 나와 지금 경성에서 정양(靜養)하는 홍명희가 해줄 거요."

이광수의 말처럼 당일 홍명희는 점잖은 한복 차림으로 와서 양반 출신답게 육례를 잘 진행했다. 다소 장난스럽고 엉뚱한 데가 있는 그는 신랑 신부를 당황하게 만들고 내빈들의 폭소를 자아내게 만들었다. 인촌 김성수는 축사를 맡았다.

유학생끼리 연극연습을 하던 윤심덕은 부랴부랴 당주동으로 달려왔다. 허영숙이 현해탄을 오가는 2등표 뱃삯을 포함하여 노래 값을 미리 보냈기 때문이다. 목이 길고 키가 크며 메조소프라노에 해당하는 윤심덕은, 호프만의 '뱃노래'와 슈베르트의 '세레나데'를 멋지게 불렀다. 김활란 중창단은 찬송가 몇 곡과 아일랜드 민요 〈대니보이〉를 멋진 화음으로 불렀다.

조선말을 기막히게 잘하는 나카무라 겐타로는 그날따라 술을 엄청나게 많이 마시며 주로 여기자 이각경과 대작했다. 그는 1920년 7월에 입사한 부인기자로 허영숙과 경성여고보를 함께 나온 동창이다. 학교 때부터 신문기자가 되기를 꿈꿨던 그녀는 가정을 이루고 나서도 글쓰기를 멈추지 않다가 〈매일신보〉에서 부인기자를 공모할 때 당당히 합격했다. 조선반도 여성기자의 효시였다. 이각경은 그날 동창 허영숙이 조선 최고의 문사 춘원 이광수와 결혼식을 올리는 것을 몹시 부럽게 여기며 열심히 취재했다.

그날 제일 행복한 주인공은 초록색 저고리에 붉은색 스란치마를 멋지게 차려 입은 허영숙과 사모관대를 갖춰 입은 이광수였다. 두 사람은 육례를 치르고 나서 곧바로 화려한 원피스와 양복으로 갈아입고 윤심덕과 김활란 중창단의 음악을 감상했다.

부인기자 이각경이 물었다.

"두 분 신혼여행은 어디로 가세요?"

이광수가 점잖게 답했다.

"이 사람이 처음에는 후지 산 밑에 있는 하코네로 가자고 했죠. 거기에 얼마 전 찰리 채플린도 다녀간 후지야라는 유명한 호텔이 있거든요. 하지만 제가 반대했습니다. 지금 저 앞에 화환을 보내준 육당은 아직도 감옥에 있으니까요. 그런데 어찌 우리가 그런 호사를 누릴 수 있겠습니까. 가까운 금강산으로 가겠습니다."

슈베르트의 '세레나데'를 황홀하게 불렀던 멋쟁이 윤심덕이 이광수에게 물었다.

"선생님, 신부 허영숙 씨의 어디가 그렇게 좋았어요?"

"이 사람이 도쿄에서 내 하숙집을 찾아왔습니다. 내가 그때 5도 답파를 앞두고 아무래도 폐병기가 있는 것 같아 물어보았지요. '폐병에는 무슨 약이 좋습니까.' 아 그랬더니 얼마 뒤에 크리오 소다라는 환약을 들고 왔지 뭡니까. 나는 그날 꼭 벼락을 맞은 것 같았습니다."

"아니 왜요?"

"남들은 꽃을 사온다, 시집을 사온다, 아주 상투적인 선물들을 했는데 이 사람만이 제가 먹어서 병을 이길 수 있는 약을 가져왔기 때문입니다. 그때 이런 생각이 제 머리를 후려치더군요. '세상에 나를 가장 정확하게 알고 있는 여자가 있구나, 이 여자가 나를 구해줄 수 있겠다. …' 나는 그날 사랑의 벼락을 맞은 것 같았습니다."

김명순이 말했다.

"그랬군요. 조선의 나쓰메 소세키가 허영숙이라는 벼락을 맞고 끝내 구원을 받았군요. 축하합니다."

1921년 7월 4일, 경성 당주동 영혜의원 뜰과 마루, 안방에서는 사람들이 마음껏 먹고 즐겼다. 그날 하객으로 찾아온 사람들은 전과 식혜, 산적꼬치와 집에서 담근 술, 그리고 국수와 다양한 잔치 음식을 즐겼는데, 모두 누구의 솜씨냐고 작은 목소리로 소곤거리며 물었다. 그날 부엌을 지휘한 사람은 허영숙의 시집간 셋째 언니 은숙(銀肅)이었다. 언제나 말이 없고 살림 솜씨가 야무졌는데 그날 음식 솜씨도 일품이었다.

금강산 신혼여행

　1921년 8월, 춘원 이광수 내외는 피서 겸 신혼여행을 금강산으로 갔다. 두 사람은 경원선을 타고 평강역까지 가서 금강산 들어가는 버스를 탔다. 그 관광버스는 내금강의 입구 장안사에 두 사람을 내려주었다. 금강산의 관광시설은 남만주철도회사에서 운영하는데 호텔이 딱 하나 장안사에 있었다. 안타깝게도 그 호텔은 장안사 극락전을 개조해서 만든 날림 호텔이었다. 식탁과 침구는 깨끗했고 허영숙이 상하이에 가서 깜짝 놀랐던 그 요란한 호텔보다는 정돈이 잘 되어 있었다. 물론 상하이호텔에서 허영숙을 놀라게 했던 이는 없었다.

　두 사람은 호텔에서 차려주는 서양식 조식을 먹고 표훈사(表訓寺)까지 다녀왔다. 그 옛날 두 사람이 도쿄를 떠나기 전에 갔던 닛코의 주젠지호가 생각났다.

　"선생님, 우리 금강산도 언제나 닛코처럼, 주젠지 호수처럼, 제대로 가꿀 수가 있을까요?"

　"내가 신문사 사람들에게 알아봤더니 당장 내년부터 금강산 일대를 하나의 관광지로 묶는 공사가 시작된다더군. 전철, 호텔, 방갈로 등이 들어서겠지. 그러니까 우리는 금강산이 본격적으로 훼손되기 전에 감상할 수 있는 마지막 관광객이 되는 셈이야."

"아 그렇군요. 이곳도 개발되면 노류장화(路柳墻花)처럼 너나없이 와서 보고, 너나없이 와서 만지고, 너나없이 와서 즐기겠죠?"

"그렇지. 자연은 개발이 안 됐을 때 어려움을 무릅쓰고 순례하는 것이 제대로 감상하는 것일 거야. 아무튼 영이, 우리는 이번에 이곳에서 그동안 우리를 덮어씌웠던 모든 먼지를 털어내고 새 사람이 되어서 내려가자고."

"그래요 선생님. 기독교에서는 물세례라고 해서 물속에 푹 들어갔다가 영혼까지 씻고 나오는 의식이 있잖아요."

"맞소. 우리는 이제 과거의 모든 풍진(風塵)과 속됨을 다 여기에서 씻어내고 새 사람이 되어서 내려갑시다. 사실 우리 영이야 깨끗한 사람이니까 더 씻어낼 것이 없는 사람이지만, 나는 정말 먼지투성이인 사람이야. 아니, 오물투성이의 사람이지. 고향 정주에서 고아가 되고, 열한두 살 때 어느 산모퉁이에서 머리에 붙어 있는 이를 털어내고 있을 때 어떤 선비가 지나가다가 나를 동학(東學)하는 어른께 인도했지. 동학하는 분들이 나를 도쿄 메이지학원에 보내주었고, 나는 거기서 공부할 때 깨끗한 일본 남자아이를 동경하던 때가 있었어. 하숙집에 놀러온 일본 여학생에게 음욕을 품은 때도 있었지."

"선생님도 예쁜 여학생을 보면 엉큼한 마음이 생기기도 했던 모양이군요."

"홍명희의 안내로 아카사카에 있는 유곽에도 간 일이 있어. 홍명희는

310

그냥 아가씨 젖꼭지만 만지고 잤다고 하는데 나는 참지 못해서 했어. 나는 아주 속된 인물인가 봐. 상하이에 있을 때에도 기생집에 갔는데 거기에는 뜻밖에도 러시아 아가씨가 있더군. 그 아가씨하고도 했어. 영이, 나 정말 구제받기 힘든 사람이지?"

"그래서요, 제가 선생님과 결혼하기 전에 선생님 피도 뽑고 오줌도 받아서 다 검사를 의뢰했다고요. 선생님도 모르게 병균을 가지고 있을 수도 있으니까. 제가 다 체크했어요. 다행히 모두 음성으로 나와 저도 가슴을 쓸어내렸다고요."

표훈사를 돌아보고 만폭동으로 올라갈 때 이광수는 이런 말을 했다.

"영이, 영이는 나의 실로암 샘물이야. 성서에 나오잖아. 눈 먼 사람도 실로암 샘물에 내려가 닦으면 눈이 떠지고, 피부병 환자도 그 샘물에 씻으면 다 낫는다는 실로암 샘물."

"선생님, 저는 실로암 물도 아니고 성모마리아도 아니에요. 이제부터는 당신의 아내가 되어 당신과 더불어 꿈꿨던 일들을 한 가지씩 이루고 싶어요. 선생님은 쉬지 말고 책을 쓰시고요, 저는 조선 제일의 여자 명의가 되고 싶어요. 그리고 더 나이 들기 전에 아들도 낳고 싶고요."

이광수 내외가 금강산 신혼여행을 다녀온 후 당주동의 영혜의원에는 인파가 밀려왔다. 우선 〈매일신보〉의 이각경 기자가 춘원과 허영숙의 신혼생활을 스케치하기 위하여 자주 찾아오고, 그들의 신혼생활이 기사화되었다. 김명순은 춘원에게 조언 받기 위해 원고 뭉치를 들고 자주 찾아왔다. 김원주도 자주 찾아와 문학담론을 나누고 돌아가고, 나혜석 내외도 틈만 나면 팔짱을 끼고 찾아왔다.

영혜의원에는 신여성, 특히 일본 유학을 다녀온 여성들이 자주 드나들었기 때문에 누가 환자이고 누가 방문객인지 구분하기가 어려웠다. 그중에서도 여성잡지 〈신여자〉를 기획하고 편집하는 김원주와 김명순이 자주 드나들었다. 특히 춘원을 통해 〈청춘〉지의 현상소설 모집에 단편 〈의심의 소녀〉로 당당히 당선된 김명순은 춘원에게 자신의 필명을 지어달라고 졸랐다.

춘원이 물었다.

"그럼 명순 씨는 그동안 어떤 필명을 써왔소."

"이것저것 써봤는데요, 다 마음에 안 들어요. 제 아명은 탄실이고요, 집에서 지어준 자는 기정(箕貞)이고, 제가 가끔 쓰는 필명은 망양초(望洋草)예요."

"기정은 너무 사람 이름 같아서 필명으로는 곤란하고, 망양초는 무슨 유행가 이름 같아서 적당하지 않고, 탄실(彈實)로 하시오. 지난번 〈청춘〉에 응모했을 때도 탄실로 하지 않았던가?"

"아니에요. 그때는 망양초라고 했죠."

"어쨌든 앞으로는 김탄실로 하시오."

이번에는 김원주가 나섰다.

"선생님, 저에게도 아호 하나만 내려주십시오. 저도 명색이 여성문학지를 만드는 문인이 아닙니까."

"일엽이라고 해봅시다. 잎새 하나, 일엽(一葉)."

"왜 일엽이에요?"

"히구치 이치요(樋口一葉)의 이름 속에 일엽이라는 글자가 들어가요. 일본 근대문학에 크게 기여한 여류소설가인데, 혹시 소설 《키 재

기》나 《섣달그믐날》, 아니면 그 유명한 《흐린 강》 읽어봤어요? 작품
이 참 좋습니다. 김원주 씨는 조선의 히구치 이치요가 되어보시오. 일
엽(一葉) …. 글자로 써놓고 보면 더 멋지잖아요."

김명순은 샘을 내며 열을 올렸다.

"선생님, 저한테는 겨우 아명이었던 탄실을 필명으로 주시고, 원주
씨한테만 일엽이라는 멋진 호를 내리시네요?"

"아, 호가 글을 만들어줍니까? 피나는 노력이 글을 만들어줍니다. 공
연히 아호 같은 것으로 멋 낼 생각들 마시고 글을 열심히 쓰세요."

그때 허영숙이 큰 소리로 말했다.

"아, 어째서 조선의 신여성들은 모두 춘원 선생한테 호를 얻어 가나?
나혜석처럼 자기 애인한테 호를 얻는 것이 제격이지."

김원주가 허영숙에게 물었다.

"나혜석 씨에게는 누가 호를 지어줬나요?"

"지금은 세상에 없는 시인 최승구, 그 멋쟁이가 지어줬죠. 그것도 자
신의 호 소월(素月)의 달 월(月) 자를 넣어 정월(晶月)로 말이에요. 앞
으로 유명해질 여류명사들이 아호를 하나씩 얻었으면 턱을 내야지. 오
늘 저녁은 우리 집에서 밥하지 않을 거야. 청요리 좀 시킵시다. 김일엽
씨, 한턱내세요."

그해 10월에는 나혜석의 남편 김우영이 일본 외무성 관리로서는 비
교적 고위직인 만주 안동현의 부영사로 발령 났다. 아마도 조선인 최초
의 외무 고위직 관료였다. 신문과 잡지가 한동안 김우영 부영사와 나혜
석 이야기로 도배했다. 두 사람이 갓 태어난 첫딸 나열을 안고 남대문

역을 떠날 때 춘원 내외와 경성에 있는 신여성들이 모두 배웅했다.

그리고 얼마 안 있어 신문에는 또 다른 뉴스가 사람들을 긴장시켰다.

'육당 최남선, 가출옥되다.'

춘원 내외는 부랴부랴 나들이옷으로 갈아입고 웃보시곶이에 있는 신문관으로 달려갔다. 육당은 더부룩하게 자란 구레나룻과 턱수염을 자르지도 않고 10년이나 늙은 모습으로 두 사람을 맞았다.

"애 많이 쓰셨소. 당장 입원해야 되지 않겠소?"

춘원이 걱정하자 육당은 그 특유의 쇳소리로 담담히 대답했다.

"어디가 딱히 아프다고 엄살을 피우지도 않았는데 내보내주데요. 뭐 감옥에서 먹는 콩밥도 먹을 만했는데. 껄껄껄. 그런데 정말 그 일은 의외였어요. 아 글쎄, 내가 감옥 문을 나서는데 무불옹께서 떡 서 계시잖아요."

"그분은 지난 1918년에 경성을 떠나 지금은 일본에 계실 텐데?"

"나도 얼마 전에 알았소만 나를 감옥에서 꺼내준 분이 바로 그분이었어요. 그분이 신원보증을 하였고 나를 인수인계하러 일부러 도쿄에서 와서 형무소 밖에까지 왔던 거요. 난 그분에게 해드린 일이 전혀 없고 춘원처럼 가깝게 지내지도 않았는데…. 나한테까지 그렇게 깊은 정을 보여줘서 공연히 춘원에게 미안했소."

"육당, 그게 무슨 말이오. 그분은 사람 보는 눈을 가지고 계십니다. 특히 우리 조선반도의 인재에 애정을 가지고 계십니다. 그런 의미에서 독립선언서를 쓰셨던 육당을 아끼고 남다른 평가를 하셨을 겁니다. 물론 사이토 총독도 만났을 거고요. 총독에게 육당의 문제를 청원한 분도 그분이었을 겁니다."

314

육당은 목까지 자란 수염을 더듬으며 생각에 잠겼다.

그때 허영숙이 공손하게 말했다.

"그 안에 계시면서 어떻게 그렇게 바깥세상 일에도 신경을 쓰셨습니까. 제가 병원을 개업할 때도 화환을 보내주시고, 저희 내외가 식을 올릴 때에도 또 보내주시지 않았습니까."

"그 안에 있으면요 바깥세상 일이 더 환하게 보인답니다. 껄껄껄."

그날 춘원과 허영숙은 육당의 집에서 돌아오며 비밀이 많은 일본 사람들의 성격, 아니 그중에서도 자신을 처음 발탁하여 〈매일신보〉에 글을 쓰게 하고 《무정》을 탄생하게 했던 아베 미즈이에라는 신비한 인물에 대하여 말을 나누었다. 허영숙이 더 섭섭해 했다.

"아니 당신을 그렇게 끔찍이 여기면서도 경성까지 와서 어떻게 육당 선생만 꺼내놓고 시치미를 뚝 떼고 귀국하셨대요?"

"낸들 아나. 그분의 속을. 그렇게 속이 깊으니까 부처님을 닮았다는 뜻의 무불(無佛)이라는 호를 가지고 계신 것이 아니겠소."

홀 여사가 남긴 충격

1922년 새해가 밝자 당주동 영혜의원에는 김성수, 송진우, 장덕수 같은 명사들이 점잖은 한복 두루마기를 차려입고 찾아왔다. 음식 솜씨 좋은 허영숙의 언니 은숙이 와서 땀을 흘리며 음식과 술상을 차려 냈다. 모두 맞절하면서 새해를 축하했다.

며칠 뒤 종로 YMCA 옆에 있는 '은방울' 경양식집에서는 조촐한 문학 행사가 열렸다. 눈발이 희끗희끗 날리는 날이었는데 두루마기도 없이 솜저고리만 걸치고 젊은이들이 모여들기 시작했다. 홍사용(洪思容), 현진건, 이상화, 박영희, 박종화, 노자영, 나도향(羅稻香) 같은 이들 이었다. 나도향이 갓 스물로 제일 나이가 어렸고 모두 스무 살 고개를 막 넘긴 혈기방장한 문학도들이었다. 그들은 잉크 냄새가 가시지 않은 동인지 〈백조〉(白潮)를 쌓아놓고 손님들을 기다리고 있었다.

〈동아일보〉와 〈조선일보〉에서 제일 먼저 화환을 보내주었다. 대구 에서 올라온 부잣집 아들 이상화(李相和)가 우렁우렁한 목소리로 '말세 의 희탄'이라는 자작시를 힘차게 읊었다.

"저녁의 피 묻은 동굴 속으로/ 아— 밑 없는 그 동굴 속으로/ 끝도 모르고/ 끝도 모르고/ 나는 꺼꾸러지련다. / 나는 파묻히련다. / 가을의 병든 미풍의 품에다/ 아— 꿈꾸는 미풍의 품에다/ 낮도 모르도/ 밤도 모르고/ 나는 술 취한 집을 세우련다. / 나는 속 아픈 웃음을 빚으련다."

침착한 서울토박이 박종화가 동인의 면면을 소개하며 춘원 이광수도 동인이 되었다는 것을 알렸다. 이광수는 〈백조〉 동인지 창간호에 '악부'(樂府) 라는 글을 실었다. 그러나 그날 창간 기념식에는 나오지 못했다. 날씨가 너무 추웠기 때문에 감기를 조심하느라 외출을 삼간 것이다. 한때 동경음악학원에 적을 두었던 김명순이 축가를 불렀다. 그날 행사가 끝나고 피맛골로 몰려가 뒤풀이를 했다.

시종 말이 없던 나도향이 뒤풀이 자리에서는 자신의 애창곡이라며 춘원이 지은 '낙화암'이라는 노래를 비감하게 불렀다. 그는 행사를 끝내고 헤어질 즈음 골목에 쓰러져 먹은 것을 다 토하고 의식불명이 되었다. 김명순이 인력거를 부르고 박종화와 함께 나도향을 데리고 영혜의원으로 갔다. 의사 허영숙은 일단 꼼꼼하게 진찰하고 진정제와 함께 링거를 꽂아주었다. 다음 날에는 총독부 의원에 보내어 엑스레이를 찍게 했다. 총독부 의원의 다카다 교수는 엑스레이를 판독하고 나서 허영숙에게 소견을 보내왔다.

'본 환자는 폐결핵 초기로 판명되었음.'

허영숙 의사는 젊은 작가지망생 나도향을 향해 침착하게 말했다.

"이제부터는 정말 몸조심하세요. 지금은 나이가 젊으니까 견딜 수 있지만 이 병은 그냥 버려두면 독버섯처럼 사정없이 번진답니다. 공기 좋은 시골로 내려가서 정양을 시작하세요. 무엇보다도 끼니 거르지 말고,

영양식을 하고요, 술 담배는 철저히 금하세요."

머리를 짧게 깎고 무명 두루마기를 입은 나도향은 조용히 말했다.

"그렇지 않아도 금년 봄부터는 안동에 있는 보통학교의 훈도로 가게 돼 있습니다. 그곳에 가서 정양하도록 하겠습니다."

나도향이 떠나고 난 날 김명순이 허영숙에게 말했다.

"왜 이렇게 재주 있고 쓸 만한 사람들은 한결같이 폐병에 걸리나? 그날 홍사용 시인도 보니까 계속 기침을 하던데. 하, 참!"

김명순의 탄식은 그 후 현실이 되었다. 20대의 젊은 나이로 〈뽕〉, 〈물레방아〉, 〈벙어리 삼룡이〉 등의 주옥같은 소설을 발표한 천재작가 나도향은 4년이 지난 1926년, 만 스물넷의 꽃 같은 나이로 세상을 떠났다. 그리고 '눈물의 왕'으로 불리던 시인 홍사용도 마흔일곱의 나이로 폐결핵을 이기지 못하고 세상을 떠났다.

."오우, 원더풀! 팬태스틱! 정말로 놀라워요!"

50대 중반을 넘어 금발에 새치가 섞이기 시작한 선교사 로제타 셔우드 홀(의료선교사. 교육자)은 허영숙의 영혜의원을 찬찬히 돌아보고 진료실에 앉아 차를 마시며 놀라움을 표시했다.

"내가 그동안 닥터 허에 대한 소문은 많이 들었고, 여의사들의 모임에서도 몇 번 만났는데 이렇게 훌륭한 병원인지는 몰랐어요. 진료실의 장비도 훌륭하고, 아기를 받는 산원의 구석구석도 모두 청결하고, 아기를 낳은 후에 산모들이 조리하는 방도 정말 훌륭하군요. 현재는 내과 환자들까지 모두 받고 있지요?"

"그렇습니다. 수술을 필요로 하는 외과 환자를 빼놓고는 대부분 다

받는 셈이지요."

로제타 셔우드 홀 선교사는 그날 허영숙의 집에서 저녁을 함께했다. 이광수도 외출했다 일찍 돌아와 홀 선교사를 영접하고, 칠순의 송 부인도 홀 선교사를 신기한 듯 바라봤다. 그날 저녁식사 준비도 셋째 언니 은숙이 맡았다. 홀 선교사는 토란국과 산적을 아주 맛있게 먹었다.

이광수가 물었다.

"선교사님은 언제 조선에 오셨습니까?"

"1890년이에요. 의료선교사로 미국 북감리교 소속으로 왔죠."

"제가 태어나기 2년 전에 이 땅에 오셨군요. 그럼 올해로 32년째 조선을 위해 봉사하고 계시군요. 참으로 훌륭하십니다. 그동안 제일 가슴에 남은 일은 어떤 내용이신지요?"

"이 사람이 조선에 와서 맨 처음 착상한 내용은 '여성을 위한 의료사업은 여성의 힘으로!'(Medical work for woman by woman!)였어요. 내가 30여 년 전에 이 땅에 와서 보니까 의사들은 모두가 남자였어요. 그 남자들이 여성의 질병에 대해 잘 알 리가 없지요. 그런데다가 내외법이 있어 남자 의사가 여자 환자의 몸을 볼 수가 있습니까, 만질 수가 있습니까. 여성들은 병이 있어도 의사 한 번 제대로 만나지도 못하고 숨을 거두는 거였어요. 그래서 생각했지요. '아하, 여자의 병은 여의사가 고쳐야겠구나.'

그때 김점동이라는 소녀가 내 눈에 들어왔지요. 부랴부랴 박유산이라는 마음씨 착한 총각을 찾아 짝을 지워서 내가 직접 미국으로 데려갔습니다. 이름도 아예 '박에스더'로 바꾸고 볼티모어 여자의과대학에 입학시켰지요. 박에스더는 정말 필사적으로 공부했습니다. 신랑은 농장에서 일하며 학비를 보조했고요. 그래서 박에스더는 1900년에 조선 최초의 서양의학을 전공한 메디컬 닥터가 되었지요. 뒷바라지하던 신랑은 아내가 조선 최초의 의사가 되는 것도 보지 못하고 폐결핵으로 그 미국 땅에서 눈을 감았습니다."

"아이고 저런! 그런 변이 있나."

송 부인이 옷고름으로 눈물을 찍어냈다. 그러면서 송 부인은 그 일을 생각해냈다.

"우리 영숙이가 진명여학교에 다닐 때 경희궁에서 박에스더 선생이랑 외국에서 공부한 여학사님들을 환영하는 대회가 열렸지요. 그날 저도 구경 갔습니다. 그날 선교사님도 그 자리에 오셨나요?"

"그럼요! 저도 당연히 갔지요."

송 부인은 신이 나서 말했다.

"그날 우리 영숙이가 그 박에스더 의사에게 꽃다발을 올렸습니다. 진명여학교 대표로 말입니다."

"오우! 참으로 신기한 인연입니다! 그날 박에스더가 꽃다발을 받으면서 뭐라고 하던가요?"

"저보고 의사가 되라고 했습니다."

"놀라우신 하나님의 역사입니다. 그때 박에스더에게 꽃다발을 전했던 그 어린 소녀가 조선 최초의 도쿄 여자의학전문학교 졸업생이 되었고, 총독부 최초의 여의사 면허를 받다니요. 이것이 우연한 일이고 아무 섭리가 없는 사건이란 말입니까? 오, 주여! 감사합니다."

분위기가 아주 진지하게 변했다. 홀 여사는 눈빛을 빛내며 열정적으로 말을 이었다.

"우리 모두가 알다시피 조선 최초의 여의사 박에스더는 이 땅에서 딱 10년을 헌신하고 하늘나라로 갔습니다. 함경도와 평안도를 거쳐 평양과 경성에 이르기까지, 수백 수천 리 길을 나귀를 타고 진료여행을 계속했습니다. 하루에 수백 명의 환자를 봐야 했습니다. 이 나라의 불쌍한 여성 환자들이 박에스더를 구세주처럼 기다렸습니다. 그는 결국 과로로 쓰러졌습니다. 이 나라의 여성 진료를 위해 순교한 것입니다."

홀 여사는 허영숙의 손을 잡으며 떨리는 목소리로 말했다.

"여성을 위한 의료사업을 여성의 힘으로…. 내가 조선 땅에 와서 결심했던 그 내용은 아직도 유효합니다. 오늘 이 사람이 영혜의원을 둘러보고 참으로 큰 감동을 받았습니다. 박에스더가 세상을 떠난 후 나는 낙심하지 않고 김해지와 김영홍을 총독부가 운영하던 경성의학전문학교 청강생으로 넣어 서울 출신 안수경과 함께 의사로 만들었지요. 김해지와 김영홍은 지금 평양의 기홀병원에서 열심히 근무하고, 안수경은 동대문의 보구여관에서 나름대로 훌륭하게 봉사하고 있습니다. 그러나 이 경성 복판에서 자신의 병원을 가진 여의사는 닥터 허영숙뿐입니다. 닥터 허, 당신은 조선의 수도 경성에 당당히 자신의 병원을 가지고 있는 여자개업의 1호입니다."

"선교사님, 저는 이제 겨우 제 병원을 열었습니다. 햇수로 3년차예요. 아직 모르는 것이 너무나 많고 무엇보다도 전문성이 부족합니다. 때로는 내과를 봤다, 어떤 때는 안과까지 봐야 되고, 또 간단한 부상자들이 찾아오면 외과까지 봐야 합니다. 그러나 저는 산부인과를 전문으로 하는 전문병원을 만들고 싶습니다."

"동의합니다. 옳은 말씀입니다. 이 영혜의원을 조선 제일의 산부인과 전문병원으로 만들 필요가 있습니다. 지금 총독부 의원에도 산부인과가 없잖습니까?"

이광수와 송 부인은 홀 여사와 허영숙의 토론에 빠져 있었다. 두 사람의 열기가 너무 뜨거웠기 때문에 그냥 넋이 나간 듯 앉아 있었다. 홀 여사가 또 다른 이야기를 꺼냈다.

"사실 나는 닥터 허가 도쿄 여자의학전문학교에 들어갔다는 소리를 들었을 때 큰 영감에 사로잡혔습니다. 우리 여자 인재들을 박에스더처럼 미국까지 유학 보내는 것은 여러 가지로 어렵습니다. 그러나 도쿄 여의전은 지리적으로도 가깝고 조선과의 관계도 가까워 여러 가지로 유리합니다. 이 조선 내에서는 여자가 의사가 되려면 아직도 총독부 부설 의학교의 청강생이 되어야 합니다. 그러나 도쿄 여의전은 지난 1920년부터 졸업하기만 하면 의사면허증을 주는 그런 대학 수준의 학원으로 되었습니다. 그래서 나는 또 한 번의 모험을 시도했죠."

홀 여사는 목이 마른 듯 식혜를 시원하게 들이켜고 나서 은밀한 내용처럼 나직한 목소리로 말을 이었다.

"황애시덕(黃愛施德)이라는 이름을 들어봤나요?"

"그럼요! 제가 졸업하던 해에 입학했던 학생이었죠? 평양 출신이었던가요? 아무튼 저보다는 한참 위로 기억하고 있는데 …."

"맞아요. 그 아가씨의 본래 이름은 황애덕이었고 고향이 평양이었죠. 이화학당을 졸업하고 평양의 숭의여학교 교사로 봉직했는데, 내가 그 사람을 설득했습니다. 박에스더 이후에 맥이 끊긴 평안도 출신의 여의사가 되어 달라고 밤마다 찾아가 설득했습니다. 아예 이름도 박에스더를 생각하여 '황애시덕'이라고 내가 바꿔주었지요. 그리고 허영숙 학생이 공부하는 도쿄 여의전을 가보라고 달래고 애원하여 내가 학비를 대는 조건으로 닥터 허가 졸업하던 그해에 입학시켰지요."

"그런데 지금은 어떻게 됐나요?"

"황애시덕은 도쿄 여의전을 잘 다녔는데 지난 3·1운동 때에 만세운동에 앞장을 섰다가 감옥살이를 하였습니다."

이광수가 끼어들었다.

"그때는 경황이 없었습니다만, 제가 도쿄에서 2·8독립선언서를 쓰고 우리 유학생들이 만세운동에 나설 때 황애시덕 씨가 김마리아 씨와 가장 열렬하게 활동한 것으로 알고 있습니다. 저는 그때 상해로 몸을 피했습니다만…."

홀 여사가 본론을 꺼내기 시작했다.

"아무튼 황애시덕은 앞으로 공부를 더 계속할 것으로 알고 있습니다만, 현재로서는 이 조선 땅에서 여자의학분야에서 허영숙 씨가 제일 선두에 서 있는 것만은 확실합니다. 앞으로 조선에도 여자의학전문학교가 세워질 것입니다. 그 일을 추진하려면 허영숙 씨가 앞장서야 합니다. 그렇게 하기 위해서는 공부를 더 해야 합니다. 계속 개업의로 있으면서 아이나 받고 돈이나 벌면서 현실에 안주하면 안 됩니다. 먼 곳을 바라보는 비전을 가지고 지금부터 준비해야 합니다."

"그럼 제가 어찌 해야겠습니까 선교사님."

"일본으로 들어가 더 높은 공부를 해야 합니다. 가능하다면 도쿄 제국대학의 연구과정에 들어가 석사 공부도 하고 박사 공부도 해야 합니다. 조선 최초의 여자의학박사가 되어야 합니다. 그래야 조선 여자의학분야를 선도할 수 있습니다."

그날 로제타 셔우드 홀 선교사는 허영숙과 이광수 앞에 커다란 과제 하나를 남겨놓고 떠났다.

첫 번째 좌절

 1922년 2월 12일, 당주동의 영혜의원에 손님들이 찾아오기 시작했다. 몹시 추운 날이라 모두 털 코트를 입거나 두툼한 두루마기에 털목도리를 하고 있었다. 허영숙의 언니 은숙이 아침부터 나와 음식준비를 하느라 정신이 없었다.

 그날 모인 사람들은 미주나 상하이에서 귀국한 김항주(金恒作), 김태진(金兌鎭), 박현환, 곽용주(郭龍周), 이항진(李恒鎭) 같은 사람들과 국내에서 활동했던 김윤경(金允經), 김기전(金起田), 원달호(元達鎬), 강창기(姜昌基), 홍사용 등이었다. 점심이 들어오기 전에 모든 사람들이 모였다. 그날따라 춘원은 한복을 차려입고 아주 단정한 모습으로 손님들을 바라보며 감회 깊게 말했다.

 "오늘 우리는 이 자리에 꼭 계셔야 될 그분을 마음속으로 사모하면서 그분의 정신을 살리는 운동을 시작하게 되었습니다."

 모두 자세를 바로하고 춘원의 말을 경청했다. 춘원이 그분이라고만 표현하였지만 다들 그분의 정체를 알고 있었다.

"그분이 처음 미주지역의 샌프란시스코에 가셨을 때입니다. 세계 각국 사람들이 모이는 그 거리에서 조선 사람 둘이 한복을 입은 채 상투꼭대기를 서로 움켜쥐고 싸우더라는 것입니다. 그 어른이 싸움을 뜯어말리고 눈물을 흘리며 말씀하셨다고 합니다. '동포님들, 여기는 조선 땅에서 수만 리 떨어진 아메리카 대륙입니다. 저 아득한 태평양의 물결을 따라가면 부산 앞바다도 나오고 평양 대동강도 나올 것입니다. 저런 태평양을 바라보면서 어찌 혈육 같은 조선 형제들끼리 외국인들이 보는 앞에서 싸운단 말이오?' 이렇게 그 어른이 묻자 두 조선 사람은 이렇게 대답했다고 합니다. '우리는 이 상항(桑港: 샌프란시스코) 땅에서 인삼을 팔아 생계를 유지하는 사람들인데 바로 저 사람이 제 구역을 침범하였습니다.' '아니오! 저 사람이 침범하였습니다.' 결국 그날 샌프란시스코 거리에서 상투를 잡고 싸운 두 사람은 자신들이 같은 조선 민족이라는 동포애보다는 장사영역을 침범 당했다는 이유 하나로 그렇게 상투잡이를 했던 것입니다. 도산 선생께서는 그날부터 결심하시고 동포들의 집을 일일이 방문하시며 청결운동을 시작하셨다고 합니다. 화장실을 고치고, 찌든 커튼을 빨아 걸어주시고, 동포들끼리 서로 사랑하는 운동을 펼치기 시작하셨다고 합니다. 오늘은 우리가 우리 조선 땅 안에서 도산 안창호 선생의 흥사단 운동을 우리 실정에 맞게 펼칠 수 있도록 그 방략을 생각해볼 작정입니다."

그날 그 자리에 모인 사람들은 미주나 상하이에서 이미 흥사단(興士團) 운동에 참여했던 사람들이고, 국내에 있는 사람들도 도산 안창호와 흥사단이 무엇이라는 것을 충분히 이해하는 사람들이었다. 일단 점심을 먹고 서로 얼굴을 익힌 후에 모임의 이름을 '수양동맹회'라고 정했다. 나머지 규약이나 행동강령은 차차 결정하기로 했다. 회원들이 자리를 떠나기 직전에 춘원은 다소 내밀한 얘기도 전했다.

"우리들의 오늘 모임은 앞으로 합법적으로 추진할 작정입니다. 우선 총독부에도 우리 단체를 등록할 것입니다. 허가는 쉽게 날 겁니다. 왜냐하면 이 사람이 이미 사이토 총독과 충분히 상의했기 때문입니다. 사이토 총독도 우리의 건전한 청년운동을 음으로 양으로 지원하겠다고 약속했습니다. 그러나 우리의 진정한 목표는 우리 조선 청년들의 의식개조이고, 문화수준의 향상이고, 궁극적으로는 부강한 민족을 만들어 독립하는 것입니다. 일단 독립은 숨기고 민족성 개조에 앞장을 섭시다."

환자들이 찾아와야 할 영혜의원에 팔도 사람들이 모여드는 것을 보면서 허영숙은 결심을 굳혔다.

'여성들만 드나드는 산원에 남자 손님들이 드나들기 시작하면 진료에도 지장이 있을 것이다. 좋다. 떡 본 김에 제사를 지내자.'

허영숙은 준비를 시작했다. 우선 총독부 의원의 구지 나오타로 후임으로 부임한 다카다 새 원장에게 자신의 결심을 토로했다.

"뭐라고? 내지(일본)로 유학을 떠나겠다고? 조선 최초의 여자 의학박사가 되겠다고? 좋아요. 아주 좋은 생각이오. 내가 추천서를 써주지. 하지만 도쿄 제국대학은 보통 대학이 아니니까 모교인 도쿄 여자의학전문학교의 창립자 요시오카 야요이 이사장의 추천서도 받아보고 지금 교장으로 계신 요시키 교수에게도 청을 넣어보시오. 참, 어려운 결심을 하였소. 하긴 경성에도 제국대학이 세워진다는 소식이 있긴 한데 아무튼 잘 해보도록! 여기 원장이셨던 구지 나오타로 박사가 지금 도쿄 제국대학에서 산부인과를 맡고 계시니까."

일단 다카다 신임 원장의 추천서를 받고 허영숙은 1년 치 수업료를 대충 생각하여 예산도 맞췄다. '하숙비는 모교인 우시고메 여전의 기숙사를 교섭하면 한 달에 30원쯤의 생활비가 들 것이고, 학비는 한 달에 50원쯤 될 것이니, 1년이면 1천 원쯤 될 것이다. 거기에다가 비상금 5백 원을 합쳐 1천 5백 원을 준비하면 될 것이 아닌가.' 허영숙은 어머니와 상의하여 자금을 마련했다. 그리고 이광수에게 당부했다.

"전 준비가 다 되었어요. 제가 없는 동안 어머니와 잘 지내시고요, 특별히 먹고 싶은 음식이 생각나면 은숙 언니에게 부탁해서 절대로 끼니를 거르지 마세요."

1922년 3월 초, 〈매일신보〉에는 허영숙에 관한 다음과 같은 기사가 실렸다.

현 주소에서 병원을 설시한 후 약 3년 동안을 일반 조선 여자들의 내과며 기타 여러 환자를 조금도 어렵지 아니하게 치료하던바, 임술년(1922년) 새해를 맞음에 대하여 세상도 역시 새로워지는 동시에 이만한 의술로는 도저히 조선 일류의 의사의 자격을 얻기 어렵다는 생각이 벼락같이 뇌를 자극하는 고로, 즉시 사상을 변경하여 이때까지 침착하여 환자를 취급하던 것을 전부 치워버리고 이로부터 약 3년간 예정으로 음력 정월 15일 이후에는 내지로 건너가서 모교 되는 여자의학전문학교 교장의 천거로 도쿄 제국대학교 의학연구과에 입학할 예정이더라.

허영숙은 조선 최초의 여자 의학박사가 되겠다는 높은 뜻을 품고 남대문역을 출발했다. 춘원은 털 코트를 입은 채 플랫폼에 서서 손을 흔들어주었다. 기차가 움직이기 시작할 때 춘원이 큰 소리로 말했다.

"편지는 우시고메에 있는 송향여숙(松香女塾)으로 보내면 되지? 편지 받으면 바로 답장해야 돼."

"알겠어요."

이광수는 허영숙이 떠나고 나자 병원 전체가 텅 비어 있는 것을 깨닫고 마음잡기가 정말 어려웠다. 밥은 집에 있는 식모가 잘 차려주었지만 잠은 환자들이 자던 침대 위에서 잤다. 때마침 천도교의 최린이 천도교의 교육기관인 종학원(宗學院)에 강의해 달라고 했다. 강의 내용은 철학과 심리학 등이었다.

그해 4월에는 단성사에서 예술좌라고 하는 극단이 춘원이 쓴《개척자》를 공연했다. 춘원은 연극이 끝나고 나면 배우들과 함께 파고다공원으로 나가 벚꽃 밑에서 술을 마셨다. 그리고 경성학교와 경신중학에서도 영어를 가르쳐달라고 해서 부지런히 강의를 나갔다.

거울 앞에서 면도를 할 때 송 부인이 슬그머니 눈치를 보았다.

"여보게 광수, 자네 요즘 들어 부쩍 멋을 내네 그래? 밤에도 왜 면도하고 나가나?"

"네, 아내가 없으면 멋을 더 내야지요. 공연히 초라하게 하고 다니면 홀아비 냄새가 나지 않습니까."

"자네가 강의하는 학교에는 여학생도 있는가?"

"있으면 좋겠는데요 어머님, 안타깝게도 없습니다."

부인은 가볍게 눈을 흘기며 이광수에게 웬 보퉁이를 전해주었다.

"이게 뭡니까?"

"자네 방에다 놓고 저녁에 잘 때는 껴안고 자게. 자네 아내 영숙이의 옷 보퉁이일세."

결혼 전에는 그렇게도 호랑이 같던 장모님이 결혼 후에는 아주 살갑게 대해주었다. 이광수도 오랜만에 아득한 시절 조실부모했던 그 아픔을 잊고 송 부인으로부터 어머니의 애정을 느낄 수 있었다.

이광수는 틈이 나는 대로 수양동맹회의 이론적 근거가 되는 글을 쓰기 시작했다. 그것이 〈민족개조론〉이었다. 이광수가 주장하는 〈민족개조론〉은 우리 민족의 심성을 근본부터 고쳐 나가자는 혁명 논리였다. 이광수가 생각하는 조선 민족에 대한 인식은 솔직한 것이었다. 조선 민족은 오랫동안 중화 민족에 지배당하였기 때문에 그들보다 못한 수준이고 특히 민주주의를 오랫동안 접한 유럽 민족보다 한 단계 아래였음을 솔직히 인정했다. 그리고 생활 면에서는 대체로 나약하고, 청결성이 없고, 허언이 많고, 약속을 지키지 않을 뿐만 아니라 꾸준히 방향을 정하여 진력하는 힘이 부족하다는 점을 지적했다.

이광수의 〈민족개조론〉은 상·중·하로 구성된 긴 논문이었다. 천도교 계통의 〈개벽〉 잡지를 주간하는 김기전이 논문을 그해 5월에 잡지에 실었다. 논문이 발표되고 나자 '그래, 우리 민족은 정말 고쳐 나가야 할 점이 많지. 춘원이 옳은 지적을 했군'이라고 말하는 사람들은 대부분 침묵하였고, 여기에 반대하는 젊은이들은 들고일어났다.

"뭐? 우리 민족이 열등한 민족이라고? 게으르고 거짓말을 잘하는 그런 민족이라고? 이자가 정신이 어떻게 된 게 아니야? 상해에서 열심히 독립운동을 하다가 계집 꽁무니를 따라 압록강을 넘고 경성으로 들어오더니 뭐 이따위 터무니없는 주장을 하고 있어?"

"결국 이자도 일본 놈들에게 회유됐군. 은근히 우리 민족이 열등하다고 하면서 청결하고 결단력이 있는 일본인들에게 굽실거리며 배워야 한다는 논리가 아니야?"

이광수는 일이 난처하게 되자 집에서 은둔하는 때가 많게 되었다. 감옥에서 나와 이광수에게 "옛날 〈소년〉과 〈청춘〉을 함께 만들던 정열로 다시 〈동명〉이라는 잡지를 내보세"라던 육당 최남선도 그와 소식을 끊었다.

허영숙이 일본에 들어갔을 때는 매사가 잘 풀리는 듯했다. 그 옛날 수석 합격을 했다고 사랑해주던 요시키 교수는 흔쾌히 추천서를 써주고, 요시오카 야요이 이사장도 '우리 여의전을 수석으로 입학하고 수석으로 졸업한 재원, 그리고 조선총독부의 의사면허시험에도 수석 합격한 허영숙을 받아주십시오'라는 강력한 추천서를 도쿄 제국대학 의학부에 제출했다. 또 일본에서 〈국민신문〉을 발행하는 사장 도쿠토미 소호와 부사장 아베 미츠이에도 강력한 추천의 글을 보내주었다.

도쿄 제국대학 의학부에서는 긴급회의가 열렸다. 의학부장 미키 박사는 이런 의견을 냈다.

"우리 제국대학에서 사사로운 청을 받아 연구생을 받아들이는 것은 흔한 일이 아니지만 이 여학생은 좀 특이한 것 같습니다. 일찍이 도쿄 여자의학전문학교를 수석으로 나오고 조선총독부 면허시험에서도 수석을 했으니까 우리 대학에서 연구생으로 받아들여 3년쯤 임상실습과 이론 지도를 하여 학위를 주면 어떻겠습니까?"

그러나 차석으로 있는 이케다 박사가 의문을 제기했다.

"우선 결혼한 여자입니다. 앞으로 3년 동안 아이를 낳는다든지 공부에 매진하다가 가정으로 돌아갈 개연성이 있습니다. 둘째, 우리 학부 출신이 아닙니다. 수준이 낮은 도쿄여의전 출신입니다. 그 여의전은 겨우 2년 전에 의사면허를 취득할 수 있는 전문학교로 인정받은 학문적 전통이 짧은 사립학교입니다. 셋째, 조선총독부에서 의사면허를 취득한 식민지 국적의 의사입니다."

한 달 뒤 의학부 교수들이 허영숙을 직접 면접했다. 이케다 박사가 아주 깐깐하게 물었다.

"향후 몇 년간 출산하지 않을 자신이 있소? 그리고 경성에 있는 가정은 어떻게 할 것이오?"

"학위를 받기 전까지는 절대로 출산하지 않겠습니다. 그뿐만 아니라 허락하지 않는다면 경성에 있는 고향 집에도 가지 않겠습니다."

"그럼 전공은 무엇으로 정하려고 합니까?"

"산부인과로 하려고 합니다."

"산부인과요? 현재 우리 제국대학 의학부 내에 산부인과가 있기는 있소만 그 산부인과의 주임교수는 얼마 전 조선총독부 의원에서 부임한 구지 나오타로 교수요. 그대와 깊은 인연이 있는 교수가 그대를 받아줄 의사는 충분할 거요. 그러나 너무 인연이 깊은 사람들끼리 지도교수와 학생 사이로 얽히고 학위문제를 다루게 된다면 정실에 빠질 수가 있소. 학위의 객관성에 문제가 있다고 볼 수도 있소. 그래서 우리는 그대의 문제를 아직까지 구지 나오타로 교수에게 상의하지 않았소."

일이 묘하게 되었다. 사실 허영숙은 산부인과의 주임교수인 구지 나오타로 교수를 하늘처럼 믿고 왔는데 그분의 입장을 어렵게 만들 수는 없는 일이었다. 허영숙이 매달린다면 구지 나오타로 교수는 대학 측에 간곡하게 부탁할 것이다. "이 여의사는 제가 보증하겠으니 제게 맡겨주십시오. 조선 제일의 여의사입니다"라고 틀림없이 말할 것이다. 그러나 허영숙은 구지 나오타로 교수에게 폐를 끼칠 수는 없었다. 일본 사람들이 제일 싫어하는 일이 '남에게 폐를 끼치는 일'이 아닌가.

그날 밤, 허영숙은 송향여숙 기숙사 방에 돌아와 한없이 울었다. 만약 일본 출신 여의사, 그리고 제국대학 출신 여의사였다면 이런 문제는 없었을 것이다. 식민지 땅에서 태어난 여의사라는 것이 뼈저리도록 서러웠다. 억울하고 분한 생각도 들었다. 허영숙은 하릴없이 눈물을 흘리며 짐을 쌌다. 그리고 우메고시의 은사들에게 인사를 드리고 저간의 사정을 보고한 후에 후일을 기약하면서 귀국길에 올랐다.

부산에서는 남편 이광수가 기다리고 있었다. 그동안의 사정을 편지로 주고받았기 때문에 두 사람은 말없이 동래 온천장으로 향했다. 온천장의 따뜻한 물속에서 춘원이 허영숙을 아기처럼 소중하게 안아주면서 위로했다.

"뭐 이만한 일로 낙심하시오. 영이, 금년 말까지는 푹 쉬면서 심신을 맑게 다스립시다."

"선생님, 면목이 없습니다. 그동안 저는 수석 합격이니, 수석 졸업이니 하며 너무 자아도취 했던 것 같습니다. 또 최초의 여자 개업의라는 자부심 하나로 너무 가슴이 부풀었던 것 같습니다. 이번에 그쪽 의사들이 저보고 앞으로 몇 년 동안 출산하지 않을 자신이 있느냐고 묻더군요. 저는 이제 빨리 선생님의 아이를 갖고 싶습니다."

춘원이 웃었다.

"영이, 언제까지나 당신은 나보고 '선생님, 춘원 선생님' 하면서 부르겠소? 이제부터라도 '여보 당신' 합시다."

"네, 제가 첫아이를 가지면 그다음부터 선생님을 '여보'나 '당신'으로 부르겠어요."

두 사람이 당주동 집에 돌아와 며칠 쉬고 있을 때 한밤중에 느닷없이 청년들이 대문을 흔들었다. 청년들은 살기가 등등하여 신발을 신은 채 마루로 올라서려고 했다. 춘원이 침착하게 나섰다.

"청년들은 어디서 온 사람들이오? 누구를 찾소?"

"춘원 이광수를 찾아왔소! 우리는 그 변절자를 만나고자 하오!"

춘원은 청년들에게 신발을 벗고 들어오라고 했다. 허영숙은 난감하여 옆에서 발을 동동 굴렸다.

"내가 춘원이오. 나에게 무슨 볼일이 있소?"

청년 하나가 허영숙을 가리키며 말했다.

"당신은 누구요?"

허영숙이 나서며 대답했다.

"난 춘원 선생의 아내 허영숙이오. 이 밤중에 웬일입니까?"

"본부인을 밀쳐내고 들어온 첩 주제에 웬 주인 행세?"

"말을 삼가시오! 젊은 사람들이…. 무엇 때문에 왔는지, 그 용건을 말하시오!"

"상하이에서 독립운동을 하다가 왜 갑자기 경성에 들어왔소? 저 젊은 여인 때문이오? 그리고 최근에 발표한 〈민족개조론〉은 도대체 우리 민족을 왜 그처럼 비하하고 조롱하면서 엉뚱한 논리로 젊은이들을 혼란에 빠뜨린 거요? 왜성대에 다녀와서 일본 총독과 짝짜꿍이 된 거 아니오!"

춘원은 젊은이들을 자리에 앉도록 했다. 그리고 허영숙에게 차를 내오도록 했다. 젊은이들은 냉수를 청했다. 허영숙은 큰 그릇에 냉수를 담아왔다. 이광수가 담담하게 말했다.

"내가 경성으로 돌아오게 된 것은 새로운 운동을 하기 위한 것이오. 그것도 청년운동을 하기 위함이오. 〈민족개조론〉에서 우리 민족이 게으르다, 청결하지 못하다, 결단력이 부족하다고 한 것은 사실상 나의 평소 소신이오. 내가 여러분에게 묻겠소. 여러분은 과연 우리 민족이 청결하고, 거리에 방뇨도 하지 않고, 위생적이라고 생각합니까? 또 우리 민족이 술이나 노름을 멀리하며 열심히 일하는 것에 매달려 있습니까? 자신 있으면 대답해 보시오."

"그야 우리가 가난하고 나라를 빼앗겼고 또 할 일이 없으니까 그런 것 아니오. 반쯤은 자포자기해서 술도 마시고 거리에 방뇨도 하는 것이오. 노름도 하고 기생집에도 가고."

"바로 그 점이오. 식민지가 된 것, 일본 사람들의 지배를 받게 된 것, 이것은 우리의 자업자득입니다. 그렇다면 이제부터라도 우리가 정말로 신용을 지키고, 열심히 일하며, 무실역행(務實力行)해야 한다는 것이 내 소신이오. 내 처도 비록 여자의 몸이지만 안이한 생활을 던지고 여자의 몸으로 유학했고, 병원을 냈소. 그리고 더 공부하기 위하여 일본에 건너갔다가 일본인들의 차별만 받고 눈물을 흘리며 돌아왔소."

전문학교 교복을 입은 청년이 다소 가라앉은 목소리로 말했다.

"선생이 우리 민족의 민족성을 얘기할 때는 막연히 느낌을 가지고 얘기한 것은 아닐 것이고 학문적 근거가 있을 것인데 그런 학문적 근거는 어디 있는 겁니까?"

이광수는 자리에서 일어나 서재를 서성이다가 결연히 말했다.

"청년은 공부를 좀 한 사람 같은데···, 그렇게 진지하게 말하니까 나도 내가 그 논문을 쓰면서 참고했던 고전들을 얘기해보겠소."

그는 서재 여기저기에 흩어져 있던 책들을 모아왔다. 그리고 그들 앞에 책을 들어보였다.

"여기 있는 동양 서적들은 우리의 고대사를 기술한 책들이오. 세상에 널리 알려지지도 않은 고전들이오."

그 책들은 《산해경》(山海經), 《산해경찬》(山海經讚), 《동방삭신이경》(東方朔神異經), 《후한서》(後漢書), 《삼국지》(三國志) 등이었다. 이광수는 그 교복 입은 청년에게 이렇게 말했다.

"청년은 아마 《삼국지》는 알 것이오. 그러나 나머지 책들은 책 제목도 생소할 것이오. 그렇지 않소?"

교복 입은 청년이 머리를 긁적거렸다. 이광수는 일본어로 번역된 또 하나의 책을 들어보였다.

"이 책은 1900년에 일본에 소개된 프랑스 귀스타브 르 봉(Gustave Le Bon)의 《민족심리학》이라는 저서요. 이 책을 보면 전 세계 민족의 '민족심리학'을 일목요연하게 알 수 있소. 나는 이런 책들을 근거로 해서 논리를 세운 거요. 그냥 마구잡이로 쓴 게 아니오. 이 춘원이 그렇게 허황된 논리의 주창자는 아니라는 뜻이오."

교복 입은 학생이 일어났다.

"어서 가자. 선생님 연구하시는 데 방해되겠다."

젊은이들은 슬그머니 일어나 썰물처럼 빠져나갔다. 안방에서 떨고 있던 송 부인이 나오고, 허영숙은 남편 이광수의 새로운 면을 보면서 냉수를 벌컥벌컥 들이켰다.

"십년은 감수했어요. 앞으로는 저런 무뢰한들이 오면 나서지 말고 뒤로 가서 숨으세요. 제가 수습해보겠습니다."

다음 날 신문에는 청년들이 이광수의 〈민족개조론〉을 실은 〈개벽〉 잡지사를 파괴하고 이광수에게 종학원에서 강의를 주선했던 천도교의 지도자 최린의 집을 습격했다는 기사가 났다.

조선판 로미오와 줄리엣

1923년 계해년 벽두에는 '남대문역'을 '경성역'으로 개칭하는 행사가 벌어졌다. 그동안 부산으로 해서 시모노세키로 향하던 일본 유학생들은 언제나 남대문역에서 모여 행사를 했는데 이제는 경성역이라는 이름으로 당당히 격상된 그 역에서 출발행사를 치르게 되었다.

그런데 신년축하행사로 들뜬 분위기 속에서 요란한 폭음이 경성을 흔들었다. 이름만 들어도 사람들이 오금을 펴지 못하던 종로경찰서, 조선의 애국지사들이 가장 많이 잡혀가 고초를 겪은 종로경찰서에 폭탄이 투척되었던 것이다. 그 안에 있던 많은 일본 경찰들과 나란히 붙어 있던 매일신보사의 일본인 기자들이 목숨을 잃고 다쳤다. 그러나 폭탄을 던진 사람은 흔적 없이 사라졌고 경성 일대에는 삼엄한 경계망이 펼쳐졌다.

얼마 뒤 회의 참석차 도쿄로 가기 위해 사이토 총독이 경성역으로 향할 때였다. 그곳을 배회하던 청년 하나가 무장경찰 20여 명에게 포위되어 총격전이 벌어졌다. 선두에 섰던 형사부장이 쓰러지고 경부 20여 명이 중상을 입었다. 그러고도 청년은 바람처럼 사라졌다가 종로구 효제동에 다시 나타났다. 일본 군경 천여 명에게 포위당한 그 용사는 3시간 동안이나 단신으로 총격전을 벌이다 마지막 총알로 자결했다. 시신에는 열한 발의 총알이 박혀 있었다. 그 의혈 청년의 이름은 김상옥(金相玉)이었다.

그는 3·1운동 때 태극기를 든 여학생의 팔을 칼로 베려는 일경을 맨손으로 제압하고 바람처럼 사라진 일도 있었다. 그 후 상하이로 망명하여 김구, 이시형 선생의 지도를 받으면서 의혈단(義血團)에 가입했다. 그는 1922년 종로경찰서를 폭파하고 사이토 총독을 암살하기 위하여 권총 3정과 실탄 8백 발, 그리고 폭탄과 항일문서를 들고 경성에 잠입했다가 이듬해인 1923년 초에 경성을 흔들고 장렬하게 산화한 것이다.

이해 초에는 이런 애국 의혈청년의 폭발음과 함께 또 다른 민족운동이 시작되었다. 평양의 고당 조만식, 그리고 경성의 인촌 김성수 등이 주도하는 '물산장려운동'이 시작된 것이다. 1910년 나라를 아주 잃은 뒤에 일본인 기업이 물밀 듯 들어오고, 동양척식회사가 생겨 조선 농민들의 농토를 수탈했다. 애국인사들은 조선인에 의한 조선의 상공업이 뿌리째 사라져 없어질 것이라는 생각에 생활실천운동을 벌이기 시작했다. 물산장려운동은 그 일환으로 일본과 그 주위에 있는 매판(買辦) 자본에 맞서 조선의 자본을 보호하고 산업을 키워나가자는 운동이었다.

1월 9일, 20여 개의 민족단체 대표 160여 명이 경성에 모여 발기준비 대회를 열었고, 2월 16일에 3천여 명의 민족단체 회원들이 참가하여 '조선 사람 조선으로', '우리 것만으로 살자'라는 구호를 외쳤다. 그리고 실천강령을 정했다. '첫째, 남자는 외출할 때 국산 무명 베 두루마기를 입고, 여자는 검정 물감을 들인 조선산 무명치마를 입는다. 둘째, 우리 손으로 만든 토산품은 우리 것을 이용하여 쓴다. 셋째, 일상용품은 우리 토산품을 상용하되, 부득이한 경우 외국산품을 사용하더라도 경제적 실용품을 써서 가급적 절약한다'가 그것이다.

이 무렵 〈동아일보〉에서 영혜의원에 기자를 보냈다. 그 기자는 춘원을 찾지 않고 허영숙을 찾았다. 새해 들어 진료에 진력하던 의사 허영숙은 청진기를 목에 걸고 기자를 맞았다. 기자가 운을 떼었다.

"신혼 초에 과감히 일본 유학을 시도하셨다가 다시 돌아오셔서 개업하시니 어떻습니까?"

"네, 멀리 좀 날아보려고 했는데 날개가 부실해서 그랬던지 실패하고 말았습니다. 이제는 본업으로 돌아와서 열심히 진료해야지요."

"좋습니다. 허 선생님께서는 전에도 우리 〈동아일보〉에 글을 내신 적이 있는데, 그때는 성병이 있는 남자들은 가급적 결혼을 금하고 치료를 받은 뒤에 결혼하라는 아주 시의적절한 내용이었지요. 이번에도 가정이나 부부생활이나 아무튼 화목하고 건전한 가정생활을 유지할 수 있는 비방을 내주시기 바랍니다. 허 선생님의 필력은 충분히 알고 있으니 독자들에게 등불이 될 수 있는 좋은 글을 써주십시오."

허영숙은 고사하다가 결국 고개를 끄덕였다. 한 달간 진료 후 시간에 원고지와 씨름하고 글을 완성했다. 춘원에게 글을 보여주자 그가 웃으며 말했다.

"나도 그대의 필력을 익히 알고 있으니 그대로 보내시오. 내가 글을 보면 내가 글에 손을 댔다는 소문이 날 것 아니오. "

이렇게 해서 그해 정초에 '신인(新人)의 요구(要求)하는 신가정(新家庭)'란에 다음과 같은 글이 실렸다.

〈4개의 원리와 사람 개량〉

가정 개량은 이제는 조선의 여론이 되었습니다. 그러나 다른 것은 그대로 두고 가정만 개량할 수 있나 하면 그것은 망상이외다. 근본적으로 가정이 되려면 사람이 개량된 날을 기다릴 수밖에 없습니다. 개량된 가장과 개량된 가족이 아니고 어떻게 개량된 가정을 조직하겠습니까. 그러니까 가정 개량 문제는 결국 개인 개량이고 이에 대하여는 몇 가지 할 일이 있습니다.

1. 가정에 질서가 있게 해야 합니다.

질서란, 물건은 각각 두는 곳이 있어야 하고, 일도 각각 할 때가 있도록 순서를 정해야 하는 것입니다. 즉, 가정의 각원이 각각 제 직분을 맡아 하되 꼭꼭 할 때에 한다는 뜻입니다. 가령 일어나고 밥 먹고, 일하고, 이야기하고, 자는 것을 모두 때를 정하여 하는 것 같은 것입니다.

2. 금전과 시간과 노력을 경제적으로 함이외다.

첫째, 노는 사람이 없이 저마다 날마다 일정한 시간에 일정한 일을 할 것이요, 둘째, 해마다 달마다 날마다 예산을 정하는 것이요, 셋째, 비단 사치품 같은 것을 사들이거나 '체면돈'을 쓰지 말 것이외다. 가정 내에 노는 사람이 없고, 노는 시간이 없고, 노는 물건(쌓아 둔 의복과 세간 빈 방)이 없어야 정말로 경제적으로 산 가정이 될 것이외다.

3. 이상이 있고 취미가 있는 가정이 되게 할 것이외다.

가령 부자가 되자든지, 혹은 도덕적으로 혹은 지식적으로 민족이나 인류를 위하여 일하는 자가 되자든지, 무엇이든지 그 가정은 목적이 있어야 할 것이외다. 이 목적을 대표하는 이는 가장이겠지만 가정 전체가 이 목적을 위하여 힘을 집중하지 아니하면 아니 됩니다. 그래야 성패가 있습니다. 이상이 없는 가정은 진정한 의미의 가정이 아니요, 우연히 모여 사는 객줏집이라고 할 수밖에 없습니다.

4. 가정에는 낙(樂)이 있어야 할 것이외다.

낙을 취미라고 합니다. 부부의 애(愛)도 낙이요, 자녀를 양육하는 것도 낙이요, 음식을 만들고, 의복을 만드는 것도 낙이외다. 방을 치우고 마당을 쓰는 것도 이것이 우리 가정의 주의와 이상을 실현하는 것이라면 더할 수 없는 낙이외다. 그런데 요새 신가정의 주부들은 이 큰 낙을 모르고 헛된 낙을 구합니다. 이 낙이 있은 후에 독서나 음악이나 그림이나 화초재배 같은 낙을 찾아야 금상첨화로 더욱 낙이 될 것입니다.

허영숙의 글이 발표되고 얼마 안 있어 동아일보사 사장 송진우가 춘원에게 직접 전화를 걸었다.

"나 고하(古下)입니다. 오랫동안 격조했습니다. 부인께서 발표하신 글을 잘 읽었습니다. 독자들의 반응도 뜨겁습니다."

고하 송진우는 잠시 뜸을 들이다가 본론을 꺼냈다.

"이번에는 춘원 선생의 글을 받고 싶습니다. 써 놓으신 것이나, 쓰시고 계신 것이 있으면 보내주십시오."

춘원은 오랫동안 깜깜한 길을 걸어오다가 등불을 만난 것처럼 반가웠다. 그가 솔직하게 말했다.

"글을 보내는 것은 어렵지 않습니다만 제가 폐를 끼치는 것은 아닐는 지요. 얼마 전에는 〈민족개조론〉을 실은 〈개벽〉지도 젊은이들의 습격을 받았고, 발행인 최린 선생도 봉변을 당했습니다. 지금 젊은이들은 제가 상해에서 돌아온 일 자체가 훼절인 것처럼 생각하는 것 같고, 제가 우리 민족의 민족성을 개조하고 고양하자는 것을 총독부에 협력하는 것으로 보는 것 같습니다. 공연히 제가 민족지인 〈동아일보〉에 글을 올려서 귀사에 폐를 끼치지는 않겠는지요."

고하는 껄껄 웃었다.

"그거 뭐, 젊은이들의 객기이고 오해이지 않겠습니까? 춘원께서 〈동아일보〉에 자리를 잡으시면 모든 오해가 사라질 것입니다. 처음 글은 익명으로 하시고요, 두 번째 글부터 춘원의 정체를 밝혀보시지요."

춘원은 그해 봄 'Y생'이라는 익명으로 〈가실〉(嘉實)이라는 단편을 내보냈고, 3월 27일부터는 도산 안창호를 그린 장편 《선도자》를 '장백산인'이라는 아호로 쓰기 시작했다. 그동안 총독부가 발행하는 〈매일신보〉에 주로 글을 썼던 춘원이 민족지인 〈동아일보〉에 글을 싣기 시작하면서 얼굴에 화색이 돌기 시작했다.

병원 진료에 바쁜 허영숙도 일부러 짬을 내서 대추차와 매실차를 끓여 들고 서재에 들어가 담소를 나누었다.

"선생님, 기쁘시겠어요. 상해에서 돌아오신 후에는 어디에서 글 써 달라는 데도 없었는데, 이제 우리의 민족지 〈동아일보〉에 당당히 글을 올리니 얼마나 좋으시겠어요. 너무 급하게 쓰지 마시고요, 천천히 호흡을 조절하시면서 쓰세요."

"고맙소, 영이. 당신이 얼마 전에 〈동아일보〉에 좋은 글을 써서 내가 바통을 이어받은 것 같소. 우리 부부가 〈동아일보〉를 너무 독점하는 것이 아닐까?"

"선생님도, 이런 독점은 백 번을 해도 좋은 것이죠."

허영숙은 오랜만에 이광수의 가슴에 안겼다. 이광수도 허영숙의 볼을 쓸어주며 기쁜 마음을 감추지 않았다.

얼마 후 이광수는 〈동아일보〉의 사주인 인촌 김성수, 사장 고하 송진우와 함께 종로통의 한식집에서 저녁을 하게 되었다. 간단히 반주를 하며 김성수가 본론을 꺼냈다.

"춘원, 우리 신문사에 입사해주시오."

"입사를 하다니요?"

이번에는 송진우가 나서서 설명했다.

"아, 나쓰메 소세키 선생도 〈아사히신문〉에 입사해서 글을 쓰기 시작하자 그 유명한 《우미인초》가 탄생되지 않았소. 춘원께서도 우리 〈동아일보〉에 정처를 정하고 마음을 고정하면 대작이 나올 겁니다."

춘원은 얼굴을 붉히며 김성수에게 진심으로 감사를 전했다.

"인촌 선생님은 저를 두 번씩이나 구해주시는군요. 제가 오산학교에 있다가 상해로 가고, 해삼위를 거쳐 러시아 방랑을 하고, 돌아와서 마음을 정하지 못하고 있을 때 저에게 와세다 대학으로 갈 수 있도록 문을 열어주셨습니다. 그때가 1915년, 제 나이 스물네 살이었지요. 이번에는 모든 사람들이 저를 손가락질하고 문단의 모든 문이 닫혔는데 저에게 또 문을 열어주십니다. 서른두 살을 먹은 제가 다시 태어나는 느낌입니다. 감사합니다."

1923년 5월, 춘원은 〈동아일보〉에 '객원논설위원'이라는 직함으로 입사하여 본격적으로 《선도자》를 집필했다. 춘원이 《선도자》에 매달려 땀을 흘리고 있을 때 사회부 기자들이 수군수군하며 6월 15일 자에 다음과 같은 기사를 실었다.

기명(妓名)을 '명화'라 하여 일시 경성 화류계에서 이름이 있다 하는 평양 태생의 강도천(25세)은 경북 재산가 장길상 씨의 아들 장병천의 애첩이 되어 도쿄로, 경성으로 그 남편과 같이 왕래하더니 최근 온양온천에 그 남편과 함께 가서 유숙하던 중 12일 온천 여관에서 남편이 없는 틈을 타 자살할 결심으로 독약을 먹었음으로 즉시 의사의 치료를 받았으나 회생치 못하고 절명했는데, 시체는 어제 경성으로 운반해 매장할 터이며, 자살한 원인은 장 씨의 가정사정과 복잡한 내막이 있더라.

〈동아일보〉뿐만 아니라 〈조선일보〉, 〈매일신보〉 등 모든 신문이 기생 강명화의 자살소식을 톱뉴스로 전했다.

강명화는 평양 출신으로 경성에서 가장 유명한 '명월관' 소속의 기생이었다. 평양에 있는 기생학교는 전국에서도 가장 유명한 권번이었다. 일본에서 관광 온 일본인들도 꼭 한 번은 구경하는 관광코스이기도 했다. 13세에서 16세 사이의 꽃 같은 처녀들이 3년 동안 조선어, 일본어는 물론 산수, 초급과학 같은 폭 넓은 교과를 배우고 창, 각 도의 민요, 춤추기, 악기 다루기 같은 본격적인 기예(技藝) 수업을 받는 특수학교였다. 그래서 이 학교를 나오면 그 유명한 평양기생이 되고 강명화처럼 인물도 뛰어나고 기예가 출중하면 이른바 일패기생이라고 하여 명기로 쳐줬다. 일부는 경성까지 진출하여 그 성가를 높이기도 했다.

일찍이 흥선대원군은 개혁을 시도하면서 조선을 망치는 3가지 병폐로 첫째, 충청도 사대부의 지나친 거드름을 논하였고, 둘째, 교활하고 정교하기까지 한 전라도 전주의 아전(衙前) 문화를 책하였고, 셋째, 뭇 남성들을 뇌쇄(惱殺) 시키고 돈 가진 남성들을 건전한 사회생활을 하지 못하게 하는 평양 기생의 기교를 청산하여야 할 폐해로 거론했다.

아무튼 명기 강명화는 1901년 평양에서 태어난 미녀로 어려서부터 총명함이 남달랐다. 불우한 가정의 사정 때문에 평양 권번에 들어가 기생이 되었다. 그리고 경성의 명월관으로 진출했다. 당시 그녀의 명성은 하늘을 찔러 문단에서 글깨나 쓴다는 김동인, 나도향, 현진건 같은 유명문사들이 명월관으로 달려가 강명화의 치맛자락을 부여잡으려 발버둥 쳤다. 최초의 개인시집을 냈던 시인 김억은 특별히 강명화 예찬론까지 펴낼 정도였다. 그녀를 만나려면 보통 삼사일 전에 예약해야 하고 특별히 이름이 있거나 돈이 많지 않으면 예약을 아예 받지도 않았다. 그런 명기 강명화가 1920년 여름에 운명의 남자를 만나게 된다.

대구 갑부이자 은행가였던 장길상의 외아들 장병천이 그 주인공이었다. 장길상은 조선 말기에 경북관찰사를 지낸 장승원의 아들이었다. 장승원은 세 아들을 두었다. 장남 장길상, 차남 장직상, 삼남 장택상이었다. 장길상은 대구에 자리 잡고 은행가로서 큰돈을 모은 지방유지였다. 동생 장직상 역시 중추원 참의를 지낼 만큼 재산가였으며 경북지역을 대표하는 유지였다. 막냇동생 장택상은 광복 후 수도경찰청장을 지내고 그 후 국무총리, 국회부의장까지 지낸 당대의 명사였다.

이런 집안에서 장자의 외아들로 자란 장병천이야말로 금수저를 물고 태어난 행운아였다. 그가 1920년 여름에 일본 유학을 간다면서 친구들을 구름처럼 몰고 와 명월관에서 송별연을 벌였다. 귀공자같이 생긴 장병천이 상석에 앉고 바로 그 옆자리에 장안 최고의 명기 강명화가 앉게 되었다.

운명은 그 순간부터 두 사람을 전혀 새로운 세계로 인도했다. 그날 모든 사람들이 대취하고 뿔뿔이 헤어졌지만 강명화는 장병천이라는 그 청년을 잊을 수 없었다. 처음에는 시골에서 올라온 철부지, 유학이라는 핑계로 아버지 돈이나 쓰러 가는 문제아로만 보았다. 그런데 서너 시간 남짓 서로 눈빛을 맞추고 술잔을 부딪치며 알 수 없는 도취감에 빠졌다. 장안에 난다 긴다는 명사들이나, 천하에 재주가 많다는 학자나 글쟁이들, 권세를 쥔 정계의 내로라하는 사람들까지 다 만났지만, 그 사나이들은 그냥 힘 있고, 많이 알고, 권세 높은 인간들로만 여겨졌을 뿐 별다른 감흥이 없었다.

그러나 그날 밤, 대구에서 올라온 그 얼굴 흰 청년은 스물세 살의 처녀 강명화를 단숨에 사로잡았다. 비록 기생의 몸이었지만 머리를 제대로 얹어줄 운명의 사나이를 기다리면서 몸가짐을 바로 했던 그녀였다. 강명화는 집에 가 몸을 씻고 자리에 누웠을 때까지 그 청년 하나를 잊기가 어려웠다. 그때 대문을 두드리며 "강명화 씨 있소?"라고 외치는 소리가 들렸다. 이때부터 두 사람의 운명은 하나로 얽혔다.

그 후 두 사람은 로미오와 줄리엣처럼 서로 첫 정을 느끼면서 잠시도 떨어질 수가 없었다. 궁여지책으로 장병천은 동경 유학을 떠난 것처럼 하고 경성의 강명화 집에서 살았다. 동경에 있는 친구가 대구 집에서 부쳐오는 학비와 하숙비를 경성에 있는 장병천에게 전해주어 두 사람은 꿀 같은 세월을 보냈다.

명월관 주인은 이맛살을 찌푸리며 걱정했다.

"어쩌려고 그래? 기생은 기생다워야지. 기둥서방이 생기면 안 돼. 출근도 퇴근도 무상하고 집에 꿀단지를 숨겨 놓은 것처럼 연회가 끝나기가 무섭게 가버리면 손님들이 먼저 알게 되는 거야. 벌써 장안에는 명기 강명화에게 기둥서방이 생겼다는 소문이 파다해. 강명화를 찾는 손님도 줄어들고 있다고."

그러나 강명화는 장병천을 떠날 수가 없었다. 그러면서 서서히 자신도 공부하여 신여성이 되겠다는 각성을 했다. 그녀는 그동안 모아두었던 돈으로 어머니가 경성에서 살도록 손을 쓰고, 장병천과 홀쩍 동경으로 떠났다. 장병천은 형식적으로 학교에 등록하고 강명화는 영어학원에 나가 영어공부를 시작했다. 얼마 후 모든 사태를 파악한 대구 본가에서 장병천의 아버지가 장병천에게 보내던 학비 일체를 끊어버렸다. 이제는 거꾸로 장병천이 강명화에게 얹혀사는 신세가 되었다.

평양 여자 강명화는 단호했다. 아예 경성의 집을 판 돈으로 동경에서 꿈결 같은 신혼생활을 시작했다. 그런데 일은 엉뚱하게 번졌다. 동경 유학생 중 고학으로 힘들게 공부한 학생들이 장병천, 강명화의 집 앞에 찾아와 돌을 던지면서 성토했다.

"우리는 어깨가 찌그러지도록 짐을 지고 고학하는데 너희들은 부잣집 아들, 유명한 기생이라는 특권으로 이렇게 호사스러운 생활을 하는 거냐? 당장 물러가거라! 동경 유학생들의 이름이 더럽혀진다!"

두 사람은 고학생들의 성화에 밀려 경성으로 돌아오고 말았다. 강명화는 결심하고 대구 장병천의 집을 찾았다. 아흔아홉 칸짜리 장병천의 집 마당에 자리를 깔고 머리를 푼 후 석고대죄 하듯 애원했다.

"노여움을 푸시고 저에게도 기회를 주십시오. 비록 천한 기생 출신이오나 지금부터라도 공부해서 수치를 씻겠습니다. 그냥 허락만 해주시면 제가 병천 씨를 먹여 살리겠습니다."

장길상의 노여움은 더 강했다.

"먹여 살려? 기생질을 해서 내 외아들을 섬기겠다? 어림없는 얘기! 물러가거라! 더러운 기생년을 내 며느리로 들일 수 없느니!"

너무나 서슬 퍼런 장길상의 기세에 눌려 천하의 명기 출신 강명화도 물러설 수밖에 없었다. 1923년 6월 7일, 강명화와 장병천은 용산역에서 떠나는 특별 급행열차에 몸을 실었다. 목적지는 당시 신혼여행의 메카였던 온양온천이었다. 강명화는 장병천이 사준 원피스와 핸드백을 들고 곱게 단장했다. 장병천도 신식 멋쟁이들이 입는 프록코트를 챙겨 입었다. 그들은 지상에서 가장 행복한 신혼부부처럼 환하게 웃고 황홀하게 나흘을 보냈다.

11일, 저녁을 먹고 가까운 저수지의 둑을 두 사람은 팔짱을 꼭 낀 채 걸었다. 그리고 잠자리에 들었다. 장병천은 철모르는 아이처럼 가는 코까지 골며 잠에 떨어졌다. 강명화는 일어나 다시 목욕하고 정갈한 옷으로 갈아입은 채 준비해온 극약을 마셨다. 그해 6월 16일 자 〈동아일보〉는 '강명화의 애화(哀話)'라는 기사에서 강명화의 마지막 장면을 다음과 같이 그렸다. "그가 이 세상을 떠나는 마지막 순간에 장병천이가 '내가 누구인지 알겠나?' 하고 부르자 그는 눈물 젖은 야윈 낯에 웃음을 싣고 '세상 사람 중에 가장 사랑하는 나의 파견!'이라고 일렀다 한다.

파건은 장병천의 별호이다."

비록 기생 출신이었지만 첫 정을 원 없이 주었던 강명화가 세상을 떠나자 장병천은 마음을 다스리기 위해 함경도 안변의 석왕사(釋王寺)로 떠났다. 그곳에서 그는 아예 머리를 깎고 속세를 떠날까 하다가 경성으로 돌아왔다. 강명화와 함께 거닐던 거리를 걷고 함께 단꿈을 꾸었던 강명화의 집 주변을 헤매다가 결국 그도 1923년 10월 29일 새벽, 극약을 먹고 강명화의 곁으로 떠났다. 조선판 로미오와 줄리엣이었다.

1923년 중반 이후는 조선 천지에서 이 조선판 로미오와 줄리엣의 이야기로 모든 신문, 잡지가 도배되었다. 〈동아일보〉 논설위원실에 출근하는 춘원도 한 편의 통속소설 같은 이 두 남녀의 스토리를 여러 각도에서 천착했다. 그리고 대구의 토호 장길상 일가의 비극에 대해서도 생각하게 되었다. 장병천의 할아버지이자 장길상의 아버지인 장승원은 조선조 말인 1885년 문과에 급제한 후 대한제국 때 경상북도 관찰사에 재직하면서 많은 재산을 끌어모았다. 그가 청송군수로 있을 때에는 군민들이 들고 일어나 탐관오리로 고발되기도 했다. 1917년 10월 독립단체인 대한광복회가 장승원에게 사람을 보내어 6만 원의 군자금을 요청하자 그는 주저 없이 일경에 밀고하려고 했다. 대한광복회 단원은 그를 암살하고 말았다. 잡지 〈개벽〉은 이런 기사를 실었다.

돈! 돈 때문에 자기의 아버지가 총살된 장길상 씨는 이번의 장병천 놀음에는 그래도 흥미가 좀 적었던 모양이던가? 그를 장송하는 새벽에는 집사람들을 단속하여 울음소리 하나 내지 못하게 하고 동리 사람들이 알

듯 모를 듯이 치워버렸다던가? 부자치고 어진 이 없다는 옛사람의 말도 있지만, 그 돈에 얽힌 어질지 못한 처사가 끝내는 친자식에까지 미치고 말았다.

이광수는 조선판 로미오와 줄리엣에 대해서는 붓을 들지 않았다. 그러나 허영숙의 병원에 찾아오는 여자 손님들과 김명순, 김일엽 같은 이들은 끝도 없는 이야기를 풀어냈다. 허영숙은 찾아온 신여성 명사들과 커피를 마시면서 긴 한숨과 함께 의미 있는 말을 했다.

"난 이해할 수 있어. 사랑, 그것은 무엇이든 뛰어넘을 수가 있지. 나도 처음 도쿄에서 춘원 선생을 만났을 때 그것을 예감했어. 붉은 얼굴에 유난히 노란 눈동자를 가진 그이를 처음 보았을 때 내 운명은 이미 결정되었다는 것을 예감했어. 그래서 결혼식도 올리지 않은 그때 우리 둘은 북경으로 도망갔고 또 나는 춘원 선생을 쟁취하기 위해 상하이까지 달려갔었어. 사랑! 그건 죽음보다도 강해!"

춘원은 그해 3월 말부터 도산 안창호를 모델로 〈동아일보〉에 장편소설 《선도자》를 써왔는데 그해 7월에 들어 총독부에서 연재중지 명령이 떨어졌다. 안창호를 알 수 있게 하는 그 장편소설 내용이 불온하다는 것이 이유였다. 소설을 쓰지 못하게 된 춘원은 날개 없는 새와 같이 되었다. 신문사에 출근은 하였지만 잡다한 신문사 일에 매달리는 신세가 되었고, 하루하루를 보내는 일이 고역이었다.

사장 고하가 춘원을 찾아왔다.

"너무 낙심하지 마세요. 춘원 선생께서 〈매일신보〉에 글을 실었다면 이런 일은 없을 겁니다. 그런데 우리 조선 사람이 운영하는 〈동아일보〉에 입사하고 주인공이 누구인지 뻔히 아는 소설을 쓰시니까 총독부에서 화가 난 모양입니다. 날도 더워지는데 훨훨 금강산이라도 다녀오세요."

금강산이라는 말에 춘원의 귀가 번쩍 띄었다.

"정말 그래도 되겠습니까?"

"아, 다녀오셔서 탐방기를 내시면 되지 않겠습니까?"

이렇게 해서 춘원은 콧노래를 부르며 금강산행 준비를 시작했다. 어린아이처럼 좋아하는 춘원을 바라보며 부인 허영숙이 말했다.

"그렇게 좋으세요? 저하고 신혼여행 다녀올 때보다 더 좋으신 모양이네요?"

"아 그때하고 여행의 성질이 같소? 그때는 아득한 하늘의 별과 같은 영이를 내가 장대로 따서 손에 들고 가는 것처럼 정신이 없었고, 지금은 마음 맞는 남자들끼리 가니까 홀가분해서 그렇지."

허영숙은 소풍 가는 아이의 짐을 챙겨주듯 정성스럽고 살뜰하게 짐을 챙겨주었다. 특히 식후에 먹을 약들을 꼼꼼히 챙겨서 넣어주었다.

"약 챙겨 드시는 거 잊지 마세요. 절대 무리해서 앞장서지 말고요. 천천히 걸으세요. 그리고 산에 오르실 때는 약주를 하시거나 과식하시지 말고요."

"하, 이 사람, 내가 뭐 천방지축 소년이오? 아무튼 명심하겠소."

"이번에 동행하시는 분들은 어떤 분들이에요?"

"상하이에서 한방을 쓰던 박현환이하고 이 나라 최고의 학승으로 추앙을 받는 석전 박한영(石顚 朴漢永: 불교학교 교장), 그리고 시조시인

가람 이병기(嘉藍 李秉岐)와 동행하오. 금강산에는 절이 많으니 불교에 대해 모르는 것은 석전 스님에게 물으면 될 것이고, 경계가 너무 좋아 한 수 읊고 싶으면 가람에게 부탁하면 될 것이오. 이렇게 멋진 친구들하고 떠나니 얼마나 기분이 좋겠소."

"안 됐어요. 그 일행 중에 여인은 없는 모양이죠?"

춘원이 짓궂은 어조로 받았다.

"있었으면 좋겠는데 안타깝게도 없소."

허영숙이 곱게 눈을 흘겨주었다.

춘원 일행은 원산과 장전을 거쳐 금강산으로 들어갔다. 신계사(神溪寺)에 딸린 보광암에 머물고 있을 때 비가 오기 시작했다. 일행은 비에 갇혀 일주일쯤 머물 수밖에 없었다. 여름비를 바라보며 가람은 시를 쓰기 시작하였고, 춘원은 암자에서 내주는 법화경을 읽기 시작했다. 그런데 그 법화경이 너무나 황홀하게 춘원의 마음을 빼앗아갔다. 밥 먹는 시간을 빼고 정신없이 경전에 빠지는 것을 보면서 노스님 월하노사(月河老師)가 차분히 법화경 풀이를 해주었다.

춘원은 법화경에 깊이 몰입했다. 그러면서 법화경에 얽힌 인연을 떠올렸다. 지금은 아내가 된 허영숙을 만나 꿈결처럼 닛코로 여행 갔을 때 거찰(巨刹) 린노지에서 그녀에게 처음으로 사준 불경이 법화경이었다. 비가 그치고 보광암을 떠날 때 주장(主丈) 월하노사는 춘원의 마음을 읽은 듯 자신의 손때가 묻은 법화경 한 권을 춘원에게 건네주었다.

금강산 구경을 거의 다 끝내고 유점사에 들렀을 때 놀랍게도 춘원은 삼종제(팔촌동생) 이학수(李學洙)를 만났다. 만주에서 오랫동안 독립운동을 하던 그는 만주와 경성에서도 그 흔적을 찾을 수 없었는데 금강산에서 승복을 몸에 걸치고 있었다. 춘원이 놀라 물었다.

"아우님, 어찌 된 일인가."

이학수는 독립운동 할 때와는 전혀 다른 표정과 목소리로 표표히 답했다.

"속세를 떠났습니다, 형님."

"그래 스님의 법명은 어찌 되시오."

"법명은 운허(耘虛)라 하옵니다."

금강산에서 내려와 경성에 들어오니 신문사가 발칵 뒤집혀 있었다. 일본 관동지방에 대지진이 일어나 수많은 사람들이 죽고 엄청난 피해가 일어났다는 보도가 연일 계속되었다. 동아일보사에서도 호외를 찍어내며 소식을 전했다. 그런데 그 엄청난 재난 속에서 또 다른 사건이 연이었다. 조선인들이 지진을 틈타 우물에 독극물을 탔다는 헛소문이 돌면서 수많은 조선인들이 일본에서 희생되고 있다는 소식이 꼬리를 물었다. 일본인 유학생들도 황황히 짐을 싸서 고국으로 돌아오고 있었다.

허영숙은 모교가 있는 우시고메 지역의 소식을 알아보았다. 놀랍게도 요시키 교수는 도쿄 전역에서 우시고메 지역이 가장 피해가 적었다는 소식을 전해주었다. 참으로 황황한 여름이었다.

여기자 최은희의 발견

1924년 1월 5일, 신년 벽두부터 도쿄는 요란한 소요에 싸였다. 안동 출생의 독립운동가 김지섭(金祉燮)이 일본 황궁을 폭파하기 위해 폭탄 3개를 던졌으나 황궁으로 통하는 니주바시(二重橋) 위에서 불발로 그치고 말았다. 비록 폭탄은 터지지 않았으나 조선 청년이 일본 황궁을 겨냥했다는 점에서 일본과 조선이 초비상사태에 빠졌다.

그런 상황이었기 때문에 그해 1월 2일부터 6일 사이에 춘원 이광수가 〈동아일보〉에 연재하던 사설 '민족적 경륜'이 총독부의 심기를 건드렸다. 그리고 독자들의 심기도 건드렸다. 그 글을 둘러싸고 민족주의 진영은 타협파와 비타협파로 갈렸다. 비타협파 독자들은 이광수를 성토하며 그의 논문이 다분히 일본 친화적이라는 점을 지적하면서 신문사에 항의하는 글을 보냈다. 총독부는 즉시 춘원의 글 연재를 중단시켰고 그의 퇴사까지 강력히 종용했다. 동아일보사에서는 견디지 못하고 춘원을 일시 퇴사시킬 수밖에 없었다.

그 전해에는 일본 관동지역에 대지진이 일어나 유학하던 조선인들이 생명을 보존하기 위해 대부분 귀국했다. 도쿄의 일본여자대학 사회사업학부 3학년에 재학 중이던 최은희(崔恩喜)도 귀국길에 올랐다. 최은희는 고향이 황해도 백천이었기 때문에 일본에 갈 때나 돌아올 때는 언제나 경성여고보 선배인 허영숙의 집에 머물렀다. 그날도 무거운 가방을 들고 허영숙의 영혜의원에 들렀다. 허영숙이 반겨주었다.

"여름방학이 일찍 시작되었구나?"

"방학도 방학이지만 지진 사건 때문에 학교에도 나가기가 무섭습니다. 올여름은 고향 집에서 푹 쉬어야 될까 봐요. 그런데 산원은 바빠 보이네요? 산모들도 많고 아기 울음소리도 요란하고."

허영숙이 허탈하게 웃었다.

"바쁘면 뭐 하니? 수금이 제대로 돼야지."

"그게 무슨 말씀이세요? 수금이 안 되다니요? 이 산원에 들어와서 아이 잘 낳고 나가면서 돈 안 내고 도망가는 산모도 있나요?"

허영숙은 의외의 이야기를 전해주었다.

"얼마 전에 말이야, 북촌에서 제일간다는 재산가 이철재가 자기 부인이 노산이라면서 사람을 보내왔지 뭐니. 우리 산원까지 산모가 올 힘도 없다는 거야. 그래서 부랴부랴 간호부를 데리고 왕진을 갔지. 가자마자 내가 분만촉진제를 놔서 순산시켰어. 잘생긴 아들이었어. 아기의 배꼽이 떨어질 때까지 5일간 간호부를 대동하고 그 집에 출근했고, 아기 목욕을 시켜주고 산모의 뒷바라지까지 말끔하게 했는데, 아 글쎄 내가 내민 청구서 85원 10전이 비싸다는 거야. 북촌 제일 갑부가 돈 85원을 비싸다고 하면서 이제까지 내지 않고 있단다. 세상에 가진 놈이 더 무서워."

21세의 황해도 처녀 최은희는 미간을 잔뜩 찌푸리고 허영숙의 애기를 듣고 나더니 이렇게 말했다.

"언니, 돗자리 있어요?"

"돗자리는 왜에?"

"아무튼 챙겨주세요."

최은희는 허영숙이 챙겨주는 화문석 돗자리를 허리에 끼고 이철재의 집으로 향했다. 인왕산 밑에 있는 늘늘이 기와집이었다. 최은희는 마루에 돗자리를 깔고 차분히 앉아 주인 이철재에게 따졌다.

"이 댁 주인은 경성 제일의 여의사에게 귀한 왕진을 받아 득남하고도 의료법이 정한 의료청구서를 외면하고 있다죠?"

이철재도 만만하지 않았다.

"아, 의료법이고 뭐고 간에 겨우 닷새 동안 왔다 갔다 하고 주사 몇 번 놓더니 85원 10전이라? 칼만 안 들었다 뿐이지 도둑이야 도둑!"

최은희는 더 말을 하지 않고 돗자리 위에서 책을 펴들고 독서를 시작했다. 점심때에는 냉수 한 사발을 얻어 마시고 똑같은 자세로 앉아 독서에 열중했다. 이번에는 산모가 아이를 안고 나왔다.

"아니, 동경 유학생이면 유학생이었지, 남의 집 대청을 차지하고 이렇게 하루 종일 시위할 거요? 그렇다면 진료비를 좀 깎아주세요."

최은희는 아기 볼을 한 번 만지고 능청스럽게 말했다.

"아이고 그놈 잘생겼다. 그런데 노랭이 집에서 태어난 것이 안타깝구나. 세상에 이런 옥동자를 얻고도 왕진비를 깎다니. 네 어머니 아버지가 제정신이 아니구나."

저녁 밥상을 들일 때쯤 해서 이철재는 손을 들었다. 정확히 85원 10

전을 내놓았다. 그날 저녁 허영숙은 최은희에게 영계백숙을 해주면서 칭찬했다. 물론 그 자리에는 춘원도 있었다.

"춘원 선생님, 이 후배가 보통이 아닙니다. 그동안 저한테 편지 보낸 것을 보면 글 솜씨도 꽤 뛰어났는데요, 그 노랭이 같은 이철재를 하루 만에 KO시킨 것을 보니까 여걸이군요, 여걸. 선생님께서 이 후배를 제대로 한번 활용해보시죠."

이광수는 의미 있게 고개를 끄덕이며 최은희를 바라보았다.

"참으로 당찬 아가씨군!"

그해 9월, 〈조선일보〉는 신석우가 친일파 경영자로부터 판권을 사서 월남 이상재(李商在) 선생을 사장으로 모시고 일대 혁신을 했다. 일찍이 〈매일신보〉에서 이각경이라는 최초의 부인기자를 영입하여 '여성 코너'를 신설하고 아주 알찬 정보를 실어온 예가 있었기 때문에 〈조선일보〉에서도 여성기자 발탁을 놓고 고심했다. 춘원은 〈조선일보〉 편집국장 민태원(閔泰瑗: 《청춘예찬》을 쓴 수필가)에게 최은희를 추천했다. 민태원은 반색하며 춘원에게 그 아가씨를 데려오라고 부탁했다. 허영숙이 급히 최은희 집에 '낭보가 있음. 경성에 오래 머물 준비를 하고 상경할 것'이라고 전보를 쳤다.

황해도 처녀 최은희가 경성역에 내렸을 때 춘원은 3·1만세 때 큰 활약을 했고 정주 오산학교에서 인연이 있던 김도태(金道泰: 교육자)와 함께 쌍두마차를 가지고 나와 기다렸다. 광화문우체국 맞은편에 있는 일본 음식점 우메바치에서 저녁을 냈다. 허영숙도 병원 문을 일찍 닫고 합석했다. 허영숙이 말했다.

"은희야, 너한테 대단한 행운이 왔다. 민족신문인 〈조선일보〉에서 널 부인기자로 쓰기로 했단다."

"선배님, 전 아직 시집도 안 간 처녀인데 부인기자가 다 뭐예요?"

"신문사에서는 살림살이 경험이 있는 부인기자를 선호했는데 이번에는 스물한 살짜리 처녀인 너에게 기자 자리를 준다는구나. 얼마 전까지 〈매일신보〉에서 활약하던 이각경은 지금은 보통학교 훈도생활을 하고 있다지 않니. 부인이 기자 자리를 차고 다니면서 남들에게 주목받는다고 남편이 하도 불평해서 말이야. 그러니 이번에 네가 신문사에 근무하게 된다면 민족신문 여기자 1호가 되는 거야."

최은희가 춘원에게 물었다.

"선생님, 저는 아직 학교도 졸업하지 못했습니다. 신문기자를 해낼 수 있을까요?"

"기회는 날아가는 새와 같은 거요. 손에 잡힐 때 잡으시오. 학교는 통신강의록으로 대신하여 학사학위를 받을 수도 있지 않소."

이렇게 해서 최은희는 그해 2학기에 서류로 리포트를 제출하여 졸업반 진급을 하고 그다음 해부터는 와세다 대학 법과 통신강의를 신청하여 2년을 수료하고 학사학위를 받았다. 〈조선일보〉에 민간신문 여기자 1호로 취업하게 된 최은희는 조선의 여기자로서는 확실한 발자취를 남겼다. 경성방송국과 함께 여기자로서는 최초로 전파를 타기도 했고, 1927년 겨울 안창남 이후의 조선 비행사 신용인(愼鏞寅: 조선 제2의 비행사)이 몰고 온 비행기를 여기자로서는 최초로 타고 경성의 상공을 나는 기록도 세웠다.

아무튼 그해 1924년에는 춘원이 〈동아일보〉에서 잠시 쫓겨난 상태였기 때문에 시간이 있었다. 그때 상해에서 사람이 와 춘원에게 은밀한 내용이 전해졌다. 도산 안창호 선생이 북경으로 올 테니까 춘원도 사람의 눈을 피해 북경으로 오라는 것이었다. 춘원은 고향 정주로 가서 헤어진 옛 부인 백혜순을 잠시 만났다. 나이 열 살로 훌쩍 커버린 장남 진근이도 보았다. 말수는 적지만 소학교에서 공부를 잘한다는 소리를 듣는다고 백혜순이 귀띔했다. 이광수는 시골 사람 차림을 하고 국경을 넘어 북경으로 가는 열차에 오를 수 있었다.

북경에서는 안창호 선생이 중앙호텔에서 기다리고 있었다. 춘원은 그동안 국내에서 겪었던 일들을 보고하고 국내 분위기가 옛날보다는 많이 좋아져서 흥사단의 조선판인 '수양동맹회'를 잘 운영할 수 있다고 차분하게 말했다. 도산은 춘원의 이야기를 들은 후 흥사단 운동의 방향을 구체적으로 설명하고 고국 동포들에게 전하고 싶은 내용을 구술했다. 춘원은 8일 동안 외출도 하지 않은 채 도산의 이야기를 모두 받아 적고 앞으로 수양동맹회를 운영할 방침을 도산 선생으로부터 지도 받았다.

8일째 되는 날 도산 선생은 고국으로 돌아갈 준비를 하는 춘원을 불러 특별지시를 했다.

"이보게 춘원, 옛날 경험을 해봐서 알겠지만 지금 상해 임시정부 재정형편은 말이 아닌데, 최근에 황해도 해주 출신 이항진(李恒鎭: 독립운동가)이 나를 많이 돕고 있네. 해주 지역에서는 알아주는 재력가의 아들인가 봐. 이항진을 알고 있나?"

"네. 상해로 가기 전에 우리 수양동맹회에 입회했었습니다."

도산 선생은 춘원의 손을 잡고 말했다.

"그럼 잘 됐네. 이항진이 고향에 있는 재산을 비밀리에 정리하는 모양이야. 전답과 집이 팔리는 대로 상해로 보내주기로 했어. 하지만 이런 금전문제를 아무에게나 맡길 수는 없지 않은가. 춘원 자네가 맡아주게. 고향에서 재산을 처분하는 사람은 따로 있으니까 그 사람이 돈을 만들어서 자네를 찾아가면 그 돈을 안동현까지만 안전하게 보내주게."

이광수는 도산의 지시를 받고 은밀하게 귀국했다.

그해 여름, 아오야마가쿠인(靑山學院)에 다닐 때부터 동경에서 춘원과 교분을 쌓았던 전영택이 찾아왔다. 아오야마에서 신학을 공부한 그는 목사 안수는 받지 않고 감리교신학교에서 교수로 있었다. 그는 자신의 매제라고 하면서 소설가 방인근(方仁根)을 소개했다. 충남 예산 사람으로 꾸밈이 없고 화통해 보이는 청년이었다. 방인근은 아주 붙임성 있게 춘원에게 말했다.

"저는 아오야마를 거쳐 주오 대학에서 독문학을 좀 했습니다. 그리고 일찍부터 춘원 선생님을 존경했습니다. 지금은 습작을 하고 있습니다만 저도 본격적으로 글을 쓰고 싶습니다. 마침 제 처남 전영택이 선생님과 가까우니 앞으로는 자주 뵙도록 하겠습니다."

그날 모두는 방인근이 들고 온 술과 고기로 푸짐하게 먹고 마셨다. 신학대학 교수인 전영택은 마시는 시늉만 했다. 며칠 후 방인근은 춘원 내외를 정릉 계곡으로 초대했다. 정릉까지 들어갈 수 있는 택시를 대절하고 온갖 먹을 것을 다 준비한 후 계곡의 가장 좋은 자리에 판을 벌였다. 허영숙도 오랜만에 병원 일을 잊고 계곡의 정취에 취했다. 술기운이 한창 도도해지자 방인근이 불쑥 이런 말을 꺼냈다.

"저는 춘원 선생님을 오랫동안 제 문학의 지주로 모셔왔습니다. 이렇게 친교가 트인 이상 가만히 있을 수는 없습니다. 저희 집이 고향에서 만석꾼은 못 되지만 천석꾼 소리는 듣습니다. 우선 그 땅의 절반을 팔아서 선생님을 모시고 문학 동인지를 만들고자 합니다. 이름까지 이미 만들어 놨습니다. 문예잡지의 이름은 〈조선문단〉입니다."

허영숙이 나섰다.

"아유 선생님, 문학지 만드는 일만은 삼가세요. 평양의 갑부라고 하는 김동인 씨도 동인지 〈창조〉를 만들어서 의욕적으로 활동하다가 좌절하셨잖아요. 잡지를 팔아서 회사를 운영하는 일이 쉽지 않을 텐데요. 그 후에 나왔던 〈폐허〉 같은 동인지도 마찬가지였고요."

이광수도 신중하게 말했다.

"순수문예지를 만든다는 것은 보통 힘든 일이 아닐 겁니다. 방인근 선생도 신중하게 생각하십시오."

그러나 술기가 오른 방인근은 큰 소리로 말했다.

"지금 동경에서 공부깨나 하고 돌아왔다는 친구들은 한결같이 사회주의를 동경하고 경향주의(傾向主義) 문학에 경도돼 있습니다. 지난 1920년에 시작된 〈개벽〉 잡지는 출범할 당시만 해도 아주 순수했습니다. 글을 사랑하는 이들에게는 폭넓게 문을 열어주고 우리 문단을 지켰는데 지난해 박영희(朴英熙)가 편집을 책임지고 나서부터는 완전히 좌경화되었습니다. 즉, 프롤레타리아 문학에 빠졌다 이겁니다. 그러나 문학은 순수해야 합니다. 주의나 주장을 표현하기 위해 글을 써서는 안 됩니다. 저는 춘원 선생을 모시고 순수문학을 지향할 것입니다."

전영택도 걱정되는 듯 한마디 했다.

"하지만 매제도 땅을 팔아서 문학지를 운영한다는 것만은 숙고해야 될 거요."

아무튼 그날 정릉 골짜기에서 취흥이 도도해진 방인근은 춘원과 결연 비슷한 일을 벌였다. 그는 술잔을 내려놓으면서 큰 소리로 말했다.

"자 오늘, 우리는 대 춘원 선생을 모셨습니다. 그렇다면 오늘자로 우리는 춘원의 가족이 되어야 합니다. 우리의 아호를 춘원 선생과 연결해서 나누어 가집시다. 춘원 선생이 봄 동산이니까 저는 욕심을 내서 제호를 봄 바다, '춘해'(春海)로 하겠습니다. 제 처 전유덕은 '춘강'(春江)으로 하고요, 에 — 내친김에 제가 감히 춘원 선생 사모님께는 '춘계'(春溪)라는 호를 올리겠습니다. 사모님! 어떠십니까?"

허영숙은 방글거리며 방인근이 올린 아호를 뇌어보았다.

"춘계 … , 춘계라고요? 봄 계곡? 봄 동산인 춘원과 어울리는 호 같은데요? 좋습니다. 받겠습니다."

이렇게 해서 허영숙은 방인근으로부터 '춘계'라는 호를 받았고, 그 아호는 나중 묘비에까지 남게 되었다.

사실 그때 춘원은 이미 소설가 김동인, 전영택, 시인 김안서, 김소월, 주요한 등과 함께 〈영대〉(靈臺)라는 동인 활동을 하고 있었다. 그 〈영대〉는 김동인이 조선 최초의 동인지 〈창조〉의 후신으로 만든 것이었다. 물론 동인지 〈영대〉를 운영하는 자금은 김동인이 댔다. 그래서 춘원도 '인생의 향기'라는 글을 그 동인지에 싣기까지 했는데 방인근이 강권하여 옆길로 끌려가게 되었다.

일단 춘원 집에 드나들기 시작한 방인근은 올 때마다 꼭 충청도산 햅쌀이나 어리굴젓 같은 토산품을 허영숙의 손에 쥐어주었다. 허영숙은 사람 좋은 방인근의 선물을 마다하지 않았다. 그해 여름 복더위를 피하자고 하면서 방인근은 춘원 내외에게 함경남도 안변군에 있는 석왕사(釋王寺)로 가자고 했다. 이광수가 허영숙에게 갈 수 있냐고 묻자 허영숙은 뛸 듯이 기뻐하며 말했다.

"가다마다요! 신혼여행으로 금강산을 다녀온 후 선생님이 저를 데리고 어디 간 일이 있어요? 아이고 좋아라! 원님 덕분에 나발 불게 생겼네? 춘해 방인근 선생님, 감사합니다."

허영숙은 수학여행을 가는 여학생처럼 등산복을 준비하고 예쁜 모자도 마련하고 보기 좋은 여행가방도 마련했다.

석왕사는 조선조를 연 이성계와 관계가 깊은 절이었다. 함경도지방의 장수로 있던 이성계가 이 절에 와서 치성을 드리다가 꿈을 꾸었다고 한다. 등허리에 서까래 3개를 메고 달릴 때 꽃이 떨어지고 거울이 깨지는 꿈이었다. 이성계는 절에서 가까운 토굴에서 수도하던 무학 스님에게 해몽을 청했다. 꿈 얘기를 다 들은 무학은 이성계 발 앞에 엎드려 예를 올린 후 '왕이 될 길몽'이라 했다. 조선조를 창업한 후 이성계는 석왕사를 여러 번 다녀가고 무학을 왕사(王師)로 모셨다.

허영숙은 방인근의 부인과 손을 잡고 계곡을 오르고 능선에 올라 참으로 오랜만에 휴식다운 휴식을 취했다. 방인근은 틈만 나면 춘원을 모시고 내려가 사하촌(寺下村)에서 얼근히 취해 올라왔다. 그해 여름 석왕사 요사채에서 춘원은 〈혈서〉, 〈재생〉 같은 작품의 초안을 잡았다. 그리고 허영숙은 대웅전에 참배할 때에 아무도 듣지 못하는 작은 목소리로 간절히 발원했다.

'어서 빨리 저희 내외에게 예쁜 아들 하나만 점지하여 주소서!'

석왕사에서 돌아온 후 방인근은 그해 10월에 고향 예산의 6백 마지기 땅을 처분하여 〈조선문단〉을 출범시켰다. 〈조선문단〉에는 이광수, 김동인, 염상섭, 박종화, 현진건, 나도향, 김억, 방인근, 전영택, 이상화, 김소월, 양주동, 이은상, 노자영, 조운, 이일, 김여수, 정호승 같은 문인들이 참여했다. 조선 문단의 초기작품인 김동인의 〈감자〉, 조지훈의 〈한가람 백사장에서〉, 나도향의 〈물레방아〉, 전영택의 〈화수분〉, 현진건의 〈B사감과 러브레터〉 같은 작품들이 이 잡지를 통해 탄생되었다. 방인근은 할아버지가 유산으로 물려준 거금과 함께 자신이 땅을 잡히고 마련한 엄청난 돈들이 늦봄 계곡에서 눈 스러지듯 사라지는 줄도 모르고 신나게 세상을 누볐다. 아예 새로 자전거를 사서 스스로 서점에 배달도 하고 출판사 사무실의 청소까지 해가며 문학에 몰두했다.

을축년 대홍수

을축년 새해가 열렸다. 춘원은 〈동아일보〉에 출근을 하다 말다 근무 상황이 무상하였지만 일단 직함은 '학예부장'이었다. 새해 들어 〈동아일보〉 지면에 그가 지난해 4월에 비밀리 북경에 들어가 도산 안창호로부터 구술로 받은 글을 정리하여 발표하기 시작했다. 눈치 빠른 총독부가 가만히 있을 리가 없었다. 춘원이 3회째 글을 발표하고 나자 집필정지 명령이 내렸다. 그리고 춘원이 쓴 글을 모두 압수했다.

신문사에 나가지 못하고 집에 머물러 있던 춘원은 단편 〈혼인〉을 탈고하고 몸이 이상해지는 것을 느꼈다. 우선 열이 요란하게 나기 때문에 부인 허영숙에게 하소연했다.

"여보, 이번에는 아무래도 큰 병인 것 같소. 열이 좀처럼 내리지 않고 허리를 쓸 수가 없소."

허영숙은 해열제와 결핵을 완화시키는 약을 처방했지만 효과가 나타나지 않았다. 급한 나머지 백인제(白麟濟: 백병원 설립자) 선생에게 연락했다. 그는 정주 출신으로 오산학교에서 춘원에게 배우고 경성의학전문학교를 졸업한 후 도쿄제대 의학부에서 수학한 유능한 외과의였다. 백 선생은 달려와 신중하게 진찰하더니 엑스레이를 찍자고 했다. 결국 경성의학전문학교 부속병원에 입원하여 정밀진단을 받았다. 백인제 선생은 침통한 어조로 말했다.

"척추 카리에스입니다. 결핵이 척추까지 옮겨간 것이죠. 대수술을 해야겠습니다."

허영숙은 백인제 선생의 실력을 알기 때문에 간청했다.

"그럼 집도는 선생님께서 해주십시오. 춘원 선생을 선생님께 맡기겠습니다."

"최선을 다하겠습니다."

3월에 수술에 들어간 춘원은 한쪽 갈빗대를 거의 다 들어냈다. 인왕산의 잔설이 하얗게 남아 있을 때 병실에 들어가 인왕산에 다시 신록이 우거진 6월에 겨우 퇴원할 수 있었다. 100일이 넘는 병마와의 싸움이었다. 허영숙은 자신의 병원에 밀려오는 환자를 보랴, 경성의전 병원에 누워 있는 춘원을 보살피랴, 도무지 정신을 차릴 수 없었다.

하루는 영혜의원에서 산모를 돌보는데 낯선 남자가 찾아왔다. 어디서 본 듯도 했지만 경황 중에 그 남자의 신원을 헤아리기가 어려웠다.

"누구신지 … ?"

이목구비가 준수하고 키가 훤칠한 그 신사는 쑥스러운 듯 말했다.

"벌써 저를 잊으셨군요. 저 김기영입니다. 허영숙 씨께서 막 졸업하시고 귀국하셨을 때 만났지 않습니까."

그제야 허영숙은 허리를 굽혀 정중히 인사했다.

"제가 요즘 정신이 없어 사람을 못 알아봅니다. 용서해주십시오."

간호부가 차를 내왔을 때 두 사람은 차를 나눠 마시며 옛날로 돌아갔다. 김기영은 머리를 긁으며 말했다.

"그때 잘 했으면 우리가 지금 이 자리에서 함께 개업했을 수도 있었겠는데…."

"김 선생님께서는 그 후 결혼하셨겠죠?"

"네, 개성토박이 아가씨와 결혼했습니다. 딸 하나를 두었고요. 지금은 개성병원에서 내과를 보고 있습니다. 그런데 이번에 제가 개성병원을 사직하고 경성에서 개업할까 하여 올라왔습니다. 경성을 떠난 지도 꽤 오래돼서 거리도 낯설고 먼 타관처럼 느껴지는군요."

허영숙이 잠시 생각하다가 과감히 말했다.

"김 선생님과 저는 한때 저희 어머니의 성화로 맞선을 본 사이죠. 하지만 이제는 각각 결혼하여 가정도 갖게 되었습니다. 무슨 연애했던 사이도 아니니까 의사 대 의사로 제가 제안해도 되겠습니까?"

허영숙은 본론을 이야기했다.

"김 선생님은 개성에서 알아주는 갑부의 자손이라고 들었습니다. 그래서 이 경성에다 번듯한 병원을 사서 개업하는 방법도 있겠죠. 하지만 당분간 저하고 동업하면 어떻겠습니까?"

김기영은 다소 의외라는 듯 영혜의원을 휘 — 둘러보며 말했다.

"여기 영혜의원에서 말입니까?"

"그렇습니다. 원래 저희 집으로 쓰던 한옥을 개조한 것이라 보기에는 엉성할지 모르겠습니다만 올해로 개업한 지 5년이 되었고 경성에서 영혜의원 하면 모르는 사람이 없을 정도입니다. 저는 산부인과가 전문이니까 산모들만 받고, 김 선생님께서 내과 환자를 받으시면 될 것 같습니다.”

“일종의 종합병원이군요.”

“그런 셈이죠.”

생각이 깊은 김기영은 일단 알았다고 하며 자리에서 일어났다. 그리고 얼마 안 있어서 함께 일하자는 동의서를 보내왔다. 허영숙은 새로 여는 병원을 ‘한성의원’이라고 개칭했다. 1925년 5월 6일 자 〈동아일보〉에 기사가 났다.

漢城醫院 創設,

여의사 허영숙 씨는 이번에 개성병원을 사직한 김기영 씨와 합동하여 서대문정 1정목 9번지 영혜의원 자리에서 한성의원을 개시하였다더라.

병원에서 퇴원하여 가슴에 석고로 온통 깁스를 한 춘원은 병실 내부를 고치고 새로 페인트칠을 한 한성의원 침대에 누운 채 키 크고 잘생긴 의사 김기영을 만났다. 한 손으로 따뜻하게 손을 잡으며 말했다.

“인연이라는 것은 이렇게 질긴 것이군요. 그때 이 사람이 두 분을 훼방하지 않았으면 젊고 씩씩한 의사 내외가 탄생했을 텐데. 병주머니인 이 사람이 중간에 뛰어들어 두 사람을 갈라놓았군요. 다행히 두 분이 다 가정을 이룬 후에 이렇게 만나서 이 사람은 기쁘게 생각합니다. 한성의원을 멋지게 키워 주십시오. 김기영 선생님.”

의사 김기영도 겸손하게 말했다.

“허 선생께서 과거를 생각하지 않고 과감하게 저를 맞아주셨습니다. 교토의대를 졸업하고 잠시 경성에 있을 때 허 선생을 뵈었는데 이제는 관록이 돋보이는 여의사로 당당히 자리를 잡으셨습니다. 천하가 다 알아주는 조선 제일의 여성개업의가 아닙니까. 제가 허 선생의 이름 밑에서 덕을 볼까 합니다."

춘원은 김기영의 손을 다시 한 번 잡아주었다.

"천만에요, 천만에. 교토 제국대학을 나오신 김 선생께서 우리 허영숙 씨를 지도해주셔야죠."

그때 조선팔도에서는 젊은이들이 이런 유행어를 뇌었다.

"이크 나온다/ 거 활발한데/ 키가 후리후리하고/ 그럴듯한데/ 여간 잘하지 않는다네/ 정말 조선 제일이겠는데/ 참말 조선 제일이라네/ 성대가 어떻게 그렇게 좋아/ 성대도 크거니와 그 몸짓 봐/ 참말 처음인걸, 그 몸맵시는 묘한데/ 에라, 그것 우리 재청(再請) 하세."

가수 윤심덕을 두고 하는 말이었다. 그 전까지는 이화여전을 나온 임배세(林培世)를 조선 제일의 성악가로 쳤다. 성량이 풍부하고 피아노도 잘 치고 무대매너가 아주 훌륭했던 임배세는 가는 곳마다 환영을 받았고 젊은이들의 절찬을 한 몸에 모았다. 그러나 그녀는 일찍이 미국으로 건너가 중부 오벌린 대학에서 음악을 본격적으로 공부하며 고국과는 소식을 끊었다. 나중에 그곳에 유학한 김경이라는 교포와 결혼하여 미국에 정착했다.

임배세가 떠난 조선 땅에서는 윤심덕이라는 평양 출신의 소프라노가 조선 제일의 성악가로 자리를 잡게 되었다. 그녀는 처음에 교사가 되기 위하여 사범과를 나왔지만 우여곡절 끝에 도쿄 아오야마가쿠인을 거쳐 도쿄음악학교를 졸업했다. 그녀는 도쿄음악학교 최초의 조선인 학생이었다. 키가 크고 목도 긴 서구적 풍모로 성량도 풍부해서 곧바로 유명해지기 시작했다. 하루에 세 번씩 공연할 정도였고 서울 노량진에 있는 야외공원에서도 시민들을 상대로 무료공연을 하기도 했다.

구경거리가 많지 않던 그 시절 이화여전을 나온 피아니스트 윤성덕의 반주와 바리톤 성악가인 남동생 윤기성과의 협연이 조선 사회의 주목거리가 되었다. 윤성덕은 바로 아래 여동생이었기 때문에 실과 바늘처럼 붙어 다녔다. 능숙한 동생의 반주에 맞춰 물 흐르듯 자연스러운 무대매너와 함께 화려하게 펼쳐지는 그녀의 신식 노래에 사람들은 넋을 잃었다. 레퍼토리는 과히 어렵지 않은 독일 민요나 슈베르트의 가곡을 선보였는데 그녀의 인기는 식을 줄을 몰랐다.

동경 유학생 시절부터 유학생들과 함께 여름방학이면 연극을 하였고 남학생들과 심심찮게 스캔들을 뿌렸기 때문에 그녀의 유명세는 불길처럼 타올랐다.

그해 을축년 여름에는 조선반도에 거대한 장마가 찾아왔다. 한강과 낙동강이 넘치는 대홍수가 일었다. 수십만의 이재민(罹災民)들이 발생하여 총독부와 언론사들이 발 벗고 나서서 이재민들을 위무하고 돕는 행사를 펼쳤다. 허영숙도 동업하던 의사 김기영과 함께 광나루 쪽으로 나가 일주일 동안 방역활동을 펼치고 수인성 전염병이 돌지 않도록 계몽을 하는 데 앞장섰다. 이질 환자들에게 주사를 놓고 이재민촌을 돌며 물 끓여 먹기 운동을 펼쳤다. 윤심덕도 노래 부르기를 잠시 중단하고 허영숙 일행과 함께 이재민 돕기에 참여했다.

허영숙이 윤심덕을 칭찬했다.

"아이고, 조선 남성들이 모두 껌뻑 죽는 프리마돈나가 이렇게 몸뻬 차림으로 빈민촌을 찾아도 되겠어요? 하기야 유명한 사람은 어려운 때 자선행사에도 앞장을 서야죠."

"선배님처럼 유명하신 동경 유학생이 앞장서시는데 저 같은 후배야 당연히 참여해야지요. 며칠 후에 경성 대공회당에서 수재민 위로공연을 하는데 친구분들과 함께 와주세요. 표를 보내드리겠어요."

"무슨 말씀을. 표는 돈 주고 사야죠. 알려만 주세요. 안동현에 가 있는 부영사 부인 나혜석 씨도 데리고 갈게요."

"아이고 선배님, 그렇게 해주시면 너무나 고맙지요. 제 공연에 조선 최초의 여성개업의와 조선 최고의 여성화가가 와주신다면 얼마나 영광이에요."

그렇게 정신없는 수재민 방역현장에 신문이 배달되었다. 뜻밖의 기사가 눈에 띄었다.

조선 최초의 부인기자로 〈매일신보〉에서 필명을 날리던 이각경 씨는 신문사를 떠나 지금은 공립보통학교 여교사가 되었는데, 오늘 아침 극약을 먹고 병원에 실려 왔더라. 사연인즉, 남편이 기생 외도를 하였던바 기자 출신의 이각경이 남편의 외도를 심히 나무라고 상대방 기생을 몰아세우자 그 기생이 자살하고 말았더라. 그 여파로 남편이 이각경을 몰아세우니 이각경 교사는 금일 새벽 극약을 먹고 사경을 헤매고 있더라.

허영숙은 방역작업을 김기영에게 맡기고 황황히 총독부 의원으로 달려갔다. 이각경은 그때까지도 의식을 찾지 못했고, 소식을 듣고 달려온 최남선의 여동생 최설경도 병원 복도에서 만났다.

"이게 웬일이야? 조선 최초의 여성기자가 음독을 하다니."

성격이 활달하고 지금은 애어머니가 되어 있는 괄괄한 최설경이 병원 복도를 오락가락하며 한걱정을 했다. 허영숙이 최설경을 잡아 복도의 벤치에 앉혔다.

"오랜만이야. 아이는 몇이나?"

최설경은 남매를 두었다고 하며 허영숙의 손을 잡았다.

"영숙아, 너도 결혼한 지가 5년이 넘었지?"

허영숙은 그다음 말을 자신이 먼저 했다.

"글쎄 말이야. 그런데 영 아이가 들어서질 않네. 우리 집 선생님이 병치레를 하시느라 애 가질 생각도 못하시나 봐."

최설경은 허영숙의 자존심을 건드렸다.

"아이고 우리 집 그이는 힘이 너무 넘쳐 큰일이야. 도쿄제대를 나오고 독일 유학을 갔는데 잠시 올 때마다 어찌나 나를 밝히는지 그이의 단점이 있다면 지나치게 건강하고 씩씩하다는 것이지."

허영숙이 얼른 말머리를 돌렸다.

"아무튼 각경이가 빨리 정신을 찾아야 할 텐데 …. 조선 최초의 여기자가 됐다고 그렇게 좋아하더니 기생 시앗을 보고 저렇게 사경을 헤매니 …. 그나저나 조선 남자들의 축첩(蓄妾)이 제일 큰 문제야."

최설경도 쌍심지를 돋웠다.

"글쎄 말이야. 밥술깨나 먹는다는 놈들은 우선 기생첩부터 들이고 보니 말이야. 이 조선 놈들의 축첩 버릇을 우리 여성들이 다 들고 일어나 막아야 하는 거 아니겠어? 서양 사람들은 일부일처로 살면서도 아침저녁으로 '아이 러브 유'를 안 하면 큰일 난다고 하는데."

며칠 뒤 이각경은 겨우 의식을 회복하고 세상 사람들 보기가 부끄럽다며 잠적하고 말았다.

　그해 여름, 윤심덕은 경성 대공회당에서 수재민 돕기 독창회를 열었다. 예상대로 대성황을 이루었고 허영숙은 윤심덕과 약속한 대로 안동현 부영사댁에 전보를 쳐서 나혜석을 불러냈다. 나혜석은 허영숙과 함께 오랜만에 경성거리를 거닐었고 나혜석의 독창회를 지켜보았다.

　나혜석은 키 큰 윤심덕이 화려한 드레스를 입고 하이힐을 신은 채 무대에 서서 요란한 조명을 받으며 남자들의 우레 같은 박수를 받는 모습을 보고 약간은 시샘하는 투로 말했다.

　"아니, 성악가가 노래로 청중을 사로잡아야지, 왜 몸을 비비 꼬고 교태를 부리는 거야? 그리고 저 박수 치는 얼간이들은 노래 내용이나 알고 박수 치는 거야, 아니면 윤심덕의 귀걸이 목걸이가 볼만하다는 거야."

　그날 경성 장안은 다시 한 번 윤심덕 바람이 불었다. 조선은행에서 경성 대공회당에 이르는 길에는 기마경찰이 나서서 인파를 정리할 만큼 북새통을 이루었다. 독창회가 끝날 때쯤 허영숙과 나혜석은 준비해간 꽃다발을 들고 분장실로 찾았다. 윤심덕이 깜짝 놀라며 반가워했다.

　"영광입니다. 대선배님들께서 이렇게 왕림해주시다니."

　나혜석은 윤심덕을 살포시 안아주기까지 했다. 그러나 나혜석은 윤심덕의 독창회를 감상하고 나서 그해 여름호 〈개벽〉에 다음과 같은 기고문을 남기고 안동현으로 갔다. 결코 호의적이지 않은 내용이었다.

　듣기에 하도 유명한 성악가 윤심덕 씨이기에 마침 기회가 있어 들으러

갔다. 음량은 충분하나 소프라노 음이 아니요 알토 음에 가까웠다. 다른 때 독창회에서는 어땠는지 모르지만 내가 들은 그녀의 독창은 예술가곡이라기보다는 창가에 가까웠다. 없는 표정을 일부러 내는 것은 보기에 민망했다. 호의로 보면 활발하다고 할지 모르겠으나 너무 껍적대는 것 같았다. 좀 자연스럽고 수양된 표정으로 노래를 하시는 것이 어떨는지!

검은 가방과 칼표담배

을축년 대홍수도 끝나고 이각경의 자살 소동과 윤심덕의 자선음악회도 끝났다. 경성 사람들은 태풍이 지나가고 난 때처럼 서서히 정신을 차리면서 생활의 터전으로 돌아갔다.

허영숙은 오랜만에 다락방에 숨겨 놓았던 바이올린을 꺼냈다. 전문가는 아니라 해도 유학시절부터 바이올린을 익혀왔다. 3년 전인 1922년, 도쿄 제국대학에서 학위 공부를 해볼까 하여 도쿄에 갔을 때에도 남편 춘원에게 바이올린을 부치게 했다. 경성이 생각날 때는 아리랑 가락이나 양산도를 일본인들이 없을 때 연주하기도 했다.

그날은 윤심덕의 독창회를 생각하면서 슈베르트의 〈월계꽃〉을 연주해 보았다. 당시 조선에서는 윤치호 선생이 이 곡에 가사를 붙인 노래가 여학생들 사이에서 유행했다. 그런데 그날 윤심덕은 긴장해서 그랬는지 아니면 가볍게 생각해서 그랬는지 나혜석의 지적대로 창가에 가깝게 감동 없이 불렀다. 허영숙은 그 곡을 일부러 천천히 연주하며 바이브레이션을 충분히 구사했다. 그리고 내친김에 아일랜드 민요 〈대니보이〉를 정성을 다해 연주했다.

짝짝짝! 창밖에서는 두 남자가 박수를 보냈다. 춘원과 젊은 의사 김기영이었다. 김기영이 밝은 목소리로 말했다.

"아이구 전 허영숙 원장님께서 바이올린까지 그렇게 멋지게 연주하실 줄은 몰랐습니다. 아예 연주가로 나서시지 그러세요?"

"다 이 사람이 못난 탓이죠. 내가 돈만 잘 번다면 우리 허 선생이 좀 여유를 가지고 바이올린도 연습하고 더러는 연주회도 가질 수 있도록 외조할 수가 있을 텐데. 외조는커녕 노상 신세만 지고 있소. 여보 허 선생, 오늘 연주회는 이쯤에서 끝내고 화동 신문사 좀 다녀오시오."

허영숙은 군말 없이 바이올린을 케이스에 넣어서 제자리에 갖다 놓았다. 옷을 갈아입고 나온 허영숙에게 춘원이 덧붙였다.

"신문사에도 미안할 뿐이오. 학예부에서 정말 할 일이 많은데 학예부장이라는 작자가 날이면 날마다 이렇게 병치레를 하고 있으니 정말 미안하기 짝이 없소. 나간 김에 신문사 내 자리에 앉아 내 원고 좀 제대로 봐주시오. 하도 급히 쓰는 바람에 오자 탈자가 많을 것이오. 내 글씨는 당신만 알아보니 찬찬히 교정을 보고 학예부 기자들하고 상의해서 도와줄 일이 있으면 도와주고 오시오."

신문사에 들어가 한참 일하고 있을 때 송진우 사장이 불쑥 학예부 사무실로 들어섰다. 허영숙을 보자 가벼운 목례를 했다.

"춘원은 요즘 차도가 있습니까?"

"늘 그만합니다. 오전에는 좀 움직이다가 오후가 되면 열이 나면서 자리보전을 합니다. 신문사에도 송구스럽게 생각하고 있습니다."

송진우 사장은 껄껄 웃으며 말했다.

"아예 그 사람 나오지 말라고 하십시오. 우리한테는 허영숙 선생 같은 미인 여기자가 더 필요합니다. 하루에 한 번씩이라도 좋으니 허 여사께서 들러주십시오. 그리고 기사가 비면 메워주십시오. 여성 문제에 관한 한 전적으로 맡길 테니까 여성에 관한 계몽논설을 써주시고요, 아동들에 대한 육아문제도 하시고 싶은 말씀 맘껏 해보세요."

허영숙은 정말로 그해 가을 〈동아일보〉에 여성문제와 육아문제에 관한 연재기사를 계속해서 냈다. 10월 20일 자에는 '특히 여자교육자에게 드리는 말'이라는 특집기사를 냈는데 허영숙은 기사 말미에 자신의 격정을 실어 시와 비슷한 율격이 있는 운문 기사를 실었다.

조선의 딸아! 너희는 새 조선의 어머니이다/ 너의 젖은 힘 있을지어다/ 새 이천만의 튼튼한 자녀들을 먹이라!/ 참되고 굳센 자녀를 먹이라/ 너의 아름다운 입술이여/ 옅은 사랑을 속살거리는 그릇이 아니요 민족 만년의 큰 정신을 불어 넣는 거룩한 풍구자(풀무)로다/ 힘없는 조선의 말이 네 입술을 통하여 힘 있게 살리라/ 끊어지려는 정신이 네 입술을 통하여 영원히 빛나리로다/ 아! 거룩한 네 입술이여!/ 밥을 짓는 네 손이여 복이 있도다/ 옷을 짓는 네 손이여 복이 있도다/ 이천만 새 조선의 자녀들을 그 손으로 입히오니 먹이오니/ 네 무릎이여 거룩하도다/ 큰 국민의 보금자리오니/ 조선의 딸아! 조선의 어머니여! 조선의 희망이 네게 있도다/ 네 통통한 젖과 그 불그레한 입술에 있도다. (끝)

이 기사가 나가고 나자 신문사 전화통에는 불이 났다. 여성 독자들은 한결같이 너무나 통쾌한 글이다, 너무나 아름답고 장엄한 격려문이다,

허영숙을 정식 기자로 임명하라, 신문사에 찾아가면 허영숙을 볼 수 있느냐 등 긍정적인 격려의 말과 글을 전했다. 그런가 하면 남성 독자들은 가시 돋친 반응을 보였다. 글이 왜 그렇게 선동적이고 선정적이냐, 이광수의 부인이 자유연애 1호라고 하더니 정말 연애 선수답다 등 야유와 독설도 만만치 않았다.

이렇게 정신없을 때 춘원이 허영숙을 불렀다.

"영이, 은숙 처형 신세를 또 한 번 져야겠는데? 우리 집에서 한바탕 손님을 치러야 할 것 같아."

"또 무슨 난리를 치르시려고요? 무슨 집회라도 있어요?"

"그동안 도산 선생의 지시로 조직했던 수양동맹회를 제대로 돌보지 못했소. 평양에는 김동원 씨가 동우구락부를 만들어서 열심히 하는데 이번 기회에 그분을 좀 모셔 와서 두 운동단체가 합동할 수 있는가를 토론해 봐야겠소."

김동원이라는 이름을 듣고 허영숙도 고개를 갸웃했다.

"김동원 씨라면 소설 쓰는 김동인의 형님 되시는 분이 아니에요? 인품도 좋고 평양의 유지로 활동하신다고 들었던 것 같은데."

"아 그 양반, 대단한 분이지. 나보다 여덟 살이나 연상이신데 아주 소탈하고 화통한 분이지. 평양 부자 김대윤 어르신의 장남이고, 김동인의 이복형님이시지."

허영숙이 알 만하다는 뜻으로 말했다.

"아 그러니까, 김동인 씨의 어머니는 후취로 들어갔군요?"

춘원이 입막음을 했다.

"뭐 그런 셈이지. 하지만 김동원 선생은 이복동생 김동인을 끔찍이 아껴주시지."

허영숙은 짜증 섞인 말로 다시 말했다.

"아 그런 행사라면 밖에서 하세요. 명월관 같은 술집도 있고, 국일관 같은 밥집도 있잖아요."

"아 그런 데 가면 비용도 비용이지만 꼭 기생이 들어오니 비밀스러운 얘기를 할 수 없잖아. 처형께는 죄송하지만 오셔서 수고 좀 해주십사고 말씀드려."

결국 그렇게 해서 그해 10월 춘원의 집에 평양 유지 김동원이 내려왔다. 경성에서 수양동맹회에 가입한 회원도 여럿 모였다. 그해 8월에 상하이에서 돌아온 주요한도 참석했다. 모두 춘원의 처형 허은숙이 솜씨 좋게 만든 음식으로 포식하고 집에서 담근 동동주로 흥건히 취했다. 그리고 청년운동을 효과적으로 하기 위해 춘원이 전국적으로 조직한 수양동맹회와 김동원이 서북에서 만든 동우구락부를 합치기로 원칙적으로 합의했다.

김동원 일행이 평양으로 돌아가고 나자 황해도에서 은밀히 사람이 찾아왔다. 깊어가는 가을밤에 오동잎이 떨어지듯 그렇게 그림자 같은 사나이가 무거운 손가방 하나를 들고 왔다. 그 사나이는 춘원 앞에 손가방을 내려놓으며 이렇게 말했다.

"해주에서 왔습니다. 이항진 선생님의 심부름입니다. 이 물건을 안전하게 봉천까지만 전해주십시오. 그곳에 이항진 선생이 와서 기다릴 것입니다."

춘원은 고개를 끄덕이며 물건을 받았다. 사나이는 연기처럼 사라졌다. 춘원은 그 까만 손가방을 허영숙에게 건네주며 조용히 말했다.

"장모님 방에 잘 은닉해 두시오. 그 어른은 이런 물건을 다룰 줄 아시니까."

그해 초겨울에 〈동아일보〉 송진우 사장은 춘원 내외를 초대했다. 계동 자신의 집에서 융숭하게 저녁 대접을 하며 뜻밖의 말을 했다.

"춘원, 내가 가만히 보니 춘원의 병은 하루 이틀에 나을 병이 아니오. 내년 한 해는 댁에서 푹 쉬며 병구완을 하시오. 춘원의 몸은 춘원 하나의 몸이 아니라는 것쯤은 아시지요? 우리 조선을 위해서 그 천금 같은 몸을 아껴주시오. 대신 우리 동아일보에서 부인을 초빙하겠소."

"초빙하다니요?"

춘원이 묻자 송진우 사장은 준비한 듯 대답했다.

"우리가 그동안 쭉 허영숙 선생의 글을 봐왔소. 그리고 독자들의 반응도 살폈소. 그런데 묘하게도 허 선생의 기사가 나가면 독자들이 열광합니다. 글이 워낙 힘차고 열정적이니까 그런 것 같소. 우리 학예부를 맡아주시오, 허영숙 여사! 그동안 춘원 선생이 맡은 〈동아일보〉의 학예부를 부장 자격으로 맡아 달라는 말입니다."

허영숙이 손사래를 치며 말했다.

"고하 선생님, 평기자도 아니고 학예부장이라니요. 세상 사람들이 웃습니다. 그리고 저는 지금 병원 일이 급해서 남자 의사 한 분을 초빙해 합동 진료하는 중입니다. 신문사에 근무할 겨를이 없습니다."

송진우도 물러서지 않았다.

"우리 〈동아일보〉도 사정이 급합니다. 지금 〈조선일보〉에 여기자로 들어간 최은희라는 처녀가 각종 특종을 하면서 우리를 바짝 쫓아오고 있소. 최은희 기자의 인기가 얼마나 좋은지 우리 기자들이 애간장이 탈 지경이오. 춘원 선생, 그 최은희를 선생이 추천하셨다면서요?"

"일이 그렇게 됐습니다. 최은희 기자는 이 사람 경성여고보 후배로 황해도 처녀인데 도쿄에 갈 때나 고향으로 돌아갈 때나 언제나 우리 집에서 묵었지요. 아주 싹싹하고 일 처리 솜씨가 비상합니다."

송진우 사장도 마주보며 웃었다.

"그런 민완기자를 우리 경쟁지에 보냈으니 그 벌로 부인을 내놓으시오. 언론계에도 서열이 심해서 평기자로 모시면 최은희 기자가 맞먹으려 할 테니 우리는 아예 허 선생을 조선 최초의 여성 부장기자로 모실 작정입니다. 허 여사님, 후배 최은희를 꼼짝 못하게 잡아주십시오."

골똘히 생각하던 허영숙이 송진우 사장에게 정색했다.

"그렇다면 조건이 있습니다. 제가 학예부장을 맡는 대신 얼마 전에 상해에서 돌아온 시인 주요한을 학예부 차장으로 발령 내서 제 오른팔로 쓰게 해주십시오. 저 혼자서는 아무래도 힘에 벅찹니다."

송진우는 흔쾌히 대답했다.

"좋습니다. 두 사람이 뭉치면 명콤비가 될 것 같습니다."

얼마 뒤 조선에서 발행되는 모든 신문에는 '조선 최초의 여성 학예부장 탄생, 그 유명한 춘원 이광수의 부인이 이번에는 민족지 〈동아일보〉로 진출하다'라는 기사가 실렸다. 허영숙이 학예부장 자리에 앉고 그 옆자리에 천재 시인으로 알려진 주요한이 자리를 잡자 모든 기자들은 절묘한 선택이라고 고개를 끄덕이고 신명 나서 일했다.

허영숙과 주요한을 환영하는 술자리에서 술 취한 남자기자들이 허영숙을 향해 어떻게 처녀의 몸으로 기혼자이며 폐병 환자인 춘원을 선택했는가, 그리고 결혼도 하지 않은 상태에서 도대체 무슨 용기로 북경까지 사랑의 도피여행을 했는가, 게다가 상해까지 도망간 춘원을 무슨 수로 끌고 왔는가를 집요하게 물었다. 그날 밤 허영숙은 젊은 남자기자들이 건네주는 독한 술을 주는 대로 받아 마셨고 그런 얄궂은 질문에도 주저 없이 대답했다.

"사랑은 무례히 행하지 아니하며, 자기의 유익을 구하지 아니하며, 성내지 아니하며, 악한 것을 생각하지 않습니다. 불의를 기뻐하지 아니하며, 진리와 함께 기뻐하지요. 모든 것을 참으며, 모든 것을 믿으며, 모든 것을 바라며, 모든 것을 견디는 것이랍니다."

구석에 있던 젊은 기자가 소리쳤다.

"부장님, 크리스천이세요? 그거 고린도전서 13장 구절이잖아요."

"그렇던가요? 아무튼 저는 사랑이 시키는 대로 했어요."

모두 와— 하는 함성과 함께 박수 쳤다.

허영숙이 학예부장으로 발탁되고 나자 제일 먼저 찾아온 외부기자는 〈조선일보〉의 최은희 기자였다.

"선배님, 이러시깁니까? 후배인 제가 〈조선일보〉에서 터를 좀 잡으려고 하니까 선배님이 팔을 걷어붙이고 나서실 거예요?"

"아이고, 언론계 선배님. 이 아둔한 후배 기자를 봐주세요."

두 사람은 손을 꼭 잡고 의미 있는 눈빛을 주고받았다. 그런데 최은희 측에서 재미있는 제안을 했다.

"선배님, 이번에 숙명여자고등보통학교에서 안동현으로 학사 시찰을 간다고 하는데요, 우리 함께 취재동행을 하실래요? 안동은 국경도시니까 볼거리도 많을 거예요. 원님 덕분에 나발 분다고 학사 시찰단에 끼어서 해외여행 한 번 하자고요."

허영숙이 춘원을 바라보자 춘원은 고개를 끄덕였다. 그날 밤 춘원은 신중한 표정으로 말했다.

"이제 당신도 의사가 아니라 언론사 간부가 되었소. 국가를 위해서 일을 해주시오. 장모님 방에 있는 검은 가방을 봉천까지 가서 이항진에게 전해주시오. 여기자 신분이니까 일본 경찰도 당신 짐만은 건드리지 못할 거요. 이항진이 해주에 있는 집과 전답을 다 판 돈이라고 합디다. 안전하게 전해줘야지. 상해에서 도산 선생이 기다리고 계시니까."

신문사에서도 허영숙이 제안하는 국경도시 안동현의 현지 취재를 기꺼이 허락했다. 〈조선일보〉 최은희 기자가 독점기사를 내지 못하도록 아예 취재비도 두둑이 주었다. 학사 시찰단에는 숙명여고보 합창단도 합류했다. 꽃 같은 아가씨들이 평양을 거쳐 압록강을 건널 때 화려한 합창곡을 불러대자 도리우치를 쓰고 색안경을 낀 국경 경찰들도 맥을 못 추었다. 형식적으로 일행에게 다가와 신분증을 보자고 했을 때 최은희 기자가 당당히 쏘아붙였다.

"자 봐요. 나는 〈조선일보〉의 최은희 기자이고, 이분은 〈동아일보〉의 학예부장님이세요."

도리우치들은 거수경례를 찰싹 붙여주고 기차 뒤쪽에 서서 내내 합창에 취해 있었다. 안동역에 들어서자 콧수염을 기른 부영사 김우영이 털 코트를 입고 서 있었고 그 옆에는 당대 최고의 멋쟁이 나혜석이 털모자를 쓴 채 일행을 맞았다. 부영사 손님이었기 때문에 짐 검사는 생략

되었다. 허영숙이 가슴에 끌어안고 있던 그 수상쩍은 검은 가방도 무사 통과되었다. 환영 파티가 열리고 꽃 같은 아가씨들의 황홀한 합창 화음이 국경도시에 메아리쳤다.

거리의 가로등이 이국적인 풍경을 더하였고 그 밑을 달리는 쌍두마차와 검은 하이야(택시)들이 볼만했다. 러시아, 독일, 프랑스 출신의 키 큰 서양 사람들이 많았고 일본인들도 활개를 치고 거리를 누볐다. 국경도시답게 환한 가로등 밑에서 연인들이 대담하게 키스하는 모습을 보고 숙명여고보 학생들은 눈을 가렸다. 며칠 동안 시내 관광을 하고 백화점 뒷골목에 들렀을 때 알록달록한 서양 설탕과 과자들이 산더미처럼 쌓여 있었고 조선에서는 귀한 설탕포대가 예사롭게 굴러다녔다. 허영숙은 국내에서 구하기 힘든 설탕과 춘원이 좋아하는 담배를 눈여겨보았다. 나혜석이 친절하게 설명했다.

"여기는 무역도시라 물가가 정말 싸다고. 조선에서 38전 하는 설탕이 여기서는 12전이고, 국내에서 10전 하는 '마꼬담배'는 단돈 5전이야. 춘원 선생 같으면 이 영국산 담배 칼표를 좋아할 텐데. 이 해적(海賊) 그림이 그려진 칼표담배도 경성에서는 20전 이상일 거야. 구하기도 힘들고. 하지만 여기서는 단돈 6전에 거래되지."

허영숙이 말했다.

"난 설탕 열 봉지하고 그이가 좋아하는 칼표담배를 사갈 거야."

"담배는 몇 갑이나?"

"좀 많아. 4백 갑."

"뭐? 4백 갑? 그걸 어떻게 가져갈래?"

"내가 여기에 오면 물건 좀 사가려고 가벼운 실가방을 만들어 왔어.

실로 뜬 가방이라 물건은 얼마든지 들어가."

아직 시집을 가지 않은 최은희는 예단 걱정을 하는 것 같았다. 최은희는 비단 가게에 들어가 대홍(大紅) 공단에 봉황 두 마리가 그려진 이불감을 맨 먼저 챙기고 수단 저고릿감도 골랐다. 그리고 겨울 외투를 만들어 입겠다며 대담하게 곰털가죽까지 샀다. 나혜석도 놀라면서 이렇게 말했다.

"아유, 처녀가 통도 커!"

허영숙은 쇼핑을 하는 내내 자신이 품고 온 검은 가방에 정신이 쏠렸다. 속을 털어놓을 수 있는 나혜석에게 귓속말을 하고 다음 날 두 사람은 단둘이서 부영사 전용 관용차를 타고 봉천으로 달렸다. 봉천에서 만난 키 크고 가슴이 넓은 이항진이라는 사나이는 부리부리한 눈을 굴리며 간단히 말했다.

"사모님, 고생 많으셨습니다. 부영사 사모님까지도."

이항진은 봉천에서 제일 화려한 부다페스트라는 양식점에서 푸짐한 스테이크 요리를 사주고 바람처럼 사라졌다. 숙명여고보 합창단은 떠나기 전날 안동공회당에서 화려한 합창대회를 해주고 모두 짐을 쌌다. 안동 세관을 통과할 때 김우영과 나혜석 내외가 버티고 서서 일행은 무사히 기차에 오를 수 있었다. 허영숙은 갈 때는 가슴에 검은 가방을 안고 있었지만, 경성에 돌아올 때는 4백 갑이나 되는 칼표담배를 다리 밑에 깔고 땀을 흘리고 있었다.

사의 찬미

1926년의 조선반도 소식은 인왕산 앞 경복궁 터에서 시작되었다.

일제가 1910년에 조선을 강탈하고 총독들이 남산 왜성대와 용산을 오가며 식민통치를 했는데 그 업무공간이 좁다고 새 청사를 짓기 시작했다. 초대 총독 데라우치(寺內)가 계획하고 하세가와(長谷川) 총독이 착공한 이래 조선의 정궁 경복궁 정남쪽을 헐어내고 뚝딱거리던 공사가 9년 만에 완공된 것이다. 검은 승용차와 사두마차들이 그 웅장한 건물, 동양 최대의 건물이라고 하는 총독부 청사로 빨려 들어가기 시작했다.

허영숙은 새해 첫날 발행하는 〈동아일보〉 문예면에 이런 글을 썼다.

지금까지 남자는 여자에 대하여 일종의 우월감을 가지고 왔다. 그것이 생긴 내력을 여기서 말할 여유가 없거니와 전 세계를 통하여 '남자는 여자보다 높다'는 생각은 수천 년을 두고 계속하여 내려왔다. 모든 인류를 하나님의 아들과 딸이라 하여 인류의 평등을 가르치는 예수교에서조차 여자는 남자보다 낮은 것이라 하였고, 초목(草木) 금수(禽獸)까지도 자비의 눈, 평등의 눈으로 보기를 가르치는 불교에서도 여자는 건지기 어려운 무슨 요물같이 생각하는 모양이다. 우리 조선을 오래 지배하였던 유교에서는 아예 부부의 관계를 군신(君臣)의 관계, 즉 임금과 신하의 관계와 같이 여기리만큼 계급적이었다. 그 때문에 아직 조선에서는 '여자는 남자보다 낮다' 하는 생각을 남자만 가지는 것이 아니라 여자까지 가지고 있다.

그러나 결론적으로 말해 남자나 여자나, 지아비나 아내나, 딸이나 누이나, 오라비나 누구를 불문하고 '사람은 곧 평등이다' 하는 생각을 가져야 할 것이다. 왜냐, 그것이 진리이기 때문이다.

새로 문을 연 조선총독부 신청사에서 사이토(濟藤) 총독이 주재하는 신년하례회가 열렸다. 중추원 부의장이었던 이완용은 그해 겨울 폐렴으로 고생했는데 총독이 참석한다는 말을 듣고 부축을 받으며 하례식에 참석했다. 그가 너무 콜록거리니까 사이토 총독이 다가와 건강을 돌보시라는 염려까지 했다. 이완용은 그 행사에 다녀와 결국 쓰러지고 말았다. 순종이 그 소식을 듣고 '완쾌를 빈다'라는 서찰과 함께 적(赤) 포도주 한 상자를 하사했다.

그러나 고열에 시달리던 이완용은 포도주 한 잔 입에 대보지도 못한 채 옥인동 집에서 눈을 감았다. 눈이 하얗게 내리던 날이었다. 장손 이병길은 동경 유학 중이었기 때문에 임종하지 못했고 의붓형 이윤용과 차남 이항구가 운명의 순간을 지켜보았다. 그는 마지막 숨을 쉬면서 허공을 향해 '어, 어' 하는 외마디를 남겼다고 한다. 1926년 2월 11일이었다. 그가 지상에서 누린 수명은 70이 채 되지 못했다.

동아일보사에서는 이완용의 죽음에 대하여 사설을 어떻게 쓸 것인가를 놓고 숙의한 끝에 이런 제목을 붙였다. '무슨 낯으로 이 길을 떠나가나?' 기사의 앞부분은 이런 것이었다.

그도 갔다. 그도 필경 붙들려 갔다. 보호하는 순사들이 겹겹이 파수를 보고 견고한 엄호도 하였건만 저승차사의 달려드는 일은 어쩌지 못했다. 아무리 몸부림치고 앙탈하여도 꿀꺽 들이마시지 못할 것이 바로 이 날의 이 독배(毒杯)였다.

이 무렵 허영숙의 집에서는 셋째 언니 은숙이 또 한 번 땀을 흘리고 팔도에서 모여든 애국청년들을 푸짐하게 먹였다. 수양동맹회와 동우구락부가 통합되어 이광수의 지휘 아래 '수양동우회'로 새 출발을 하였기 때문이다. 이날 춘원은 수양동우회 회원들이 부를 회가(會歌)가 실린 악보도 나누어주었다.

몸을 웬만큼 추스른 춘원은 다시 책상 앞에 앉아 장편 《마의태자》를 집필하기 시작했다. 물론 그 소설은 〈동아일보〉에 연재되었다. 몸이 괜찮은 날은 춘원이 직접 원고를 챙겨 가방에 넣고 신문사까지 나왔지만 대개의 경우 허영숙이 학예부로 출근하면서 원고 뭉치를 들고 나왔다.

그때 상해에서 돌아와 동아일보사에서 허영숙을 돕던 주요한은 이광수와 함께 종합교양지 〈동광〉(東光)도 창간했는데 이 〈동광〉은 수양동우회의 기관지 역할을 겸했다.

그해 봄, 총독부의 기관지인 〈매일신보〉에서는 새로운 여성기자를 영입했다. 조선에 있는 신문사로서는 맨 처음으로 부인기자를 채용하였던 〈매일신보〉였다. 그런데 이각경이 나간 뒤로는 여성기자가 없었다. 〈매일신보〉는 허영숙이 학예부장으로 있는 〈동아일보〉와 최은희가 맹활약하는 〈조선일보〉에 밀리는 것을 의식하고 분발한 끝에 회심의 인물을 발탁했다. 그 여성기자는 바로 조선 최초의 여류작가 김명순이었다. 일찍이 이광수에 의해 〈의심의 소녀〉라는 소설로 문단에 혜성처럼 나타났던 김명순은 입사한 지 얼마 되지 않아 그동안 자신이 써 모아 간직했던 소설집 《생명의 과실(果實)》을 펴냈다. 조선 최초의 여성 소설집이었다.

그 무렵, 안동현에 있던 나혜석도 이광수가 주도하는 잡지 〈조선문단〉에 단편 〈원한〉을 보내왔다. 난봉꾼인 남편에게 아무 저항도 못하고 인내하면서 살아온 아내가 남편이 죽은 후 다른 남자의 유혹을 받아 성(性)에 눈을 뜨게 된다는 파격적인 내용과 주인공이 그 후 남자에게 다시 버림을 받게 되자 원한에 싸여 살아간다는 주제가 강렬한 소설이었다. 독자들의 반향이 좋았다. 그리고 나혜석은 그해 5월 제5회 선전에 '천후궁'(天后宮)이라는 유화를 출품하여 당당히 특선했다.

허영숙이 가만히 있을 수 없었다. 〈동아일보〉 기사로 마음껏 응원해주고 은행나무와 감나무가 울창한 종현(鐘峴) 성당(지금의 명동성당) 근처에 있는 유명한 찻집 토스카를 빌려서 김명순의 출판기념회와 나혜석의 특선 당선기념회를 함께 열어주었다. 병석에 누워 있던 이광수가 흰 두루마기를 입고 나와 축사를 했다. 허영숙과 최은희는 두 사람에게 각각 꽃다발을 전해주고 짧막한 축하의 말을 전했다. 그리고 그날의 특별 순서로 소프라노 윤심덕이 축가를 불렀다. 물론 반주는 동생 윤성덕이 맡았다.

주요한 시인이 세 여성기자를 바라보며 이런 말을 했다.

"조선 신문계에 바야흐로 여성 트로이카 시대가 열렸군요. 아무래도 이 트로이카의 좌장은 허영숙 학예부장이시겠죠?"

"그래도 신문사 밥은 제가 제일 먼저 먹었으니 제가 고참이죠."

"암, 암, 신문기자로서는 최은희가 선배지."

그날 세 여기자와 나혜석은 남자기자들과 멋쟁이들이 건네주는 양주를 사양하지 않고 마시고 진고개 맥줏집에 들러 2차를 했다.

6월로 접어들었을 때 이광수는 허영숙에게 좀 쑥스러운 표정으로 말을 붙였다.

"여보, 당신은 내가 동경 유학 때에 일본의 수재들이 다 모이는 제일고등학교에 합격했다는 것을 알고 있지?"

"네. 그때 조부님이 위독하셔서 그랬던지 아무튼 입학을 포기하셨다고 했죠."

"아무튼 그때 내가 일고를 졸업했으면 도쿄 제국대학에도 들어갔을 거요. 와세다 대신."

"왜 지금 그런 얘기를 하세요?"

"지난봄에 경성에도 제국대학이 생겼소. 법문학부와 의학부가 문을 열었는데 …, 나도 이번 기회에 입학을 좀 하고 싶소."

"그게 가능할까요?"

"선과(選科)라는 게 있는데, 일종의 경력생들을 뽑는 특별과정이라더군. 내 와세다 성적이 우수하니까 성적표만 가져다 내면 합격될 거라고 하더군."

허영숙은 대문호 춘원에게도 학업에 대한 어쩔 수 없는 선망감이 숨겨져 있음을 알아챌 수 있었다.

"그럼 해보세요. 하지만 당신 건강이 견뎌낼지 원 … ."

얼마 후, 우체국 집배원이 서류 하나를 건네주었다. 춘원이 경성제국대학 법문학부 문학과에 선과생으로 합격되었다는 내용이었다. 연령도 많고 사회적 지위도 있고 하여 제국대학 측에서는 그에게 선과 재학번호 1호를 정해주었다. 그날 밤 허영숙은 송진우 〈동아일보〉 사장과 나카무라 겐타로 〈매일신보〉 편집국장 등을 초청하여 조촐한 잔치를 열었다.

그해 6월 10일에는 전남 광주에서 6·10만세사건이 일어나고 사회분위기가 급속히 얼어붙었다. 춘원은 폐병이 악화되어 부랴부랴 경성의전 병원에 입원했다. 허영숙은 김기영 선생에게 병원 일을 당부하고 신문사에 나가 기사를 넘겨줬다. 그러고 나서 춘원이 누워 있는 경성의전 병원을 거쳐 파김치가 되어 집으로 돌아왔다.

그런 고단함 속에서 또 다른 악재가 생겼다. 수양동우회에서 내는 〈동광〉 잡지 3호가 몽땅 압수된 것이다. 잡지 내용 중에 민족주의를 고취하는 원고가 너무 많다는 이유에서였다. 병원에 누워 있던 춘원은 그 소식을 듣고 또 피 한 바가지를 쏟았다.

이렇게 정신이 없을 때 최은희 기자가 잡지 한 권을 들고 왔다. 〈조선지광〉이라는 잡지였다.

"요즘 내가 잡지 읽을 시간이 어디 있어?"

허영숙이 잡지를 밀어내자 최은희는 눈을 똑바로 뜨고 말했다.

"선배님, 제가 할 일이 없어서 이런 잡지를 들고 왔겠어요? 여기 이 논문을 보세요. 춘원 이광수를 정면으로 비판하는 논문이에요."

그제야 허영숙은 잡지를 펼쳐 들었다. 논문 제목이 심상치 않았다.

"뭐어? 이광수류의 문학을 매장하라? 도대체 누가 쓴 글이야?"

최은희가 차분히 설명을 해주었다.

"와세다 대학 영문과를 나온 춘원 선생님의 후배예요. 하지만 아주 엉터리는 아니라고요. 목포 대부호의 아들인데 그냥 유학합네 하고 술이나 마시고 허랑방탕한 친구는 아니고요, 영문학 공부를 제대로 했어요. 무엇보다 '극예술협회', '동우회 순회연극단'과 같은 연극단체를 이끌고 전국을 순회하면서 희곡도 쓰는 젊은이예요."

"아, 그 사람이라면 바로 소프라노 윤심덕과 죽고 못 산다는 그 사람 아니야?"

"네, 목포에 있는 본처와 이혼하고 몇 번인가 윤심덕과 살려고 했는데 장성 군수를 지낸 그 아버지가 어찌나 엄하게 나오는지 목포에서 사업에만 전념하고 있다지 뭐예요? 그런데 이번에 정신을 차려서 논문 하나를 썼는데 그게 바로 우리 문단의 거목 춘원 선생님을 정면으로 공격하는 논문이에요."

허영숙은 서둘러 그 논문을 훑어보았다.

… 이광수의 조선 문단에 대한 공로를 말하는 이가 있다. 그러나 그 공은 공이요 문단은 문단이다. 하물며 이광수는 이광수요 새 문단은 새 문단이다. 그이의 이름은 센티멘털한 《개척자》, 도깨비 화상 같은 《무정》에 의지하고 있는데 과연 이런 작품들이 훗날까지 남아 있을지 의문이다. 물론 조선 사람 그 누구보다 먼저 소설을 쓰고 시를 쓰고 재주 있

는 글을 썼던 점은 인정한다. 그러나 지금은 새 인생관, 새 시대의식, 새 세계의 창조를 요구할 때인데 이광수류의 공중누각의 이상주의가 만연함을 방관하고 있을 수가 있는가. …

허영숙은 어이가 없어 잡지를 접고 최은희와 헤어져 주요한을 찾았다. 주요한은 찬찬히 논문 전문을 읽고 나서 이렇게 말했다.

"사모님, 신경 쓰시지 마세요. 문단에 처음 고개를 내밀면서 자신의 이름을 알리려면 무슨 일을 벌여야 하겠습니까. 일단 춘원 같은 거물을 물고 늘어져야 하지 않겠습니까? 문명(文名)을 얻고자 하는 치기 어린 젊은이의 놀음이죠. 이 친구 윤심덕의 애인으로 더 이름이 나 있는데 여자나 제대로 다스리지 무슨 문학 타령이야, 건방지게."

한편, 노처녀로서 시집갈 적령기를 놓치고 벌어 놓은 돈도 없던 소프라노 윤심덕은 오사카에 있는 닛토(日東) 축음기회사와 레코드 녹음계약을 맺고 7월 말부터 녹음하기로 했다. 때마침 동생 윤성덕도 미국 유학을 가게 되어 함께 일본으로 건너가기로 했다. 물론 반주는 피아니스트인 동생 윤성덕이 맡기로 했다. 오사카에 건너간 윤심덕은 때마침 동경에 있던 애인 김우진과 연락했고 녹음이 끝나고 나면 함께 귀국하기로 했다. 녹음하던 날, 녹음 책임자 다우치(田內)는 윤심덕을 향해 언짢은 소리를 했다.

"아 유행가 판을 내면서 느닷없이 이런 곡을 삽입해야 되겠어요? 이 곡은 원래 이바노비치의 '다뉴브강의 잔물결'이라는 곡이 아니에요? 여기에다가 이렇게 죽음을 찬미하는 노래를 붙이면 이 판이 팔리겠어요?"

윤심덕은 막무가내였다.

"이 레코드판의 주인공인 가수 윤심덕의 청이에요! 이 노래를 꼭 붙여주세요."

언니가 흐느끼며 '사(死)의 찬미(讚美)'를 부르자 반주하던 윤성덕은 불길한 전율에 휩싸였다. 그러나 가수로서 설 곳이 없고 혼기마저 놓친 언니가 최후로 마음을 주고 있는 김우진마저 우유부단한 부잣집 도련님 같은 모습을 보이는 데에 대한 슬픔이려니 생각했다.

녹음을 다 마치고 동생 성덕은 미국행 배를 타기 위해 떠났고, 언니 윤심덕은 목 메이게 그리던 애인 김우진을 만났다.

춘원이 계속 각혈을 하자 허영숙은 단안을 내렸다. 담당의사 유상규 선생에게 간청을 했다.

"선생님, 요즘 진료 스케줄이 빡빡하신가요?"

"아니, 환자가 좀 뜸합니다. 여름이라서 좀 한가하군요."

"그럼 잘 됐어요. 비용은 제가 댈 테니 선생님께서도 이참에 휴가를 좀 다녀오시죠. 저이를 데리고 경치 좋은 데를 다녀와 보세요. 저이는 석왕사를 그렇게 좋아하더라고요. 삼척으로 해서 약수포를 거쳐 그렇게 한 번 다녀오시죠."

허영숙이 이렇게 춘원과 담당의사 유상규를 묶어 떠나보내고 신문사로 들어와 보니 기자들이 신문을 들고 요란하게 떠들고 있었다.

지난 3일 오후 11시에 하관(시모노세키)을 떠나 부산으로 향한 관부연락선 덕수환이 4일 오전 4시경 쓰시마 섬 옆을 지날 즈음에 양장을 한 여자 한 명과 중년 신사 한 명이 서로 껴안고 갑판에서 돌연히 바다에 몸을 던져 자살하였는데 즉시 배를 멈추고 수색하였으나 그 종적을 찾지 못하였으며, 그 선객 명부에는 남자는 전남 목포시 북교동 김우진이요, 여자는 윤심덕이었더라. 유류품으로는 윤심덕의 돈지갑에 현금 140원과 장식품이 있었고, 김우진의 것으로는 현금 20원과 금시계가 들어 있었는데 연락선에서 조선 사람이 정사(情死)를 한 것은 이번이 처음이더라.

조선의 여명기에 현해탄을 건너가 영문학을 공부하고 신극운동을 이끌었던 호남의 수재 김우진, 그리고 조선 최초의 소프라노로서 성악이 무엇인지도 몰랐던 그 깜깜한 시절에 연주 공간만 있으면 야외에서라도 노래를 불렀던 윤심덕은 검은 파도가 일렁이는 현해탄으로 몸을 던지고 말았다. 1926년 8월 4일 새벽이었다.

윤심덕의 '사의 찬미'가 들어 있는 음반은 그해 복더위가 한창이던 8월 29일에 조선축음기상회에서 최초로 개봉되었다. 당시로서는 천문학적인 판매량인 10만 장 이상이 팔려 나갔다.

"광막한 황야에 달리는 인생아/ 너의 가는 곳 그 어데냐/ 쓸쓸한 세상 험악한 고회에/ 너는 무엇을 찾으러 가느냐/ 눈물로 된 이 세상에 나 죽으면 그만일까/ 행복 찾는 인생들아 너 찾는 것 설움."

윤심덕의 이 슬픈 노래는 식민지 시절이 다 끝날 때까지 민중의 슬픔을 대변했다. 허영숙은 자신의 결혼식에 축가를 불렀고 김명순과 나혜석을 위한 축하연에도 기꺼이 축가를 불렀던 그 키 크고 목이 긴 윤심덕을 오래 잊지 못했다.

그해는 불행한 해였던지 윤심덕과 김우진이 현해탄에 몸을 던진 지 22일 만인 8월 26일에 청년 소설가 나도향이 세상을 떠났다. 스물네 살의 총각으로 장가도 가보지 못한 채 유고 〈벙어리 삼룡이〉만을 남겨놓고 폐병으로 세상을 하직했다. 그날 저녁 허영숙은 병원 문을 일찍 닫고 남편 이광수 대신 경성역 근처의 나도향 빈소를 찾았다. 〈백조〉 동인들과 〈조선문단〉 사람들이 몇 사람 모여 요절한 천재소설가를 애도했다. 허영숙이 들어서자 누군가가 술에 취해 떠들었다.

"사모님, 장가도 가지 못한 이 총각 소설가는 술에 취했다 하면 부르는 노래가 있었죠. 춘원 선생이 작사하신 '낙화암'이었어요."

그 사람은 내친김에 낙화암을 부르기 시작했다.

"사비수 내린 물에 석양이 빗길 제/ 버들꽃 날리는데 낙화암 예란다. / 모르는 아이들은 피리만 불건만/ 맘 있는 나그네의 창자를 끊노라/ 낙화암 낙화암 왜 말이 없느냐 … ."

허영숙은 오래 앉아 있지 못하고 돌아왔는데 나도향의 요절 소식은 윤심덕의 요란한 뉴스와 속보에 가려 아는 이들이 드물었다.

그해 11월에는 이광수의 기침소리가 잦아들고 걸음걸이가 활발해져서 동아일보사 측에서는 그에게 편집국장직을 강권했다. 춘원은 고사하다가 중책을 맡았다. 신문사 일을 보면서도 잡지 〈동광〉에 '현대의 가인 이상재 옹'을 발표했다. 이상재 선생은 구한말인 1850년에 충남 서천에서 태어났다. 개화파 대신 박정양을 따라 미국에 가서 신문물을 보고 큰 각성을 하였고, 일본에 가서도 우리보다 앞선 그들의 문물을 보면서 분발한 개화파 인사였다. 젊은이들에게 꿈을 실어주기 위해 YMCA 운동을 벌였고 윤치호, 서재필, 이승만 같은 진취적 인사들과 조선의 독립을 꿈꾼 선각자였다.

춘원이 젊은이들을 각성시키기 위해 수양동우회를 조직하고 운영하는 것처럼 그때 70대 후반에 접어든 이상재 선생은 나이를 잊은 채 젊은이들과 어울리며 조선의 얼과 꿈을 전해주는 일에 진력했다. 이런 이상재 선생을 보며 춘원은 온 마음을 기울여 그의 일생을 그렸다. 춘원이 잡지 〈동광〉에 글을 쓸 때에는 이상재 선생이 자리를 보전하고 노환과 마지막 싸움을 벌이고 있을 때였다.

(2권으로 계속)